叫我如何
不想他

JIAO WO RUHE
BU XIANG TA

总攻大人 ———— 著

百花洲文艺出版社
BAIHUAZHOU LITERATURE AND ART PRESS

图书在版编目（CIP）数据

　　叫我如何不想他 / 总攻大人著. — 南昌：百花洲
文艺出版社, 2017.8
　　ISBN 978-7-5500-2342-0

　　Ⅰ.①叫… Ⅱ.①总… Ⅲ.①言情小说—中国—当代
Ⅳ.①I247.5

中国版本图书馆CIP数据核字（2017）第168905号

出 版 者	百花洲文艺出版社
社　　址	江西省南昌市红谷滩新区世贸路898号博能中心一期A座20楼　　邮编：330038
电　　话	0791-86895108（发行热线）　0791-86894790（编辑热线）
网　　址	http://www.bhzwy.com
E-mail	bhzwy0791@163.com

书　　名	叫我如何不想他
作　　者	总攻大人
出 版 人	姚雪雪
出 品 人	柯久明　吴　铭
特约监制	郑心心
责任编辑	苏双鸽
特约策划	郑心心
特约编辑	汪海英
封面设计	辰星书装
经　　销	全国新华书店
印　　刷	北京市平谷县早立印刷厂
开　　本	880mm×1230mm　1/32
印　　张	10
字　　数	200千字
版　　次	2017年8月第1版
印　　次	2017年8月第1次印刷
书　　号	ISBN 978-7-5500-2342-0
定　　价	39.80元

赣版权登字：05-2017-279

叫我如何
不想他

目录
CONTENTS

叫我如何
不想他

目录
CONTENTS

♡ ✳ 🎁

楔子

高考填志愿的时候，苏清玉的母亲给她列了长长的单子。

从医学院到法学院，全都是当下最热门的专业，出来之后绝对可以找一份好工作。

可苏清玉对这些专业都没有兴趣。

她义无反顾地在第一志愿上填了北大的信息管理专业，并且将其他志愿全部空着，因为她不想给自己退路。

她一定要考上这所大学，就像她成功地考上了省里最好的高中一样。

苏清玉的母亲周芸那时候很不理解女儿的选择，因为当时的互联网行业在国内还并不算热门，真正崛起是在五六年之后。

但无论如何，苏清玉从懂事起就很有自己的主张，她学习成绩好，也没有任何不良嗜好，平日里乖巧孝顺，对于这样的女儿，周芸没有太多要求，既然她看好这一行，那就去读吧。

只有苏清玉知道自己为什么选择这个专业。

那是许泯尘念过的大学和专业。

许泯尘是苏清玉家对面许伯伯家的孩子，比她大六岁，是她从小到大一直暗恋的人。

在她准备升入大学的时候，对方已经在美国读了两年计算机系硕士了。

他出国留学之后不常回来，苏清玉每天放学回到家都会盯着对面看一眼，看许伯家是不是特别热闹，如果是，那就是他回来了。

只是她一直都没见到过。

再次见到许泯尘的时候，是她拿到北大录取通知书的那一天。

苏家热闹极了，全家都在为她高兴，但她一点都兴奋不起来。

因为许泯尘恰好就是在这一天回来的。

苏清玉站在窗前看着那个从出租车上下来的男人，他身边跟着个五官精致、打扮时髦的女人。两人牵着手，亲密无间的样子。

后来苏清玉听许伯母说，那个女孩叫Amy，是许泯尘的女朋友，看许伯母的笑容，应该很喜欢对方吧。

苏清玉的初恋就在那一天夭折了。

许泯尘那天回来是来接父母搬家的。

他在市中心给父母买了个好房子，不用再挤在这间四合院里凑合了。

他在美国发展得很好，不管是学业还是事业都很顺利，并且收获了爱情。

这是件好事，他那么优秀，是天之骄子，她早就猜到他会有那样一天，那是他应得的。

她还记得念初中时的某个暑假，许泯尘坐在她身边，拿着她的课本，低沉悦耳地为她解开百思不得其解的数学题，那些难题在他看来似乎都像1+1=2那么简单，明明老师说了两三遍她都还不太明白的题目，他说一遍就懂了。

那正是少女情窦初开的年纪，苏清玉一颗柔软的心，全都倾付在了他身上。

少女的倾慕很单纯很直接，喜欢上了优秀的人，也想让自己也想变得优秀。

她努力考上了他读过的重点高中，如今又考上了他读过的好大学，她一直努力追随他的脚步，但也只能作为一个追随者存在了。

许伯伯一家搬走了，对面的房子空了出来，贴上了"此房出租"的告示。

那天晚上，苏清玉捧着北大的录取通知书哭了一整晚。

她想，他们这辈子都不会再有任何交集了吧。

只是没料到，在她大学毕业那一天，会得到那样一个消息。

♡　✳　🎁

第一章　羞耻的秘密

苏清玉在换衣间换掉了工装，拿着打包好的蛋糕走出兼职的蛋糕店。

现在是下午两点，苏清玉快迟到了，她抬头看了看，乌云密布，可能随时会下雨。

夏季的江城雨水不多，苏清玉也没准备雨具，但为了赶上下一班兼职，她只能义无反顾地走进匆忙的人群之中。

因为要下雨了，大家的脚步都很快，乌云伴着雷声席卷而来，在苏清玉赶到地铁口之前，大雨哗啦啦地下了起来。

她皱起眉，脱掉外套将怀里的蛋糕保护好，加快脚步奔向地铁口，根本顾不上自己。

终于进到了地铁站里，看看怀里的蛋糕，还好，没有淋到太多，里面应该完好无损。

苏清玉庆幸地舒了口气，从背包里取出纸巾，一边擦着脸颊上的雨水一边下楼梯。

她的第二份兼职是下午三点到晚上六点给一个念高中的孩子做英语家教。等地铁到站，苏玉清准备走出去的时候，怀里的手机响了起来。

她满怀期待地拿出来一看，不是她想到的那个人，是需要家教的那个孩子的哥哥。

说起来，他们兄妹俩的生活状态和别人不太一样，他们住着非常豪华的房子，但在房子里从未见过母亲或者父亲，好像一直都只有他们兄妹两个人。

电话接通，苏清玉礼貌地说："夏先生，我刚出地铁站，马上就要到了，您稍等一会儿，抱歉，今天可能要迟到了，因为雨太大，我来的路上淋到了。"

电话那头传来十分温和的男声，轻轻说道："没关系，我在地铁口等你，黑色的车子，你认识的。"

他说完就挂了电话，这是不想让苏清玉拒绝，苏清玉也没想过要拒绝，要是她自己一个人还好，可她怀里抱着那个人最喜欢吃的蛋糕，为了保护好它，能搭车的话她肯定不会拒绝。

夏沐泽的车很好找，因为十分昂贵，在一众出租车和大众的车子里，显而易见。

苏清玉看了看路，准备顶着雨跑过去，但还没走出几步，黑色的伞就撑在了她头上。

她惊讶地看过去，夏沐泽一身黑色西装，彬彬有礼地撑着伞，温和地注视着她。

"走吧，一起过去。"

他说着话，抬脚朝停车的地方走，为了避免再被淋到，苏清玉快步跟上了他，两人在路人的侧目中上了车。

每次和夏沐泽遇见，总会被人围观，不因为什么，只因为他英俊的脸和不菲的身价。

夏沐泽是夏妍的哥哥，夏妍就是苏清玉做英语辅导的那个学生。

今天是周末，夏妍休息，她会在每个双休日的下午三点到六点给她做英语辅导，夏沐泽给的待遇非常好，工作环境也很好，她一直都很珍惜这份工作。

只不过，有时候夏沐泽会对苏清玉过于好，这让她很不安，不自觉地想要拒绝，并认真地说过好几次"我已经有男朋友了"，每一次她说完，夏沐泽都会轻笑一声表示她想太多，他会对她好，只是感激她可以将他妹妹教得那么好。

苏清玉也觉得是她想太多了，夏沐泽那样的条件，怎么会看上她这样的女孩呢，长相普通，身材普通，家庭也很普通，丢到大街上绝对是那种找不出来的类型，唯一好一点的大概就是学历了，那也只是她为了追逐那个人而努力考上的罢了。

有车就是好。

不用淋雨，也不用劳累，夏沐泽拿了毛巾给苏清玉擦身上的雨水，她谢过对方，在车子里温暖的空调之下慢慢收拾着自己的形象。

夏沐泽住在市中心的富人聚集地，这里都是高档的红砖别墅，欧式风格，绿化也很好，走进来的景色令人赏心悦目。

这种雷阵雨的天气，还有专人会用雨具遮挡起那些娇贵的花，苏清玉听夏沐泽提起过，那些花是特殊品种，专门从法国空运过来的，很难养活，需要专门的园艺师负责照看，他们每个月还会公摊花坛料理费给物业。

车子缓缓停在一幢别墅外面，夏沐泽按了一下手里的开关，车库的门便缓缓升了上去，他将车子开进去，等车库的门关上，他们可以直接从车库里面的出口进入别墅。

苏清玉的头发还有点湿，衣服也不怎么干，但好歹比在地铁上时像个水鬼一样的形象好一点。

她有点头疼，咳了一声，打开车门下去，先夏沐泽一步进了别墅。

夏妍已经等了她很久，看见她进来了就一声不吭地走过来，手里拿着电吹风和毛巾。

苏清玉感激地接过来，笑着说："谢谢妍妍。"

夏妍是个沉默寡言的小姑娘，很少说话，除了在学习单词发音的时候会跟着她一起念之外，基本不和她进行什么言语交流，最多也就是点头摇头。

她心理方面有点问题，夏沐泽虽然没有明说，但苏清玉在夏妍的房间里发现过治疗抑郁症的药物。

对于苏清玉的感谢，夏妍没有说话，只是摇了摇头表示不客气，随后便转身上楼了。

苏清玉想着，她湿着一身衣服直接上去不太好，所以便在一楼找了个插座，插上电吹风，打算先把自己吹干。

夏沐泽停好车上来的时候，就看见苏清玉站在窗边吹头发，一头乌黑柔亮的黑色长卷发随着微风飘荡着，画面很美很美。

苏清玉察觉到他的注视便看了过去，夏沐泽斯文地笑了笑，她关了电吹风想打个招呼，夏沐泽的视线却忽然转到了通往二楼的楼梯那里。

苏清玉顺着看去，夏妍抱着一套衣服慢慢走下楼梯，来到苏清玉面前，面无表情地交给她。

苏清玉有点意外，她只知道夏妍不讨厌她，因为她以前换过很多家教，每一个她都不满意，最后不是家教被弄哭就是她被弄哭，直到苏清玉成为她的家教这种情况才停止。

她对夏妍的认知，只是她们相处得很安静，从来没奢望过可以得到对方的青睐，现在夏妍居然主动拿衣服给她换，她还真有点受宠若惊。

苏清玉看向夏沐泽，他点了一下头，意思是让她接受夏妍的好意。

因为知道夏妍的症状，苏清玉也担心拒绝会伤她的心，所以顺从地接过了衣服，露出一个灿烂又温暖的笑容说："谢谢，这是妍妍的衣服吗？真羡慕啊年纪这么小就长这么高了，我都大学毕业了，才和妍妍一样高。"

夏妍嘴角露出生涩的笑容，虽然很微小，但夏沐泽看见还是觉得很高兴。

苏清玉去换衣服的时候，他就一直在外面安静地陪着妹妹看雨，兄妹俩谁都不说话，偌大的别墅显得空旷而阴森。

苏清玉出来之后，这个状况才缓和了不少。

夏妍的衣服很好看，上面还带着标签，应该是还没穿过，这些都是夏沐泽亲自置办的，他审美很好，衣服也都是大牌子，苏清玉打算回去把自己的衣服换了之后就干洗一下送回来。

为期三个小时的家教，时间说长不长，说短也不短，夏妍很聪明，学得也认真，苏清玉教她一点都不费劲。

要离开的时候，雨还没停，夏沐泽也没跟她打招呼，直接发动车等在车库，苏清玉被夏妍拉过去的时候，只能无奈地接受他们的好意。

车子行驶得很稳，夏沐泽开车时非常专心，车里也不放音乐和广播，车子密封性又好，苏清玉只能听见外面微小的下雨声。

她住的地方靠近江城的市郊，房租相对来说比较便宜，就是交通不太方便，每天她都需要起很早才能赶上需要九点钟到岗的全职工作。

要是有辆车就好了，当夏沐泽将车子停在她住的单元楼门口时，苏清玉感慨地想着。

"那我先走了，今天谢谢夏先生了。"苏清玉站在台阶上鞠了个躬表示感谢。

夏沐泽扫了一眼她怀里的蛋糕，微勾嘴角道："之前就想问了，你一直抱着那个蛋糕，浑身都淋湿了，蛋糕都安然无恙，是有很重要的人要过生日吗？"

苏清玉愣了一下，过了一会儿才露出一个腼腆的笑容，微垂眼帘道："是的……有很重要的人，今天要过生日。"

夏沐泽凝眸问她："是苏小姐的男朋友吗？"

她迟疑几秒，点头。

"真是羡慕他。"夏沐泽意味不明地说，"一直很好奇，是什么样的人可以苏小姐这么小心翼翼地喜欢着，如果有这样一个女孩可以这样对我就好了。"

苏清玉笑着说："夏先生条件这么好，肯定有很多女孩喜欢您的，只是您没发觉而已。"

夏沐泽的笑容晦暗不明，他低声说了什么，苏清玉没听清，他也没重复，简单道别，驱车离开。

苏清玉转身准备回到楼上，正好看见楼梯口站着的男人。

阴天下雨的六点钟，天色已经很暗了，他站在楼梯的阴影里，身姿挺拔，皮肤白皙，黑色短发，薄唇，下巴有稀少的胡茬，手中握着一把折叠伞。

苏清玉傻傻地怔在原地看着他说："你是来接我的？"

男人没有说话，缄默地转身朝楼上走，苏清玉立刻跟上去，兴奋地说："泯尘，今天是你生日，我买了你最喜欢吃的蛋糕，你一定得多吃点，你都瘦了。"

那个男人就是许泯尘。

她追逐了那么多年的男人，现在终于和她在一起了，他们住在一个屋檐下，同居。

苏清玉不敢告诉父母，因为这是她羞耻的秘密。

苏清玉租的房间并不大，只有不到五十平，有一个客厅，一个卧室，一个厨房和一个卫生间。

小小的地方，放上家具后有点狭窄，但里面布置得干净温馨。

她跟在许泯尘后面走进房间，关门换了鞋，邀功似的抱着怀里的蛋糕追上他说："你先看一眼，看看你喜不喜欢，要是不喜欢的话我……"

许泯尘转过身，以前总是清澈坚定的眼睛里带着颓废和冷淡，他注视着她，打断了她的话。

"这个牌子的蛋糕很贵，你在那里做兼职，他们会给你打折吗？"

他的话让苏清玉有点无地自容，半晌才说："你喜欢就好，贵一点也没关系，我能理解你的意思，泯尘哥。"

许泯尘皱了皱眉，半晌才说了一句："叫我名字，不要加那个字。"说完便进了卧室。

苏清玉看着怀里的蛋糕，其实她知道，许泯尘只是不希望她为了给他买一个蛋糕就花掉在蛋糕店兼职近一个月的薪水。自从他出事以来，就过得浑浑噩噩，难得表达一些想法，也只是用消极的语言和方式，要不是她心脏强大并且还算了解他，可能早就受不了了。

放下背包，苏清玉去厨房把蛋糕打开，插上蜡烛，捧着走进卧室放到桌子上，笑着说："我去炒几个菜，我们今天好好庆祝一下。"

许泯尘半躺在床上，宽松的白衬衫只系了三颗纽扣，露出白皙精瘦的胸膛。

他淡漠地看着她，正在点烟，眼神疏远而没有感情。

苏清玉不太赞成他抽烟，但今天是他生日，她也没说什么，好像看不见一样，转身就去了厨房。她忙了一天兼职，现在又在厨房认真地做饭，全部做好之后已经快八点了。

《新闻联播》结束之后，卧室的壁挂电视里播着嘈杂喧闹的综艺节目，许泯尘抽着烟安静地看着，眼神专注，可苏清玉总觉得，其实他的心神根本不在电视节目上。

"可以吃饭了。"

她端着最后一盘菜走进来放到桌上，只有两个人，她却做了五菜一汤，外加一个昂贵的大牌子蛋糕，许泯尘侧目看过来，好一会儿没有动作。

苏清玉有点担心，担心自己忙碌了一天，最后的结果依旧只是他不冷不热的拒绝。

时间过得很慢，他一直就躺在那，不做任何回应，综艺节目上有人在哈哈大笑，听起来那么快乐，可屋子里的两个人谁也笑不出来。

过了许久，许泯尘才下了床，坐到桌子前，看着一桌的菜安静地拿起筷子吃饭，但就是完全不动那个蛋糕。

苏清玉也不着急，将手在围裙上抹了抹说："我给你煮了长寿面，去给你端过来。"

她说完话就转身出去了，许泯尘抬眼看着她纤细的背影，她总是忙忙碌碌的，他们之间从最开始见面的尴尬与矛盾到现在表面上的和谐，好像经历了数十年一样，其实只有两个多月。

六月份的时候，他和父母回到了位于江城市郊的平房居住，因为他已经没钱再支撑他们富有的生活。他背负了巨额债务，只能选择卖掉那幢本来是买给父母的房子。

父母没有怪他什么，还很庆幸他们当初没有依照他的话卖掉老宅，搬回去的时候他们也没见到不高兴。但许泯尘不一样，他无法做到那么从容，因为这不仅仅是失败。

后来他就遇见了小时候邻居家的那个小姑娘，听说她刚大学毕业，和他读的是同一所学校，他出版的专业书她都能倒背如流，她见到他激动得连话都说不利索了，手舞足蹈表达着她的仰慕，他就那么静静地看着，当时并没有想到，他们会发展到现在这个地步。

事实上，直到现在，回想起两个月前那个晚上，苏清玉遇见了半夜醉酒归家的他时露出的那种心疼的眼神，他仍然记忆深刻。

老人的嘴藏不住秘密，尤其是对老邻居。

苏清玉会知道那些事也在他的预料之中。

他酒量很好，虽然会醉，但总能保持清醒，他并不理会苏清玉，她只是个活在过去、依然觉得他还是那个天之骄子的年轻人。

但后来是怎么了，她冲到他面前说她要养着他，他什么都不用做，她要照顾他一辈子，再也不让他受苦难和委屈的时候，他究竟是出于什么心理答应下来的？

破罐子破摔了吗？

许泯尘端起水杯抿了一口，因为短期内频繁的酗酒抽烟，他的身体变得很糟糕，要常喝温水，也要常常吃一些药。

他没心思去记什么时间吃什么，也不想吃，但苏清玉总会替他记得清清楚楚。

不多会儿，她端着长寿面走了进来，她的厨艺很好，长寿面香喷喷的，一根面直接吃到底，长长久久，没有一点截断，大大的荷包蛋放在上面，看起来非常有食欲。

"快吃吧，趁热。"

她坐到他对面，期待地看着他，许泯尘却忽然看向她说了一句话。

"衣服很好看。"他不疾不徐道，"那个男人对你不错，舍得为你花钱。"

苏清玉一怔，半晌才意识到他说的是自己身上这套夏妍的衣服，有点无奈地说："不是你想的那样，我和夏先生什么事都没有。我给他妹妹做家教，今天去的时候突然下雨，我淋了雨，他妹妹拿了衣服给我换，等下个周末我过去，会还给她的。"

她简短的几句话就把事情解释清楚了，小心翼翼地注视着许泯尘的表情，生怕他不相信，又或者会因此生气。

其实她不用那么谨慎小心，因为没有必要，许泯尘不会介意。

他和她之间的关系太微妙，很难用什么正常的措辞来形容，但可以明确的是，他们之间只有她单方面地持有火热的爱，好像永远不会消失减退一样。

至于另外一方，由始至终，他都置身事外，没有走进来。

就像现在，苏清玉的解释，他也不知道有没有在听，他低着头吃长寿面，安静极了。

其实仅仅是这样，苏清玉就已经很满足了。

最起码，现在他眼里可以看见她了，他知道她的名字，知道她在做什么事，知道她都会些什么，会给她打电话，刚才还拿了伞打算出去接她，不像以前，她在他的印象里只是隔壁邻居家学习还不错的小妹妹那么简单，甚至几年之后再次见面，连她的长相都记不住了。

苏清玉笑了笑，虽然那笑容有点苦涩。

她取出打火机点燃蛋糕上的蜡烛，望向许泯尘说："许个愿，吹蜡烛吧。"

许泯尘放下筷子抬起头，垂着眼帘着那个蛋糕，蜡烛燃烧了一会儿，有蜡油落在蛋糕上，苏清玉紧张地用工具小心地挑出去。他注视着她的侧脸，很普通的五官，有点偏瘦，下巴很尖。

"其实不是我爱吃这个牌子的蛋糕。"许泯尘平静地说，"是我前女友。"

苏清玉闻言，脸彻底僵住了，眼神有慌乱和无措，她还太年轻，根本不知道该怎么应付现在这种局面。

许泯尘抬起眼，眼神绰约，薄唇轻抿，即便她对他多好，他总是不领情的样子。

"我不喜欢吃甜食，但因为她喜欢，所以会和她一起吃。偶尔在街上看到，也会不由自主地带一份，但现在，"他停顿下来，直接将蛋糕推到地上，"我不需要了。"

啪嗒一声，昂贵的蛋糕摔得粉碎，苏清玉呆滞地看着一片狼藉的地面，很久没有开口。

许泯尘看着她，在等待她爆发，可片刻之后，如同之前一样，苏清玉露出了理解的笑容，转身离开卧室，去厨房拿了工具，回来清理地面上的蛋糕。

她蹲在那里，黑色的长发披散在肩上，有一缕掠过肩膀，遮住了她半张脸，他看不清楚她的表情。

她的忍耐力真的很好。

许泯尘别开眼，几秒钟之后从椅子上起来，走到她面前将她手中的工具拿过来，半蹲在那里动作生疏而不连贯地清理着，一看就知道他从来不曾做过这样的事情。

苏清玉蹲在他身边看着，情不自禁地倾身在他脸颊上亲了一下，尽管她已经好像快要烧起来一样害羞怯懦，却还是鼓起勇气说："那以后我们不吃蛋糕，只吃面。"

许泯尘望向她，她笑着说："生日快乐，处女座的许泯尘。"

苏清玉在一间IT公司工作，主要负责编程方面的工作，说得直白点就是女程序员。

其实程序员赚得并不少，但苏清玉刚毕业，技术也仅仅是学校里学的那些，不熟练，也没有什么作品，作为公司新人，往往都做着又累又繁杂的工作，所以拿着比其他编程都低的工资。

坐在电脑前敲代码，苏清玉一头长发松散地用发卡固定着，身上盖着一条薄薄的毯子，因为办公室空调太强，她有点受不了，只能这样挡一挡。

其实最好的方法是把空调的温度调高点，但其他一起工作的大牛们大多是男生，怕热，作为新人，又没有美貌，苏清玉只能自觉地迁就人家，免得讨人厌，到时候遇到难题，别人不给帮忙。

喝了口水，觉得有点头疼，大概是昨天淋雨有点感冒。

昨晚睡觉的时候她就有点不舒服，但怕影响许泯尘休息，她一直克制着想要咳嗽和翻身的想法，就那么挺尸一样地躺着，身子因为隐忍咳嗽而一颤一颤。

许泯尘夜里总是睡得很轻，她这么微小的动作他可以感觉到也没什么意外。

当他转过身面对她躺着的时候，苏清玉就望了过去，有点内疚地说："对不起，吵醒你了吗？"刚说完话，就咳了好几声。

许泯尘凝视着她，夜晚里他的眼睛像漂亮的黑曜石，当他专注地看着她的时候，她就觉得不管为他做什么都是值得的。

"要不我去客厅睡……"苏清玉想要起来拿着被子去客厅，但许泯尘拦住了她。

她愣愣地被他拉进怀里，他的吻落在她脸上，她伸手抱住他，感受着他的亲吻，和他身上淡淡的清香味道，全身心地投入到了肌肤之亲当中。

他们做得不频繁，但很规律，基本在一周三次左右，往往都是许泯尘主动。

为了保险起见，虽然很害羞，但苏清玉会定期购买避孕套放在家里。

许泯尘现在没有工作，最长的时候一个星期没有出过门，他住的是苏清玉租的房子，吃的用的都是苏清玉买回来。她还会给他买衣服，尽管她只是个刚毕业的小姑娘，却会细心地翻看他旧衣服的牌子，然后照着那些牌子去给他买新的，即便一件的价格就是她在那个IT公司一个月的薪水。

他现在就是最被人看不起的小白脸状态。

然而，苏清玉从来都毫无怨言，她一直在实现她的承诺——她要养着他，他什么都不用做，她再也不会让他难过。

因为感冒，苏清玉今天上午工作很不在状态，进度很慢，上司发现之后很不高兴，苏清玉看看外面晴朗的天空，在午饭的时间离开了公司去药房买药。

找了一圈，她还是决定吃"白加黑"，因为担心其他的药物会犯困，吃了会更影响工作。

她从药房出去的时候，一辆奢华的敞篷轿车从她面前飞驰而过，她只是匆忙地看见了坐在副驾驶上的女人一眼，但却印象深刻。

她认识那个女人，但对方肯定不认识她。

她在许泯尘的钱包里看到过她的照片，虽然和现在这个化着精致妆容的职业女性有着明显不同，但依然还能摸索到过去那个轮廓。

就是那个Amy，许泯尘以前的女朋友，她坐在那辆豪车的副驾驶上，驾驶座上坐着的是苏清玉不认识的男人，但从对方的衣着和神态来看，应该就是许泯尘那个"好"兄弟了。

不要说是许泯尘了，就连苏清玉都不会相信，一起从创业开始打拼到终于功成名就的好兄弟和亲密的爱人，会在许泯尘最好的时候做出背叛他的事情，让他成为人人口中的笑柄，背负一身债务和骂名，甚至退出IT圈子。

他那么好，却被他们那样伤害，苏清玉非常难受。

但她也只能是难受而已，因为她只是一个微不足道的编程，连自己公司的老板都不能怎么样，又如何动摇业界三大巨头之首呢。

苏清玉走回到公司，倒了水吃药，吃完药从抽屉里拿出一个面包，有一口没一口地吃着。

本来中午她一般都要趴在桌上休息一会儿的，可今天早上进度太慢，下班之前的工作恐怕完成不了，她又不想加班，许泯尘不会做饭，身上也没什么钱，她不回去的话他晚饭都没着落，所以她吃了几口面包便戴上耳机重新开始工作，手机在包里振动了好一会儿她才察觉到。

慌忙地摘掉耳机，将手机从背包里拿出来，上面显示的是许泯尘的名字，苏清玉一早上的瞌睡虫瞬间飞得无影无踪，接起电话又轻又柔地说："喂，泯尘。"

电话那头的声音有点奇怪，带着点鼻音，但依旧十分好听。

"打搅你工作了吗？"他问着。

苏清玉赶紧说："没有，现在是中午休息时间。"她站起来朝茶水间走，不让自己打电话的时候吵到其他在休息的同事，进去之后才稍微放大声音说，"你吃过午饭了吗？我早上给你做好放在冰箱里了，你用微波炉热一下就可以。"

许泯尘没有很快回答，过了一会儿才"嗯"了一声，鼻音很重。

苏清玉担忧道："你是不是感冒了？糟了，可能是我昨晚传染你了，我买了感冒药，晚上带回去给你吃。"

许泯尘只是说："你买了药？"

苏清玉说："嗯，不过我下班有点晚，要不你找找看家里还有没有感冒药？在电视柜下面的抽屉里，我记得我放在那了，你看还有没有？"

许泯尘很可能没有听完她一整句话，因为他只是回答："你吃过药了。"

苏清玉应了声说："我吃过了，你感觉怎么样？严重的话我请假回去。"

许泯尘只说了一句"不必"就挂断了电话，苏清玉放下忙音的手机，尽管一直劝说着自己他都是三十岁的男人了，可以照顾好自己的，但还是不放心。

苏清玉一下午工作的心态都既烦躁又着急，好不容易挨到了下班，上司看完她的工作日志之后又把她留了下来。

"清玉，你是新手，技术不过关可以理解，但你要学会问，这几个地方的代码有明显的漏洞，前台画面也不够美观，如果需要图片你可以找美工去设计，不要自己糊弄上去，这样的东西拿出去给客户，我们的公司以后不用开了。"

　　上司的话说得不太好听，最后的结果就是，她得加班把东西改好做完。

　　回到座位上，苏清玉看着电脑右下角的时间，满心的负能量。

　　她也想把页面写得好看一点，可是没办法，美工一天天都跟大爷一样，她一个新人，想让人家设计点什么改点什么都得三求四请的，最后还不一定给办，她能有什么办法。

　　打开PS，苏清玉心情烦躁地开始改页面上需要的图片，她的制图技术不怎么好，念书时老师说编程只要懂PS就可以了，不用有太好的技术，因为工作后会有美工做前台美化，那时候她还沾沾自喜她的PS技术比一般的师兄妹们要好，现在可得意不起来了。

　　眼见着天色越来越暗，加班的人陆陆续续离开，整个公司就剩下她一个人了，苏清玉越发着急了。她一着急，做事就老出错，这样一来速度就更慢，最后只好给许泯尘发了短信，让他在冰箱里找点东西凑合吃一顿，她估计还得很晚才能回去。

　　许泯尘没有回短信，但她知道他看见了，他一直都不爱回复短信的，也不爱发，如果有事都是直接打电话，发短信对他来说是件浪费时间的事，无奈苏清玉她们这个年纪的小姑娘什么事都喜欢用短信说。

　　夜里九点多的时候，苏清玉终于把工作完成了，打包发到上司的邮箱，给对方打了电话告知，然后等着审批通知。

　　她回头看看落地窗外，天色已经彻底黑下来了，位于CBD的办公区还十分热闹，许多写字楼都亮着灯，在这个地方工作的人，总是拼了命地赶进度，稍微松懈一点就会被别人落下很远。

　　十分钟之后，上司回了电话，总算是说了"OK"，她可以回家去了。

　　拿起背包，摘掉固定着长发的发卡，苏清玉将公司的灯关掉，拿钥匙锁了门，走进电梯下楼。

临近九月底，天气开始渐渐转凉，昼夜有一点温差，昨天又下过雨，今天就更凉一点，苏清玉穿着西装套裙，腿露在外面被夜风吹着，难免会有些冷。

这个时间还有地铁，人应该也不多了，这是唯一值得庆幸的事。

苏清玉下了台阶，快步朝地铁站的方向走，没细看周围，也就没发现有人在门口等她。

许泯尘站在写字楼的阴影里，注视着苏清玉的背影，不远不近地跟着她，直到她安全地进了地铁站。

他没有乘地铁，而是转身朝反方向走，在夜晚的江城街道上漫步着。

这是他以前再熟悉不过的地方，他见证了互联网开始发达后CBD里繁荣兴起的IT公司，那些公司创建之初都会拿他的经历来激发员工潜能，他一手创建的艾博集团是所有业内人士的标杆，艾博大厦也是所有新入行的人梦寐以求想要进入工作的地方，如今，他只是三个多月没有过来，却好像已经不认识这里了。

苏清玉回到家的时候就发现许泯尘不在，五十平米的一居室一眼就能看全，她先是愣了一下，随后紧张地拿出手机给他打电话，一边打电话一边离开了家，跑出小区，站在路口处四处搜寻他的身影。

电话打第三次的时候他才接听，不等他出声，苏清玉就快速地问："你去哪了？"

那边并不吵闹，偶尔可以听见车子的喇叭声，她判断他应该是在街上，没等他回答就说："你出去了吗？是不是出去吃饭了？有带钱吗？钱够不够？我过去吧？"

这么多问题，实在让人不知道该回答她哪一个才好。

苏清玉急切地等着他开口说话，但还是没等到，对方直接挂了电话。

苏清玉愣住了，眼泪几乎就要掉下来，不过她很快就听见不远处传来熟悉的男声。

"我在这。"

三个字，简单得不能再简单，苏清玉诧异地望过去，许泯尘站在不远处的路灯下，路灯的光将他的身影照得非常柔和，他身材那么好，高大挺拔，就和几年前他搬家离开时一模一样，但有很多别的事都不一样了。

他现在不会再将西装穿得那么一丝不苟，胡子也不会频繁地刮掉，松散敞着的西装外套，领口松开了三颗纽扣的白衬衣，有些褶皱的西装裤，他看上去有些不修边幅，却一点都不影响他的英俊。

她的王子虽然落魄了，但依旧是她的王子。

苏清玉快步跑过去扑到了他怀里，紧紧地抱着他，这是她以前做梦都不敢想的事，但现在她可以毫无忌惮地做了。

她有时候也会庆幸他会有那样痛苦的遭遇，至少那些遭遇让她走近了他，她是不是太自私了。

"你怎么了？"

他察觉到了她的反常，低沉的声音无波无澜地询问着。

苏清玉紧了紧双臂，许久才说："我担心你走了，怕你再也不回来了，我害怕这三个月的相处就是我的一场梦。"

许泯尘侧开头望向夜晚市郊空旷的街道，等她主动放开他的时候，他才从西装里侧口袋取出他的钱包。

他没有表情地将钱包打开，里面以前放着他和Amy合照的夹层现在什么也没有，钱包是昂贵的Louis Vuitton，但夹层里却没有一分钱，连一张能用的卡都没有。

"你觉得我还能去哪？"

他自嘲地轻笑一声，将钱包放到她手里，抬脚往小区的方向走。

苏清玉看着手里的空钱包，抿唇追上他，挡在他面前，将自己的钱包拿出来，把里面所有的钱都放进了他的钱包里。

"我没有太多钱，但我可以把我所有的都给你，我只有一个要求，如果你要走，先跟我说一声。"她踮起脚尖亲了一下他的侧脸，牵住他的手说，"我们回去吧，昨天忘记给你看生日礼物了。"

♡ ✳ 🎁

第二章　尘埃里的花

陈静仪是苏清玉的同事，在公司做美工，两人平时工作偶尔会有交集。

与一般同事不同的是，陈静仪就住在苏清玉家对面。

苏清玉也是刚刚才知道。

她到这家公司工作还不到三个月，前段时间见过陈静仪，她总是衣着光鲜，出手阔绰，常请同事们吃东西聚餐，很受欢迎。

但后来她忽然请了一个月的长假，老板那样小肚鸡肠的人也不知道怎么的，居然批准了她的假期，那之后苏清玉就没再见过她。

最近又看见她，正是因为她住进了她家对面。

苏清玉在工作日要上班，早上出去之后夜里才能回来，对邻居的动静也不是很关注，搬进来住了几个月，跟邻居几乎还都不怎么认识。她会遇见陈静仪，和许泯尘有点关系。

这天晚上下班回家，她拖着疲惫的身子去做晚饭，在卧室里看《新闻联播》的许泯尘走了出来。

他身上穿着她买给他的生日礼物，高端品牌的男士家居服，宽松的系扣上衣，深蓝色的长裤，由于他最近都不怎么出门，皮肤白得一点血色都没有，被这种深颜色一衬越发显得不健康了。

他在厨房门口站了几秒钟，等她回头笑着朝他打招呼的时候就安静地走进来，蹲在垃圾桶边收拾着快要塞满的垃圾。

他那双手又白又修长，真正是十指不沾阳春水的少爷手，这会儿整理那些垃圾却一点都不嫌脏，很快便将黑色的垃圾袋系好，拎起来朝外走。

他一开始做这些，苏清玉经常会阻止他，他一直不听，她就一直阻止，她那时跟他说，这种事情不该是他这样的人来做的，她做就可以了，许泯尘最初是保持缄默不回答，后来他就对她说，他现在除了这些事，已经什么也做不了了。

当一个人开始怀疑自己的人生价值时，也许应该让他做一些别的事分分神。

苏清玉心里的想法，睿智如许泯尘，怎么会不知道。

她对他是盲目的倾慕，还是深沉的爱意，这其实不难判断。

如果是前者，她或许可以坚持半个月，一个月，但现在已经快要三个月了，时间一晃就过去，下次意识到时间在移动，可能就是他们在一起半年的时候了。

到现在为止，她依旧一点受够了的痕迹都没有，爱情有时候就是如此神奇，不管你变成了多么糟糕的人，爱你的人还是会毫无保留地接纳糟糕的你。

也许他以前所感受到的，关于那个人的，都称不上是爱情。

许泯尘将垃圾丢到楼下便往回走，在开门打算回家的时候，对面那家的门打开了。

屋子里走出一个身材曼妙充满成熟风韵的女郎，尽管已经到了晚上，她依然化着精致的妆容，穿着无懈可击的性感紧身裙，胸前的风光半隐半现，在楼道昏暗不明的灯光下闪着诱人的光。

比起她来，苏清玉那样的女孩太过寡淡了，永远的清汤挂面，不施脂粉，五官普普通通，身高普普通通，胸前也是勉强可以入眼的B，这样的女孩放在人群里，实在看不出有什么出挑。

三个月之前，许泯尘对老邻居家那个女孩叫什么名字、长什么样子已经全部都忘得干干净净，在和她相处的头一个月，还总是会记不住她的长相。

但现在不会了。

说不出来，也想不明白，现在她的一颦一笑都深深刻在他脑海中，时不时就会出现。

也许就跟他当初一时冲动答应和她在一起一样。

他需要一个完全不用担心会背叛他的人来抚慰他支离破碎的心，他会让自己努力记住她，不断想起她，这样才不会回想起那段让他几乎再也爬不起来的感情。

陈静仪注视着正准备进屋的许泯尘，她做IT这一行时间已经不短了，第一眼看见他的时候就觉得有点眼熟，这个男人虽然看上去有些落魄，却绝对不是一般人物。

她开始思索，然后很快就做出了判断。

这不是艾博集团的前CEO许泯尘么？

他怎么会在这里？他住在这？

这太搞笑了，那样的天之骄子，即便后来因为被外资企业利用来做空中国股市的丑闻丢掉了艾博CEO的职位，但始终也是曾经的互联网大佬，不至于一点家底都没保留吧？

其实陈静仪什么都不懂。

没有真正参与到那件事里的人，永远不会清楚当初发生了什么。

许泯尘停留在门口的时间很短，他的目光只是十分正常地往她身上扫了一眼便立刻收回，冷淡清寡，毫无感情。

他走进屋里，打算关门，陈静仪脑子一热忍不住上前说："你好，我是新搬来的，以后我们就是邻居了。"

许泯尘关门的动作顿了一下，注视着脸上挂着妩媚笑容的女人，淡漠说道："你应该和主人说这句话。"

陈静仪不解道："你不是这家的主人吗？"

许泯尘似乎笑了一下，轻慢又自嘲地，他转头看向房间里，很快，一个熟悉的身影出现在门口，她系着围裙，好奇地朝外看了一眼。

许泯尘在她耳边低低沉沉地说："新邻居，想跟你打招呼。"

陈静仪诧异地看着苏清玉，表情有点扭曲："苏清玉？"她叫着她的名字，简直大跌眼镜。

那个毫无特点、一点都不起眼的小编程？她怎么会和许泯尘住在一起？

"……静仪姐。"苏清玉的眼神有些闪躲，半晌才说，"你搬到这里来住了？"

陈静仪还没回公司报到，她身体恢复之后就出国去玩了一阵子，老板给了她一笔钱，算是抚慰她为他打掉孩子后受伤的心，她正打算过几天回去上班。

她也没隐瞒，略显高傲地点了一下头，到底还是没克制住，问了一句："你和那位是？同居？"

苏清玉面目平和，但从眼底可以看得出来她有点紧张。

"他是我男朋友，天色很晚了，不耽误你吃晚饭。"

苏清玉快速地说了一句话，退回去关上了门，她身后的许泯尘没有停留，直接回了卧室。

她跟着他走到卧室门口，看见他拿着一本书半靠在床上看，她吸了口气说："你会怪我吗？"

许泯尘抬眼望过来，虽然没说话，但她看得出来他在等待什么，于是继续说："我跟别人说你是我男朋友。"

许泯尘和她对视着，表情不见丝毫变化，过了一会儿，他收回视线低下头，翻了一页书，因为前阵子酗酒抽烟，他的嗓子受到了一点伤害，低声说话时会显得有些沙哑。

"为什么要怪你，除了这个，我也不能为你付出什么。"

苏清玉特别不喜欢他现在这种消极厌世的态度。

她有点烦躁地走上去坐到他面前，将手放在书本上挡着，当他再次看向她的时候她才说："没关系，我来付出，我给得起。"

许泯尘薄唇抿着，没有说话。苏清玉笑笑，收回手起身离开，她还要做晚饭。

许泯尘看了一眼床头柜上她放着的书籍和电脑，大多是关于修图制图还有编程方面的书的资料。

其实女孩子不适合学这个，苏清玉那样的女孩更适合去学历史或者文学。

在等待她准备晚饭的时候，许泯尘迟疑许久，还是将她的电脑拿来打开了。

他们刚开始在一起同居的时候她就说过，她的一切他都可以随便动，包括她的电脑，如果他无聊，随时可以拿去上网。

许泯尘已经很久不上网，看电视时除了躲不掉的《新闻联播》之外，他连新闻都不看。

电脑曾经陪伴他度过了整个青春，也是网络最终成就了他，但现在再拿起这些东西，他却只觉得每一根触碰到电脑的手指都发凉。

笔记本没关，打开之后可以看见停留的页面，她还在写网页，很简单的那种基础网页，不涉及什么复杂的特效，但作为初入门的新手，她经验不多，恐怕在公司也不怎么受欢迎，没前辈带着，做起来就很吃力。

许泯尘侧眼看了看卧室门外，晚饭可能还要一会才好。

他将手放在键盘上，停滞了好一会儿，才慢慢开始敲击键盘。

几个月没碰电脑，竟然一点都不觉得生疏，看着屏幕上外行人眼里的"天书"，他敲击键盘的动作没有停下过。

当苏清玉做好了晚饭来叫他的时候，他已经将笔记本放回去，依旧在看书。

她什么都不知道。

"吃饭了，快来，饿坏了吧。"

苏清玉笑着上前叫他，许泯尘从床上下去，到厨房和她一起吃饭。

其实他们现在的经济状况很不好，苏清玉一个小姑娘，要负担他昂贵的开销，还要负担房租，已经几乎没剩下什么钱。但她还是会尽量给他最好的一日三餐，每次都是满满一桌子菜，虽然称不上多考究，但荤素搭配，营养均衡。

"你最近身体比刚开始好多了，不喝酒不抽烟之后是不是好像重获新生一样？"苏清玉笑着给他盛了米饭递过去，他注意到她拿着米饭勺的手上贴着创可贴，在食指上。

察觉到他的视线，苏清玉缩回了手不在意地说："没事，就是切菜的时候不小心切到了，别在意，吃饭吧。"

她将米饭盖起来，坐下来吃饭，不怎么看他，但会不断地给他夹菜。

她总是嫌他吃得太少。

许泯尘安静极了，他一直都很沉默，这会儿也不例外。

卧室的电视机还开着，新闻结束了，开始播出其他的广告，味道很好的饭菜冒着温暖的热气，一切都充满了生活气息，让他深刻地感觉到他还活着。

安静祥和的时间总是过得很快，每天苏清玉最高兴的时候，就是和他一起晚饭的时候。她不用担心赶不上打卡上班，可以好好地看着他，照顾他吃饭，真希望时间可以永远停留在这一刻，他不用离开，而她也不用放手。

但事实上，即便他如今不问世事，每天都只待在家里什么也不做，她还是知道，他早晚会回到巅峰的位置，他就是该在那里的人，或许有时候需要走下来休息一下，但总归是要回去的。

她唯一的愿望就是，他可以回去得晚一点儿，再晚一点儿。

苏清玉收拾完厨房洗过澡，已经是夜里九点了。

《焦点访谈》结束了，中央一台正在播出别的节目。

许泯尘洗过澡，躺在床上盖着被子，微微闭着眼，像是睡着了。

她轻手轻脚地掀开被子躺进去，目光紧盯着他，很担心会把他吵醒。

　　还好，他没有睁开眼，她松了口气，靠在床头，将柜子上的电脑放到膝盖上，翻开打算将今天没完成的工作做完。

　　今天上司不在公司，没人审核工作进度，她才逃过一劫不用加班，但在明天去上班之前她得把工作做完。上司明早就回公司了，回去之后第一件事肯定就是查他们的工作完成情况。

　　在打开电脑的时候，苏清玉捂住了喇叭的位置，因为担心开机音乐吵到许泯尘，做完之后她才发现自己有点傻，电视还开着，那声音比电脑的开机音乐可大多了。

　　微微倾身越过许泯尘拿来遥控器，将电视关闭，屋子里安静下来，只有苏清玉的电脑还亮着。

　　她回到自己的位置上，打算开始工作，却发现了令她无法淡定的事情。

　　本来还只写了一半的代码已经全部写完了，页面上有很多非常复杂的特效，美观程度也是她做出来的页面无法比拟的。

　　不用怀疑，这肯定不是电脑自己成精了，会写代码了，应该是许泯尘替她写的。

　　那一刻苏清玉觉得自己的手都在颤抖，她将代码保存好，关闭电脑，把它放回床头，侧身躺下，目不转睛地看着黑暗中渐渐清晰起来的身边人。

　　许泯尘好像睡得很熟，可照他往日的敏感来看，他现在肯定已经醒了。

　　他不睁开眼，可能只是因为担心她会问。

　　她不会问的。

　　她知道如果她问了，他一定会尴尬，所以她什么都不问，就像关于Amy的事一样，尽管从父母那里听说了，可自从和他见面，她从来没提过一个字。

　　如果他不想说，她就不问，不管什么事。

忽然，许泯尘睁开了眼。

他眼神清明，没有丝毫睡意，与苏清玉预料的一模一样。

眼睛适应了黑暗之后，两人可以在一片暮色下勉强看清彼此，苏清玉的手从被子里慢慢放到他胸口上，抓着他的睡衣纽扣，有点纠结。

许泯尘侧头睨向她，表情平静，好像他并没有做什么事一样。

但苏清玉知道这件事之于他的意义。

他们在一起快三个月，他从来不碰电脑，不看报纸，不看新闻节目，除了必须要看的《新闻联播》。他刻意避开这些，就是不希望再和过去那些人与事有什么瓜葛。

他现在可以触碰她的电脑，看到她未完成的代码还会帮她写完，这件事对于她的意义，可能比对于他本人的意义还要深刻。

"哭什么。"

许泯尘忽然开口说话，紧蹙眉头，英俊的脸上带着不悦。

苏清玉一愣，收回手摸了摸眼角，真的有泪痕。

"……没，可能是眼睛有什么问题，我明天去医院看看。"她撒着谎，显得有些局促。

许泯尘注视着她，许久才说："不要骗我，不管出于什么目的。"

苏清玉心里咯噔一下，情不自禁地上前抱住了他，把头埋在他怀里说："我只是很感动，你会帮我。"

感觉到怀里那个带着体温和芳香的女孩身体，许泯尘许久都没有反应。

在她停止无声落泪的时候，他才抬起手环住了她，冷清又无情的声音在她头顶响起。

"你怎么对我，我就怎么对你，这很难懂吗？"

"……"

不，这一点都不难懂，她只是很意外，因为她从来没有期待过可以得到回应。

因为许泯尘的转变，苏清玉最近心情一直不错，工作状态也好，之前他帮她完成的页面毫无疑问地得到了上司的大加赞赏，那时候陈静仪正好来上班，听见上司的夸奖，她意味深长地看了她一眼，苏清玉有点心虚，低下头没有说话。

陈静仪一回来，就去了老板的办公室。

这可以理解，她也许是去销假的。

但是，她进去的时间也太长了。

苏清玉从茶水间出来，随意地看了一眼，便回到自己的位置上做事。

离下班还有一段时间，明天又是周末了，大家都很兴奋，没什么做事的心思，会偷偷地在某个大牛私下写的聊天软件里打酱油。

苏清玉没参与，她一点可以休息的兴奋都没有，因为周末她还有其他兼职要做。

为了周末可以安心地做别的兼职，她今天得把工作圆满结束。

下午四点多，陈静仪从老板的办公室出来的时候，就看见苏清玉正在认真地敲键盘。她以前从来没在意过这个不起眼的小姑娘，但自从知道许泯尘在和她同居之后，她就开始关注她了。

这是陈静仪第一天回来上班，这几天她住在苏清玉家对面，几乎看不见许泯尘出门，从他之前经历的事情来看，他现在大概还没有工作吧？那么……苏清玉在包养他？

这个想法一冒出来就一发不可收拾，女人的八卦之心让陈静仪无法把这个猜想憋在心里，她回到她的工位上，拉着另外一个美工小声讨论。

"喂，你猜我知道了什么。"陈静仪神秘兮兮地说，"你看见了吗，那个新来的做编程的苏清玉，别看她长得其貌不扬，平时也不怎么吭声，可厉害着呢。"

美工惊讶道："她？就她那样还厉害？肉包子一个，来找我做个图，被推一次下次就不敢来了，全都是她自己搞上去的，因为这个还被上司骂了。"

苏清玉和他们同一个上司，那男人简直就是个铁面包公，不管男女，只要工作上让他不满意了，马上就是劈头盖脸地一顿骂。

"她那都是装的，指不定哪天我们都得跪舔人家。"她凑到对方的耳边，似乎是放低了声音，可音量却提高了，意图非常明显，"她包养了一个男人，人家吃她的住她的，俩人正在同居，你没看她衣服都没几件，而且全是便宜货吗？因为她没钱，钱都拿去包养男人了。"

听她说的人难以置信地看向苏清玉的工位，其他人闻言也都看了过去，苏清玉戴着耳机正在工作，没注意到那些事，一直安安静静地敲着键盘，好像外界的一切都打搅不到她。

陈静仪很挫败，冷笑一声说："你看，那么卖力地干活，这是怕丢了工作之后养不起那个男人啊，不过说来也是，那个男人啊，换我可能也会考虑一下要不要包养。"她嗤笑一声，惹来其他人好奇，已经有别组的人上来询问。

"是谁啊，她包养了谁？"

陈静仪卖了个关子，等苏清玉终于注意到自己在被围观摘掉了耳机之后，她才慢悠悠道："艾博集团你们知道吧，就是开发我们国内最大社交网站的那个。"

"知道啊，这跟艾博有什么关系？"对方不解。

陈静仪语出惊人："艾博以前的CEO许泯尘，就是苏清玉包养的那个男人。"

她的话说出来，办公厅里的所有人都呆滞了，不可思议地看向了苏清玉。

苏清玉皱眉看着陈静仪，那样一个平时看着懦弱又沉默的女孩这会儿这时候忽然强硬起来了。

她站起来走到陈静仪面前，在其他同事的围观下一字一顿道："静仪姐，请你不要乱说话，他没有被我包养，你可以侮辱我，但请你不要污蔑他。"

陈静仪嗤笑一声："哎哟，这么护着人家啊，也是，那样一个男人，你这样的女人能摸到人家一根手指头就是前世修来的福气了，现在可以跟人家同居，指不定多美呢，舍不得别人亵渎他也是可以理解的。"她言辞刻薄道，"那么，不能说你包养他，就说你倒贴人家，这总可以了吧？我说苏清玉，你年纪轻轻一个小姑娘，才大学毕业出来，上赶着倒贴什么男人啊？你怎么那么下贱呢？"

陈静仪的话很难听，苏清玉却一点反应都没有，只要不涉及许泯尘，她什么气都可以忍。

她想要转身回去工作，但陈静仪根本不肯这样放过她，她的反应太过平淡，完全没达到陈静仪的心理预期，她怎么会罢休？

"说不定啊，和家教有关系，能养出这么下贱的女儿，搞不好家长也不是什么好东西。"

苏清玉闻言一顿，她握拳克制着自己的情绪，最后还是没克制住，直接回到原来的位置上瞪着陈静仪。

她这样的反应才是对的，陈静仪高兴了，满意了，白了她一眼打算回到座位上，谁知苏清玉忽然抬起手给了她一巴掌。

她难以置信地看着她，在这个公司，她是第一个敢这么对她的人，连老板都不曾这样过。

"你居然敢打我！"陈静仪尖叫了一声，这会儿上司正好从老板办公室出来，门还没关，里面的人都把这一幕看得扎扎实实。

"怎么回事？"

上司皱眉上前，看着围观的其他同事，黑着脸把她们俩拉进了办公室。

走进办公室的那一刻，苏清玉看着老板的脸色和陈静仪委屈贴上去的行为，就知道这个公司她恐怕是待不下去了。

事情也果然不出她所料。

陈静仪没说几句话，老板就说要辞退她，从她的话里苏清玉隐约听得出来，她是为了老板才休息了一个月，好像是身体上有什么问题。

看她捂着肚子的动作，苏清玉嘴角的笑意很冷，这是怀了孩子又打掉了吧，可老板明明有老婆，她去给人家做小三，到底谁比谁下贱？

陈静仪看见她的笑之后更生气了，想要上来扯她头发跟她打架，幸好上司及时把她拉了出去。

她一出去，屋子里就只剩下苏清玉和老板两个人。四十多岁的老板还梦想着成为互联网行业里的第二个许泯尘，常常在开会时拿对方的经历来说事，说什么如果自己有许泯尘的成就，绝对不会步他的后尘，贪心不足地想要吃掉更多，最后什么也没剩下。

想起那些，苏清玉就很难有什么恭敬的表现，但她还是不想失去这份工作，所以她强迫自己低下头，放轻声音说："老板，对不起，请你再给我一次机会，我不会再和静仪姐顶嘴了。"

老板笑了笑，油光满面地令人讨厌，他说话的声音都带着油腻："她是公司的老人了，你应该事事迁就着她，就算她说了过分的话，也不要动手嘛，动手就是你的不对了。"

苏清玉没说话，但点了一下头。

老板看了她一会儿，忽然说："小苏啊，你多大了？"

苏清玉一怔，抿唇说："过了十月份的生日就二十三了。"

老板笑着说："真年轻啊，年轻就有潜力，不像我，已经老了。"

苏清玉勉强笑笑："没有，老板很年轻。"

老板看了她一会儿，忽然说："我听静仪说，你认识许泯尘？"

苏清玉愣住，没有说话，老板自顾自道："许泯尘现在在做什么？听说他现在没工作啊？你可以把他带来我们公司，让他给我打工嘛，虽然他之前的事闹得满城风雨，还进了局子，但我还是可以给他一次机会的，不过我们得事先说好，得签个合同，按合同办事，毕竟他那两下子……谁都得警惕一点。"他说着话，笑容贪婪而猥琐。

苏清玉冷着脸不言不语，老板眯眼道："怎么不说话？你觉得我们这里庙太小，装不下他那尊大佛？"他意味深长道，"那是个失败者，我跟你说啊小苏，你老板我早晚是要替代他成为行业传奇的，而且我也不会犯他的错，他现在什么都不是。"

苏清玉忽然就一点都不想继续在这里工作了。

她笑了一下，嘲讽又不屑，语调平静道："这句话我很早就想说了，今天终于有机会告诉你了。"

老板还以为她要说什么好话，做出洗耳恭听的样子，苏清玉睨着他，掷地有声道："像你这样的人，一辈子都不会有他那样的成就，你连和他在一起比，都是对他的侮辱。"她说完话就摘掉了脖子上的工牌，面无表情道，"我不干了。"

语毕，转身就走。

老板在后面看着，一脸震惊，好半天没反应。

走的时候可真潇洒。

走了之后就只剩下焦灼。

苏清玉在这家公司工作还不满三个月，还没过试用期，所以没有签订劳动合同，走的时候能拿到的钱也不多，仅仅是她这个月薪水的百分之八十，财务部的人说这是老板的要求，因为她在工作期间表现不佳，被扣掉了一部分。

在江城这样的一线城市，她在CBD里的公司工作，作为新人，一个月的薪水也只有不到四千块，她既要负担房租，又要承担许泯尘的日常开销，还有家里的饮食，几乎存不下什么钱。

如果再扣掉百分之二十，那就更少了。

临近九月底，江城已经进入秋季了，走在路上不再有烈日炎炎的灼伤感，但苏清玉还是觉得心如伏天，好像要中暑了一样难受。

现在回家的话，许泯尘那么聪明，一定会猜到发生了什么事，他那么好的人，会不会因为她没了工作，无法再支撑这个家，就不声不响地离开呢。

不行，千万不能让他知道。

想想他要离开，苏清玉就怕得整颗心都揪了起来，她快步走到报亭那买了一份招工报纸，离开CBD找了个网吧开了台电脑，开始不断地投简历，就和刚毕业的时候疯狂找工作一样。

这会儿，已经是下午五点多了，没多长时间就是她的下班时间，她只要熬一会儿再回去就行了。

这几天总是很忙，苏清玉都没怎么买菜，家里已经没多少新鲜蔬菜了。

许泯尘打开冰箱的时候，就看见两根胡萝卜，一盒酸奶，几个鸡蛋。

他关上冰箱门，直起腰看着冰箱上的贴纸，那是苏清玉写来提醒她自己的，因为太忙，事情又多，她记性又不好，为了不让俩人挨饿，她每天都得写很多便利贴提醒自己。

贴纸上的日期是前天的了，她在提醒自己去买菜，也不知道她今天会不会去。

从西装外套里侧取出钱包，打开之后看着里面的钱，还是那天晚上苏清玉放进去那么多，他一分钱都没花。

风水轮流转，这句话是对的。过去，他从不曾考虑某个东西需要多少钱，因为他有花不完的钱。但现在，看着钱包里躺着的可怜的两百多块钱，连买盒烟都得精打细算。

收起钱包，许泯尘带着钥匙离开了家，独自走在秋日黑得越来越早的街道上。

他现在走路总是习惯性地低着头，好像怕别人关注他一样，但不论他多么落魄，仍然还是那么引人注意，即便他极度克制，保持低调，还是会有不少人看他。

他本该是个闪闪发光的人，即便如今蒙了尘，也与一般人不同。

菜市场这个地方，自从开始读高中，他就没有再去过了，更不要说去北大念大学之后又出国留学，那就更没机会接触菜市场这种地方。

市郊的菜市场不怎么干净，规划得也不好，许泯尘走在水产区，地面上全都是脏水，他扫了一眼脚上的皮鞋，那么昂贵的牌子，不该是走在这种路上的，但他没有任何感觉。

他回想着苏清玉比较拿手什么样的菜，从水产区路过来到蔬菜区，看见什么她做过的味道不错的就要一点，他话很少，也不讲价，很快就拎了两手袋子。

来逛菜市场的一般都是家庭主妇和上了年纪的老人，偶尔还会有点跟着家长来的小孩，他这样英俊的青年男人在这里很少见，他身上的气质让他有点鹤立鸡群。

他不去看偷偷瞥他的人，将钱递给菜贩子之后，转身准备离开。

忽然，眼前闪过一道白光，他眯了眯眼，看向光源处，几个拿着相机的人站在不远处，正在议论纷纷。

这种情况很熟悉，以前他常常遇见，那是媒体记者，他们以前拍到他，不是在豪宅庄园，就是在高档会所，又或者艾博大厦附近。

或许连他们都很惊悚，竟然会一路跟着许泯尘来到菜市场。

在他们的印象里，即便这位互联网大佬已经彻底倒台，可也不至于沦落到需要自己出来买菜的地步。即便是当年和他一样曾经走错一步棋的史玉柱，也不见得有过这样的经历。

许泯尘隔着几个陌生人望着那些记者，他们互相对视着，谁也没有动作，最后还是许泯尘先一步离开了。

其实以前，如果不是他自愿，媒体基本刊登不到他什么新闻，艾博的公关部能力很好，即便有谁拍到了什么照片，也可以在他们发布之前撤掉。

但现在已经不需要了。

他不需要公关部，因为他已经不在意谁来拍他。

消息传得很快，记者离开之后就将照片发到总部，很快，在新闻网站的头条上，关于许泯尘沦落到亲自去菜市场买菜的消息就不胫而走，一路飘红成头条。

其实去菜市场买菜没什么，这对普通人来说是件很正常的事，不会被看轻。

但许泯尘显然不是普通人，他曾是年纪轻轻就坐拥百亿身家的互联网大亨。

在艾博旗下的社交网站上，这个消息也上了热搜，他的官方艾博已经被注销，没人可以再去踩一脚、围观一下，他们只能在记者拍摄到的照片下留言。

大多数人在看笑话。

说一些软话的基本上都是感性的女孩子。

一个英俊的互联网大佬落魄成这个样子，还真是让人想要去帮一把。

但是，大多股市散户还是恨极了许泯尘，因为他，他们损失了不知道多少钱，天台挤满了人，就差挨个儿往下跳了。

苏清玉投完简历准备关机回家的时候，就在网站上看见了飘红的头条。

许泯尘三个字有着强大的吸引力，她立刻点开查看新闻，已经没心思去看冷嘲热讽的新闻内容了，满脑子都是那几张照片。

他穿着旧西装，下巴上有清晰可见的胡茬，精神状态看上去不太好，表情漠然，两手提着几个装着蔬菜的袋子，与菜市场的景象格格不入，好像硬P上去的一样。

苏清玉半晌没有反应过来，好一会儿才想起家里没菜了，她前天写便利贴提醒自己去买的，但是给忘了。

他应该是看见便利贴了。

估计饿坏了吧，所以才会自己去买菜的吧。

苏清玉内疚得不行，她不敢想他看见这条新闻会是什么心情，也不敢想他父母看见新闻会多难过，她关了电脑拎起背包离开网吧，快步跑向地铁站，用最快的速度赶回了家。

打开家门的时候，她一眼就望见了摆在客厅桌子上的两袋子蔬菜，看来那照片不是P的。

苏清玉心情复杂地关上门，换了鞋走进去，因为走得太着急，回来时不小心踩了别人洗车的水，她腿上的丝袜有些脏了，这还是她看见许泯尘时发现的，因为他的视线定在她的小腿上。

"没事。"她快速说着，"我一会儿脱下来洗洗，我去做饭，你买了这么多菜，今晚多吃点。"

她不提新闻的事，拎着蔬菜袋子进了厨房，身上还穿着上班穿的职业套装。

许泯尘再次走进厨房的时候只说了一句话。

"先去换衣服。"

苏清玉闻言，也发现自己好像过于紧张了，以前回到家她都是先换衣服再做饭的。

她迟钝地点点头，放下手里的蔬菜袋子去卧室换衣服，许泯尘就站在门口看着，她也不介意，旁若无人地脱掉身上的职业套装，换上宽松舒适的居家服。

她有些沉默，尽管一直在努力微笑，但笑容十分牵强。

换好了衣服，她直接去了厨房收拾那些菜，一直没说话。

这很反常，许泯尘站在卧室门口停顿半晌，还是跟着去了厨房。

苏清玉在洗菜，她将辣椒一个一个洗干净，洗着洗着就开始掉眼泪，但没发出一点声音。

大概是不希望被他看见，她抬手想要抹掉泪水，在手碰到眼睛的前一秒被人阻止了。

"不要用摸过辣椒的手摸眼睛。"

他皱眉说话，晦暗的眉间有深深的刻痕，苏清玉看着自己的手，眼泪还是不断掉下来，她十分讨厌这样的自己，吸了吸鼻子勉强笑道："对不起，眼睛前几天坏了，还没时间去看医生，刚才我有点心不在焉，这都怪我，我什么都做不好，只会惹你不高兴……"

许泯尘看着她难过的眉眼，握住她的双手，按了点洗手液，帮她把手洗干净，用毛巾擦干，将她推出厨房关上了门，从头到尾没说一句话。

苏清玉站在厨房外面，垂头丧气地看着自己带着洗手液芳香的手，也许，她还是太年轻了。

她想照顾他，却总是不能照顾好他，最后还是要他来迁就她，实在太失败了。

她不能这样下去，不行。

她必须振作点，必须做点什么，她要改变现状。

他现在就像身处世界上最黑暗的角落，她必须得让他知道，世界上还有很多充满阳光的地方，她要把他拉出来。

♡ ✳ 🎁

第三章　贪心

当天夜里，苏清玉难得很主动地抱住了许泯尘，在黑暗里小心翼翼地亲吻着他的唇。

许泯尘垂眼望着她，明亮的眼睛在黑暗中熠熠生辉。

随后，他揽住她的腰将她放到身下，掀起被子将两人全部盖住。

被子起起伏伏，不大的卧室慢慢被暧昧的声音填满，月亮都羞涩地躲到了云的后面。

第二天是周六，但苏清玉还是得早起，因为她有兼职要做。

本职工作已经丢掉了，那就得把兼职干好，不然真不知道接下来他们两个人要怎么生存。

许泯尘睁开眼的时候她已经出门了，手臂放在身边的位置，带着些清晨的凉意，她走了有一会儿了。

看看挂钟，其实才八点钟，她离开得有点早，比工作日还早，她一直是这样，他从来没问过。

掀开被子下床，许泯尘来到窗前拉开窗帘，秋高气爽，阳光灿烂，今天是个好天气。

在窗前站了几秒，他回到床边拿起她叠好的衬衣套在身上，离开卧室去洗手间洗漱。

路过厨房时，他看见厨房桌上已经放好了早餐，还很小心地用盖子扣着，那是她担心他吃的时候会凉。

她总是那么体贴周到，所有事情都想得很全面，恨不得他什么都不要做，每天就躺在那里享受就好了，这样的心态让她总是处于很卑微的角度。

其实苏清玉也知道，可她没想过要改变，这就是她爱他的方式。

一大早，她在小区附近的早餐店有一个早班，大概十点钟的时候可以结束，主要就是做服务员的工作，端盘子洗碗之类的。

今天天气不错，又是周六，来吃早餐的人很多，苏清玉忙得脚不沾地，来来回回地转悠，头有点晕，估计是之前的感冒还没好利索，回去得再加一点药吧，她可生不起病。

昨天投出去那么多简历，现在还没有一点回音，她安慰自己是因为这两天是周末，公司基本都放假了，所以才没有HR打电话，等周一上班就会好的。

好不容易挨到十点下班，苏清玉去换衣间换了衣服，拎着背包离开了。

她卡里还有三千多块钱，加上拿到的薪水也不到六千块，上一次交房租交了四个月的，还有一个月又需要再交，所幸过几天早餐店这边就开薪水了，虽然只有一千块左右，但只有每个双休日早上需要来工作，给得已经不少了。

这些钱，省着点花的话，交完房租还足够他们勉强度日，她和许泯尘的开销主要就是在吃饭和他的日常生活的打理，她一直希望给他和过去一样的生活，努力配合着他过去的步调，平时连洗漱的东西都给他准备最好的，接下来的一段日子如果她不能尽快找到工作，可能就负担不起了。

信用卡那种东西，不到万不得已她不想办，因为担心卡债越积越高。

心事重重地下了班，直奔市中心的蛋糕店，那是她的第二份兼职，来找这份工作也是个偶然，那次她和许泯尘一起出来，路过这家蛋糕店，看见他脚步停顿了一下，看着橱柜静默了良久，心里想着他可能是想吃蛋糕，所以等他离开之后就来买，恰好听见里面的人在说招兼职的事，这才到了这里上班。

蛋糕店的工作环境比早餐店好多了，干净，高档，也不混乱，味道也很好，闻着蛋糕和奶油的味道，很容易让人产生一种虚幻的幸福感，这就是甜食的力量。

大概中午十一点半的时候，苏清玉躲到后面拿出手机给许泯尘打了个电话，电话接通之后，不等他说话，她就轻轻柔柔地说：“午饭我给你做好了，在冰箱里，你打开看看，我放在饭盒里了，拿出去在微波炉里加热一下就好了。”

许泯尘那边很安静，过了一会儿才响起人声。

“看见了。”

他应该是去厨房开冰箱看了吧，苏清玉满怀欣慰，嘴角的笑容甜蜜又温柔：“那就好，别饿着，试试看合不合口味，有不喜欢的搭配一定要告诉我，下次我就不会再做了。”

许泯尘没说话，除非必要，他都会尽可能地减少开口。

“好了，我还在上班，要到下午两点才下班，中午就不回去了，你照顾好自己。”她语气里充满了不放心。

这次，过了几秒钟，许泯尘很轻地应了一声，苏清玉已经很满足了，和他道了别挂断电话，一扭头就看见其他同事一脸揶揄地看着她。

“哎哟，瞧瞧，这肯定是给男朋友打电话呢，那一脸甜蜜蜜的笑啊，看得我鸡皮疙瘩都起来了。”女同事开着玩笑，那是善意的，和陈静仪的“玩笑”有着根本上的不同。

“他一个人在家，又不会做饭，我怕他饿着。”

苏清玉也没隐瞒，笑着解释了一下，大家又开始逗她，絮絮叨叨地说着他们感情一定很好，那个男孩子肯定特别优秀，不然她也不会这么上心，好像带儿子一样地爱护他。

苏清玉一边收拾东西一边想，他的确很优秀呢，但就算他哪天变得不再优秀了，她也还是会爱他，她并不是因为他的身份和成就才喜欢他，从来不是。

因为中午要连班，苏清玉得在蛋糕店吃午饭，一般情况下店长会推荐几款甜点，但苏清玉觉得自己最近好像有点胖了，腰上都有肉，晚上跟许泯尘赤诚相对时会不自信，所以拒绝了吃甜点，去蛋糕店对面的百货商店里买了低脂面包凑合一顿。

她拿着面包回去的时候，就看见一个熟悉的身影出现在蛋糕店里，她穿着高档套装，戴着墨镜，一头乌黑的头发长而卷翘，看背影还以为是范冰冰来了。

同事正在招待她，询问她需要点什么，她停顿了好一会儿，眼神朝四周望着，好像在寻找什么。

苏清玉心头一跳，不知出于什么心理，她将买来的面包塞进口袋，绕到甜点区，捧着今天的主打甜点走了过去。

"小姐，这是我们今天的主打甜点，向您推荐这款哦。"

苏清玉笑得很专业，心里却根本不像面上那么职业，她悄无声息地打量着近在咫尺的女人，不由自主地拿自己和对方比，得到的结果无疑是她输得一败涂地，连一根头发都比不上人家。

那个女人不是别人，正是背叛了许泯尘的前女友Amy。

苏清玉不知道她的中文名字是什么，她身上有着与生俱来的傲气，即便打扮得性感妩媚，却属于冰山美人那一挂的，不怎么笑，但也不像想象中那么难说话。

对于苏清玉的推荐，她没有拒绝，伸出手说："就这个。"

苏清玉笑了笑，将打包好的甜点交给她，带她到款台交钱。

其实她一开始就知道Amy不会拒绝，不是她对自己挑选的甜点有多自信，而是这款甜点就是那次许泯尘停在蛋糕店外，目不转睛看着的那款。

果然呢，这是她喜欢的甜点，虽然隔着墨镜，但苏清玉依然可以感受到Amy细微的表情变化。临走之前，她低头看了一会儿手里拎着的蛋糕，脸上是略带遗憾的神色。

是想起什么了吗？

的确，许泯尘那样的男人，有几个女人可以真正忘得了呢？

其实苏清玉特别佩服Amy，因为她居然可以狠下心来伤害他，甚至背叛他。

换做是她，就算是有人拿刀架在她的脖子上，她也不会那么做。

下午两点钟的时候，苏清玉准时下班，换了衣服拿着干洗好的衣服准备离开，下午她要去做家教。

她推开玻璃门的时候还在想，今天地铁上肯定有很多人，估计要好一顿挤，哪料一抬眼就看见蛋糕店门口停着一辆熟悉的黑色轿车。

她出门的那一瞬间，轿车的前车窗缓缓打开了，后面是夏沐泽英俊而略带惊讶的脸。

"苏小姐？真巧，在这里碰见你。"

他说着，打开车门走了下来，他一下来，周围的路人立刻望向了这边，他颀长而立的背影让从小到大都没受到过多大关注的苏清玉成功地享受了一把被人围观的感觉。

"夏先生怎么会在这里？"苏清玉脸上没有惊喜，反倒皱起了眉。

夏沐泽不着痕迹道："来给妍妍买蛋糕，正准备进去，你也是来买蛋糕的？"

苏清玉噎住，半晌没说话，夏沐泽十分自然地转移话题："正好，你一会儿要去我那了吧，我们一起回去，你在车上等我，我去去就来。"

他说完话就抬脚走进了蛋糕店，苏清玉皱皱眉，看着他打开的车门，她就这么走了车子会不安全吧，要替他关上门吗？朝前走几步望进车子里面，钥匙还插在车上，关上门锁了车的话他就进不去了吧。

实在有点为难。

最后苏清玉还是没上去，但也没离开，就在车子旁边站着帮他看车。

夏沐泽出来的时候身边还跟着苏清玉的同事，一看对方就是瞧上了夏沐泽，都热情地送到门口了还不想停下，这是以前从来不会有的事。

瞧见苏清玉，同事也是愣了一下，正要说什么，就听见身边的英俊男人说："怎么还没上车？我好了，我们可以走了。"

说着，他替她拉开副驾驶的门，手放在车顶那里，小心地替她遮挡着，担心她碰到头。

苏清玉看了同事一眼，压低声音对夏沐泽说："我坐地铁过去就可以了，我……"

她想说我还有事，夏沐泽却直接打断她说："妍妍一周没看见你，挺想你的，你要是能早点去，她一定很高兴。"

他温和地笑着，脸上是欣慰和担忧，好像他真的只是一个担心妹妹的兄长罢了。

苏清玉最后还是不得不上了车，她没怎么被人关注过，也不喜欢被人围观，而且如果她继续拒绝，他一定还会有其他的方法让她上车。

苏清玉上去之前朝同事摆了摆手，同事已经惊呆了，僵硬地挥了挥手之后目送他们车子离开。

等车子走了好一会儿，同事才反应过来，惊呼一声冲进了蛋糕店。

"我去，难怪苏清玉整天对她男朋友紧张兮兮的，我要是有那么一个男朋友，肯定也恨不得把心掏出来给他！"

夏沐泽的家里还是如往常一样安静，尽管有很多窗户，却一直都关着，大多数拉着窗帘，屋子里光线就不太好，有些阴冷的感觉。

苏清玉一进去，就看见了站在楼梯口的夏妍，她直勾勾地看着大门口，眼神有点惊悚，苏清玉愣了一下，两人四目相对，夏妍的目光缓缓平和下来。

"苏老师。"她说话的声音很小，带着些怯懦的颤动，有点像一开始苏清玉和许泯尘说话时的状态，让她不由有点怀念。

苏清玉点了一下头，温和地说："妍妍下来了，是听见车子声音了吗？"

夏妍微微颔首，走到她面前看着她手里的衣服，苏清玉将衣服递给她说："你的衣服，我送去干洗过了，很干净。"

夏妍微微皱眉，下意识望向走进门的兄长，夏沐泽扫了一眼苏清玉怀里的衣服，朝夏妍使了个眼色，对苏清玉说："妍妍有很多衣服，这套衣服你就留着吧。"

夏妍立刻转身就走，好像生怕苏清玉把衣服给她一样。

苏清玉看着她的背影说："这不太好吧，这是妍妍的衣服，她拿给我的时候标签都还在，穿都没穿过，我留着不像话。"

夏沐泽关上房门，厚重的门发出沉闷的响声，他的声音好像来自很遥远的地方。

"是新衣服，你穿过了就是你的，她有很多别的衣服，我会再给她买。"夏沐泽说到这就转移话题，"吃过午饭了吗？妍妍还没吃饭，不介意的话就一起吃吧。"

夏妍还没吃饭，她的课程当然没办法开始，不和他们一起吃饭，她在旁边看着估计更尴尬。

所以最后，苏清玉还是和夏妍坐到了一起等着吃饭，做饭的人是夏沐泽。

一开始知道夏沐泽会做饭的时候她还很惊讶，因为她实在没料到夏沐泽这种一看就是养尊处优的公子哥居然还会烧菜，并且不但会，做出来的味道也很好。

厨房是开放式的，夏沐泽穿着衬衫西裤，系着Hello Kitty的围裙，明明是个严谨的人，被这样的围裙生生衬得活泼了起来，那种反差的萌感很吸引人。

夏妍注意到苏清玉一直盯着兄长看，小声说："苏老师，你喜欢我哥哥吗？"

苏清玉一愣，诧异地看向夏妍说："妍妍，你说什么？"

夏妍稍稍放大一点声音问："你喜欢我哥哥吗？如果是你的话，可以跟我哥哥在一起吗？"

后面的问题比前面的更具有震撼性，苏清玉噎了半晌才说："妍妍，我有男朋友了，而且我很爱他。"

夏妍一脸孩子的天真道："没关系啊，你和他分开，跟我哥哥在一起，我哥哥肯定比他好，你一定会爱上我哥哥的。"

苏清玉不知道该怎么给这个念高中的孩子解释男女之间的事，她抿了抿唇，只是柔和地说："妍妍，等你长大就会知道了，感情不是那么简单的事，不是你想换一个人爱就可以换的。"

夏妍懵懂地望着她，没有再说什么。苏清玉低下头看着杯子里的柠檬水，心里思索着，如果可以的话，等做完这个季度就不要再继续这份兼职了，不管是对他们还是对她自己，再长时间做下去都会是一个问题。

夏沐泽做了一桌子的菜，以前苏清玉觉得她的厨艺算是好的了，现在才发现在食物的造型上她真的输给夏沐泽很多。他做的菜不但好吃，而且非常好看，实在很难想象啊，那个在外维持着一丝不苟总裁形象的年轻男人，在家里却如此的体贴温柔，还会亲自盛米饭给她。

苏清玉客气地谢过对方，不自觉地看了一下腕表，来得早了，现在才刚三点，想走的话还有三个小时。

为什么忽然觉得好漫长。

苏清玉的小动作被站着的夏沐泽尽收眼底，他面色毫无变化，但眼神有些沉郁，他解开围裙搭在旁边的椅子上，坐在夏妍身边开始吃饭。

他很会照顾女孩子，可能是照顾夏妍照顾出经验来了，女孩子一个眼神，他就知道她们想要什么。

苏清玉在陌生的环境不太好意思夹菜，吃得很少也很慢，夏沐泽偶尔会给她夹菜，不会频繁得让人尴尬，也不会让她饿着。

感觉真的很好。

如果真的有这样一个男朋友，的确是一件不错的事。

吃完饭，苏清玉本来想帮忙收拾一下碗筷，但夏妍直接拉着她去看书。

她犹豫了一下，还是跟着离开了。

夏沐泽收拾好一切来看她们的时候，已经快四点了，每到周末的时候他都不用上班，一直在家里陪着夏妍，工作并不繁忙的样子。

苏清玉只是隐约知道夏沐泽经营着一家很有名的公司，具体从事什么行业，又是怎么年纪轻轻就当上老板的，她都没去关注过。

与许泯尘无关的事，她一向不怎么关注。

夏沐泽走进来，安静地坐到一边的椅子上，看着一大一小两个女孩在学习，嘴角始终挂着柔和的笑意。

忽然，苏清玉放在桌上的手机屏幕亮了一下，是APP提醒，因为苏清玉把手机静音了，所以没发现。

夏沐泽瞥了一眼，是一个招聘APP发来的通知，显示有人下载了她的简历。

她在找工作？

夏沐泽微微凝眸，他记得她在一家IT公司做全职的，是辞职了吗？

还是有别的事情？

他心里疑惑，但一直没说出来，直到挂钟的时针指向了六点，夏沐泽才起身送准备离开的苏清玉。

苏清玉客气地说："夏先生别送我了，妍妍一个人在家不安全，我自己走就行了。"

她说这话其实就是找个借口不让夏沐泽送她，哪知道夏妍直接说："我可以自己一个人。"

苏清玉望向她，夏妍认真地说："让哥哥送你。"

这就非常尴尬了。

苏清玉今天一下午都不太自在。

她没说什么，先一步出了门，不知道自己是不是该再表达一次她已经有男朋友了，可她已经说过很多次了，夏沐泽也都表示他知道，并且没有那个意思，她要是再强调，反倒显得有点太自以为是了。

真是麻烦。

心烦意乱地离开了夏家的别墅，出门时苏清玉依旧坚持要自己回去，尽管夏沐泽一直开着车子跟在旁边，她还是装作看不见。

直到夏沐泽忽然说了一句话。

"我记得你是学编程的，不知道你有没有兴趣来我的公司工作？"

苏清玉诧异地望过去，坐在驾驶座里，夏沐泽笑得很平和："是这样的，我的公司官网需要一位值得信赖的专业人士来维护，并不是很难的工作，我觉得苏小姐可以信任，并且技术不错，你有兴趣来试试吗？"

一般的企业集团网站的确都不复杂，已经完成了并且上线的网站仅仅是维护的话也不需要太高深的技术，夏沐泽所在的又是大公司，应该会给不低的薪水吧，这样想着，苏清玉说："夏先生，很抱歉，但我还是不去了。"

夏沐泽看上去并不意外："我知道苏小姐一定会拒绝，但如果你以后改变主意的话可以再给我打电话，我会帮你留位置的。"

苏清玉没有说话，夏沐泽继续说："如果苏小姐是担心一些别的什么，我可以向你保证没有那些原因，你可以不必因此困扰，我喜欢的……"他顿了一下，转开视线说，"并不是苏小姐这种类型。"

苏清玉面色僵了一下，依旧沉默着，夏沐泽也没继续，将车子掉头离开了。

苏清玉站在原地，说实话有某个瞬间她很动心，很想要那份工作，但也不知是不是因为夏妍的话，她觉得有必要和他们兄妹拉开一点距离，不到万不得已，她不想再和他们有更深的瓜葛。

可是……

想起银行卡里的余额，再想想房租和日常开销，苏清玉就开始头疼。

她回家的时候路过市郊的花园，为了庆祝十一国庆即将到来，花园的花坛里多了很多花，摆成了好看的造型，一会儿天色暗下来路灯亮起来，画面应该会很美。

苏清玉回到家的时候，许泯尘正坐在客厅的沙发上看书，无关他专业的书籍，是苏清玉以前买回来打发时间的游记和历史读本。

听见门响，他也没有抬头，她早就习惯了，换了衣服就跑到他身边弯下腰亲了一下，笑着说："我去做饭。"说完就转身去了厨房。

许泯尘这个时候才稍稍抬起了头，他放在桌上的手机一直响着，因为静音并且取消了振动，几乎让人察觉不到有人打来电话。

偶尔去扫一眼，手机屏幕上一直都是那个女人的照片，他不会主动去给某个联系人添加照片，这还是以前在一起的时候，那个人自己设置的。

有几天了，Amy会常常给他打电话，即便他不接，她也要打上十几个才罢休，就好像打完了之后她就可以睡得更安稳一点，稍微不那么内疚一样。

她真的会内疚吗？

会做出那样的事，看不出来她还会有良心内疚。

许泯尘拿起手机，挂断电话，直接关了机，继续看书。

苏清玉做好饭叫他的时候，他已经看了将近一半。学神就是学神，看书一目十行却记忆深刻，智商这种东西是天生的，像她这样的废柴真的只能靠后天努力，羡慕不来。

"早上看你好像又在咳嗽，今天吃清淡点好了。"苏清玉忙里忙外的，拿着一双筷子递过来，皱着眉头担心道，"你最近没偷偷抽烟或者喝酒吧？"

许泯尘没反应，只是安静地拿着筷子吃饭。

"没有就好，之前那次我们去看的大夫本来让这个月末去复查的，你不想去的话我也不会勉强你，他之前开的药你还是要继续吃，你现在肺部和胃部的情况都不太好。"

苏清玉一回家就变得很啰嗦，一顿饭从头吃到尾都有她的声音在伴奏，许泯尘从来都不打断她，也不给什么反应，其实她不确定他是不是听得进去，又或者会不会烦，她还是愿意往好的地方想的，至少他没有露出厌恶的表情，不是吗？那也还是可以听进去一字半句的吧。

抱着这种想法，苏清玉会经常给他说一些自己在网上或者电视节目上看到的养生方法，她一个年轻小姑娘，还不到二十三岁，却总是守着养生节目看，为了谁不言而喻。

如果她父母知道她为一个穷困潦倒走到陌路的男人做到这样，一定会反对和心疼。

许泯尘慢慢放下了筷子，苏清玉知道他这是吃饱了，也放下了自己的碗筷开始收拾桌子。

一边收拾她一边说："今天天气很好，我看花园那边摆了很多造型漂亮的花，我们去看看吧？"

秋天的晚上是很好的，既不热也不冷，天气好的时候微风阵阵，在漂亮的景色下散散步不但可以消食，还十分赏心悦目，是不错的选择。

许泯尘没说好，但也没说不好，苏清玉只当他答应了，收拾完了厨房之后就跑去屋子里披上外套，笑眯眯地说："我们走吧。"

花园离他们住的小区不远，夜里常有人在外散步，大多穿着闲散的居家服，他们要出去也不用专门换衣服。

虽然说出"我们走吧"四个字的时候还有点忐忑，但当他转身朝门口走的时候，开心的情绪让她瞬间觉得刚刚鼓起勇气出这个主意实在太正确了。

外面温度刚刚好，穿着薄薄的毛线外套，苏清玉走在路上时整个人都洋溢着欢喜的气息。

许泯尘不常说话，但他会四处看看，大概心情也是不错的吧。

他身上穿着简单的白衬衫和黑色长裤，衬衫有些松散地开着三颗纽扣，顺着朝上看去，是他线条优美的喉结和颈项。

苏清玉在网上听人家说过一个说法叫"天鹅颈"，说的应该就是这样的脖颈吧，优雅又修长。

他身上的一切都那么完美，相比较同样也属于天之骄子的夏沐泽，

50

他身上的气质更让人难以抗拒。

有故事有经历的男人更有魅力，这绝对不是苏清玉情人眼里出西施，她相信所有人都会和她一个看法。

花园很快就到了，亮起灯光之后，花坛里的花更美了，很多她都叫不出名字。

她兴冲冲地看着，趁着夜色询问许泯尘那些都是什么花，他明明是个工科男，却对花名也很有研究的样子，全都能叫出名字来。

"泯尘你真厉害，居然知道这么多花的名字。"

苏清玉不加掩饰地表达着自己的敬佩，本以为他不会回答，但很意外的，他回答了，回答的话还让她立刻就高兴不起来了。

"我以前的女朋友很喜欢花，常会拿图册给我看，她说学理科的男人要培养一点浪漫文雅的喜好，不然会很无趣。"

他背对着她站在花坛前，高大挺拔的身影看上去异常可靠。

她很想靠上去，可他的话让她不得不清醒过来。

他会对她好，是因为那少得可怜的感激，并不代表他也像她爱着他那样爱她。

他是个好人。

好人才会这样。

苏清玉不再说什么，许泯尘回头望向她，她站在他旁边，安静得好像空气一样，换做以前，他都不会发觉有人在那里，大多时间会转身就走。

也许在很久以前，他还住在老宅的时候，有过很多次这样的情况吧。

那个时候她可能就在他身后，甚至就在他身边，但他从来都看不见，所以在多年后重遇，他连她的模样和名字都没记住。

"我想换个工作。"被他那样注视着，苏清玉忽然直视前方说，"现在的工作做得不开心，刚好夏先生说他们公司的网站需要一个专门的人来维护，邀请我过去，你说我要过去吗？"

他会在意吗？他曾经误会过她和夏沐泽的关系，如果他真的在意，听她这么说，即便不会阻拦，脸上也会有一点蛛丝马迹吧？

很可惜。

苏清玉没有在他脸上找到任何她想看见的东西。

许泯尘的表情一直很平静，像落了一夜的雪，看不到一丁点起伏。

他淡漠疏离地望着她，在她的目光下回答了她，低沉的声音略带着沙哑。

"做工作的人是你，不该来问我。"他的回答充满了事不关己的漠然，"工作占据了一个人整个白天的时间，如果做得不开心，会让人过得很累。"

苏清玉微微颔首，苦涩地笑着说："所以你的建议是，我应该去夏先生那里工作了。"

许泯尘没回答，他只是说："时间不早了，回去吧。"说完便转身离开。

苏清玉慢慢跟上去，走在他身边，她抬头望着天上的月亮，很圆满，可惜月下的人不圆满。

"泯尘。"她忽然又叫他的名字，许泯尘停住脚步看向了她，她望回去，笑得有点难过，"你看今晚的月色多美，不如你今晚就假装爱我吧？"

许泯尘看着她，她本以为他不会有回应，但他却伸手将她拉进了怀里，尽管周围还有来来往往的路人，但他却旁若无人地抱住了她。

"可以。"

他说这话，语气一如既往的毫无波澜，他会这么做大部分是出于身为"小白脸"的职业道德。

苏清玉并不关心原因，他答应她了，这样就够了。

她把脸埋在他怀里，闻着他身上的味道，闷闷地说："你偷偷抽烟了，身上有味道，被我发现了。"

她明显感觉到许泯尘的身子僵了一下，她下意识勾勾嘴角，明明是想笑的，可眼眶却湿润了。

什么时候变得这么多愁善感了？是因为变得越来越贪心了吗？这可不是好兆头。

虽然许泯尘看上去并不怎么愿意去医院，但现在已经没有了工作的苏清玉时间很多，她不能一直待在家里，担心许泯尘知道她丢了工作的事，所以她要找点别的事来解释她为什么不去上班，所以她就带他去医院复查了。

坐在长椅上等着大夫叫号，苏清玉大部分时间都是在絮絮叨叨地跟许泯尘说着他身体的状况，以及再偷偷抽烟的危害，说着说着就有点不忍心了，妥协道："其实你想抽烟我也可以理解，因为戒烟很难，那是一个循序渐进的过程，但是你的身体……那我们做一个约定好了，你固定时间固定数量抽，不要在我不在家的时候抽那么多，这样行吗？"

许泯尘端坐在长椅上，双手放在膝盖上，口袋里的手机一直在振动，可他好像感觉不到一样，在苏清玉发出疑问的时候，他长长的眸子淡漠地看过来，薄唇微启，声音低沉而清冷："你只要不给我钱，我就买不起烟，你的困扰就没有了。"

心尖好像被人用针扎了一下似的，苏清玉的笑容一下子僵在脸上，眼中本来萦绕着的期待神采瞬间消失得无影无踪，明明不是一张惊艳的脸蛋，五官和脸型都非常普通，可见到她这样类似于伤心却强撑着的表情，许泯尘下意识转开了头。

"我们不说这个了。"她有点尴尬地开口说话，转移话题道，"你渴吗？可能还要等一会儿才轮到我们，大医院就这点不好，检查一点东西就需要排好久的队，我先去给你买一瓶饮料吧。"

她作势要站起来，可手腕直接被他拉住，她惊讶地回到位置上望着他，许泯尘望着医院科室的方向说："不必，我不渴。"略顿，他微微蹙眉，放了握着她手腕的手，沉默道，"我会尽量减少抽烟，你实在不用太把我的事放在心上。"

苏清玉有点失落地笑了笑，一个人可以总是冷静甚至是无情地和你对话，无非就是因为他对她没有感情罢了，这又能够怪谁呢，是她自己把自己拉进了这场不公平的关系中，甚至还乐此不疲，她早该做好会遇到这些事的心理准备，没有资格去不高兴和质疑。

"许泯尘，到你了。"护士小姐走出科室，朝等候区的人喊了一声，眼神搜寻着患者的身影。

苏清玉立刻不再想那些伤春悲秋的东西，现在养好他的身体才是最重要的，其他的事情都不重要。是的，她的难过和伤心，这些全都不重要。

"走了，到我们了。"苏清玉拉着许泯尘站起来，他们两个的身影吸引了周围不少人的注意，实在是衣着体面的俊美男人和普普通通的女人搭配有点扎眼，如果是俊男美女的组合倒也罢了，这位长相如此不起眼的女孩是怎么找到这么好看的男朋友的呢？

连护士小姐都有点好奇，她是最近才来实习的，岁数还不大，看了一天的中老年人，突然冒出这么一个相对来说很年轻，而又非常好看的男人，难免有点好奇。

注视着他们俩进去，护士小姐也回了办公室里，偷瞄了一眼那个叫许泯尘的男人的病历，看完了就皱起眉，遗憾地叹了口气。

长得好看是好看，可惜年纪还不大，那肺就已经不成样子了，这得是一天抽多少烟才能糟蹋成这个样子？路过他身边时也没闻到什么烟味，模样瞧着也不像是烟民，怎么会这样呢？

事实上，不但护士小姐不理解，苏清玉也不理解，当她听完了医生对这次复查结果的讲述后，她眉头都皱成了川字。

"怎么会这样？他一直都按时吃药的，虽然可能忍不住抽了一点烟，但也不会恶化得这么快吧？"苏清玉有点紧张地说，"大夫，你一定要想想办法，他还这么年轻，不能这么早就有这样一个肺。"

大夫意外地看着这个明显比患者年轻的女孩，再看看患者一脸淡漠毫不在意自己病情的样子，多少有点意识到他们之间的关系是什么，而谁又是这种关系中付出更多的人了。

"苏小姐，实话跟你说，我相信许先生不仅仅是像你说的那样只抽了'一点'烟，我知道现在年轻人压力很大，需要有点解压的方式，但许先生这种情况，已经不仅仅是这么简单了。"大夫语重心长道，"我能做的都已经做了，许先生目前的情况需要换更好的药，苏小姐你有个心理准备，如果再继续恶化下去，可能还需要手术。"

苏清玉茫然地坐到了椅子上，靠着椅背，视线慢慢从大夫身上转到许泯尘身上，他一直保持着安静沉默的态度，不管大夫以及她说了些什么，好像都和他没关系一样，她敢肯定，即便大夫现在说他命不久矣，他也不会眨一下眼睛。

"我知道了。"苏清玉深呼吸了一下说，"大夫你给他开最好的药，钱不是问题。"

大夫看着她叹了口气，低头开药单，苏清玉转开头望着窗户外面，克制着心里的冲动不去看身边的许泯尘，因为担心再看见他毫无变化的表情后会觉得气馁，从而做出什么冲动的事。

人果然都是贪心的，明明一开始想着只要能和他在一起，哪怕只是短暂的几天也是好的，如果能在一起几个月，甚至是几年，那她大概做梦都会笑醒吧。那时候一点都没想过自己的青春会耽搁在这个上面，只想着和他在一起，可等到目的达到了，他甚至都开始对她好了，她又会想要求更多。

人的不幸福，大概都来源于本身的无法满足吧。

从医院拿了药离开，两人打车回去。要是苏清玉一个人，她肯定会坐地铁，因为那样比较省钱，但现在马上要到下班高峰期了，她不希望看许泯尘那样的人在地铁上和人挤来挤去，那不是他这样的天之骄子该过的日子，但她又暂时买不起车，所以只能打车了。

回去的路上苏清玉一直没说话，她在心里算着自己卡里的钱，买药花了不少钱，但还仅仅是一个疗程，下面几个疗程必须坚持，否则这次的药也算是白吃了。

她必须得马上有一份稳定并且收入可观的工作，不然的话肯定会吃不消的。下个月就得交房租了，房东太太昨天已经发过短信，她要是没交上，连住处都无法给许泯尘保证了。

　　一堆问题让苏清玉焦头烂额，她全程表情都不太好看，等回到了家里也沉默寡言不发一语，抱着电脑躲到一边去看招聘网站，之所以躲到一边是担心许泯尘会看到，如果他发现她没了工作，依照他的性格，肯定会不发一言就走掉，从此她再也找不到他。

　　他现在虽然落魄得不行，平日里也十分冷淡，可他从心底里还是一个好人，现在他还能留在这里多久她都没把握，她不能让这份把握变得更低甚至完全丧失。

　　然而，她的这种行为，落在许泯尘眼里又是另一种表现，从医院出来就不说话，一直沉默着到家，还躲得远远的，很难不让人误解她是生气了。

　　许泯尘坐在沙发的客厅上，手机又开始响了，他拿出来看了一下，挂断后，显示有十几个未接电话，虽然号码很陌生，但这种执着的方式想都不用想就知道是谁。

　　他几乎不假思索地将电话号码拉入黑名单，那里面已经有好几个号码，全是一个人的，他最开始没有接，现在也不会接。

　　做完这件事，许泯尘从沙发上站起来朝卧室走去，在走到卧室门口的时候他停下了脚步，屋子里的女孩面对着电脑靠在枕头上，这会儿已经疲惫地睡着了，电脑还没合上，姿势看上去也不怎么舒服。

　　许泯尘扫了一眼床旁边的药盒，她应该已经把医生新开的药按照时间放进了提醒吃药的盒子里，因为他总是忘记，她又不能老是在上班的时候打电话回来，所以就花钱买了那个。

　　许泯尘抬手放在肺部的位置，在原地停了许久，才轻手轻脚地走上前，将电脑从她膝盖上拿下来合上，出于尊重她的隐私，其实大多数时候他不会看她的私人物件，比如电脑，手机，和一些邮件、信件。

　　其实如果他刚才看一眼，就会发现她在找工作，但他终究还是没看。

苏清玉一直睡到晚上六点多才醒过来，她是在许泯尘怀里醒来的，他应该洗过澡，头发很清爽，身上的味道也很好闻，是她买的沐浴露的味道。

苏清玉在他怀里蹭了一下，有点贪婪地不想离开这个怀抱，可时间不早了，他得按时吃饭，肺部已经糟糕成那个样子了，她就不能再让他的胃部情况恶化。

小心翼翼地从床上爬起来，把毯子在他身上盖好，把空调的温度调高一点，苏清玉准备出门去做饭，刚走几步忽然想起自己睡着之前是在看招聘网站，瞬间后退几步去检查电脑，当她打开之后，发现还停留在之前的页面上，他应该是没看过吧？

正在她有点紧张的时候，床上躺着的人睁开了眼睛，平静深邃的眸子凝视着她，将她紧张担忧的样子尽收眼底，他何其聪明，怎么会不知道她在担心什么？

几乎是在她抬头看过来的一瞬间，他声音略带沙哑，低低沉沉地说："我没看过你的电脑。"

苏清玉一怔，望着他觉得自己该解释一下，不希望他误会自己是有什么隐瞒他的地方，但她又不知该从何说起，那样是否显得太刻意，犹犹豫豫到最后，到底是什么也没说。

"我去做饭。"

她简单地说了四个字，便起身离开了卧室，给他关好门。

许泯尘望着那扇门重新闭上眼，看上去呼吸平稳似乎又睡着了，但其实，他从头到尾都醒着。

其实现在最要紧的事情不是做饭，不管走到什么地步，饭总还是吃得起的，但要维持许泯尘的日常开销和药物，以及她自己的生活费，苏清玉就必须立刻想到办法。

拿出手机，翻了一遍通讯录，最终，她还是拨通了母亲的电话。

♡　✳　🎁

第四章　是花离开树

傍晚的江城市笼罩在一阵淡淡的雾霾之中，天色不如往日那么好，似乎这两天还要下雨，天气预报一直在说降温和冷空气的事。

苏清玉打电话回家里的时候，苏妈妈周芸正在洗菜，还是苏爸爸拿了电话放在她耳边接听，所以苏清玉这边会听见爸妈一起的声音，还有流水声。

"你在做饭吗，妈？"苏清玉关上厨房的门，压低声音，虽然知道许泯尘在睡觉，但还是担心接下来的对话被他听见。

苏妈妈回答得很快："对呀，你要回来吃饭吗？今天打麻将赢了不少钱，做了挺多好吃的，你回来吃吧要不，其实你为什么非要搬出去呢，虽然咱家是离CBD远了一点，但至少在家里不用付房租，妈妈还可以照顾你吃饭啊。"

苏清玉没由来地就有点心酸，听着母亲关心的话，她本来想说的话就有点说不出口了。

见她不出声，父亲接过电话说："怎么了啊闺女，是不是没钱花了？你们这些小姑娘啊正年轻，不用不好意思跟家里要钱，等你三十岁以后自己有了稳定的收入和事业，再想着赚钱养家也不迟，爸妈还是有点退休金的。"

苏清玉忍不住捂住了嘴巴，她还是没有说话，因为担心自己说话会被父母发现她不正常的情绪，她最近好像变得越来越脆弱了，这根本就不像她，她怎么能变成这样。

"闺女？闺女？怎么回事，是不是手机坏了，怎么没声音？"

电话那头父亲在疑惑地问母亲，苏妈妈嘀嘀咕咕地说着老手机早该换了，现在女儿不在家里住，换个智能的还可以和她视频看看她，苏爸爸听了连忙说是，老两口琢磨着明天一早就去买手机，苏清玉听着他们的对话，吐了口气，用故作镇定的语气说："爸，妈，我这边信号不太好，我明天再给你们打电话啊，我没什么事，就是有点想你们了，你们也注意身体，等我过几天没那么忙了就回去看你们。"

苏爸爸一听见她的说话声赶紧把手机拿好，还没等他回应一下，女儿那边就挂了电话，他看着忙音的手机，问苏妈妈："我说老婆，你有没有觉得清玉她不太对劲？"

苏妈妈叹了口气说："她当初说要搬出去我就觉得不对劲了，她一向离不开我，怎么毕业了反而还要搬出去呢？你是没看见她那坚决的样子，我想她肯定是遇到麻烦了，可能是没钱了，她一个人在外面，吃住都要钱，工作的地方又是新人，也不知道能赚多少钱，你说她一个女孩子那么辛苦做什么？考个公务员在家里住着，等我跟你介绍个好男孩给她谈谈恋爱，这多好？"

苏爸爸眉头微蹙，思量道："实在不行我就去她住的地方看看，你知道她住在哪里吗？"

苏妈妈无奈道："她不肯跟我说，不然我早就过去了，我只知道是在哪一条街，不确定是哪个小区哦。"

苏爸爸闻言，顿时有点为难，但他们这边想什么，苏清玉那边已经没工夫思考了，时间不早了，她得开始做饭了。

因为做饭的时候有点心不在焉，饭菜的味道肯定也不如平日，这还是她自己开始吃的时候才发现的。

许泯尘坐在她对面，她叫他起来吃饭的时候他就很快起来了，好像根本没睡着一样，眼睛里也没有一丁点睡意。

苏清玉把所有的菜都尝了一下，放下筷子皱眉说："这么难吃，我好像把盐放少了，先别吃了，我去重新炒一下。"

她站起来想把菜端去厨房，但许泯尘根本没停下夹菜的动作，米饭也吃了小半碗了。

"不用了，这样很好。"他头也不抬道，"大夫不是说让吃清淡一点。"

苏清玉嘴角抽了一下："那也不是这么清淡啊，菜都没味道，我做菜的时候有点走神。"

许泯尘根本不在意那些，他快速吃了几口米饭，把小碗里的米饭全都吃完了，放下碗筷说："我吃饱了，如果你需要的话，可以再去炒一下。"

他说完话就用手帕擦了擦嘴角，她上个月新给他买的，挺贵的，花了她卡里几乎一半的钱，但真的很适合他，他也会用，这样就足够好了。

苏清玉微微扬起嘴角，脸色不如刚才那么难看了，她笑着说："那你去躺一会儿，我再吃一点收拾完了就去陪你看电视。"

许泯尘这会儿已经走到了门口，听见她说话脚步又顿了一会儿，头慢慢转回来，注视了她好一会儿，看得她浑身都开始不自在了，才又轻又低地开口。

"这是你这两天第一次笑。"

他的话很简短，却说到了苏清玉的心坎里，她一下子觉得为了他，不管是多辛苦都是值得的，因为他还是在关注她的，哪怕仅仅是她两天没有笑，他都知道得一清二楚。

苏清玉的眼神里流露出感动，甚至是感激，许泯尘有些不适应地收回视线快步离开，人还没走到卧室口袋里的手机就又响起来了。

这次不是电话，是彩信，许泯尘看着躺在手机的新陌生号码发来的彩信，里面是一张图，图片上是用玫瑰花摆成的单词"miss you"，这看起来还真是浪漫，不愧是在浪漫之都法国住过很多年的姑娘，勇气可嘉就算了，最主要的还是能在自己犯了错之后不断地来骚扰被背叛的人，她是怎么做得如此心平气和的，可能他从来都没有了解过她。

删除彩信，再次将号码拉黑，手机提示在他拉黑后一秒电话就拨打了过来，真巧，不是么。

另一边，其实苏清玉没有在吃饭，她没什么胃口，这几天吃得都比较少，许泯尘一走，她就放下了筷子，摸出手机打开通讯录，没让自己有迟疑反悔的机会，直接找到了夏沐泽的电话，拨了过去。

比起给许泯尘打电话时那种紧张和甜蜜的期待，跟夏沐泽联系则快速和直接许多，所谓快速，是指夏沐泽接电话非常快，几乎每次都是她的电话刚拨过去对方就接听了，好像他一直拿着手机在等着她的电话一样，这次也不例外。

而至于"直接"这一点，就是接起电话之后的事了。

比如这回，夏沐泽接起电话就笑着说："你一定是考虑清楚了，不用跟我多说了，我已经跟人事部说清楚，你的办公室就和我在一层，明天就来上班吧。"

她还没开口，他就能猜到她的目的，让她少费些口舌，这本来算是件好事，没人喜欢浪费时间，可不知怎么的，苏清玉总是觉得不太舒服。

"真的很感谢夏先生给我这份工作，我……"

苏清玉想说点什么，夏沐泽却打断道："别叫我夏先生那么见外了，你叫妍妍都直呼其名，也叫我沐泽好了。不过，你到了公司，还是叫我夏总，跟我关系太近，会让你在工作的时候不那么安静和正常的。"

他考虑得很周到，但其实苏清玉希望在任何场合都只是称呼他夏先生或夏总，其实她内心里对夏沐泽有点抵触，也不知道是为什么，就是没来由地有些尴尬和惧怕他，他明明那么温和，一直都十分体贴、善解人意的，为什么会产生这样的感觉呢？

"我知道了。"最终，苏清玉还是答应了下来，她现在有求于人，以后就在他手下工作了，对于未来的老板，她还是要把态度变得好一些。

"那就好，说实话，我还有担心过你不肯来，还好你最后还是肯来了。"夏沐泽的声音就和他的名字一样，像夏天里的清泉水流淌过你的心头，燥热、焦虑和不安瞬间消失得无影无踪，很能缓和你的情绪。

苏清玉慢慢笑了一下说："我也考虑了很久，还是觉得需要这份工作，其实我也知道您是想帮我，我本来不想接受的，但是……"

"我没有刻意要帮你什么。"夏沐泽打断她的话说，"我是真的缺少这样一个员工，你应该知道，现在是网络时代，一个公司的网站代表的是它的脸面，我非常重视这一点，否则也不会亲自过问这件听起来不大的事。"他温声说，"所以，其实是你帮了我，不是我帮了你，我反而应该多谢你。"

苏清玉觉得自己被绕进去了，可她的口才向来不好，更加无法和夏沐泽这样年纪轻轻就接管家族企业的人比，索性也就不再废话，道了别便挂断了电话。

有了工作，人好像也有了底气，至于预支工资的事，她还是等正式报到后和主管说吧，这些小事不应该拿来打搅夏沐泽，虽然如果找他说，她百分百肯定他会立刻同意。

收起手机，打扫了厨房，苏清玉伸了懒腰回到卧室，正看见许泯尘靠在床上看书，是大仲马所著的一本十分经典的书——《基督山伯爵》，这本书讲述19世纪法国皇帝拿破仑"百日王朝"时期，法老号大副爱德蒙·唐泰斯受船长委托，为拿破仑党人送了一封信，却遭到两个卑鄙小人和法官的陷害，被打入了黑牢，之后他的狱友法利亚神父向他传授各种知识，并在临终前把埋于基督山岛上的一批宝藏的秘密告诉了他，他越狱后找到了宝藏，成为巨富，从此化名基督山伯爵，经过精心策划，报答了恩人，惩罚了仇人的故事。

许泯尘应该很喜欢这本书，所以他才会常常翻看，有的时候还会看这本书改编拍摄的电影，每次他都看得很认真，里面一些话也让苏清玉很有感触。

"只有血才洗得掉名誉上的污点。"

"信念是不会绝灭的，它有时会打瞌睡，但在完全睡熟之前，却会更加有力地复苏过来。"

这应该是许泯尘会喜欢这本书的地方吧，他的遭遇和书里的主人公那么相似，书里的这些句子应该会是他比较欣赏的。

但其实，苏清玉最欣赏的却是那句——假如我们分手的话，绝不是出于我的意思，要知道，树是不愿离开花的，是花离开树。

♡　✳　🎁

第五章　错误的选择

在不提及过去，不深究原因的情况下，苏清玉和许泯尘在一起时其实挺温馨和谐的。

比如说现在。

苏清玉从厨房回到卧室，许泯尘正在看书，在发现她之后便把书暂时放到一边，伸出胳膊搭在枕头上，目不转睛地望着她，在等什么不言而喻。

苏清玉很自然地脱了鞋上床躺到他怀里，他单手揽着她的肩膀，她的头枕在他的颈间，姿势很舒服，也很随意，她伸出手拉来毯子盖在两人腿上，空调吹太久的话他会不舒服。

等她躺好了，姿势调整舒服了，许泯尘才会继续看书，因为一只手被她枕着，只有一只手的话翻书页会不方便，所以每次苏清玉都会主动帮他翻书，也会跟他一起看。

其实她看书的速度远不如他快，他基本上已经将这本书倒背如流，一目十行都不为过，苏清玉却是每次读都一个字一个字读下去，等她翻下一页的时候，他其实早就看完了。

他一直都没说过这个，每次都耐心地迁就着她的速度，家里放的大部分书，他们都这样一起读过，这是作为不怎么富有的人最好的乐趣。

两人这么看了一会儿书，约莫着时间差不多了，苏清玉从他怀里出来，顺手替他揉了揉肯定已经酸掉的胳膊，感觉着他那因为长时间酗酒抽烟不加锻炼的早已没有了肌肉的身体，心里是不太舒服的，但面上一点都不显。

"我明天就去夏先生的公司工作了，那边给的薪水应该比之前的公司高，我们以后的生活可以过得舒服一点了。"

她尽量用轻松的语气说话，不想影响到他这会儿还算平和的心情，但其实她真的不用那么小心翼翼，因为即便她表露出来了，也不见得会影响到他，这虽然很可悲，但是现实。

人的一生总会遇见许多人，会有很多对你好的人，可能让你记住的，似乎总是那个对你不够好的。当你真的非常爱一个人的时候，你就会有一种连你自己都无法反抗的宿命感，明明你自己非常辛苦，却担心会影响他的生活质量，明明自己有时候难过得想哭，却不愿意表现出来，怕影响到他的心情，很多很多，诸如此类，不胜枚举。

"你觉得我的选择对吗？"苏清玉望着许泯尘，希望得到他一点指导，就像在她小时候他教导她作业一样，明明那么难的题目，谁说她都想不通，他一说她就懂了。

不过她最后还是失望了，许泯尘只是合上书说："你该去洗澡了，至于你的问题，只要你会对这份工作抱有热枕，去从事它的时候心里是开心的，那就是对的，根本不必问我。"

他总是这么客观和直接，或许是因为没有感情，所以在表达任何意义的时候都能做到如此直接。苏清玉笑笑，并不放在心上，这都三个月了，他已经比一开始连话都不怎么和她说的时候好了很多，要是她连这点小事都要伤心难过，还不得被自己的泪水给淹死。

"我去洗澡。"

她轻声说完话就拿着换洗衣物走了，这样宽和温柔的样子是她在他面前通常的样子，好像她永远不会受伤一样。但其实，许泯尘并不怎么喜欢她这样。委屈自己，成全别人，只为一份毫无指望的感情，在他看来，一点都不值得。

次日，苏清玉起了个大早，因为要去新公司报到，所以她希望早点到，给同事和上级留下一个好印象。

她起来的时候，许泯尘还在睡觉，他睡觉很轻，她下床时醒过一次，只是安静地看了她一会儿就又闭上了眼。

苏清玉轻手轻脚地洗漱了一下，然后去做了饭，写好便签贴在饭盒上，又把药的服用时间调好，这才自己喝了一碗粥，准备去上班。

走到门口时，她忽然想起什么似的折返回来，动作小心地进了卧室，从梳妆台拿出口红和眉笔，塞进背包里快速离开了。

等离开了家，她才敢放开动作，让自己发出一点声音，然后用手机当镜子，简单地涂了口红，描了描眉毛，也算是化了淡妆了。

之前工作的地方不算是大公司，对员工的衣着和妆容要求也不高，但夏沐泽的公司肯定是不一样的，恐怕对员工有很多要求，她先做一点准备，到时候也不至于措手不及。

意外的是，当她走到小区门口时，在那里见到了夏沐泽的车子。

车门开着，夏沐泽靠在车子边，英俊儒雅的模样已经吸引了不少人的注意，比起遇见这种情况时总会冷漠无视的许泯尘，夏沐泽要温和许多，他偶尔会朝那些人点点头，表示自己的善意，甚至对于偷拍他的小姑娘也是一笑置之，这样绅士优雅的形象，实在是很容易令人倾心。

一看见苏清玉，夏沐泽就热情地站直了身子朝她招手，周围的人都想看看这位高富帅在等的是何方神圣，谁知一扭头却瞧见一个其貌不扬的年轻姑娘，顿时产生了一种心理落差。

啊，如果这样也可以，那她们是不是也行？真是看到希望了。

"夏总。"苏清玉硬着头皮走上去，"您这是做什么？"

夏沐泽笑道："我送妍妍上学回来恰好路过这里，想着你今天要去上班，顺便带着你，走吧。"

他说完话就不由分说地上了驾驶座，苏清玉站在原地对着车窗里的人说："夏总，时间来得及，我还是坐地铁去吧，如果第一天上班就坐老板的车去，以后我工作时会有风言风语的。"

夏沐泽摩挲了一下下巴，眼神似乎暗了暗，但嘴角还是带着笑的："你放心，没人会说什么的，而且我把你放在公司附近就走，转一圈再回去。别耽误时间了，上车吧。"语毕，他直接把车窗升了回去。

拒绝不了，看看手机上的时间，苏清玉为难半晌，最后还是没有拒绝这位晋升为她老板的人。

"谢谢夏总。"苏清玉上了车后座，客气地道了谢。

夏沐泽并不介意她坐在后座，虽然他很希望她坐在前座。

车子慢慢发动起来，周围看热闹的也渐渐散掉了，谁都没有看见的是，在小区门口有个修长的身影正僵持地站着，他手里拿着一个笔记本，那是苏清玉用来记录一些容易忘掉又常用的知识点的，平时上班都要带着，今天可能是太匆忙了，给忘记了。

站在这里的人正是许泯尘，如今的他可以说是不修边幅的，只穿了件宽松的白衬衣和黑色长裤他便出了门，快步赶到门口，本想把本子送给苏清玉，却正好瞧见她上了夏沐泽的车。

这样也好。

相信过不了多久，苏清玉就会发现到底什么样的人才值得她那样付出和努力，到底跟着谁，她才会过得幸福和轻松。

至于他，本来就已经落魄得不成样子，无法做到坦然回家让父母担心，就只能在外面浑浑噩噩地继续混日子。

失去了苏清玉的照顾，他也无非是过回原来的生活，之后不管是活着还是死了，是成功了又或是再次失败，都再也与她无关。

将本子攥在手里，许泯尘转身离开，回去的路上却碰巧遇见要去上班的陈静仪，对方一脸惊讶地望着他，嘴角还有一抹讽刺的笑容。

"哎哟，真巧，这不是许先生吗？"陈静仪故作惊讶道。

陈静仪这样的女人，单看面相，许泯尘就知道她是个什么货色。他不想和这样的女人浪费时间，越过她便要离开，但她却有点不识好歹，也不急着去上班了，快步追上许泯尘说："许先生，其实我也可以理解苏清玉，您虽然落到今天这地步，但最起码脸长得好，又有过那样的成就，包着您还是有点意思的，不过啊，她也太不识好歹了一点。"

真正不识好歹的人却说别人不识好歹，人可以做到这么无耻倒是让许泯尘为她驻足了。

然而，陈静仪却将他的驻足误认为对自己的说法感兴趣了，于是立刻道："我们老板知道了你和她的关系，希望她可以劝你到我们公司上班，这完全是为你好啊，给你一个东山再起的平台，可这丫头居然把我们老板骂了一通，然后甩甩袖子辞职了，你说是不是不识好歹？"

听到这里，再不清楚发生了什么事，许泯尘也就不是许泯尘了。

他不着痕迹道："哦，她辞职了？"

"你还不知道？"陈静仪先是有点惊讶，随后又一笑说，"也对，这么丢脸的事她怎么会告诉你呢？她估计啊是不想看你重新开始，怕你再回到原来的位置上之后不要她了，不需要她了，把她甩掉，要我说这样的人真自私，我要是她的话，肯定想尽一切办法给你找这么个平台。"她咳了一声说，"我说来说去就是一个意思，虽然她辞职了，还骂了我们老板一顿，但我们老板还是希望你可以过去的，他非常欣赏你，对你的事迹也很了解，你要去试试吗？"

说来说去，终于说到了最终目的，许泯尘微微低头，带着细微胡茬的下巴性感得要命，这样一个浑身上下充满着独特的男性荷尔蒙，又拥有着那样曲折复杂经历的男人，可不知道要比公司里那个胖老头吸引人多少倍，陈静仪这一刻居然有点羡慕苏清玉了。

"我很抱歉。"

他悦耳富有磁性的声音先是致了歉，听起来充满绅士风度，令人折服，但紧接着他的话就让陈静仪彻底变了脸。

"不过，我对苍蝇公司没有任何兴趣，不要再来烦我，也不要再去烦我女朋友。"

语毕，许泯尘头也不回地离开，背影挺拔而高大，除了有些清减偏瘦之外，一切都和当初走在顶峰时毫无区别。陈静仪愤怒地看着他的背影，居然有点分辨不清眼前的人是画报新闻上的那个互联网大佬，还是一个落魄贫困到要靠女人的失败男人。

　　夏氏集团单单从办公大厦来看，就不知道比苏清玉之前工作的地方好多少。

　　夏沐泽将车子停在大厦附近的路边，侧头对苏清玉温和道："你先去，我绕几圈再过去。"

　　苏清玉求之不得，低头道了谢便下车离开，恰好一辆跑车这时候从身边过去，她被跑车快速离开带着的风弄得迷了眼，有点不舒服地揉了一下，夏沐泽瞧见这一幕迅速下车跑到了她身边，也不顾周围人的围观，紧张地说："你没事吧？"

　　说完话他就眯着眼望向那辆车离开的方向，车子的主人大概也觉得自己有点不对，在前方减缓了速度，戴着墨镜朝后视镜瞧了一眼，这一瞧就让她挑高了眉毛。

　　那不是夏氏集团的年轻董事长吗？才二十几岁的年纪，父母死后就能力排众议走上董事长的位置，那可是个不简单的人。再看看他无比关怀的身边人……怎么有点眼熟呢。

　　Amy慢慢将车子停在路边，稍稍思索便想起了那个女孩是谁，她的记忆力一向很好，看过的东西大多数都不会忘，除了一些在她看来毫无意义的东西，可能会出现稍显模糊的印象，苏清玉便属于其中之一。

　　不过，她最后还是想起来了，之前去买蛋糕时见过苏清玉。

　　奇怪，那样一个需要在蛋糕店打工的女孩，怎么会和夏氏集团的董事长扯上关系。

　　Amy意味深长地笑了笑，继续发动车子离开，夏沐泽肯定看见了她的车牌号，大概不会介意她刚才的冒犯，不过没关系，在意也没事，她待会儿登门道歉就是了。

　　那边Amy潇洒地走了，这边苏清玉已经被夏沐泽给搞得浑身不舒服了，她强硬地把自己的手从他的手里扯出来，尴尬地说："我很抱歉，但时间来不及了夏总，我要赶紧去上班了。"

她鞠了个躬，好像他们真的仅仅只是上司和下属的关系那么简单，随后便快步逃离了这里。

　　夏沐泽看着空荡荡的手，又将视线投注在苏清玉纤细柔弱的背影上，在回到车上之后，他露出了略显阴沉和嘲弄的笑容。

　　"用不了多久的……"他意味不明地说了这么几个字，便发动车子离开了这里。

　　第一天上班，苏清玉是真的不想让自己有什么不妥的表现，幸好她早上早起了一会儿，不然刚才那么一耽误，就得迟到了。

　　她匆忙地赶到大厦门口，看着高耸入云的夏氏集团，深吸一口气，抓紧背包袋子，踩着她唯一一双还算体面的高跟鞋，忐忑地走了进去。

　　这会儿正是上班时间，大厦里面人很多，电梯外面等的人也很多，来之前HR给苏清玉发过邮件，她知道自己需要去第几层报到，于是在挤进电梯之后就按下了那一层的按钮，三十七楼。

　　也不知是不是她的错觉，在她按下三十七这个按钮的时候，整个电梯里的人都用异样的眼光看向了她，她以为自己按错了，又检查了一遍，确定没错之后落落大方地朝其他人点了点头。

　　她这样表现，其他人便立刻收回了视线，但每个人在离开电梯时，都会最后看她一眼，然后议论纷纷地离开。

　　那时候苏清玉还不知道是为什么，等她到了三十七层，才发现那些员工为何那么惊讶了。

　　三十七层非常的……空旷，倒不是说不够符合夏氏集团的身份和奢华，而是真的看不到什么人。

　　苏清玉犹豫了一下，电梯到达这一层已经只剩下她自己了，虽然很迟疑，但她最后还是走了出去，抓着背包的手不由自主地紧了紧，这第一天上班，怎么感觉好像上刑场一样心情沉重呢？未来需要工作的这一层，还真是和夏沐泽的家给人感觉差不多，大而空旷，略带阴森。

　　"你好！"

　　一个突兀的问好在左边响起，那时候苏清玉正打算朝右边走，这不免吓了她一跳。

"抱歉，吓到你了？"说话的是个三十岁左右的女性，她穿着职业套装，单从面料看就知道价格不菲，更不要提品牌了，这地方工作的女性似乎都是这样，并不缺钱。

"没有。"苏清玉转过身笑了笑，"是我自己太紧张了，您就是王主管吧。"

王主管笑了一下说："是的，过来吧，我带你去你的办公室。"

苏清玉道了谢，紧跟着她往前走，王主管一边走一边说："你刚才走的那面是夏总工作的地方，平时没事的话尽量不要过去打搅他，他个性比较特殊，喜欢安静一些的环境，所以我们这一层都铺着地毯，也不轻易允许人上来。"

听她说话小心翼翼的样子，声音又轻，就知道她说的都是真的了，苏清玉认真地点了一下头，压低声音说："你放心吧王主管，我不会过去的。"

王主管笑着点点头，随后打开了旁边一扇看上去很奢华的欧式门，门开之后是一间单独的办公室，很宽敞，各种设备一应俱全，并且装点得非常漂亮。

苏清玉怔了怔，轻声说："王主管，你是来带我见我的上司的吗？她好像不在。"

王主管回眸睨了她一眼，用一种她不太清楚的复杂语气说："这不是什么上司的办公室，是你的，你不用觉得太大，不适合你这样的职位，事实上，这一层所有的办公室都这么好，而目前负责公司网站的人，夏总觉得你一个人就足够了。"

苏清玉指着自己惊讶道："我一个人？"

王主管点头说："我在你的桌子上贴了联系表，上面有我们公司网站外包公司的负责人联络电话，有任何问题你可以直接联系他们，二十四小时为你服务哦。"

苏清玉不知道自己该说什么了，如果是这样，即便是不懂技术的人也可以做这份工作，何必非要让她过来？

"其他的，我想你最关心的就是薪水问题了。是这样的，由于你是夏总直接安排过来的，所以是没有实习期的，我们会跟你直接签订劳动合同。但苏小姐，有一点你需要注意，一旦劳动合同签订，如果你没有正当理由的话，是不能无故旷工和离职的。"王主管说，"这一点你清楚吧？"

虽然心里面想法百转千回，但面上苏清玉还是很快点了一下头，王主管见此便拍了拍手说："那么就只剩下薪水问题啦，其实很简单，我们采取的循序渐进的薪资递增规则，你第一个月的薪水是一万二，之后如果表现上没有不符合规定的地方，每个月涨两千，两万封顶，等你晋升之后月薪还可以再根据具体职位来增加，就这些。"她说完话看了看表道，"时间差不多了，你可以开始工作了，我先回去了。"

她点了一下头就离开了，尽管苏清玉还有很多问题要问，但她好像很怕她多问一样快速消失在了走廊尽头，苏清玉看见她进了电梯，那意思似乎是，她其实也不在这一层工作。

说不清心里是什么想法，苏清玉最终还是走进了这间办公室，她轻轻将门关上，将背包放到桌上，绕到桌子另一边，看着椅子和打开的电脑，以及电脑下面的联系表，上面"艾博集团"四个字深深地刺伤了她的眼睛。

原来，夏氏集团的网站全部委托给了艾博集团旗下的公司来维护，那她来这里究竟要干一些什么工作呢？

一个月给那么多薪水，在这个圈子里，她这样的新人着实被厚待了，她忽然就萌生了退缩的心理，可摆在她面前的路却只有两条，要么累死饿死，许泯尘因此离开她，要么就继续稀里糊涂地在这里工作下去。

"也许，这里所有人的薪水都是那么高吧。"

苏清玉试图用这个说法让自己心里平静一点，但还是太难了，她动了动鼠标，将休眠的电脑打开，然后就在电脑桌面上看到一个被命名为

"工作内容"的文档,她立刻点开,里面是一大长串的关于网站改善的要求,有一些部分其实挺难的,她目前的水平可能还做不太好,至于把文档里的内容全部做完,这恐怕……没个把月的时间是搞不定的,而且她还得一边做一边学,有很多地方是刚出校门的她并不太懂的。

看来开高薪水也是有原因的,这些要求即便是外包出去,做完之后要花费的钱可能要比她的月薪还多,想到这里苏清玉心里稍稍平衡了一些。

心里舒服了,苏清玉终于露出了到夏氏集团之后第一个真心的笑容,她暂时放开了鼠标,从口袋里取出手机,找到许泯尘的号码,给他发了一条短信。

许泯尘这会儿正在厨房里面,对着菜板子上的东西沉默着,手机就放在一边的流理台上,他只要一垂眼就能看见上面亮起来的内容。

发信人:苏清玉

我到公司了,环境很好,不过工作很多,你起来了吗?记得吃饭,我用罩子罩着,如果凉了的话热一下,饭后半个小时要吃药哦,晚上回去我会帮你带你喜欢吃的蔬菜。

她的短信总是那么长,从来都没有简短地表达过,相较于她的冗长和语调亲密,许泯尘的回复则略显单调和冷淡了一些。

哦。

一个字,等待了半天的苏清玉看到这条,心里先是失望地叹了口气,随后就无奈地笑了起来,他可真潇洒啊,从头到尾好像都是这样,即便他现在那么落魄。

如果是这样的话,是不是晚一点再回到那个位置上,他也不会受到多大的影响?

察觉到自己心里自私的想法,苏清玉堪称恐惧地将手放在了键盘上,试图让自己能够不要再想那些,可根本无济于事。

她总是在心里责备着Amy对许泯尘的背叛与欺骗,但实际上,在她的内心里,也不是百分百的真诚。

她也是自私的。

约莫中午的时候，家里的门被人敲响了，苏清玉去上班了，这会儿只有许泯尘一个人在家，他不久前吃过早饭，躺在床上看了一会儿书，听见敲门声下意识睨了一眼挂钟，苏清玉不应该在这个时间回来的，难道是出了什么事。

带着这样的想法，许泯尘放下书去开门，路过桌子时，他从上面拿起来早上本来打算送给苏清玉的本子，思索着也许这就是她回来的目的，可是，当他打开房门，把本子递过去的时候，看见的根本不是苏清玉，而是一个他怎么都没想到会在这里见到的人。

"你果然住在这里。"

红艳艳的唇吐出惊喜又自嘲的话语，站在门外的女人摘掉了墨镜，妆容精致的妩媚眼睛神色复杂地看着门后的男人，他瘦了很多，个子却依旧那么挺拔，除了脸色不太好看之外，似乎和之前变化并不大。

"这是给我的？"她低头看看许泯尘递过来的本子，本想接过去，对方却很快收了回去，接着下一秒，房门险些就被关上。

说是险些，代表着最后还是没有关上，因为她及时抬手阻拦了对方。

"你这样继续关的话，我的胳膊会被门给夹断的。"她明明是笑着说话，可语气里却充满伤感，手指不自觉转到他要关门的手背上，本该细腻光滑的地方如今似乎有些粗糙了。

也是，在媒体拍到他沦落到自己去买菜的时候，她就想到他过得不会太好，那些打出去的电话从来没有被接听过，为了找到他，她可是费了不少力气。

"你一个人在家？"她并不介意他的拒绝，想要进去，但许泯尘根本不给机会，于是她只好继续说，"我打听到的是你在和一个女孩子同居，怎么没见到她？"

话题说到这里，似乎触到了许泯尘的逆鳞，他斜睨着门口的女人，冷冰冰地说："这不关你的事，如果你不希望明天上报纸的话，就马上离开。"

他从来没有用这么冷淡的样子面对过她，他在她记忆中的样子一直是温柔和煦的，即便有时候他们在工作上面的想法可能相左，但他总会耐心地说服她，从来没露出过如此轻蔑和不在意的样子。

不得不说，这一刻Amy的心好像被切成了两半一样，非常地难受。

是的，来这里的人正是Amy，她今天一收到下属的消息就开车来了这里，没想到会被他那样对待。即便是他一直不接她的电话，她也只当是他还没消气，可她没料到即便见了面，他依旧是电话中毫无回应的态度。

"我以为你可以理解我的，我那么做只是因为……"

她试图解释，但可惜许泯尘根本不给机会，也不想听。他甚至不顾她的胳膊还放在门缝那里，直接要将门关上，那种速度快到Amy不得不承认，他是不会停下来的。

于是，她只能勉强把胳膊收回来，看着那扇紧闭的房门，脑海中回荡着他们最后一次争吵时的对话。

那时候他说："安红，道不同不相为谋，历史是由胜利者书写的，如果你坚持那么认为，我们可以看看最后谁才是对的。"

"事实证明我才是对的不是吗？"安红，也就是Amy，愤怒地瞪着那扇门，提高音量道，"我不会就这么罢休的，你输给了我，就想躲得远远的？门都没有，我还会再来找你的，至于和你同居的那个小丫头，你想玩就玩吧，玩到最后别把自己玩进去就行。"

深吸一口气，大概也是觉得自己有点失态了，安红闭了闭眼说："我走了，改天再来找你。"语毕，她转身离开，并不怀疑她的话他全都可以听见。

她也没猜错，许泯尘虽然关上了门，但并没有离开门口，她最后说的几句话他全都听见了，他低头看看还放在他手里的本子，那是属于苏清玉的，那个在安红口中和他同居的小丫头。

不知出于什么心理，本该放下本子回卧室的许泯尘忽然转身开门离开，快步下楼，出了小区，直奔地铁站。

　　挤地铁，这是苏清玉从来不认为许泯尘会做的事，但其实在成功之前，许泯尘作为一个普通的大学生，什么事都做过。她把他想得太高了，从那么高的位置上摔下来，让她觉得他脆弱到可能遭受不起一丁点打击，但其实并不是那样。

　　这会儿，苏清玉正在认真工作，一旦完全进入工作状态，她就不会再像一开始那样走神或者胡思乱想，但当手机响起来，来电号码还是许泯尘的时候，她那种状态瞬间就消失了。

　　她有点惊讶地接起电话，还没开口说什么，电话那头的男人就低声说："你忘记了你的笔记本，我在夏氏集团楼下，来取。"

　　说完话，许泯尘就快速挂了电话，他站在大厦的阴影里，不远处停着一辆红色敞篷跑车，车上坐着戴着墨镜的安红，其实她之前离开许泯尘住的地方之后没有很快离开，所以就看见了快步走出来的许泯尘，然后跟着他到地铁站，看到了他上的班次，猜测他应该是要来CBD，所以便开车到了这边的地铁站门口一直等着，果然等到了他。

　　令她没想到的是，他竟然是要来夏氏集团，手里还拿着那个本来是递给她的本子。

　　那究竟是什么？他要做什么？难不成他和夏沐泽有什么合作？

　　带着这种想法，安红不动声色等在车子上，她等的时间不长，在许泯尘站在那打完电话后不久，夏氏集团的大厦里就跑出一个慌张的女孩，她看上去很年轻，最多也就二十三四岁，身上穿着廉价的职业套装，表情焦急地朝站在大厦阴影下的许泯尘跑过去。

　　"泯尘！"苏清玉轻轻喊了他的名字，跑到他面前撑着腿喘了口气说，"你怎么还亲自跑一趟？我其实没关系的，明天带过来就行了，我今天……"

　　她话还没说完，许泯尘就把手里的本子递给了她，然后转身要走。

　　苏清玉愣了一下，下意识拉住了他的手腕，他停住脚步转过头来，苏清玉被烈日照得眼睛都有点睁不开，秋老虎就这点可怕，十月份了，阳光依旧猛烈。

她偷偷地看了一眼四周，这会儿大家都在上班，来往的人不算太多，她快步上前踮起脚尖在他脸颊上亲了一下，接着迅速退后，在太阳下露出一个灿烂的笑容，似乎非常开心地说："谢谢你，你会关心我，我很高兴。"

许泯尘低头看着面前的女孩，其实太阳是很猛烈的，可不知为什么，看着她的笑容好像比太阳还要刺眼，他甚至有点想要转开视线。

"好了，我该回去上班了，你那里还有钱吗？打车回去够吗？挺远的。"苏清玉说着话就要掏钱，但被许泯尘拒绝了。

"有。"他简单说了一个字回应，随后继续道，"回去上班吧。"

苏清玉仰头观察了一下他，总觉得他似乎有点不对劲，但又看不出是哪里不对，最后碍于出来时间有点长了，还是扭头回了大厦，但一步三回头是肯定的。

等苏清玉彻底回了夏氏集团之后，许泯尘才转身离开，他走得很平静，已经看不出为了一个笔记本亲自送到这里时的冲动，坐在红色敞篷跑车里的安红看着他目不斜视地离开这里，离开这个他曾经一手创立了艾博集团的地方，忽然觉得好像输的人不是他，而是她。

她从来没有做过任何让自己后悔的事情，但这次却真的有点后悔了。

带着对那个平凡女孩的好奇，安红将车子开到了夏氏集团的地下停车场，亲自给夏沐泽打了电话，借着与他公事上的交谈，名正言顺地走进电梯上了楼。

其实直到这会儿，安红也没觉得苏清玉在夏氏集团会是什么关乎紧要的员工，她甚至还在琢磨着拿个什么理由来让夏沐泽找个HR帮她查一查。

但当她到达三十七层的时候，恰好遇见了刚刚走出另一部电梯的苏清玉，苏清玉也回头望了过来，因为早上王主管说过，这一层轻易不会有人上来，所以在听见另外的电梯响时，她不自觉地回了一下头。

她本来想看一眼就转回来，因为觉得有点失礼，可当她看见走出电梯的人是谁时，双腿顿时好像灌了铅一样，一步都走不动了。

安红眯眼凝视着不远处站着的女孩，真是踏破铁鞋无觅处，得来全不费工夫。

要说最有意思的，不是她竟然在夏沐泽办公室这一层工作，而是……她看着她的眼神。

安红敢笃定，这个女孩认识她。

而另一边，身为这家公司的主人，并且是在这一层办公的夏沐泽，其实从苏清玉出去到下楼，到见了什么人都知道得清清楚楚。

她不在他眼皮子底下的时候还好，现在到了他的眼皮子底下，他要知道一些事，简直容易到了极点。

看着下属发来的照片，以及电脑上的监控画面，安红正和苏清玉面对面站着，夏沐泽觉得，这个时候该他出场了。

他放下照片，锁进抽屉里，整理了一下西装，开门走出了办公室。

"真是热闹，安总这么快就到了，怎么清玉也在？"夏沐泽装作什么都不知道一样，温和地笑着说，"清玉，该回去工作了。安小姐，你知道我一向不喜欢用秘书，所以亲自出来欢迎你，这边走吧？"

在场的两个女人瞬间将视线投注在了他身上，夏沐泽眼皮子都没跳一下，苏清玉第一个反应过来，匆忙地点头离开，安红睨了一眼她的背影，意味不明地笑了笑，和夏沐泽一起离开。

♡　✳　🎁

第六章　与过去相逢

　　夏沐泽的年纪要比安红小，安红和许泯尘是同学，年纪是一样大的，他们两人都比夏沐泽和苏清玉这些二十几岁的年长。

　　看看坐在自己对面倒茶的夏沐泽，安红觉得，夏沐泽这样的人要是长到许泯尘那个年纪，肯定要比他的成就还大，因为许泯尘很多时候太正了，夏沐泽就不是那样的人，他能够在这个年纪，在父母去世之后，以一个青年人的形象拿到夏氏集团这样的大财团的董事长位置，会是什么循规蹈矩的好人吗？

　　在安红观察夏沐泽的时候，夏沐泽连眉头都没皱一下，他将茶杯放到安红对面，温和地笑着说："安总一直看着我，是我身上哪里有不对的地方吗？"

　　他这么直白地点破她的观察，安红也没觉得不自在，而是聪明地把话题拉到了她感兴趣的东西上："也不是，只是比较好奇，我记得夏总向来不喜欢身边太吵，这一层的办公室基本上都没人，今天却发现有人在这里工作，实在有点疑惑。"

　　夏沐泽失笑道："没想到安总也是这么八卦的人，我以为安总是女中豪杰，对普通女人喜欢好奇的事情都没什么兴趣呢。"

　　安红直白道："我的确对八卦没什么兴趣，但这个女孩我恰好见过，之前我去蛋糕店买蛋糕的时候看见她在那里做服务员，没想到今天就摇身一变成了夏氏集团高层的人，我真的很好奇是什么让她的人生在这么短的时间里改变了这么多。"

其实安红心里怀疑的是，也许是许泯尘和夏沐泽暗中有合作，作为许泯尘现在同居的女人，苏清玉得到了夏沐泽公司这个职位，明面上是个员工，暗地里可能是他们之间的通讯员。

夏沐泽何其聪明，自然也看出了安红心里的怀疑，他勾起嘴角，笑得意味深长，拖长音调，用一种玩味又奇妙的语气说："清玉的经济状况不是太好，偶尔会打几份兼职，但今后应该不会了。她是最近才被我请到这里工作的，我希望她可以安安稳稳一直工作下去，因为我本人非常欣赏她。"

安红意外地看着他，夏沐泽继续道："至于安总这么好奇这个女孩，应该不是因为我，而是因为许先生吧。"

他如此直白地说出这个，安红还有点不自然，夏沐泽无视她的不自在，莞尔笑道："说实话，我也很想和许先生认识一下，但一直没有机会。虽然他目前状况不太好，但他曾有那样伟大的成就，我相信他的才学和魄力都是非常值得我们肯定和学习的。"他双手合十，看上去相当随和，"我的意思是，其实我和许先生真不熟悉，安总会在夏氏集团大厦门口看见许总，只是因为，他是清玉的男朋友。"

安红的表情一下子变得古怪起来，其实不难理解，在过去很长一段时间里，许泯尘一直都是她的男朋友，他们现在虽然因为一些事情分道扬镳，但她心里还当他是她的，如今从别人口中听到他成了别人的男朋友，她会是什么心情，可想而知。

"如果安总找我只是这些事，我要说的也就这么多了，不管安总要做什么，我希望你都不要影响我旗下员工的工作心情。"夏沐泽保守地说了一句告诫的话便站了起来，意思很明显了，这是在送客。

安红是何等人物，当然也不会继续待在这里惹人讨厌，她点点头，虽然已经不算年轻，但依旧漂亮的脸上挂着笑容，她点头道："放心，我没那个时间去为难一个普通人，那么，我就不打搅夏总了，有机会一起吃饭。"

说完话，安红便客气地离开，头也没回过一次。夏沐泽送她到电梯口，等她坐电梯下去之后，他脸上温和的笑容瞬间就消失了。

傍晚时分，苏清玉比下班时间迟了十几分钟才离开办公室，她脚步匆忙，显然是急着回去，夏沐泽在办公室的电脑上看见这幅画面，立刻起身拿着公文包离开了。

他腿长，走了几步就追上了在等电梯的苏清玉，苏清玉听见声响转头一看，瞧见是他便露出了客气的笑容。

"夏总好。"她点头致意。

夏沐泽微微颔首道："怎么这么晚还没走。"

苏清玉解释说："有点代码收个尾，不过也没晚太久，十几分钟而已，我想也许有很多人比我走得晚多了。"

夏沐泽温声道："我不是个克扣员工私人时间的老板，你下次可以到了时间就回去，不用这么着急地往回赶。"

苏清玉有点尴尬地笑了笑，没再说什么，电梯恰好这个时候来了，夏沐泽先走了进去，随后就等着她进去，苏清玉迟疑许久，还是走了进去。

"去一层？"夏沐泽问道。

苏清玉点头，夏沐泽帮她按了一，然后按了他要去的负三层停车场。

做完这一切，电梯门关上，从三十七层下去的电梯是非常清净的，下落的过程也没人会打搅，苏清玉吸了口气，觉得狭小的空间里气氛有点不对劲，她僵持着没有开口，尴尬得恨不得找个地缝钻进去，也就在这个时候，夏沐泽开口了。

他说话的时候电梯刚走到三十层，他放缓声音道："今天我见到安总，她跟我说你在蛋糕店打工的事，我想你在这里的薪水应该够用了，以后除了给妍妍补课，就不要去打那些零工了。"

这同样也是苏清玉的想法，虽说在夏氏集团上班假期和福利都很好，利用休息时间打工可以多赚一分钱，但她还那么年轻，也不想把时间都浪费在那些零散工作上，这里给的薪水足够支撑她和许泯尘的日常开销了，那就没有必要再占用太多时间，那些时间拿来跟许泯尘相处岂不是更好。

"是，我知道了。"

苏清玉答应得很痛快，这倒让夏沐泽多少有点惊讶，但他不是那种情绪外露的人，所以苏清玉一点都没察觉到。

在电梯下降到二十层的时候，夏沐泽再次开口了，这次的话题有点敏感，和许泯尘有关。

"说起来，之前有次下雨，我送你回家的时候，看见你男朋友在楼梯口接你，有点眼熟。"夏沐泽轻声道，"那时候我还不确定，今天安总提起来，我才确定那是许先生。"他抬手摸索了一下鼻尖，似乎有点不好意思，"我和许先生有几面之缘，当然，那是在他还没出事的时候。"

对于许泯尘的事，苏清玉一向非常敏感，她蹙眉道："夏总，您说安总提起来是什么意思？"

夏沐泽笑着解释道："哦，对了，你可能不知道，今天你在电梯那见到的安红安总，是艾博集团的副总裁，她以前和许先生是……"

他说到这，苏清玉打断他道："安总提起了什么，让夏总确认那天看见的是……许先生。"

夏沐泽微垂眼帘道："安总今天似乎看见了你和许先生见面呢，你们还很亲密……"他将他安排人看到的内容转到了安红身上说出来，"就是在大厦门口。不过清玉你别误会，我说这些没有别的意思，只是想提醒你一下，许先生不是个简单的人，如果他真的是你那个男朋友，你千万记得要给自己留条后路。"

他说得认真而严肃，难得没有笑，但苏清玉根本听不进去。

她笑了笑，看着慢慢变成数字1的电梯说："谢谢夏总，不过爱一个人是没办法控制感情的，做不到理智和潇洒的，如果我在爱他的时候还想着给自己留条后路，那就不爱了。"

叮——电梯到达一层，门打开后外面等着的人全都后退让开位置，苏清玉礼貌疏离地和夏沐泽道了别，便脚步匆忙地离开。夏沐泽站在电梯里看着她离去的背影，在场所有还在等电梯的人都感觉得到周围的气息不是很好。

马上要国庆假期了，这似乎是最近唯一值得庆幸的事情，回去的路上，苏清玉在小区门口买了一份报纸，上面是各大商场在国庆搞的活动，当然也有一些旅行社的特价旅游团。

苏清玉是很想利用假期时间和许泯尘一起去旅行的，因为她的生日就在十月五号，虽然许泯尘应该不知道，但她希望可以悄无声息地和他一起吃个蛋糕，过个生日。

想起这些事，苏清玉今天一直不太好的心情终于有了点起色，她加快脚步上楼，拿钥匙开了门，一进去就闻到家里飘散着饭菜的香气，瞬间就开始心慌，想着该不会是有谁来过，给许泯尘做了饭吧？那可是她应该做的事，是谁要抢走她能为他做的那些少得可怜的事情的其中一件？

真正陷入爱情里的女人，是看不出自己有多卑微的，但等她冲到厨房，正在将菜装进盘子里的许泯尘看见她的表情时，他看得出她有多紧张忐忑，甚至是自卑和崩溃。

她好像总是横在一条线上，一旦有什么事情突破这条线，她就会彻底崩塌。

"我买了本菜谱。"许泯尘收回视线，仿佛什么也没看出来似的说，"如果你上班，回来再给我做饭，似乎总是来不及，我会感觉饿。所以，如果你今天吃得还对胃口，以后可以由我来做饭。"

他这样说着，端起盘子朝外走，路过苏清玉身边时，她看见了他手指上的创可贴。

"你的手怎么了？"苏清玉紧张兮兮地跑上去抓住了他的手指，因为已经包好，看不见里面具体伤成什么样子，她有点为难。

许泯尘不着痕迹地收回手，坐到椅子上说："切菜时分心看火不小心蹭到了一些，没关系。坐下吃饭。"

她一向不会拒绝他什么，不管是有理的，还是无理的要求。

她慢慢坐下，看着桌上的两菜一汤还有米饭，不得不说他真的是个天才。即便是从来没接触过的做饭这种事，他只要研究一下菜谱，就可以做得非常好。

可是，他做这些明明是对她有好处的，她的生活一直在往好的方向走，但为什么她却感觉有点难受呢？是因为她能为他做的事又少了一件吗？

其实也不全是。

大概就像是她本来身处在完全漆黑的夜里，现在她在这样一望无际的黑暗中偶尔看见了一点亮光，她觉得难以置信，惊恐又惊喜，想走近一点，但又怕那光亮消失，可要是走远一点，依然担心那光亮消失，她僵持在那，不知进退，迷茫之余，就会觉得难受。

"吃饭。"

许泯尘再次开口，简单清冷的两个字，一下把苏清玉拉回现实，她吸了口气，想到今天已经询问了王主管预支薪水的事应该不会被拒绝，于是就把买回来的报纸递给了他。

"国庆有七天长假，你想去哪里？我们一起去散散心吧。"她笑着说，好像刚才突然消沉下去的人不是她一样。

出去旅行是一件很浪费钱的事情。人在外地，衣食住行都得花钱，不如在家里安逸。

苏清玉当然很清楚这一点，但她觉得这是个难得的机会，眼下经济应该也能周转开，如果可以的话，出去转转，以后哪怕他们分开了，她至少还有点美好的回忆。

不是都说，一起出去旅行是增进感情的最佳方式吗？而且，她真的很想和他一起过一个有意义的生日，这是他们在一起之后她第一次过生日。

不过，只可惜这是她一头热，许泯尘对此没什么兴趣。

报纸递过去，他扫了一眼便转身走开了，看着他的背影，他在走出门前回了一次头，说了他之前说的那两个字。

"吃饭。"

低头看着桌子上摆着的饭菜，苏清玉慢慢吐了口气，有点无奈地笑了，虽然可能旅行他不会去，但至少他现在对她的关注越来越多了，如果可以的话，继续这样下去也是好的，她都有幸尝到他的厨艺了不是吗？

带着这种欣喜，苏清玉快速吃了饭，很给面子地把一盘子菜都吃光了，许泯尘再次走出卧室的时候，就看见她正在收拾屋子，刷盘子和碗碟，嘴里小声地哼着歌，心情不错的样子。

她好像总是这样，前一秒可能应该会有点伤心，下一秒立刻又高兴起来，不需要他道歉，更不需要他做任何解释，她会在脑海中给他自动自发地做出解释，然后安抚她自己的情绪，这看上去体贴极了，可也是因为这样，总会让人忽略她的感受。

许泯尘可以有那样的成就，在看人和才能方面肯定是过于常人的。像苏清玉这种女孩，不要说是他了，便是个普普通通的人，都能一眼把她看穿。

虽然她外貌很普通，但她的性格真的特别好。安静，敏感，能第一时间察觉身边人的情绪，然后不着痕迹地安慰你，既不显得太侵犯你的隐私，又可以让你心里舒服一点。

她待人真诚而不做作，除非触及底线，否则绝对不主动招惹麻烦，就像插花时做陪衬的绿叶，永远是衬托着娇艳鲜花的存在，从没有抢夺过一丁点光芒。

这样听起来是很好的品格，可这样的女孩放在人群里却是最不起眼的，不管是过去还是现在，这样的女孩一直都能得到许泯尘很高的评价，但……绝对不会成为重要的人。

苏清玉这样的人，好像天生就是来给人当备胎的，或许这样对待她会遭到他人的鄙夷与看不起，但不管换在谁身上，恐怕都难免会有这样自私的想法，因为和这样的女孩在一起会很舒服，却也真的会很无聊。

　　能让人真正地去喜欢、热爱与注目的，始终都是娇艳的玫瑰。

　　国庆假期前的最后一天班很快就到了，苏清玉在办公室里工作，文档上对于网站的更改要求她已经完成了一些，效果也不错，王主管看过之后还赞赏了一下。

　　夏沐泽打开电脑，登陆公司网站，看着上面那些苏清玉所做的修改，虽然不如之前外包给艾博的时候更加完美无缺，但也还算不错，不知道是不是因为修改的人是她，所以他不自觉地降低了要求。

　　正思索间，房门被敲响，夏沐泽低头看了看走廊外面的监控，是王主管，刚才打电话来说有事情要汇报，这会儿人已经到了。

　　"请进。"

　　夏沐泽关闭电脑，站起来朝会客区走，王主管进来的时候正看见他坐在沙发上倒茶。

　　"夏总。"王主管恭敬地打招呼，夏沐泽微微颔首，抬手示意她坐到他对面去，她受宠若惊地走过去坐下，斟酌了一下用词说，"我这次过来是有点关于苏小姐的事情要跟您汇报，您说苏小姐的动态要及时告诉您，所以我就来打搅了。"

　　夏沐泽是个非常不一样的老板，全夏氏集团的人都知道。或许是因为他早年父母双双离世的打击让大家觉得他会有个性上的缺陷，所以在他有什么古怪行为的时候就宽容地给予理解。

　　比如说他从来不用秘书，也不允许有无关人士在他所在的楼层办公，除非必要，也不接见什么下属，只有在见客户的时候，他的要求才没有那么多。

　　苏清玉是第一个在这一层工作的"员工"，所以即便她本人不知道什么，但全公司已经传遍了这个女孩不一般的消息，都抱着"也许是未来的老板娘"的想法认真对待的。

这也是苏清玉在夏氏集团工作之后，心情比以前更加轻松的原因，因为在这里，每一个人都在尽可能地对她好。

"你做得很好，是什么事？"夏沐泽把倒的茶推到王主管对面。

王主管受宠若惊地端起茶杯抿了一口，笑着说："是这样的，苏小姐前几天跟我申请了预支薪水，不多，只预支三千块，我想着这件事应该也告诉夏总一下，听一听您的意见。"

夏沐泽温和地点点头，笑得和善极了："她预支薪水，肯定是有什么难处，我们夏氏集团是一个人性化的企业，员工如果真的有需要，当然要尽可能地帮助了。"

他没有直接回答行或者不行，但这种说法已经是在暗示王主管"完全没问题"了。

王主管心领神会，笑着说："我知道了夏总，您真是个好老板，如果苏小姐知道的话，一定会非常庆幸遇见您的。"

夏沐泽和善的笑容在她说完这句话之后古怪地停顿了一下，很快便恢复正常，他捏着自己的茶杯边缘，意味深长道："话是这么说，但年轻女孩的自尊心强，有些事还是不要让她知道了，免得引起什么不必要的麻烦，你说是不是？"

王主管立刻道："夏总你放心，我知道什么话该说，什么话不该说。"

"那就最好了。"

夏沐泽站起来，送客的意思很明显，王主管赶忙放下茶杯告辞，夏沐泽笑着送她离开，等她走之后他回到桌子边，看着刚才对方使用过的茶杯，慢慢弯腰捡起来，直接丢进了旁边的垃圾桶里。

当天傍晚下班之前，苏清玉收到了王主管的内线电话，让她走之前到楼下她的办公室去一趟。

苏清玉看了看电脑右下角的时间，还有十几分钟下班，她也没多想，全神贯注地做着最后一点修改，假期一来，她也想好好休息一下，下次再来上班就是一个星期之后了，临走之前她想把工作有一个阶段性地完结。

也因此，她走的时候又晚了一会儿，苏清玉发现每次她晚走都会遇见夏沐泽，这其实挺尴尬的，她和他相处的时候总觉得不太自在，但又挑不出错来，为了自己舒服一点，她都在尽可能地减少和对方见面以及相处的次数。

"夏总。"

电梯里，苏清玉礼貌地跟他打招呼，夏沐泽笑着点点头，问她："去哪一层？"

苏清玉眨眨眼，报了王主管所在的楼层，夏沐泽似不经意道："已经很晚了，不直接回去吗？"

苏清玉笑道："也没有很晚，天还亮着。"

"过阵子可就不会这样了，马上就要十月份了，秋日渐深，天也会黑得越来越早。"夏沐泽随意地谈论着气候，倒是让苏清玉放松了很多。

"到时候公司应该会修改下班时间吧？"她大胆地问了一句，问完了就觉得自己太冒犯了，赶忙补救道，"不修改也没关系，我们现在下班时间就挺早的。"

她窘迫地笑了笑，明明是挑不出什么出彩之处的五官，可笑起来给人的感觉就很不一样，夏沐泽不着痕迹地打量着她，放低声音道："我记得我们有过约定，在私下里没人的时候，你可以叫我的名字。"

苏清玉一怔，望着他没有说话，几秒钟之后电梯门打开，是她要去的楼层到了，这会儿外面有几个人在等电梯，当他们看见电梯是从老板所在的那一层下来的时候，都下意识地想要躲避开，不进去，所以没人按开门，但电梯却在这一层停下来了，他们不胜惶恐。

当他们看见和老板在一层工作的苏小姐下了电梯，和老板点头告别便离开后，顿时知道了是怎么回事。

再看看老板，在苏小姐离开之后，他随和地笑了一下，再次关闭电梯下去，这一来一去的，看上去是没什么，但总感觉有种不同寻常的味道。

苏清玉找到王主管，对方夸奖了她的工作进度，还给了她一个信封，她没当场看，但也知道是什么，感激地道了谢。

"不用谢我，好好工作就是了，是公司的政策好，就算要感谢，也该感谢夏总。"王主管意味不明地说。

"……什么？"苏清玉微微蹙眉。

"没什么，时间不早了，假期愉快，我先走了。"

王主管没说下去，笑着道别离开，苏清玉看着手里的钱，心里不免有些不安。

带着这种心情，苏清玉神不守舍地回了家，刚一进门，饭菜的香味就飘了出来，最近许泯尘似乎喜欢上了做饭，每天下午她下班回来总能吃到好吃美味的饭菜，今天也不例外。

想到这些，苏清玉又高兴起来，非常活泼地钻进厨房，看见许泯尘正在炒菜，面容严肃，好像对待着什么非常重要的会议一样。

"我回来了。"她先打了招呼，免得自己突然出现吓到对方，很快便接着说，"你最近很喜欢做饭啊，还做得那么好，智商高就是不一样，我学了很久才有现在的厨艺。"

许泯尘面不改色地关了火，将锅里的菜盛到盘子里，在她笑眯眯的注视下说了一句话。

"只是忽然又找到了一件在一无所有的时候也能做的事，暂时比较有兴趣。"

轰隆一下子，苏清玉脸上的笑容瞬间就消失了，她噎了半晌，慢吞吞地从口袋里取出几张海报说："我买了去杭州的机票，我小时候去过一次，印象中那里还不错，十月份也没那么热，我们一起去转转，你先预习一下。"把海报塞到他手里之后，她便把背包往旁边的椅子上一丢，活动了一下筋骨说，"下面的事情就让我来做吧，虽然你目前对做饭比较感兴趣，但这也是我能为你做的为数不多的事，不要剥夺我的福利。"

许泯尘看着手里的海报，听着她的话，手上不自觉紧了紧，眼神一黯。

出去玩的事情苏清玉先斩后奏，许泯尘最终还是没有拒绝，虽然他一开始表现出来的便是沉默的拒绝了，但苏清玉也知道，他只是不希望自己把钱花在这些没用的东西上，他很清楚她现在过的日子多拮据，还一直想给他好的东西，如果这个负担再加重，他或许会选择离开。

苏清玉很担心那一天来到，所以她一直努力让自己走得更稳，赚得更多，虽然无法达到他的那种位置去感受一下他的感受，但她依然可以努力地翻山越岭、跋山涉水，尽可能地靠近他的顶峰，去理解一下他的想法和情绪，虽然那可能会很累。

他们去杭州的机票是十月二号的，因为一号恰好是周末，苏清玉需要去一趟夏沐泽家，给夏妍做英语家教。上周因为换工作的事情，苏清玉耽误了一周的家教，所以虽然这次是在国庆假期内，也不能再搁置了。

早上起来，她做好了饭便离开了，许泯尘起来后看着桌子上的饭菜，以及便签纸上她的嘱咐，稍微想想就知道她是去做家教了。

一起生活了三个多月，以许泯尘的记忆力，她每天需要做些什么，做多久，规律是什么，他都清清楚楚。

想起之前见过的那个夏沐泽，许泯尘对他多少有些印象，之前在艾博的时候有接触过，但接触不深。至于他对苏清玉，苏清玉身为感情经历不多的年轻女孩，会看不出来对方隐藏很深的感情并不奇怪，但许泯尘看得出来。

他曾经在另一个人眼中看到过和夏沐泽一样的眼神，那个人就是他的好兄弟于然，于然每次见到安红和他在一起都是那种眼神，他一开始也没放在心上，但今后恐怕是终生难忘了。

拿出手机，想发点什么给苏清玉，可手指放在按键上，最后还是什么也没说。

收起手机，许泯尘没吃早餐，直接开门出去，小区北边有个花园，这个时间会有很多乘凉的老人，他们偶尔会下棋，在目前为数不多可以进行的娱乐活动中，许泯尘最乐衷于此，大概是因为那些人里，没有人会认出他。

苏清玉准时到达夏沐泽家，按响了门铃，来开门的是他本人。

"我正在做早饭，假期第一天你就来了，真勤奋。"夏沐泽身上系着围裙，脸上带着阳光的笑容，侧过身让着路，虽然嘴上说着"我还以为你这周不来了"，但嘴角还是挂着克制不住的欣慰笑容。

"已经耽误了一周了，这周再不来怎么行。"苏清玉笑着说完话便进去了，夏妍听见动静下了楼，见到她高兴地扑了上来。

"苏老师。"夏妍笑弯了眼睛，"你可来啦，哥哥念叨了你一上午，还说你不来的话我也不要太伤心，因为放假了，是国家庆祝的节日，大家都要放假。"

苏清玉下意识看了一眼夏沐泽，他像是有点尴尬一样摸了摸鼻子，然后说："我去继续做早饭，我们今天起得都比较晚，还没吃，你吃过了吗？好了你不需要回答，就当是陪我们也要吃一点。"

夏沐泽自说自话，很快就转身走掉了，苏清玉站在那和夏妍面面相觑，最后无奈地笑了笑说："你哥哥这样，倒像是我特地来蹭饭的一样，虽然那香味真是闻得人五脏庙都在闹了。"

夏妍笑了，拉着她的手说："苏老师，我有几个单词不认识，可是哥哥也不告诉我，就让我等你来再问。"

家教是苏清玉的工作，谈到工作上的事情她总会很认真，夏妍抱着英语书和课外书在那里找她问攒了两周的问题，苏清玉对外界的事情也就没那么关注了，所以夏沐泽曾经从厨房出来站在门口笑着看了她们好久的事她也不知道。

吃早饭的时候，夏沐泽似不经意道："对了，清玉你假期有什么安排？我和妍妍准备去三亚逛逛，你有时间的话我们可以一起去，那边……"

他话还没说完，苏清玉不得不打断道："不好意思夏总，我明天要和男朋友一起去杭州。"

夏沐泽吃饭的动作猛地顿住，夏妍也僵了一下，苏清玉捏着筷子不知道怎么办才好，只能不甚自然地笑了笑，夏沐泽缓和了一下表情笑着说："啊，那也是应该的，毕竟是难得的长假，当然要和男朋友出去玩了，我也就是问问，不过你们打算去杭州？杭州我可熟悉了……"

接下来的时间夏沐泽都是在说他对杭州的理解，以及建议他们去哪里玩，听上去就像个温和好相处的朋友一样，苏清玉渐渐地也就不紧张和尴尬了。

以前在周末都只是下午才来给夏妍做家教，这次做了一天，也算是把之前没来的那周给补齐了，她在和夏妍学习的期间，夏沐泽就在旁边的书房里工作，中午她本来是想回去一趟给许泯尘做饭，但夏妍拉着她可怜兮兮地说能不能一起出去吃火锅，她已经很久没出去过了，苏清玉不好拒绝，只好给许泯尘发了短信，告诉他自己中午不回去了。

唯一值得庆幸的是，许泯尘现在会做饭了，不至于她一次不回去就饿着，苏清玉也稍稍放了心。

许泯尘收到她短信的时候，正在往回走，他看着手机屏幕上几个简单的字，回到家的时候直接去了厨房，桌子上还摆着她早上做的早餐。

许泯尘慢慢坐下，也没热，就那么凉着吃了，吃饭的时候拿出钱包看了看，上次苏清玉塞进他钱包里的钱他没怎么用，基本还都剩着，想起过几天的安排，他在吃饭结束后去了超市。

苏清玉并没有什么旅行的经验，在临走前一天就只知道收拾一些行李，出行需要带的一些必备品都没什么安排，虽然他身上的钱不多，但应该足够准备齐全了。

这会儿超市里人不多，正是中午吃饭的时候，大多人都回了家。

许泯尘拎了购物篮在超市里转了三圈，去结账时篮子里已经是满满当当的东西。

对于帅哥，结账的收银员异常热情，甚至还搭讪了几句："先生是要去旅行吗？我看你买了很多旅行装的东西哦。"

许泯尘抬眼睨了睨她，平平无奇的长相，脸上挂着恭维的笑容，眼睛里闪烁着期待，某个角度甚至有点像苏清玉。

不知为什么，想到这些，他原本该保持沉默的态度就转变了一些。

"是的。"

他简要地回答了两个字，谢过对方便拎着袋子离开，收银员望着他的背影感叹道："真帅啊，又有礼貌，要是能认识他就好了。"

出了超市，许泯尘自然直接朝回去的方向走，他走得很快，因为腿长，但还是被一个人捕捉到了。

正在给丈夫打电话确定女儿所住小区名称的苏妈妈惊呼道："咦？那不是老许家的儿子吗？"

电话那头的苏爸爸疑惑道："什么？老许家的儿子？你在哪看见了？"

"在咱们闺女的小区。"苏妈妈有点担心，"我说老苏啊，你说他们俩该不会是有什么吧？"

苏爸爸那头沉默了一会儿才说："哪那么巧啊，说不定是你看错了，再说就算是他也不代表他和咱们闺女就有什么啊，两人差着五六岁呢，老许家的儿子有段日子没见着了，老许不是说去干别的工作了吗？"

苏妈妈是女人，女人的直觉让她对目前的状况不太放心，所以没和苏爸爸多说什么就挂了电话，朝着许泯尘离开的方向追了上去。

以前许泯尘没有落魄的时候，苏清玉就对他表示出了极大的热情，家里还挂着他的海报，并且这种热情持续了好几年都没被浇灭，所以苏妈妈对此有点担心也是情有可原的。

她一路小跑，总算是追上了正常走路的许泯尘，他一手提着袋子，一手在拿手机，微蹙眉头，似乎是来电的是他不喜欢的人，所以很快操作了几下就把手机塞进了口袋，然后进了一旁的单元楼。

苏妈妈像个侦察员一样追上去，小碎步跟着他上楼，因为担心他发现还刻意和他保持着一个楼层的差距，等到听见上方有开门声的时候，她才一点点往上走。

恰好在这个时候，在夏家的苏清玉不放心地打来了电话，许泯尘当时正在开门，拿出手机看到是她便接了起来。

"是我。"苏清玉不等他说话就说，"你中午吃饭了吗？随便做点吃，不要不吃，午饭也很重要的。"

"吃过了。"

许泯尘简单地回答，进了屋子关上门。

苏妈妈这个时候正好走到楼上来，她犹豫了一下，拿出手机拨打女儿的手机，那边响起女声："您拨打的电话正在通话中，请稍后再拨。"

苏妈妈浑身一凛，嘀咕了一句："不会吧？"

她迟疑再三，果断上前敲响了许泯尘走进去的那扇门。

第七章　分开旅行

有人敲门，当然是要开门的。

因为租住的不算是新小区，房屋质量也一般，所以门上的猫眼早就不怎么能用了，也不存在在屋子里朝外看是谁的那种可能。

许泯尘当时刚把袋子里的东西放到桌上，听见敲门声便回身去开门，他当时的想法有两个，一个是快递来了，一个便是安红，这会儿苏清玉正在夏家做家教，就算是要回来也不可能这么快。

然而，他的两个猜测都错了，当他打开门看见一个有点面熟的中年妇人的时候，眉梢轻不可见地挑了一下。

"你好。"许泯尘礼貌地打招呼，疏淡道，"找谁？"

苏妈妈愣住了，半晌才反应过来这是不记得她了，她有点尴尬地僵了一下说："你是老许家的儿子泯尘吧，我是你苏阿姨，住在你们家对面的。"

许泯尘听完她的自我介绍就知道是怎么回事了，他下意识道："你找苏清玉。"

苏妈妈的表情一下子变得很难看，她的视线越过许泯尘飘到里面，屋子里收拾得整整齐齐井井有条，因为面积不大，只是个一居室，所以从门口一看就能看见没关门的卧室内景，卧室的衣架上挂着两条裙子，身为苏清玉的母亲，她当然知道那是女儿的。

"对……我是找她，不过看起来她不在。"苏妈妈强迫自己冷静一点，克制着问，"那小许你怎么在这里？"

许泯尘不着痕迹地抿了抿唇，思索几秒钟后，他侧身让开位置，去厨房给苏妈妈倒水了。

苏妈妈走进来，快步来到卧室门口往里看，这一看就所有事情都清楚了。

里面不止有女性用品，还有男人的衣服和日常用品，包括洗手间里，除了女性的护肤品，还有男士的。苏妈妈是不懂什么大牌子和小牌子的，如果懂的话她只会更生气，因为苏清玉自己用的护肤品都是非常便宜的那种，可她给许泯尘买的却都是些昂贵的大牌子。

不一会儿，许泯尘倒了水出来，看苏妈妈的神色就知道她什么都懂了，不需要他多费口舌解释了。

"喝水。"

他惜字如金地招待对方，要是换做以前他还很有钱的时候，苏妈妈也不会觉得这有什么，因为人家地位摆在那里，可今时不同往日了，他现在落魄到一毛钱都没有还欠了一屁股债，可以说是身败名裂，他在这里吃住，保准都是花的自己闺女的钱，这个吃软饭的还敢用这种不冷不热的态度对待她，苏妈妈怎么能忍得了？

不过，顾忌着老许一家的面子，苏妈妈还是尽量让自己的措辞和善一些："是这样的，看起来我女儿正在和你同居，我们老两口是不知道这件事的，我能问一下许先生现在做些什么吗？"

许泯尘站在桌子边，苏妈妈已经坐下了，他个子很高，去看苏妈妈时难免会有点居高临下的感觉，给苏妈妈的感觉更不好了。

"我没事做。"

许泯尘如实回答，面上一点变化都没有，似乎并不以此为耻。

苏妈妈这下可忍不住了，她有点生气地说："所以呢？你现在是让一个刚毕业的年轻女孩来养活着你吗？"

许泯尘没回答，但沉默也是一种回答，在苏妈妈眼里他就是默认了，事实也的确是那样。

苏妈妈气得血压都上来了，她站起来握着拳说："许先生，我们两家也算是老亲戚了，我是看着你长大的，你当年有成就的时候我们家也没能沾上您什么，现在您都这样了，就别来拖累我们了，行吗？"她换了个恳切的语气，"我知道我家闺女人傻，心眼好使，这多年一直也很崇拜你，把你当偶像一样，但她年轻，不懂一些事，许先生应该懂吧？"她放缓语气道，"我拜托你和她分开，现在什么都还来得及。我作为一个母亲，我求你放过我女儿吧。"

许泯尘就像块石头一样，不管苏妈妈说什么，他都只是沉默地听着，不反对，当然也不回应。

苏妈妈说着说着就有点着急了，差点当场给许泯尘跪下，这次许泯尘终于有了反应。

他抬手拉住了苏妈妈的身体，让她站好，随后睨了一眼放在桌上的袋子，那里面本来装着他打算和苏清玉一起去旅行时用的东西，现在看来是用不上了。

"我知道了。"他很冷静地说话，好像早就料到了这一天，"你可以留在这等她回来把这件事告诉她，免得她回来找不到我会着急。"

他说完话转身就走，什么东西都不拿，苏妈妈都有点着急："你不带着你的东西吗？"

许泯尘在门口停下脚步，回过头意味不明地扯着嘴角笑了笑，轻声道："这里没有我的东西。"

语毕，他转身离开，这次头也不曾回一次。

"什么叫这里没有他的东西，那那些是什么？"苏妈妈不理解，认为他是没安好心，想着等她走掉之后再回来，可其实真的不是那样。

许泯尘说这里没有他的东西就是真的没有，至少他是那么认为的，因为这个家里他所使用的，不管是衣服、护肤品，甚至是香水和一些电器，都是苏清玉置办的。

他来到这里的时候是孑然一身，走的时候自然也是这样。

苏清玉这会儿还在夏家，盼着时间过得快一点，因为她心里特别乱，总觉得有什么事情要发生了。

临近傍晚她下班时间的时候，她的手机响了起来，她拿出来一看，是母亲打来的，瞬间又歇菜了，她还以为是许泯尘。

"喂，妈，你有事吗？我正在给人做家教……"

苏清玉的话说到这里就断了，因为苏妈妈在电话那头说："你抓紧时间回来吧，我在你家里。"

苏妈妈甚至不需要仔细说什么，苏清玉就已经猜到发生了什么事。

她顾不上所有事情，只丢下一句"我家里有点急事需要马上回去"便走了，夏妍和夏沐泽站在家门口看着她飞快离开的背影，前者好奇道："哥哥，苏老师去哪了？今天还会回来吗？"

夏沐泽凝望着远方道："她今天应该不会回来了。"

夏妍失望了低下头，夏沐泽蹲下来捧住她的脸说："妍妍不要难过，总有一天，哥哥会让苏老师永远陪在我们身边的。"

夏妍睁大眼睛看着哥哥："真的吗？"

夏沐泽笑道："当然，哥哥什么时候骗过你？"

夏妍高兴地欢呼，紧紧抱住了自己的哥哥，而另一边，苏清玉也顾不上贵了，直接打车以最快的速度回了家。

当她打开家门走进去的第一秒她就知道，她日日怕夜夜怕，最担心的那件事，还是发生了。

苏妈妈坐在客厅的椅子上，已经平复了情绪，她看着女儿走进来，用的是恨铁不成钢的眼神，可苏清玉根本顾不上那么多了。

她没说一句话，直接跑进屋子里，发现许泯尘什么东西都没拿，于是她跑出来问母亲："他就那么走了？什么都没拿？"

苏妈妈拧眉："我也让他拿点东西走了，可是他说这里没有他的东西。"

苏清玉感觉自己的心本来就够碎了，可听见母亲说他说过的话的那一瞬间心好像又碎了一次。

她掩饰性地转开头说："你跟他说了什么？他是不是一会儿就回来了？"

苏妈妈听她还在自己骗自己彻底生气了："我说你怎么就那么傻呢？人家就是仗着你这傻脑子才来吃你的住你的，整天游手好闲！你说你就不能好好地谈个恋爱吗？找这种人做什么？他好不了！你一辈子都是乖孩子，怎么念完书出来就彻底变了呢？！"

听母亲这样说，不难想象出她会对许泯尘说些什么，苏清玉一下子变得很烦躁，红着眼圈说："你知道什么！是我求着他跟我在一起的，他根本就没想和我在一起，是我一厢情愿那么做，不关他的事！"

苏清玉的余光瞥见桌子上的袋子，她走过去打开，里面都是一些旅行需要用的东西，她一直张罗着出去玩，却忘记准备这些，这应该是许泯尘准备的。

他已经做好了和她一起出去玩的准备，即便他其实根本不想去。

苏清玉心里一下子变得特别难受，她顾不上母亲还在这里，拿着背包转身就跑了，买那些东西应该花了不少钱，她之前也没给他多少钱，他身上一分钱都没有，可以去哪里呢？况且他还生着病，得按时吃药，不然的话胃部和肺部的毛病随时可能会恶化。

苏清玉担心得不行，不管母亲打来多少电话都直接挂断，只是不断地拨给许泯尘电话，一开始还能打通，可到了最后他直接就关机了。

他这次是要彻底离开了吧。

他一直都是随时可能会离开她的，这次是真的要走了吧。

其实从和他在一起的那天起，苏清玉就知道他总是要走的，但她一直觉得，那会是在他们有过什么激烈的矛盾之后，然而事实根本不是那样。

真正要离开的人，他不会带走任何东西，只会挑一个天气明媚，平静安逸的时间，随便拿着一件外套离开，然后就再也不回来，甚至不会有机会跟他说一句再见。

苏清玉感觉到自己可能在掉眼泪，但她无暇顾及，她在路上跑着，脑海中不断回忆着他可能去的地方，可是她忽然发现，她根本就想不到。

他们在一起三个多月，她从来没敢问过他白天会去哪里，她觉得他是需要隐私的，两人都要有自己的私人空间才能在一起更长久，可她现在真后悔她为什么没问过，哪怕问过一次，也可以找到一个他可能在的地方。

苏清玉跑了很远很远，问了很多人，可谁也没见过他。

她最后跌倒在一个花园边，天色已经暗了下来，口袋里的手机在振动，母亲还一直在打电话，她想自己对母亲说的话，也知道她不应该那么做，母亲只是为她好罢了。

摸出手机，苏清玉慢慢站起来朝花园里走，随便找了个椅子坐下来，在电话接听后母亲的紧张追问中平静地说："我没事，我在外面散散心，一会儿就回去，你不用担心我，之前是我太激动了，对不起，妈。"

苏妈妈担心地继续说着什么，但苏清玉其实听不见什么，她快速地说了句"我自己一个人待会儿"便挂断了电话，她下意识又拨打许泯尘的号码，依旧处于关机状态。

苏清玉有点崩溃地捂住了脸，低着头躲在花园的角落里沉默着，直到夜里十点钟也没有离开。

秋天昼夜已经有了温差，苏清玉没穿外套坐在那，很快就感觉到寒冷。

她慢慢抬起头，看着漆黑的夜晚，花园里已经没了锻炼的人，她一个年轻女孩坐在这，即便相貌不出众，也并不安全。

她慢慢站起来，因为坐得太久，腿有些麻，不免有些步履蹒跚。

她慢慢朝外走，等走到街道上她稍稍停顿了一下，她告诉自己，不能就那么轻易放弃，即便真的要分开，要结束这短暂的一场美梦，那也要亲口和他说过再见。

既然不知道他常常会去一些什么地方，那么，就去她曾经和他一起去过的地方。

那些地方不多，总共不过家里附近的几个地方，苏清玉深吸一口气，转身往回走。

时间已经很晚了，连号称不夜城的江城都慢慢沉寂下来，通达的街道上见不到任何车子或者人的影子。偶尔有一辆巡逻警车开过去，打开着车窗的警察们会警惕地关注着苏清玉，毕竟在这样的夜晚里独自走在街上，身为一个手无缚鸡之力的女孩子，真是个不恰当的行为。

苏清玉好像不自知一样，脚步很快地往她和许泯尘总会散步的花园走去，对巡逻车上的关怀表示了沉默的拒绝。

要快点了，已经十一点多了，再不回去的话，她自己也知道不安全，更知道如果再找不到他，找到他的希望就太少了。

拿出手机，拨打电话给许泯尘，对方的手机一直处于关机状态，这是自他们认识三个月以来，她第一次怎么都联系不上他。以前就算是他没接电话，不多会也会给她回过来了，十月份的江城晚上有多冷，她现在心里就得有多期盼时光倒退回那个时候。

可是谁都知道，时间是不可能倒退的，不管人发生了什么，时间总在流逝。

好不容易走到了花园里，连平日里在这里跳广场舞和散步的大爷大妈都不见了，偌大的花园里一个人都瞧不见，空荡荡的显得有些阴森。

苏清玉看见这幅情景，已经有点绝望了，她步伐虚浮地走进去，沿着花坛一点点往花园深处走，这对一个年轻女孩来说是非常不明智的行为，现在夜已经深了，除非是找刺激的情侣，否则孤身一个女孩走进花园深处，实在是太危险了。

一边走，苏清玉一边在想，有句话说"所爱隔山海，山海不可平"，现在想想那是对的。不属于她的东西，始终还是要走的，哪怕她再小心呵护，早晚还是会失去。她干嘛要强求呢？他的关机，和不带一样东西的离开，已经是他的表态了，从头到尾看不清楚的都只是她一个人，她是不是也该醒醒了，不要再做那些不切实际的白日梦。

花园很大，建造得也很美，但在深夜里却看不出什么美感。

苏清玉走了一半，颓丧地停下了脚步，失魂落魄地坐到一旁的长椅上。

草丛里喵喵的有流浪猫在叫，苏清玉忽然产生了一种和它同病相怜的感觉，也不知道许泯尘这个时间在哪里，他身上没钱，能去哪里呢？是回家了吗？如果是那样，她也就放心了。

离开长椅，苏清玉走到草丛边蹲下来，找到了在夜晚里轻轻叫唤的流浪猫。它个头不大，看上去挺脏的，落魄极了，也很瘦，瞧见她也没跑，畏畏缩缩地躲在那里，不敢上前也不敢后退，像是担心她袭击它一样。

苏清玉吸了吸鼻子，在身上找了找，也没什么可以吃的东西，小猫恐怕要失望了。

一阵风刮过来，本来苏清玉不想哭的，可是眼泪还是莫名其妙掉了下来。

夜里快要十二点的时候，她待在黑漆漆的花园里迎着风和流浪猫在一起，到处找不到那个男人的身影，想想父母要是知道她在做什么傻事，不知道该有多心疼。

真对不起爸妈。

苏清玉抹了抹眼泪，站起来转身离开，或许这就是命吧，老天爷让她幸福了三个月，却在她想要和他过第一个生日的时候毁掉了这段脆弱的关系，她要怎么争取也没用了。

在真正和许泯尘在一起之前，苏清玉虽然一直惦记着他，但她也知道不可能，所以她也没太在乎他去做些什么或者和谁在一起，那时候的她还是很快乐的。

可是和许泯尘在一起之后，她开始变得猜忌和贪心，那个时候她猛然发现，其实不在乎固然快乐，而真正不在乎的原因是，她在乎一切都没有用。

这个发现，可真是令人感到痛苦。

没穿外套，单穿了一条长裙，走在十月份的江城夜晚，苏清玉觉得有些冷，大概明天会下雨吧，天有些阴了，看不见一颗星星。

她脚步很慢地准备离开，在经过一个圆形花坛的时候，似乎看到有什么影子转了过去，苏清玉浑身一凛，竟然不觉得那是什么坏人，脚步不自觉跟了上去，脑子反应过来的时候一直在骂她自己怎么那么蠢，万一是坏人怎么办？可等她真的追上了那个身影，她不得不庆幸地想，幸好她追上来了。

"许泯尘！"

苏清玉高声喊着他的名字，他个子高腿又长，正常走路和她小跑一样快，所以她追逐得有些吃力。

许泯尘像是没听见她的呼唤一样头也不回地继续往前走，他身上穿着她早上离开家的时候那件黑色的休闲西装外套，颀长挺拔的身影在夜幕里有些影影绰绰，好像随时会消失一样。

想到自己可能会追不上他，彻底错失这次机会，苏清玉也顾不上那么多了，加快速度跑上去抱住了他的后腰，许泯尘的脚步倏地停在原地，一片黑暗中，两人以暧昧的姿势停滞在那里，周围的气氛却只有冷冽与疏离，让人感受不到半分的旖旎。

"你去哪了？我找了一个晚上，你为什么不开机，是不是没电了？"苏清玉还在自己骗自己，妄图把这件事就这么草草地揭过去，但其实她自己也知道不可能。

她放在许泯尘腰间的手尽管用了最大的力气，却还是被他轻而易举地扯开了。

苏清玉茫然地看着他转过身，目光流连在他英俊却冷淡的脸上，三个月之前，他也是用这种表情看着她的，那时候可能里面还要夹杂着一点陌生，但自从他们在一起之后，他已经很久没有露出这种表情了，现在又回来了，代表着什么，不言而喻。

"我、我很对不起，我不知道我妈怎么找到那里的，但你放心，我

103

已经解释清楚了，她特别支持我们在一起，你千万不要误会什么。"苏清玉傻乎乎地解释着，就好像她拙劣的谎言真的可以骗过许泯尘一样，说着说着自己就开始哭，因为她很清楚，这些话连鬼都不会信。

许泯尘一直都安静疏淡地看着她，目光清清冷冷的，直到她开始掉眼泪。

他抿了抿唇，开口说话时声音沙哑低沉，听得出来，大概是从和苏妈妈说完话离开家到现在，他都没开口说过一个字。

"我不值得你为我做这么多，更不值得你为我撒谎。"许泯尘的声音伴着夜晚的冷风刮过来，直刮得苏清玉体无完肤，但这还没有结束，因为他很快便继续道，"现在是时候结束了。"仿佛他也有点伤感一样，下面再开口时，他的语气带着些萧索，"我没你想象的那么好，跟我分开，你才能遇见你真正的那个人。"

苏清玉不想掉眼泪的，但也不知道怎么的，就开始哭了，没什么声音，甚至也没有抽泣，就是掉眼泪，擦都擦不掉，停也停不下来。

她有点尴尬为难地抬起头和他四目相对，他眼睛里有些她读不懂的东西，但她知道不管她懂不懂，以后可能都跟她没关系了。

只是，她还在牵强地支撑着，妄图做一些改变："是……其实你身上也有我很不喜欢的地方。"

许泯尘眼神一暗，稍稍转开些，然后就听见她带着哭腔说："可是，我还是没有办法不喜欢你。"

有时候做人真的挺痛苦的。

你明明知道这个时候你要维护你最后一点自尊，劝说自己放下这段感情，你明明知道继续坚持下去不会有好结果，只会更丢脸，可你还是在期待着不可能的事情发生，你还是在放弃和坚持之中徘徊挣扎，最可悲的是，你最后还是选择了坚持。

"对不起。"

最后，许泯尘只能说这三个字。

其实这样的结果在苏清玉的意料之中。

虽然许泯尘现在落魄了，但他仍然是个好人，在以前的相处中，他也总是在用他的方式表达着隐晦的善意，现在的他又怎么可能违背苏妈妈的话，继续留在她身边呢。

　　许泯尘笔直地站在那，看着眼前带着微弱期盼的眼睛，明明没什么精美出众的地方，但他就是移不开视线。

　　脑海中忽然回想起苏妈妈最后那句话——我作为一个母亲，我求你放过我女儿。

　　一字一句，诚恳得让人为难。

　　许泯尘慢慢抬起手，揉了揉苏清玉的头，又说了一句"对不起"，随后便转身走了。

　　苏清玉愣在原地看着他的背影，心里只有一个念头，他还是走了。

　　不久之后，一辆出租车来到了这里，司机下来寻找了一下，看见了苏清玉。

　　"小姐，是你要找出租车吧？"司机师傅问道。

　　苏清玉愣了愣，稍微想想就知道是许泯尘帮她叫了车。

　　她僵硬地扯了扯嘴角，点头说："是我。"

　　司机师傅应了声，去车边等着了，苏清玉慢慢跟上去，来到街边时，这里已经看不见任何人影了。

　　她慢慢上了车，出租车渐渐驶离这里，许泯尘从角落慢慢走出来，看着出租车离开，记住了车子的车牌号。如果有什么意外，车牌号会是救人的关键。

　　人果然不能落魄，在你辉煌的时候，哪怕你只是打个喷嚏，别人也会详细赘述出一些根本不符其实的内容，将你这个简简单单的喷嚏塑造成什么伟大的事情。

　　当你落魄了，过去一切的捧都会变成杀，甚至是和谁在一起，从过去的"受宠若惊"，也只能变成"徒增负担"……

　　那么，还是不要成为任何人的负担了。

苏清玉不知道自己那天是怎么回去的，她夜里也没怎么睡，好像那段时间就是间歇性失忆了一样，做了什么，说了什么都给忘了。

只是，哪怕她忘了，走掉的人也不可能再回来，发生的事也不能再倒流。

苏清玉记得给母亲发短信，让她不要太挂念，虽然许泯尘的离开和母亲的突然造访有着密不可分的关系，但这也是她的失误，如果她早就打过预防针，没有想着隐瞒一天是一天，事情就不会变成这样子，至少不会这么不可收拾。

没怎么睡觉，也就不存在醒过来，天亮起来的时候，苏清玉就下了床，把她早就收拾好的行李检查了一遍，又看了看桌上明显是昨天许泯尘买回来的东西，果断塞进行李箱，然后在厨房随便做了点东西吃，吃了之后就拉着行李走掉了。

不是要换地方住，只是因为机票已经订了，在杭州的旅行安排也早就有了计划，就这么全都浪费掉的话，她心里也不怎么舒服。

反正都这样了，她就一个人去好了，就当作他还是陪在她身边的，只是她和别人都看不见他而已。

临走之前，苏清玉去了一趟银行，给她唯一知道的一张写着许泯尘名字的银行卡里打了两千块钱，他现在身上一分钱都没有，昨天晚上住在哪都不知道，尽管要分开，她还是不希望他吃太多苦头。

当然了，也许他最后根本不会用，也可能连银行卡丢到哪里去了都不知道，但只有这么做了她心里才会踏实一点，她已经顾不上他会不会接受了，这会儿就请让她自私一回。

到达机场，苏清玉顺顺利利地办理值机，过安检，候机，飞机也没晚点，准时到达，在上飞机之前，苏清玉给母亲发了短信，告诉她自己要去散散心，出去旅行，他们不必担心，至于许泯尘那边……

也许他早就删掉了她的联系方式。

带着这样的想法，苏清玉上了飞机，按照空乘的要求关闭手机，靠在椅背上等待飞机起飞。

也不知道是不是她昨天太不顺利了，今天的一切都意外地顺利，她上飞机没多久，飞机就开始滑行，感觉到身下的颤动和高度一点点在变化，苏清玉的心情非常微妙。

　　她的位置靠窗，这会儿可以清晰地看见江城市在飞机一点点升空中变成小小的一块地方，那个时候她觉得，什么矫情的情绪其实都只是自寻烦恼，你看，那么大的江城都会变得如此渺小，更不要说是一个小小的人了。

　　在她离开了江城的时候，许泯尘才打开手机，手机开机之后，不断地有短信提醒发送进来，大部分是昨天晚上苏清玉给他打电话没被接通的提醒。

　　一条条看下来，明明都是格式化的词句，除了时间不同没什么不一样，但看着每一条，心情都不太一样。

　　最近一条发来的短信是银行的到账提醒，有人给他的银行卡里打了两千块钱，不用想都知道是谁会这么做。

　　许泯尘的手指停留在手机屏幕上，许久才慢慢翻过去，将短信息全部清空，收起手机放在口袋里，徒步朝最近的银行走去。

　　银行卡已经丢掉了，因为里面的钱已经全都划出去还债了，卡再留着也没什么用，现在要拿到卡就只有一个办法，挂失，重新办理。

　　还好，身份证他一直带在身上，到了银行便在取号机上拿了号，等着办理业务。

　　这会儿，正是银行人多的时候，他等了很久才轮到他，办理完业务的时候时间也不早了，带着那张空荡荡的新卡，钱包里是从卡里取出来的两千块钱，许泯尘再次回到了他曾经和苏清玉同居三个月的地方。

　　今天，本该是他们一起前往杭州的日子，如今他走了，她应该也不会去了，许泯尘抱着这样的念头，想要把钱悄无声息地塞进门里还给她，但等他到了的时候，却发现其实家里根本没人。

　　苏清玉走之前在门上贴了便利贴，这是为了给快递看的——"主人外出旅行，有快递请放在物业"，这种行为，许泯尘过去一直不赞同，这等同于告诉心存不轨的人，你可以尽情地来偷这里，主人出去玩了，一时半刻回不来。

许泯尘看着手里的钱包，里面的钱本想着从门缝底下塞进去，现在看来塞进去主人也未见得会收到。而且，自从他认识苏清玉以来，她想什么、要做什么，他总是可以提前猜到，但在来这里之前，他真的没料到她会照常去旅行，这第一次出乎他意料的发生，多少会让人有些意外和沉默。

你看，你总是有漏洞的，不管是对什么样的人，总会有失算的时候，哪怕是你自以为非常了解的苏清玉，那样一个简单的女孩，也会有让你意想不到的时候。

许泯尘在门前沉默地站了片刻，撕掉了门上的便利贴，转身走了。

之后几天，每天他都会过来看一下，没有变化，证明苏清玉还没回来，他便再离开，之后再来，再离开，一直重复到十月五号这一天。

这一天发生了一件令人意外的事，许泯尘在这里见到了不该出现在这里的人。

夏沐泽。

他捧着一束花，站在门口，正在按门铃。

夏沐泽是个敏锐的人，有外人出现在这里，他第一时间就发现了，下意识放下了继续按门铃的手，朝来人的地方看了过去。

于是，各怀心事的两个男人有了第一次正面交锋，四目相对，两人谁也不先开口，一个面上始终挂着和善可亲的笑容，一个始终没有露出什么有意义的表情。

"你好。"最后先开口的到底还是夏沐泽，他腾出一只手朝许泯尘伸过去，笑着说，"我是夏沐泽，我们之前有见过的，许先生有印象吗？"

许泯尘没有和他握手，甚至没有回答他的问题，只是说："她不在。"

夏沐泽挑了挑眉说："是吗？我以为她在呢，毕竟许先生在这里啊。你们不是一起去旅行了吗？她之前告诉我要和男朋友一起去旅行，难道……不是和许先生？"或许也是觉得这个问题问得太直接，夏沐泽不等许泯尘回答就立刻说，"啊，肯定是她出去买东西了，不过没关系，我也没什么大事儿，今天是苏小姐的生日，我代表我妹妹来感谢她这段时间以来的照顾和教导，这束花和生日礼物还请许先生转交给她。"

这样说下来，就好像是一个风度翩翩的绅士，来此只是为了感谢妹妹的家教老师，祝贺对方生日快乐一样官方而自然。

按理说，这是不应该被拒绝的，所以夏沐泽的神色笃定而平静，但他这次却错了。

"她的生日。"许泯尘微微蹙眉，低声说了这么四个字，也不接夏沐泽的礼物和花朵，很快就转身走掉了。

夏沐泽看着怀里的东西，又看看许泯尘的背影，抬脚来到楼道的窗户那里往下看，很快就瞧见许泯尘离开了。

走掉了？

夏沐泽心中百转千回，最后还是抱着花和礼物离开了，回到自己车上，拨了电话给公司下属，低声吩咐道："帮我查一下公司新入职的苏清玉最近的航班记录，查到之后发到我手机上。"

下属在那边应了是，夏沐泽挂断电话，看着副驾驶上的花和礼物，露出了奇怪的笑容。

离开之后的许泯尘其实也没有走得太快，或者太远，他在想些事情，专注起来旁边有什么人或者什么事，也就不怎么放在心上。

没想到今天居然是苏清玉的生日。

她好像从来没提过这些事，如今回想着她当时提出旅行时的激动期待的表情，就知道她那时候抱着什么样的美好期待。

他好像从来没有操心过这种事情，谁过生日都和他关系不大，以前就是那样，除了父母的，他连自己的生日都记不清楚，那时候也没觉得有什么不对，身边的人也都是万分迁就，因为他那时候"很忙"，脑子里要记着都是一些"重要"的事。

那时候的他也没觉得这有什么，现在也不知道是怎么了，听见夏沐泽那么说，他一个还和她关系不那么近的人都知道她的生日，他却一点印象都没有，莫名地就有些内疚。

走走停停，翻出手机通讯录，手指在上面起起伏伏就是按不下去，最终还是没有拨通那个电话。

如果他打过去，或者发送什么短信，等同于再次给了她希望，他们的关系最终不会有什么结果，与其这样反反复复地让她受伤害，倒不如一次性解决掉。

所以最后许泯尘什么也没做，就好像完全不知道一样，可到了父母所在的家，似乎什么都没发生过一样，躺在屋子里，拉着帘子，好几天没出门，直到——出了一件大事。

十月份天气不冷不热，又赶上黄金长假，来杭州旅行的人实在是太多了。

人一多，就会显得拥挤，很多景点就算去了也只是看人，欣赏不了太多好看的地方。

苏清玉抱着避开人群的想法，选择了在杭州一个比较偏僻和不知名的景点，叫环霞山，因为太阳下山的时候霞光可以整个环绕着山而得名，看着网站上的图片，也是非常好看的。

逛偏僻景点的好处就是，在这里没有那么多人，拍照和走路都方便，但也有不好的地方，那就是相对来说救援措施之类的相较于热门景点来说不怎么完善。

苏清玉到达杭州第一天是二号，当天就在酒店休息，哪里也没去，三号和四号去了比较著名的西湖以及灵隐寺，五号这一天就是图清净，想到环霞山的山顶上看看日初，许个愿什么的。

然而，天有不测风云，前几天杭州的天气就不算太好，她来之前台风才走，五号这天，早上出门时苏清玉就觉得天气不是太好，她琢磨了一下带了雨衣和手电等工具，还是踏上了行程。

要是一直待在酒店里，那她跑到这里来的钱不是白花了？稍微小心一点，见到势头不对就下山，应该没什么事吧。

这样想着，苏清玉开始照着图册上的路线图搭公交车前往环霞山的位置，因为在偏僻的市郊，路途比较远，公交车路上又要走走停停，还要换乘，她到达的时候已经是中午了。

阴天唯一的好处就是，没有烈日的暴晒，走在路上凉爽舒服，再来点风的话那就更好了，可惜没有。

环霞山的地段偏高，周围的人熙熙攘攘，有在售卖门票的人，苏清玉走过去买票的时候正听见他们在讨论天气，好像天气不好的话随时准备闭山，避免造成不必要的麻烦。

虽然是在说这个，但苏清玉表示要买票之后，他们还是二话不说把票给她了，只有一个穿着保安制服的中年男人提醒说："小姑娘，早点下山，看到有苗头要下雨就下来，别有什么危险。"

苏清玉笑着谢过对方，转身去检票，踏进了今天的行程重点——环霞山。

天气是真的不怎么好，苏清玉背着双肩包，一边走一边喝水吃东西，午饭就这么在路上打发了。

上山的途中，可以三三两两地看见几个爬山的人，大多都是情侣，男女一对儿，甚至还有男男一对儿的，形单影只的只有她自己，看着别人，她免不得有点惭愧，干脆调转方向，朝别的入口处走。

江城市。

夜晚来临，万家灯火，许家也不例外。

三个月没有回来的儿子突然回来了，许家二老也不敢问他去做了什么，自从他出事以来，二老只盼着他可以重新振作，找份工作养家糊口就行，也不需要他再有太大的成就，可这样似乎也已经是为难他了。

尽管许泯尘一蹶不振，但他到底还是他们的儿子，关怀和爱护还是必需的。

许妈妈在夜里七点钟的时候敲响了许泯尘的房门，轻声道："泯尘，该吃饭了。"

许泯尘这会儿就在床上躺着，也没睡着，听见敲门就应了一声，许妈妈在外面松了口气，扭头对客厅里的丈夫点了一下头。

其实许泯尘可以理解父母的苦心，但理解是一回事，真的能做出一些改变现状的事情来又是另一回事。

他从床上起来，整理了一下身上的衣服，拉开门出去，这个时候父母正在等他吃饭，顺便看《新闻联播》，许爸爸就怕他乱想，等他上桌之后就开始和他讨论一些时事。

恰好这时，新闻播报到关于杭州的一些内容，许泯尘不自觉用余光瞥了一眼，才发现杭州那边突降暴雨，水位暴涨，游客滞留，十分危险，新闻正在说这件事。

许爸爸本以为许泯尘对这种新闻不感兴趣，但见到儿子竟然盯着电视看，立刻解释说："前阵子也没什么征兆，哪料到突然下那么大雨，措手不及的，国庆黄金周游客又多，这不就容易出事儿吗？"

许泯尘听完父亲的话就拿出了手机，这次他拨电话出去的时候一点都没迟疑，可结果却令人失望。

电话是打出去了，但那边却提示"暂时无法接通"。

很难想象那边是个什么情况，是手机没电了？抑或是所在的地方没信号，还是……手机摔坏了，人出事了。

每一种猜测都不怎么让人放心，许泯尘看着一桌子的菜，始终保持沉默的他忽然站了起来，对父母说："我出去几天，过阵子再回来。"

语毕，什么也没拿，直接走掉了。

许家二老面面相觑地愣在那里，都没搞清楚是怎么一回事。

同样地，这个时间夏沐泽也在家里陪妹妹吃晚饭，因为家太大，两个人吃饭又不爱说话，所以总会开着电视机来当背景音。

夏妍吃得很认真，夏沐泽则一边吃一边看手机，手机里是下属发来的苏清玉最近的航班行程，原来她去了杭州，那的确是个不错的旅行地点，但这个时候去人太多了点，也看不到什么。

这个时候，夏沐泽还没什么想法，直到夏妍开口说："哥哥，又有地方发生灾患了，你要捐钱吗？"

小女孩稚嫩悦耳的声音吸引了夏沐泽的注意，他看向妹妹望着的地方，电视里正在播放着杭州的新闻，稍微推算一下时间，估计那一批滞留的游客里面，就有苏清玉。

"要。"夏沐泽果断道，"不但要捐钱，哥哥还要亲自去一趟，你自己一个人在家，我会让吴阿姨来照顾你。"

夏妍懂事地点点头，又有点迟疑道："不能让苏老师来吗？"

夏沐泽轻抚过妹妹的发丝说："苏老师有点事情，不过你不用担心，我会很快把她接来陪你玩的。"

夏妍开心地笑了，夏沐泽拿出手机编辑了几条短信，去杭州的最快航班就已经定下了机票。

夏沐泽要乘坐的，肯定是头等舱，巧合的是，许泯尘和他在同一个飞机上。

当然，许泯尘并没发现这一点，是待在头等舱的夏沐泽发现了登机去经济舱的许泯尘。

放下帘子，夏沐泽轻抚过唇瓣，自然可以猜到许泯尘这一趟去杭州是为什么，他们的目的基本上是相同的，但在目的相同的前提下，是否可以做一些无伤大雅的事，来"缓和"他和苏清玉之间友好的情侣关系呢？

夏沐泽打着这样的主意，许泯尘自然不清楚，他靠在椅背上，从窗户那注视着飞机慢慢起飞，抬起手腕看了一下表，这大概是他身上最值钱的东西了，大多数都已经变卖了，除了这块表。

现在是夜里，飞机凌晨可以到达杭州萧山机场，再从萧山机场赶到苏清玉可能滞留的地方，打车的话，大半夜的可能不怎么顺利，或许该从APP上叫个车。

这边许泯尘一直在脑海中思索着到达杭州后要做些什么，那边苏清玉并不知道已经有两个男人因为一个新闻就跑到了这里。

一下飞机，许泯尘就打开手机再次给苏清玉打电话，毫无疑问地依旧是"暂时无法接通"。

许泯尘收起电话，按照在飞机上想好的路线离开，夏沐泽也没费脑子，大部分时间里，可以捡现成的他都是捡现成的，比如说现在。他直接尾随在许泯尘身后，去停车场拿了安排下属放在这里的车，不着痕迹地跟在他后面。

　　他看见许泯尘叫了车离开，于是便跟在出租车后面行驶，杭州的天气不太好，雨依旧在下，不见有停止的迹象，街上的车子不多，积水却很深，稍微不留神车子可能就要陷在这里。

　　其实要说许泯尘现在是什么想法，他倒是真的没想那么多，唯一的念头就是苏清玉安全就行，别的都不怎么重要。在人命面前，什么感情和利益都要让步。而他为什么会来这里，其实也不需要纠结，这就是他为人的成熟之处。命运本身就充满了无数种可能，只要你心里有了决定，不会后悔，那么去做就是了，与其纠结，只能说是浪费时间。

　　雨越下越大，两个男人心里都在担心苏清玉的安危，但其实苏清玉现在很安全。

　　她是个成年人了，不是小孩子，上山时就觉得天气不好，于是走了一段路拍了些照片就下来了，期间有下一会儿雷阵雨，她稍稍淋了一点，手机进了水打不开，但人没事，在山脚下稍作休息就坐车回到了酒店。

　　在雨真正下起来，并且下大了的时候，她正在酒店里面睡觉。手机拿电吹风吹了吹就放了桌上，也没尝试去打开，因为她下意识觉得不会有人打电话来找她，她也没告诉父母她具体去哪里旅行，所以即便新闻上有写杭州怎么样了，爸妈应该也不会担心。

　　她想得很周到，非常全面，就是遗漏了许泯尘。

　　与其说是遗漏了对方，倒不如说是自卑，自暴自弃地认为，即便天塌下来，他也不会眨一下眼睛，不会过问她的死活。

　　第二天早上，苏清玉醒过来之后，缓慢地洗漱了一下，拿起手机打算看时间时才想起来手机昨天进了水，开不了机，于是她尝试着再打开试试，经过大吹风吹，又放了一夜之后，居然能打开了，好像也没坏掉。

苏清玉庆幸了一下可以省钱不用送去修了，可还没平静一会儿，来电提示就全都涌了出来。

大部分都是来自于那个她以为以后永远不会再给她打电话的男人。

是许泯尘。

从昨天深夜开始，一直到今天早上五点多，三十几个电话，如果她开着机，可能也被他打到没电关机了。

五点多的时候，他没再打电话，苏清玉意识到他可能一晚上没睡觉，一直在给她打电话，该不会是误会她在杭州出事了吧？

苏清玉慌张地给许泯尘的手机回电话，通话音响了很久那边才接起来，明明是与平日里听起来没有区别的冷淡声音，却透着一丝不易察觉的疲惫。

"你在哪？"

他甚至没问她怎么了，为什么电话一直无法接通，只是问出了你在哪，苏清玉一愣，嘴巴上就乖乖地报了自己的地址，然后电话就被挂断了。

苏清玉站在原地看着手机呆了半晌，过了约莫半个小时，酒店房门被人敲响，她快步走上去，也没问是谁，直接就把门打开了。

许泯尘站在门口，看上去风尘仆仆，身上的外套和皮鞋上都沾着泥点子，不难看出他去过什么地方。

他没说话，只是目不转睛地看着她，像在确定她有没有受伤。

苏清玉回望着他，他眼下青黑一片，脸色也不好看，明显是睡眠不好外加没按时吃药造成的，她一下子就心酸得不行，自责道："对不起，是我让你担心了，我没事，我看天气不好就早早回酒店了，回来的时候淋了雨手机坏掉了，所以一直放着没开机，我不是故意让你担心……"

她的话还没说完，许泯尘就点了一下头，然后转身要走，苏清玉知道这可能是她最后的机会，于是她毫不犹豫地上前抱住他的腰，使尽浑身的力气，把他拉进了她的房间。

砰的一声，酒店房门关上了，苏清玉站在门里面，看着略显惊讶望着她的许泯尘，深吸一口气说："我们好好谈一谈。"

♡　✳　🎁

第八章　你现在就是最好的

苏清玉大多数时间都是个谨小慎微，甚至有些胆小的人。

她这辈子最大的勇气，应该全都用在了喜欢许泯尘这件事情上。

许泯尘站在酒店客房里，外面响起雷声，杭州又开始下雨了，他一夜未眠，身上的衣服也没换，明明该是看上去狼狈又邋遢的，可是并没有，他无论站在哪里，在什么样的场合，脊背永远都挺得笔直，丝毫不显得失态，这也是苏清玉最佩服他的地方，即便经历了那样的变故，他也没有在任何人面前暴露过脆弱的一面，真不知道是他身边人的悲哀，还是他自己的悲哀。

"你想谈什么？"

他回望着站在门口附近的苏清玉，黑色的短发显得有些长了，稍稍有些挡眼睛，下巴上也有些微的胡茬，衬得面容沧桑沉默，但他的眼神比面容更加沉默，像是接下来不管她要谈些什么，他的回答都只有一个，那就是拒绝。

"其实你可能不知道。"苏清玉强迫自己冷静下来，慢慢朝他走过去，深吸一口气说，"你今天出现在这里，对我来说代表什么意义。"

许泯尘垂眼睨着她，修长的眸子不曾眨一下，好像雕塑一样，毫无生气。

苏清玉仰头望着他说："在这之前，我以为我们在一起这三个月，从夏天走到秋天，一直都是我一厢情愿的，我从来不敢自以为是地当作你心里也有个位置是属于我的，但是今天，我想自恋一回，就那么以为，可以吗？"

问出这些话的时候，苏清玉就知道不会得到回答，最起码不会得到正面的回答，事实也不出她所料。

"你值得更好的。"

他站在那，像空气一样，没什么存在感，非常安静，说话时语气里也没什么感情。

苏清玉听完他的话就笑了，转开头有些自嘲道："我再也不会遇见比你更好的人了，虽然你现在可能遇到了一些挫折，但我知道你肯定会扛过去的，能跟你在一起这么长时间，我总觉得是我偷来的，即便你说我值得更好的人，可我却想要留在你这里。"

许泯尘慢慢转开了头，拉开一边的椅子落了座，还顺便拉开了对面的椅子，这是不打算很快离开了，苏清玉心里顿时落下了一块大石头，立刻走上去坐到了他面前，两人四目相对，她方才还冷静的心顿时又猛跳了起来。

"我妈那边，我知道她可能说了一些不太好的话，换做以前，我可能真的没勇气再第二次挽留你，但是你今天出现在这里，让我想再试一次……我觉得，不管怎么样，你都得再给我们之间一个机会，我在家里遇见你之前，你已经离开艾博两个多月了，算起来你已经休息了近半年，真的没想过重新开始吗？"

这个问题是苏清玉过去一直不敢问出口的，但大概是有了前面的铺垫，又或者是因为他坐下了，总之她终于有勇气谈论这个话题了。

"我希望，即便我们要分开，也是你重新走到顶峰，拿回属于你的东西的时候。"苏清玉目光坚定地看着他说，"在这段路途当中，我希望可以一直站在你身后，尽管我可能没什么用，但我希望你回头的时候就能看见我，这样你不会觉得太孤单。"

许泯尘从刚才就一直保持着沉默，这会儿也没有要开口的迹象，他微微低着头，长长的刘海遮住了他的眼睛，让她分辨不出他此刻的情绪。

但是，沉默也是好的，因为这个时刻的沉默至少代表着没有被拒绝。

苏清玉舔了舔干涩的唇，她心里很没底，也非常紧张，但她知道此刻是她最大的机会。

"许泯尘，顾城说过一句话，我现在想将它送给你。"她深呼吸了一下说，"如果你痛恨所处的黑暗，请成为你想要的光。"

这句话让许泯尘无法再继续保持沉默，他像是想起了过去，又像是透过她看到了过去的安红，他微勾嘴角，却不是在笑，略显嘲讽道："你觉得我还能行吗？我还能再站起来吗？"

苏清玉立刻道："当然可以啊，如果是你的话，没有什么是不行的，那是你的梦想不是吗？"

许泯尘似乎闭了闭眼，手下不自觉地握着拳，苏清玉下意识握住了他握拳的手，他僵硬了一下，许久之后，因为阴天而光线昏暗的酒店房间里响起了他沙哑又疲倦的声音。

"梦想又怎么样呢，我现在，已经没有实现它的渴望了。"

苏清玉握着他的手紧了紧，她皱着眉，慢慢地看上去竟然有些愤怒，她放开手站起来，扳正他的脸让他与她对视，费解道："真的至于这样吗？那点小麻烦算什么啊？你不是还活得好好的，还能摸到电脑吗？你最开始不就只有这些吗？那时候你是怎么一点点建立了艾博，你现在就依然可以重新开始。既然你最初只有一台电脑和你自己，那么现在的你只是重新回到原点，你已经有了一次经验，第二次只会比第一次更快而已。"

许泯尘专注地望着她，过去的她是从来不会谈论这个的，哪怕提到一个字，也会立马转开话题，慌张地掩饰，好像生怕提起他的"伤心事"之后他会选择离开，抑或是不高兴。

或许是因为她把这次对话当作最后一次，又或者是她在想着什么破釜沉舟的法子，总之她说出了她过去一直想说却不敢说的话，在他望着她的时候也没有退缩。

"许泯尘，你好好想想。"苏清玉心跳得她几乎听不见在场的其他声音，只能听见自己紧接着道，"你好好想想，现在提起什么还能让你热血沸腾，那就是你想要做的事。"

她想，说到这里已经差不多了，不管他给予什么反应，再多她也表达不出来了。

她想过最坏的结局就是许泯尘继续拒绝，最好的结局是他接受她的说法，然而却从来没想到会是这样一个发展。

在她说完话之后，许泯尘就望着她说："那么你呢，你想从中得到什么。"

每个人都是有欲望的，只是分多少而已，每个人做每件事，都是抱着一种欲望去做的，苏清玉不可能毫无所求，如果说她只是想要他这个人，让他重新开始显然是个错误的选择，因为一旦他真的回到原来的位置上，很可能就会回到过去那种模式中去，苏清玉这样的女孩，在他身边怎么混得下去。

那么，她这么做的原因究竟是什么？许泯尘迫切地需要一个答案。

苏清玉被他问得噎了一下，接着她慢慢转开身去开了灯，在骤然明亮起来的房间里，她缓缓转回来，看着他的脸，声音很轻地说："我其实也没想得到什么，我只是想证明一件事，不管是证明给你，还是我父母，抑或是其他那些围观过我们的看客。"

许泯尘不曾停顿地追问："你想证明什么。"

苏清玉这次也没迟疑，她执拗地说："我只是想证明一点，我们在一起只会让彼此更好，而不是一起堕落。我喜欢你不是被迷恋冲昏了头脑，我只是想让自己成为更配得上你、更好的人，你加我，从来都不是负数。"

在她说话的时候，许泯尘一直凝视着她，当她说完这些话之后，他忽然开口道："生日快乐。"

苏清玉一怔，有些惊讶地望着他，他扫视周围，在桌子上找到了笔记本电脑，于是走过去打开，坐在椅子上敲击了一会儿键盘，几分钟之后他朝她招招手，她稀里糊涂地就走了过去。

许泯尘将电脑转过来面对着她，在运行里输入一串指令，然后屏幕上就跳出来了一个大大的蛋糕，上面写着一个大大的"23"，蛋糕一闪一闪的，跟着生日快乐歌的节奏，苏清玉的心忽然就软得一塌糊涂。

虽然并不是真实的蛋糕，也没有好闻的玫瑰花，但这样的画面对她来说，已经是极大的浪漫了。

那天之后许泯尘没再说什么，但他也没有再想过单独离开。

苏清玉收拾了行李，打算第二天就和他一起回江城，假期马上就结束了，她也要赶回去工作，至于那之后许泯尘要做什么，她一点都不担心，只要他打定了主意，那么什么都不会成为阻碍他前进的因素，他可以独自解决一切难题，她那点小主意完全不够看。

当晚，许泯尘留在了苏清玉的房间里，那时候他们俩都不知道，本来住在他们隔壁的人匆匆退了房，新住进来的另外一个人，那个人盯着两个房间紧挨着的墙壁看了一整晚，在次日他们打开房门的时候，他也开了门。

许泯尘拖着行李走出去，苏清玉站在他后面，他们这是打算去退房离开，然而在苏清玉转头欲走的时候，恰好看见了夏沐泽从隔壁的房间里走出来。

他穿着不那么正式的西装，瞧见他们似乎也有些意外，惊讶道："清玉，许先生？真巧，你们也住在这？"

许泯尘看都没看他一眼，直接拖着行李离开，苏清玉作为他的女朋友自然非常自觉地跟了上去，但碍于夏沐泽是她现在的老板，她走的时候还是仓促地道了别，点头致意，根本没考虑到为什么他会出现在这里。

当两人消失在转角位置的时候，夏沐泽一直温和无害的脸突然沉了下来，他面无表情地拉开身后的门回了房间，房门关上时发出了巨大的响声。

其实现在选择离开不是个明智的选择，因为最近杭州的天气一直不太好，机场的飞机总是在延误，他们从早上退了房，到中午到达机场过完安检候机，这个时间是很快速的，可开始候机之后，直到下午五点钟，飞机的起飞时间仍然一直在往后拖。

这相对于苏清玉来杭州时的顺利，着实有点纠结了，但即便如此她现在的心情却比来的时候好多了，大概是因为有许泯尘在旁边？

"你要吃哪个？"苏清玉指着快餐店的招牌说，"虽然机场里吃的东西都比较贵，但我看飞机一时半会也起飞不了，飞机餐又难吃，吃了还容易晕机，我们还是在上飞机之前吃点比较好。"

行李托运了，许泯尘的手就腾了出来，他单手抄兜站在她身边，眼睛落在她指着的招牌上像是认真在看，苏清玉偷瞄了他一眼，掩饰性地咳了一声，悄悄握住了他的手。

他没有任何反应，就那么任由她握着，没有僵硬和抗拒，当然也没有回握，不过仅仅是这样，苏清玉已经超级满足了。

"就吃那个吧。"她指着一个汉堡说，"你坐下等我一会儿，我去帮你买。"

她说完话就松开了刚握住没多久的手，虽然有点不舍，但这会儿还是吃东西比较重要。

许泯尘坐到靠近快餐店门口的位置，视线定在苏清玉的背影上，她是那种真的很普通的女孩，瘦瘦高高，身材普通，长相也普通，连肤色也不出挑，走在人堆里很难分辨出来哪个是她，尤其是这种开在机场的快餐店里，在飞机延误的时候总会有很多人，她一去排队，有别人站到她后面之后，就更难分清楚哪个是她了。

如果放在以前，他只能靠衣服的不同来辨认她在哪里，但是现在不同了。

明明是那么普通的一个人，就好像完全相同的几个字母摆在一起，他居然能分辨出来他们从书写角度有哪些细微的差别，这本身就是一种惊人的改变了，不是么。

苏清玉买了大包小包的吃的回来，全都放到了桌上，推到许泯尘那边，她自己那边则没什么，在许泯尘看过来的时候她笑着说："我在减肥，你吃就好。你都不知道，我都有小肚子了，本来长得就不好看，如果再胖的话，那就更减分了。"

许泯尘开口要说什么，恰好这时苏清玉的手机响了，她的手机就平放在桌上，余光一瞥就能看见打电话的是谁，所以他到了嘴边的话就咽了回去。

是苏妈妈打来的电话，苏清玉看见的时候心里也是咯噔一下，虽然已经有了决定，但知道要说服父母仍然是非常困难的事，她下意识拿起手机站了起来，对着许泯尘耐人寻味的眼神说："这里有点吵，我到一边去接。"

这个理由倒是正当合理，许泯尘自然不会拒绝，他目送她离开，她走的时候一步三回头，好像担心她稍微一转眼他就跑掉不见了，想到这些，许泯尘嘴角轻不可见地勾了勾，这次是一个难得的、没有带着什么讽刺和调侃的笑。

苏清玉一直走到厕所附近才接起电话，母亲那边早就着急了，等她接起来就快速道："囡囡啊，你在哪呢？回来了吗？明天就要开始上班了，怎么你家里还是没有人。"

听这话的意思就是苏妈妈又跑去她家找她了，如果她接下来还是和许泯尘在一起，免不得母亲还会发现，苏清玉琢磨了一下说："飞机延误了，我正在机场等着呢，不会耽误明天上班的。另外，妈，你不要再去我之前住的地方找我了，我搬走了，不在那里了。"

"搬走了？"苏妈妈惊讶道，"你为什么搬走呀？"

苏清玉解释说："那地方房租又涨了，我想着不能让房东占便宜，恰好我新找的工作公司会给分配宿舍，所以我就搬到宿舍去了。"

苏妈妈"哦"了一声，似乎恍然大悟，可是还是有点迟疑道："住宿舍啊？你现在在哪个公司上班啊？"

"在夏氏集团。"说到这苏清玉就道，"好了妈，我不跟你说了，我该登机了，你就别去之前我住的地方找我了，免得打搅到新租客。"

语毕，苏清玉快速挂了电话，生怕苏妈妈继续问下去她会露出马脚。

慢慢地吐了口气，苏清玉有点惭愧地笑了笑，心里是真的觉得对不起爸妈，不该跟这个世界上最爱她的人撒谎，可最恨的还是她自己的懦弱，有些话不敢直面地讲出来。

在墙壁上靠了一会儿，苏清玉转身准备离开，却在不远处看见了拎着袋子的许泯尘，他打包了她买的东西，显然是站在那等着她，也不知道听见了多少。

"那个……"她走过去，不知该怎么开口，如果他全都听见了，会不会再次离开？

只不过，她的担心似乎有点多余，许泯尘应该是什么都没听见，因为他直接打断她说："该登机了，东西留在飞机上吃，走吧。"

苏清玉懵懵懂懂地点了一下头，小跟班似的追着许泯尘离开，一起登机。就好像很小的时候，两家住在隔壁，她总会在暑假的时候趴在他家的窗户前面偷看，然后被许泯尘发现之后，害羞地表示想和他一起玩，接着由大她不少已经抽条的男孩带着去见识她从没发现过的小区里的有趣地方，那个时候，大概是他们之间最单纯，也是最快乐的时候。

两人在飞机上的座位并不是挨着的，苏清玉的位置靠窗，在后面，许泯尘的位置在前面的地方，她抿抿唇，有点不甘心地坐到了自己的位置上，然后看着许泯尘坐到他的位置上。

许泯尘偶尔回头就看见她眼巴巴的期待眼神，他面上没有什么变化，依旧那么平淡，但在飞机起飞之前，本该已经坐在他原本位置上的许泯尘忽然又走了回来，苏清玉仰头瞧见他时愣住了，不明白他要做什么，但他接下来的行为彻底让她傻了。

"你好，请问可以换一下位置吗？我的位置在前面一些，下飞机时比较方便。"许泯尘声音低沉礼貌地和坐在苏清玉身边的女孩说话，那女孩瞬间红了脸，精神都集中不起来了，别说是接受了，连拒绝都不知道该怎么说了。

"很抱歉打搅到您，但我希望可以跟我女朋友坐在一起。"

"女朋友"三个字似乎点醒了那女孩，她瞬间回头看了一下身边，苏清玉茫然地与她对视，那女孩瞧着比苏清玉还漂亮一点，对方顿时表情古怪了些许，点头答应了许泯尘的请求。

于是，在飞机起飞之前，许泯尘换到了苏清玉身边的位置，这本来是在飞机靠后面一段发生的故事，但坐在最前面头等舱的夏沐泽几乎看完了全程。

"先生，飞机马上就要起飞了，请您回到位置上，系好安全带，可以吗？"空姐优雅而甜美地对夏沐泽说道。

夏沐泽笑着点头，回到属于他的位置，想起仅仅只是换个位置而已，苏清玉居然都能因此那么甜蜜而害羞地微笑着，偏生他为她做了那么多事，她却只有苦恼和抗拒，这之间的差别究竟在哪里？只是因为做那些事的人不一样吗？

还真是让人觉得很不公平呢。

如果另外一个人不存在，只剩下他来做这些事，是不是就没有了差别，没有了不同等的待遇？

夏沐泽微垂眼睑，敛了笑意，拿出随身携带的文件，状似认真地看着。

飞机渐渐起飞，许泯尘一夜未眠，在飞机上也不用做其他事，他总算是休息了一会儿。

苏清玉转头时就看见他闭着眼睛靠在椅背上，似乎是睡着了。她轻手轻脚地请空姐递给她一条毯子，小心翼翼地盖在他身上，丛在他们旁边的一个中年阿姨瞧见，善意地笑了笑，大约是把他们当作了新婚的小两口，那么甜蜜恩爱。

苏清玉摸摸脸，觉得有点窘迫，可更多的却是喜悦，她果然还是没办法改掉本性，只要是和他有关的任何事，都可以让她轻而易举地高兴起来。

只是，在杭州酒店的对话，他应该是听进去了吧，回去之后，或许他就要做点什么了，她完全不怀疑，一旦他开始做了，肯定会达到他的目的，时间也不会太久。

等到那一天，她又该把自己摆在什么位置呢？

算了，烦恼那些做什么，船到桥头自然直，命运朝什么方向发展谁也无法预料，但她始终愿意相信，下一个路口会是峰回路转，柳暗花明。

国庆假期虽然结束了，但江城市还保持在一个节日气氛比较浓郁的氛围里。

苏清玉和许泯尘自然回到了他们之前的住处，她也没提到过要搬家，虽然担心母亲再找过来，但找房子、换地方住也不是一时半会可以解决的事，刚到江城，她还得安排一下工作才能去做那些。

第一天回公司上班，在一楼等电梯的时候遇见不少同事，虽然在不同部门，但大家对于这位可以和夏沐泽在同一层办公的苏小姐都有所耳闻，传闻中她是个不食人间烟火的仙女，于是在大家看见仙女的真面目时，不免有些大跌眼镜。

感受到其他人的视线有些奇怪，苏清玉也没放在心上，虽然到夏氏集团工作的时间还不长，但这种视线她已经感受过太多，现在这点程度已经不足以让她失态了。

照例，在她按下自己要去的楼层时，大家都或直接或间接地打量她，她保持着目不斜视的状态，在电梯一层一层上升，直到达到她的目的地前一层时，电梯里的人已经全都走光了。

看着电梯门关上，苏清玉慢慢松了口气，接下来就没什么事了，下次离开要么还是走楼梯吧，虽然楼层有点高，但不至于这样被围观。

其实主要还是谣言的力量太强大，她只是做着分内的工作，即便和

今天来这里，是找夏总谈合作的事，和你关系不大，只是想着你在这里上班，顺便来看看。"她闲适地在屋子里转了一圈，而后回头望着她，"你打算什么时候离开他？我没多少耐心给你，不要让事情发展到难看的地步，到时候你会在CBD里混不下。"

这算是威胁了吧，如果她不老老实实地远离许泯尘，安红就让她在这个圈子里混不下去吗？

苏清玉抿了抿唇，还没开口说话，办公室的门就被打开了，夏沐泽站在那里，微眯着眼睛睨着安红，意味深长道："原来安总在这里，我说怎么到处找不到您，如果安总还要谈合作的事，就跟我过来，如果不谈了，您可以直接离开，我并不喜欢自己的员工在上班时间和无关紧要的人浪费太多时间。"

这算是个不软不硬的钉子，安红自然听得出来，她挑高了眉毛，视线在苏清玉和夏沐泽之间来回流转，最后是一个讳莫如深的笑容，她抬脚离开，路过苏清玉身边时拍了拍她的肩膀，啧了一声说："你还真是不简单，看来是我小看你了。"

这话说得不清不楚，苏清玉却奇异地可以明白她的意思，安红大概是觉得，苏清玉这样毫不起眼，身上一点闪光点都没有的女孩，居然能博得许泯尘和夏沐泽这样的男人的青睐，肯定是有什么不一般的手段，所以她才觉得她不简单。

想到这些，苏清玉忍不住扯了一下嘴角，抬起眼睛直视安红，在她准备离开之前轻声说道："还是不能跟安总比，安总比我可复杂多了，至少夏总和泯尘并不认识。"

她并没费那个力气去解释她和夏沐泽之间根本不是安红想的那样，因为那只是白费口舌罢了，安红是绝对不会相信的，她只相信自己看见的、实实在在的东西。

听见苏清玉那么说，安红惊讶地笑了，转头望向夏沐泽道："夏总手下可真是卧虎藏龙，人才济济，我真是要好好和夏总学学怎么找到这样的人才。"

说完话，她人已经离开了这间办公室，作为主人，夏沐泽自然要陪伴作为客人的安红离开，虽然苏清玉和安红说的那句话声音非常轻，但夏沐泽还是多少听见了一些，当苏清玉用有点担忧的视线望着他的时候，他扬了扬嘴角说："这次可是我帮了你的忙，口头感谢我是不会接受的，晚上下班在路口等我，陪我吃个饭算是道谢。"

语毕，他直接关门离开，显然是不接受拒绝。

苏清玉站在原地看了看表，距离上班时间已经过去了一刻钟，其实不算是太长的时间，但为什么她感觉好像度过了一年呢？

和夏沐泽吃饭，那更是度秒如年的事情，她当然不愿意去，为了想到逃避这顿饭的法子，她一整天工作都心不在焉，临近下班也没能做出什么效果来。

没心情，再做也投入不进去，苏清玉干脆直接关了电脑，准时下班，但却没有按照夏沐泽说的那样在路口等她。

她直接下楼去了地铁站，等上了地铁才发了个短信给夏沐泽。

内容很简单，无非就是撒了个谎，她假说母亲找她有点事得回家一趟，今天不能和他一起吃饭了。而其实她是坐地铁去了电脑城，算计着银行卡上的钱，咬了咬牙，买了一台高配的笔记本电脑。

她做这些事的时候，完全没想过会有谁跟着她，直到回了小区进了家里，也没察觉到周围有什么异样。事实是，从她下楼到进了地铁站，夏沐泽一直不远不近地跟着她。

她在电脑城买电脑的时候，他就在门口不远处看着，一边看，一边低头睨着手机上的短信，他嘴角始终挂着一个笑容，只是那笑容完全不似人前那么温和，反而透着一股子毛骨悚然的味道。

"我回来了。"

苏清玉背着包，抱着电脑进了屋，扑鼻而来的饭菜香气让她感觉十分窝心，这代表着许泯尘在家，还照常给她做了饭，他没有不声不响地离开，真好。

她一进屋就发现许泯尘并不在客厅或者厨房，卧室的门虚掩着，她抱着电脑走过去，透过门缝可以看见里面正专注地看着电脑的男人。

为了省钱省地方，苏清玉家里没有台式机，只有笔记本电脑，屏幕也不算大。这会儿许泯尘穿了一件宽松的白衬衣，下面是黑色的长裤，他端端正正地坐在电脑前，应该是洗过澡了，也刮过胡子，下巴光洁白皙，干干净净，被电脑屏幕的反光照着，像是她幻想出来的人。

"饭在厨房，还热着，我吃过了，你去吃。"

听见门口响动，他头也不回地做出了回应，修长的手指快速地敲击着键盘，苏清玉靠近一些发现他在写什么东西，看着代码的组合应该是网站，相较于他写代码的速度，苏清玉真是惭愧得不行，她那简直是小巫见大巫，云泥之别。

"你试试这个。"苏清玉迟疑好久还是出声打断了他，将怀里的盒子放到了桌子旁边。

许泯尘停下动作转头看了看，只一眼就能知道里面是什么，他不着痕迹地瞥了她一眼，利落地拆开了盒子，把笔记本拿出来开始调试，苏清玉眼巴巴地看着他熟练的动作，预想当中他的推辞啊拒绝啊都没出现，她准备了一肚子的劝说也都无处展示，真是……挺憋屈的。

看了一遍，许泯尘下了结论："我收下了。"

……居然这么干脆的收下了？

大概是苏清玉脸上的惊讶太明显了，解决她的惊讶就摆在第一位。

许泯尘将电脑放到一边，长臂轻轻一伸便把她拉进了怀里，为了不摔倒在地上，她只能把全部的重量都放在他的双腿和胳膊上。

"怎么了？"苏清玉脸上已经不仅仅是惊讶了，这下还要算上惊恐，她整个人依旧处于不在线的状态内。

许泯尘垂眼望着她，刘海落下来，因为他们距离太近，几乎打在她额头上，那种有些发痒的感觉让她浑身不舒服，想要挣脱他的束缚。

就在那一刻，许泯尘闭上眼睛在她脸颊上亲了一下，苏清玉瞬间好像被点穴一样，一动也动不了了。

然后，她就听见他在她耳边低声说："等以后，我给你更好的。"

说这句话可能有点矫情，但那一瞬间苏清玉真的有点多年媳妇熬成婆的感觉。

其实他现在的状态，就是她理想中的状态了，他们不像以前那么客气，也不再是她单方面无所期盼的付出，未来的日子，可能还会有更好的转变，这真是她以前做梦都不敢想的事情。

"不用等以后。"苏清玉捧住他的脸说，"你现在就是最好的。"

♡　✳　🎁

第九章　重新开始

　　接下来几天，许泯尘基本都不怎么出门，除了每天按时在苏清玉回到家的时候给她做好饭之外，几乎不曾离开过房间，总是面对着他的电脑。

　　苏清玉琢磨着他这样很费眼睛，上班的时候就想等下班了去给他配个防蓝光的眼镜，顺便给她自己也配一个，之前她结束了其他的兼职工作，把薪水都结算下来了，再加上在夏氏集团预支的薪水，付完电脑的钱和房租之后，还剩下一些，再过十天这边公司也该发薪水了，这段时间他们只要省着点花就不会有什么问题。

　　想到这些，苏清玉的心情振奋极了，感觉一切都在朝好的方向发展，这是她目前最满意的事，相信过不了多久，许泯尘就能做出点成绩来，到时候她再跟母亲解释一下，就什么问题都不存在了。

　　想到这里，苏清玉忍不住露出笑容，一个突兀的男声响起来，吓了她一跳。

　　"清玉。"

　　是夏沐泽的声音。

　　苏清玉倏地抬头看向门口，夏沐泽站在门里，一手扶着门把手，看上去非常担忧的样子。

　　"我在外面喊了你好几声你都没回答，我还以为你出了什么事，所以就进来了，你没事吧？"他好似非常担心，快步走过来双臂撑在桌子上专注地望着她。

苏清玉浑身一凛，蹙眉道："夏总你喊了我好几声？"

夏沐泽认真道："是啊，我喊了你好几声，你没听见吗？"

苏清玉疑惑道："没有啊，我一直在屋里，什么都没听见。不过我刚才确实有点走神，可能是忽略了，夏总找我有什么事吗？"她站了起来，不想坐着和俯下身来的夏沐泽对视，那种姿势有点暧昧的味道，她得避嫌。

夏沐泽也跟着缓缓直起身，笑着说："没什么事。"他的手落在桌子上，轻轻敲打着桌面，似不经意道，"就是来看看你的工作进程怎么样了。"

苏清玉立刻将电脑转过去给他看："夏总可以看一下，基本上文档上要求的内容我已经修改完毕了，但可能不如之前艾博外包的时候做得那么好。"

夏沐泽似乎非常重视地半弯着腰用鼠标检查了一下网站，神色一直没什么变化，但苏清玉一开始并不担心，因为她觉得她做得还是不错的，相较于在之前的公司，这里自由度更大，她操作起来不用束手束脚，所以完成的效果更理想一些。

然而，夏沐泽一直保持沉默，看得非常仔细，渐渐地还皱起了眉，好像并不满意。

苏清玉的心猛跳了一下，开始有些紧张，又过了一会儿，夏沐泽慢慢直起身，长舒了一口气，皱着眉道："你知道的清玉，妍妍一直非常喜欢你，你教导她英语也很好，我对你的印象也是非常不错的。"

苏清玉不知道他接下来要说什么，但隐约有些感觉到，不免有些慌乱地说："夏总，我……"

她的话还没说完，夏沐泽就接着快速说："但你的工作能力让我有些失望，文档上的内容，如果像以前那样交给艾博外包，用不了这么长时间就可以做完。而且……"他露出遗憾的表情，"你完成的效果，的确达不到我的要求。"

苏清玉脸色发白道："抱歉夏总，我会尽快再按照您的要求来修改，您能具体跟我说一下您的要求吗？因为文档上只说了希望朝哪个方向修改，没有具体说要什么效果，我只能……"

夏沐泽挥挥手打断了苏清玉的话，放缓声音道："你也不用太紧张，虽然你完成得不够好，但你也算是完成了，我相信你在这期间也没有偷懒。"他漫不经心地在房间里来回走动了一下说，"这里面也有我的责任，我不能像对待其他下属那样只是提出方向来让你揣测我的心思，毕竟我们接触的时间不长。我还是挺看重企业形象这个东西的，虽然你可能觉得一个上市公司的老板有时间亲自过问企业网站这件事有点可笑，但我和别人也许不太一样。"

他转过身站定在原地，黑白分明的眸子一眨不眨地凝视着她说："你知道，我的经历和大多数人也不一样，前几年我爸妈突然去世，只留下我和妹妹两个人，我在那种情况下接受家族企业，从那开始就习惯于什么事都尽可能地亲力亲为，因为可以信任的人不多。"他说到这戛然而止，屋子里忽然安静下来，过了好一会，苏清玉才听见他仿佛终于找回了自己的声音一样，轻声细语道，"我想不如这样吧，你暂时先到我的办公室跟我一起工作，这样一来我可以直接指导你，我们可以多接触一点，你也更了解我的想法。"

苏清玉错愕地看着他，正想拒绝就见他抬手看了看腕表，拧眉道："我有个会，现在得马上过去，一会我会让人来帮你把东西搬到我那里，你随便挑个位置就可以。"

语毕，夏沐泽直接转身离开，他的行为和语气都表示了她没有拒绝的机会。

苏清玉稍稍握拳，夏沐泽将这件事说得那么坦然和直接，似乎是挑不出什么可疑的地方，可她还是觉得浑身不舒服，好像自己就是他手下的蚂蚁，她想要做什么，会做什么，全都在他的掌控和操作之下。

也许，她从一开始就不应该答应夏沐泽到这里来工作，可事到如今她已经自绝后路，把其他兼职全部辞掉了，再想要潇洒地离开夏氏集团就有点麻烦了。

回到位置上，苏清玉思考了许久，暂时先放下了手头的工作，打开了招聘网站。

夏沐泽这会儿，其实根本没有会议，他去了下面一层员工办公室，其实苏清玉不知道，夏氏集团那么大的上市公司，怎么会只让她一个人专门负责公司网站？

即便不是公司网站，在网络这方面，肯定也有专门的部门负责，这些都是苏清玉这个来了还不到一个月的人毫不知情的。

她被封锁在夏沐泽单独占用的那层办公楼，除了王主管几乎没有认识的同事，这在别人眼中代表着什么意义自不待言。

"我需要一个软件。"夏沐泽直接对网络部的主管说，"可以看到一台电脑上所有的操作记录，比如她看了什么网站，又或者和什么人聊了些什么，我都想看见。"

主管立刻说："没问题夏总，需要安装在哪部电脑上？"

夏沐泽温和地笑笑，俯下身凑到他耳边说："待会儿你上去帮苏小姐把电脑搬到我的办公室，安排一个靠近我办公桌的位置，然后悄悄安上那个软件。"

网络部主管思索了一下，夏总要的那种软件只要在原有的办公监控软件上修改一下再多加几项追踪功能就可以了，虽然有点费时间，但对夏总说这个问题那是自找不自在，所以他很快就点头答应了。

送走老板，主管立刻啧了一声，想起前几天在电梯上见过的那个不起眼的女孩，真是好奇她到底是哪里吸引了老板，难道是……床上功夫？

男人，好像只能想到这些。

苏清玉这个时候，还什么都不知道，依旧在招聘网站上投简历，直到下午临近下班的时候，有两个西装革履的男人来帮她搬东西，她才匆忙地关闭了网站。

看着别人把她的东西一点点搬到另外一边的总裁办公室，苏清玉深刻地感觉到自己似乎走进了什么圈套，她总觉得夏沐泽不像他表现出来的那么亲切随和，但又挑不出他的什么毛病，也抓不到什么小辫子，一切危机好像都是她臆想出来的，她连跟人说都没人可说，别人只会当做她是"自恋过头"和"发神经"。

真难办。

苏清玉心情焦灼，却无法阻拦别人的速度和脚步，很快她为数不多的东西就被转移走了，她跟着那两人来到了夏沐泽的办公室，想当然的整洁和高雅，比起她之前工作的那间公司的老板办公室，不说大小和质感，单单是品位就是天壤之别。

"苏小姐在这里工作就好了，我们先走了。"

帮忙搬东西的人在给她打开电脑摆弄了一下之后就道别离开了，苏清玉不疑有他，回到位置上尴尬地看了一眼近在咫尺的总裁办公桌，慢慢吐了口气，再次打开招聘网站，继续投简历。

这个工作不能再干下去了，直觉告诉她如果她没有打算和夏沐泽发展到什么亲密关系上，就不能再继续和他有过多接触。

此后直到下班时间到了，夏沐泽一直都没有回办公室，这倒让苏清玉松了口气。

一到下班时间，苏清玉便立刻收拾东西下班，逃似的回家去了。

夏沐泽在她离开后前后脚回到办公室，在她的办公桌边转了一圈，才回到他的位置上。

他打开电脑，找到下属装在他电脑上的软件，上面清晰地记录着苏清玉浏览过的网页记录。

夏沐泽一个个打开，脸上本来还算平和的神色一点点凝结成冰。

苏清玉心事重重地回到家里，一进门就看见许泯尘刚好从厨房里出来，身上系着她买回来的围裙，花花绿绿地印着卡通图案，和他本人的气质完全不相符，那幅画面不但不显得滑稽，还很可爱，她一下子笑了出来，觉得看见他整个人心情都轻松了。

好的感情应该就是这样吧，让你感觉不到压力和为难，一见到彼此，就会忍不住笑出来了。

"今天很早。"许泯尘干脆直接坐到了客厅的椅子上，"没加班？"

苏清玉想了想说："我打算再换个工作。"

许泯尘抬抬眼皮："你的老板终于暴露了他对你的企图心吗？"

苏清玉瞪大眼睛说："你在乱说什么啊，没有那回事。"

许泯尘轻嗤一声，显得调侃而玩世不恭，但显然不是对她，而是对夏沐泽。

"做了什么好吃的？"苏清玉抓住机会转移话题，放下背包挂在门口溜进了厨房，很快就端着面碗出来了，"今天吃面这么好？"

许泯尘解开围裙放到一边，心不在焉道："你的生日耽误了，现在算补偿。长寿面，做了很久，很难保证一根连下来不断，比写代码可难多了。"

苏清玉又想笑又感动，心里又软又暖，如果说前面三个月和他在一起完全是她单方面付出，他们几乎无交流，那么现在这样在她看来才是真正在谈恋爱，如果不是手上端着面碗感觉到了烫，她肯定会怀疑自己是在做梦，还没睡醒。

"谢谢。"

把面碗放到桌上，苏清玉感激地看着许泯尘，许泯尘的头发是真的长了一些，少了几分平日里的清雅贵气，倒是多了几分落拓。

像他这样的男人，外表英俊，个性沉默内敛，气质高冷，不为女色所动，但一旦喜欢上谁，就会比一般人爱得更加深刻，对其他无关紧要的闲杂人等拒之千里之外，很容易给人非常强烈的安全感。

在某种意义上，苏清玉或许要感谢安红和那个背叛了他们友情的男人，如果没有他们，或许她就不会有机会接近许泯尘，甚至是和他在一起，因为那时候她每次好不容易看见许泯尘一次，安红总是跟在身边，而她那时候所处的位置，都是那个"闲杂人等"的范围。

"在想什么？"

眼前忽然出现一双眼睛，苏清玉倏地回神，许泯尘倾身越过桌子目不转睛地与她对视，她脸一红，看着那双深邃幽雅的眼睛，下意识低头在他脸上亲了一下。

"在想你。"

她说着，心里跟着道了一句，真是越来越没皮没脸了。

偌大的宅子里。

安红背着背包，戴着墨镜打算离开，身后有个男人拉住了她的胳膊，她冷着脸回过头说："你不走我就走，别拉着我行吗？非要闹得那么难看吗？"

于然蹙眉道："你要去哪里？找许泯尘？你觉得你和我做了那样的事情之后，他还会给你好脸色看吗？"

安红稍稍拉低墨镜淡声道："他给不给我好脸色是我的事，和于先生没有关系吧。意见不合的时候常有，只是这次闹得比较僵而已，只要泯尘愿意，他还是可以回到艾博，做他的CEO。"

"你疯了！"于然直接扯着安红的胳膊拉进了屋子里，安红被拉得很疼，不由痛呼一声。

于然看上去有点担心，但还是硬着心肠道："安红，你这个女人真是太异想天开了，你真以为你和许泯尘的感情可以深厚到让他变成现在这样他还爱你吗？你也不想想看，这次仅仅只是闹得比较僵而已吗？他失去了所有的支持，还被唾弃，被踩在脚下，背了一身的债，将来想要再在这个圈子里站起来都是难题，你居然还想着他会回艾博？别说我不同意，董事会都不会同意！"

安红冷眼道："那又怎么样，我可以养着他啊，就和那个小丫头一样。"

说到这她忽然顿住了，感觉自己似乎说漏嘴了什么，于然眯起眼道："和那个小丫头一样？哪个小丫头？"

安红转开头不说话，于然笑着说："你这倒是提醒了我，虽然他现在落魄了，但他还年轻，照他的性格和能力，说不定可以东山再起，我得帮帮他才行，让他再受点打击。"

说着话，于然就要打电话，安红立刻冲上去说："你要做什么？他都已经那样了，你何必赶尽杀绝！"

于然冷笑道："这不是被你提醒了吗？安红，你好好想想，许泯尘是什么人物？只要给他一个契机，他肯定可以卷土重来，到时候吃亏受苦的可就变成我们了，你想经历一下他的经历吗？我可是不想的，只要一想想把自己换到他的位置上，我就害怕得想发抖。"

于然的话虽然糙，但道理不糙，他们是一条绳上的蚂蚱，她不能指望许泯尘在经历了那些事之后还对她全心全意，那个小丫头就是证明。

安红的沉默让于然也平复了一些情绪，他叹了口气说："安红，我这是为了我们大家好，只要许泯尘一辈子站不起来，我们就可以高枕无忧，即便到时候你不想跟我在一起，想要把他圈禁起来，我想他也是会接受的。毕竟，一个走投无路毫无建树的男人，堕落到被人玩弄，也不足为奇。"

安红皱眉斜睨了于然一眼，手里紧紧抓着背包带子，没有说话。

于然上前扶着安红坐到沙发上，拿来了药箱亲自给她青紫的胳膊上药，温声细语地道歉，安红听着，感受着，脑子里却满是和许泯尘相处时的过去，一时心乱如麻。

苏清玉自那天开始就一直在找工作，可是很奇怪，她投去的所有简历全都石沉大海，好像没有一家公司看得上她的简历一样，哪怕是一些刚成立的小企业，急缺人的，也一样不做任何回复，要么就是直接拒绝。

苏清玉一再检查自己的简历，没有出错的地方，甚至还比之前写得好，毕竟有了曾经在夏氏集团工作过的这个工作经历之后，会为她的简历更加分。

可是明明挑不出错，为什么还是没有人回应？

午饭时间，苏清玉没有去吃，她有点烦躁，撑着头在椅子上坐着发呆，今天上午夏沐泽没有出现，在她搬到这间办公室以来，他上班来的时间会抽出一个小时来单独跟她接触，但内容全都是非常正经的工作，甚至会给出她也认为非常合理化的建议，让她的工作事半功倍，这让她不得不觉得，是自己之前太心胸狭隘了一些。

　　办公室的门被敲了三下，随后夏沐泽开门走了进来，他最近一直这样，这非常礼貌，在他们共用一个办公室，而这个办公室还是他的情况下，他可以做到这样给她一些收拾自己的时间再来面对他，实在是周到体贴得挑不出任何问题。

　　"夏总。"苏清玉站起来朝他鞠了个躬。

　　夏沐泽观察到她脸色不太好，若无其事地笑了一下说："怎么没去吃饭呢？"

　　苏清玉掩饰性道："我吃过了，今天胃口不太好。"

　　夏沐泽微微颔首，注视了她一会儿说："你脸色不太好看呢，是有什么事吗？有事的话可以跟我说，我会批给你假期的。"

　　苏清玉笑了笑说："没有，可能昨晚没睡好。"

　　夏沐泽笑道："那么你休息一下，我来拿点文件，下午要见客户。"他说着话就从办公桌上拿了一个文件夹，然后和她告别离开。

　　苏清玉看着他的办公桌，他也不知道是对她有多放心，什么重要文件都往桌上一放，就不怕她看见了会泄露公司机密吗？

　　苏清玉有点累地坐了下来，按着额角想，这样下去不是办法，就算她担心的事情不会发生，可和夏沐泽朝夕相处，公司流言蜚语不说，万一丢了什么重要文件，这屋子里只有她和他常在，即便不是她拿的，大家也肯定会觉得是她干的，那样她跳进黄河也洗不清。

　　苏清玉这样想的时候，根本没料到她也会有成为半仙的资质，只是脑子里想想的事情而已，竟然会成了真。

　　这天早上出门的时候，苏清玉还很高兴的，因为她收到了一束花，能让她高兴，送花的当然是许泯尘。

苏清玉昨晚早饭端出来的时候，本想着留个便利贴给他自己先走，因为他昨天晚上睡得很晚，一直在电脑前忙着，她半夜起来上厕所的时候看到他还没睡，哪料到她刚走出厨房就看见他站在客厅里，不知道从什么地方变出一束花，那花还很……很不一样。

　　"这是……什么花啊？"苏清玉系着围裙有点蒙地问。

　　许泯尘把包得非常漂亮的粉色花束递给她，他个子那么高挑，她几乎是仰视他的。

　　"给我的？"

　　其实她更担心的是，他身上有钱吗？这花看起来就很贵，她上次给他打过的两千块钱他早就还了回来，她偷偷放进他钱包的钱他也悄无声息地放回了原处，那么他的钱是哪里来的呢？

　　许泯尘很快就替她解了惑，苏清玉听完简直自惭形秽。

　　"这是天竺葵，收下吧，忙了这么多天，总会赚点钱。"

　　原来他这些天一直在忙着赚钱的事情，苏清玉还以为他在架构什么类似于艾博网的网站。

　　"能问问你都在做什么赚钱吗？"苏清玉觉得他们之间需要一点改变，不能再像以前那样，她什么都不问，不去了解他，连他最后走掉她都不知道该去哪里寻找。

　　许泯尘倒是比她以前想象的好说话的多，可能大多人脑子里的男神都是高冷而难以接触的，但其实许泯尘不是那样，他只是性子有点沉默内敛，不过他现在和苏清玉在一起，即便是之前那三个月之中，她要是问的话，他一样会回答。

　　"在猪八戒上找了点事情做。"

　　猪八戒网是一种服务交易的网站，有人发布任务，注册会员接任务，完成后赚取佣金，不见面，不接触，的确适合他目前的身份来做。

　　许泯尘说完话就坐到了椅子上，时间不早了，苏清玉吃完饭就该去上班，他们说话的时候最好还是一边吃着饭。

　　相处了一段时间，苏清玉也算了解他，知道他的意思，她把花小心翼翼地放到卧室里，回来后也坐下来吃饭，她沉默了一会儿说："我觉得，你做这些事太大材小用了，这些小开销只要有我就可以了，你该做那些大事。"

她说得严肃认真，许泯尘偶然抬头看见，明明那是一张普普通通的脸，大概是清晨的阳光透过窗子洒进来给她的脸镀上了柔光，那一刻他竟然觉得，她比他见过的所有女人都要好看。

"事情不分大小，最终的目的都一样。"他从外套里侧口袋取出一个信封放到桌上推给了她，在苏清玉不解地注视下说，"生活费，给你。"

苏清玉脑子里轰的一下，好像有什么爆炸了一下，这阵子发生的一切都不真实的让她像走在云彩里一样不踏实。

"这个……"

"不要推辞，我这么做，你母亲才会更放心你和我在一起。你不是说过么，我们要证明我们在一起只会越来越好，不会更加堕落。"

他的话让她无法拒绝，她热着眼眶把钱收下来，却从来没想过要去动这些钱。

其实，她有一个问题非常想问，却可能一辈子没有勇气问出口。

她现在可以确认的是，他是真心想和她在一起，不会再突然消失，也没有什么所谓的过一天算一天的颓废感。

可是，她一点都不确定，他和她在一起，究竟是因为和她在一起"安全"和"平静"，还是因为——"爱"。

他爱她吗？或者说，有一点喜欢她吗？

难以想象，她什么时候才能鼓起勇气问出这句话。

因为一大早收到了"生活费"还有一束粉红色的天竺葵，上班时苏清玉的心情都还很不错，即便发现投出去的简历不是被拒绝就是没回应，也没搅乱她的好心情。

关闭网页之后，苏清玉打开软件打算开始工作，在那之前忽然想起什么似的，开了搜索引擎在里面输入了：粉红色天竺葵的花语。

搜索引擎很快给出了结果，粉红色天竺葵的花语是——很高兴陪在你身边。

一瞬间，心里的甜蜜好像爆发了一样，苏清玉情不自禁地笑出声来，但这不是她一个人的办公室了，她已经不会再因为这些分神，知道了之后就关闭网页，开始工作。

一直到十点钟的时候，一切都非常正常，在十点到十一点之间，夏沐泽回来过一次，放了文件在办公室，然后有一个女员工来帮他拿文件离开，一切都非常正常，之前也经常会有这种事，但在十一点的时候却发生了意外。

一堆人突然冲了进来，把专心工作的苏清玉吓了一跳，她赶紧站了起来，疑惑地注视着这些人，里面还有之前给夏沐泽来拿文件的那个女员工。

"我真的没拿，文件就摆在桌上，我来的时候就已经只剩下那些了。"那个女员工紧张地解释说。

另外一个男人苏清玉见过，他经常来找夏沐泽，年纪约莫四十多岁，职位肯定不会低。

"夏总放在这里的时候，明明是齐全的文件，为什么让你拿了一次就会少了最关键的地方？"

男人严肃地说着话，忽然抬眼睨了睨苏清玉的方向，那女员工像是找到帮手了一样赶紧跑到了苏清玉面前，焦急说道："苏小姐，我来的时候你也是在这里的，你快跟陈董解释一下，我当时没有乱翻，直接拿了就走了！"

被称呼为陈董的人望着苏清玉道："苏小姐，我提醒一下你，有些事和你没关系，就不要乱掺和，不然小心最后惹得一身骚。"

那女员工都哭了，拉着苏清玉的胳膊说："苏小姐，你得帮帮我啊，你不帮我我就完了，那份合同关乎几千万的生意，要是真的怪到我头上我这辈子都过不下去了！"

142

苏清玉皱起眉，一直没说话，这会儿她被逼得不得不表个态，但也只是中肯地说："我当时在工作，没仔细看，不能做什么保证，我只能说她的确没停留多久，拿了就走了。"

陈董眯起眼，似有若无地笑了一下，这个时候夏沐泽走了进来，他的办公桌没人敢动，只有他自己可以动，所以在桌子上找东西这件事只能他本人来做。

夏沐泽无视女员工的哀求和解释，在桌子那绕了一圈，翻看了一些文件，随后抬头看着女员工遗憾道："桌子上也没有呢，真抱歉，我没找到。"

女员工一下子崩溃大哭起来，苏清玉抿了抿唇，不知道自己能做什么，她能说的已经说了，她连自己的摊子都处理不好，也没那个能力去帮助别人。

女员工哭着哭着说："夏总，我真没有拿，这一路都有监控，您可以调出监控看看，我在路上有没有翻那份文件。"

夏沐泽点点头："这倒是个主意，你去看看。"

站在他身边的下属立刻照办了，夏沐泽坐到椅子上，停顿了一会儿说："我进来的时候，似乎听见苏小姐说，你在办公室的时候的确没乱翻什么，停留的时间不多。"

苏清玉见事情扯到自己，不得不解释了一下说："我没确保她没乱翻，我只是说她停留时间不长。"

夏沐泽笑道："少安勿躁，我知道了，我没误会什么。"

苏清玉扯扯嘴角，觉得自己这样急于撇清关系的模样有点自私了，干脆坐下去做自己的事。

她当时觉得这些事和她一点关系都没有，也没想过会招惹到自己，但事情的结果却出乎她的意料。

去调查监控录像的人回来告诉夏沐泽，监控上那个女员工的确没翻动文件，直接进了会议室，如果她在办公室里的时候没动手脚，那她的嫌疑就可以洗脱了。

这样一来，那文件出错的源头只可能是……在这间办公室里面。

苏清玉一下子被所有人盯住了，她终于开始有点慌乱，但还是克制着道："我一直在工作，什么也没做过，如果不信的话，夏总也可以调监控来看看。"

此话一出，夏沐泽还没表示什么，陈董就先不屑一笑道："苏小姐来夏氏集团也工作一个月了，我不信你不知道夏总的办公室里没有安装监控。"

尽管强装镇定，但在看陈董说完话的那一刻，苏清玉还是有点着急了。

"可是这真的和我没关系，我一直在这里面没有离开过，文件丢失了我也没地方放啊。"她拿起自己的背包，拉出抽屉说，"你们可以随便搜我的东西。"

夏沐泽凝视着她不说话，倒是陈董继续说："这可是几千万的生意，如果你是受人之托来破坏我们和艾博集团的合作，你完全可以直接把丢失的文件给搅碎了处理掉，夏总的办公室没有监控，还有成套的洗手间，你冲进马桶里的话，我们怎么找？"

这猜测太合理了，连苏清玉都不知道自己该如何反驳，她着急地看着夏沐泽，夏沐泽面上露出为难，抬手按了按额角道："清玉，我知道你和许先生是男女朋友，你可能会为了他做一些打击报复艾博的手段，但你这次搞错了，虽然我们是要和艾博集团合作，但这个项目，是我们来为艾博服务，刚才于总来，我们迟迟拿不出原本写好的计划书，于总已经因为我们没有合作诚意的理由，换了合作商了。"

陈董补充道："所以苏小姐，如果还是没毁掉那份计划书，麻烦你把最关键的部分拿出来，我们还可以少追究一些你的责任，一旦事情无法挽回，那可是几千万的损失，如果我们告到法院，你可是要吃官司，去坐牢的。"

苏清玉死都不会想到，自己有一天会惹上这样的无妄之灾，她觉得脑子好像有点缺氧，整个人处于呆滞状态，只能僵硬地解释："我真的没动过，我根本不知道你们有什么计划书放在那里，又或者是和艾博集团有什么合作，至于许先生……这件事更不可能和他有关系，你们把人心想得太狭隘了！"

这话直接把夏沐泽也说了进去，他表情古怪地变了变，忽然转身走了，走之前在门口叫走了所有人，陈董皱着眉迟疑半晌，还是跟着走了，偌大的办公室里顿时只剩下她自己，她茫然地立在那里，想起自己之前的担心，不免觉得这一切都太巧合了。

她颓丧地坐下来，还来不及细细思索，夏沐泽去而复返，他们认识以来他第一次冷着脸对她，不苟言笑道："虽然可能有些冒犯，但这事关几千万的合作，苏小姐，我希望你可以带我去见一下许先生。"

许泯尘是苏清玉的逆鳞，提起要去拿这些无稽之谈去耽误他的心情和时间，苏清玉也有点受不了了。

"我根本没靠近过你的办公室。"苏清玉站起来，紧握着拳说，"欲加之罪，何患无辞？从我搬到你的办公室来上班那天开始我就知道早晚会出事，没想到还真的应验了，夏总如果非要说是我做的这一切，你就直接去告我吧，或者去报警，让警察来抓我，看看你的桌子上有没有我的指纹！"

夏沐泽冷着的脸渐渐有了一丝缝隙，他声音很轻地说："如果你真的有心这么做，不会留下指纹这种把柄的，一张手帕，一张纸，都可以清理掉。"

苏清玉难以置信地看着夏沐泽，似乎没料到他是这么是非不分的人，夏沐泽被她这样注视，有点头疼地说："抱歉，清玉，我是太着急了，我当然相信这不是你做的。"

苏清玉皱起眉："你真的相信我？可你刚才……"

"事发突然，即便是我也需要一个时间来缓和情绪。"他慢慢走到桌子边，看着苏清玉说，"我相信你，这件事我会再调查，但在调查期间，希望有任何事情，你都可以配合我。"

苏清玉表情还是不太好看，但也没有反驳，夏沐泽接下来又说了什么，大概就是让她暂时搬到之前的办公室办公，其他事情等查清楚再说，她简直求之不得。

只是，她没料到的是，夏沐泽的平静只是表面的，他面子上稳住了她，背地里却做了一些别的事。

傍晚时分，在苏清玉即将下班的时候，许泯尘出门打算去买菜，刚到楼梯口就看见了正往上走的夏沐泽。他一身昂贵西装，与破旧的楼道格格不入。

许泯尘瞧见他，本想无视离开，但就在他要越过他身边时，夏沐泽开口说："许先生，一起喝一杯吧，我有点话想跟你说，关于你的女朋友苏清玉的。"

许泯尘侧头睨着她，深邃的黑眸中流露出一种无声的压迫感，尽管落魄至此，他身上依旧有着上位者不同于别人的威势，令人不容小觑。

夏沐泽笑着，瞳孔收缩，像是野兽看见了猎物一般的兴奋。

♡　❄　🎁

第十章　与过去告别

苏清玉回到家的时候，屋子里空荡荡的，找不见许泯尘的身影。

她现在已经不会像一开始那么担心他不辞而别，见他不在家也没那么慌乱，很冷静地拿出手机打算给他打电话问问，一看手机屏幕才发现他给她发过短信，可能是因为走在路上没注意到。

他出去了，没说去做什么了，只说会晚一点回来。在苏清玉心里，他是什么事都可以做得非常好的那种类型，所以她虽然好奇他去做什么了，但完全不会担心。

解锁回复了短信，告诉他刚才她走在路上没听见手机振动所以回复晚了，许泯尘收到她这条短信的时候，正和夏沐泽坐在一家高级会所里面。

私人会所，每个VIP会员都是实名实姓的，这里的服务人员脑子里都有一张网，上面印着所有会员的样子，当夏沐泽和许泯尘到这里的时候，大家当然都认识他们，以前许泯尘接待客户也来过这里，但自从他出事，已经很久没有来过了。

接待小姐训练有素，在他们面前没有露出丝毫不恰当的地方，可当他们进入包厢，外面只剩下她们自己人的时候，还是忍不住低声议论。

"许先生可好久没来了，我还以为他出事之后就不会再来了。"一个女孩小声说。

另一个女孩接道："我还挺遗憾的，毕竟他长得那么好，目前还是单身，如果不是那件事，可是活脱脱的钻石王老五。"

有个女孩笑道："别胡思乱想了，要是没出事儿也轮不到你呀，你想想，总是和他一起来的那个安总，两人明显是情侣关系，不过现在许先生倒了，那个安总就和于总在一起了，真是……"女孩啧了一声，看见主管过来了，几人便散了。

包厢里，许泯尘毫不避讳夏沐泽，当着他的面平静地看了苏清玉的短信，看完就把手机扔到了桌上，夏沐泽若有所思地打量他，以前虽然也有机会接触过许泯尘，但从来没有深交过，这个人他听说过一些外界的传言，说是不怎么交际，大多数时间都是由女朋友和好兄弟负责外交，他更专注于技术研发还有企业管理，艾博也实实在在是由他一手建立起来的，要说他的女朋友安红还有好兄弟于然都做过什么付出，最大的可能就是在他不甚关心的外交上做了不小的努力，让艾博和其他企业之间的互利互助关系建立得更加牢固。

其实挺难想象的，一个曾经有那样顶峰成就的人，数年蝉联国内外统计的国内富豪排行榜第一的人，忽然一下子跌落神坛，竟然没有摔死，竟然还好好地活着，看上去也不是非常落魄或者颓废，身上的衣服依旧撑得住场面，面貌也不曾一下子苍老多少，依旧是曾经新闻画报上的模样，下巴光洁白皙，胡子明显精心修缮过，除了头发稍稍有些长了，显得不那么正式之外，没有任何不同之处。

"我还真是佩服许先生。"夏沐泽真心真意地说了这么一句话。

许泯尘端起水杯抿了一口，漫不经心道："夏总看了这么久，就想说这个？"

夏沐泽笑了笑说："我是真心的夸赞，我很佩服许先生经历过一系列变数之后还可以这么平静，要是换做我的话，可能说不定会做出什么事。"

许泯尘不着痕迹地瞥了他一眼，似不经意道："比如杀人？"

夏沐泽意味深长地笑出声来，笑了好久才说："许先生真会开玩

148

笑，杀人是犯法的，我可是个知识分子，怎么会知法犯法呢？"

许泯尘没说话，但一直平静的嘴角稍稍弯曲了一些，整体表情看上去偏向于嘲讽。

夏沐泽微微敛了笑容，沉默了一会儿说："明人不说暗话，今天苏小姐在公司出了点事情，我想她可能是为了许先生才那么做的，后果……比较严重呢。"

话题步入正轨，许泯尘的眼神总算是没有那么不在意，夏沐泽抓住这个机会说："是这样的，我们今天本来和艾博集团有一个合作会议，我们之前做了一份计划书，我就放在我的办公室……哦，我忘记说前提了，苏小姐和我在一个办公室办公，为了方便她领会我对公司网站的一些构思，许先生应该可以理解，我工作很忙，没有太多时间到她的办公室或者和她在社交软件上交谈这些事。"

他说得理所当然，坦坦荡荡，倒叫人挑不出错来，许泯尘全程保持沉默，但也没有打断，这表示他还是有兴趣听下去的。

于是夏沐泽继续说："那么，前提就是这个，后续是，那份计划书只有一份，就放在我的办公室，谁都没想过会有什么问题，毕竟那是最安全的地方，然而……也许苏小姐觉得艾博的于总和安总对许先生做过不可饶恕的事情，所以想要报复对方，我放在办公室的计划书缺少了最重要的部分，那个时候再打印也来不及了，安总和于总已经都走了。我们查过监控，在计划书放进去之后，除了去拿计划书的女员工之外，没人再进去过，那个女员工我们也查过，在她走出办公室之后，没有对文件做任何事，在我的办公室里，苏小姐也证实了她是直接拿了文件就离开了，没有做手脚。"

其实夏沐泽的话听起来似乎挺长的，但也没用多长时间，并且内容很好理解。

大体就是，苏清玉为了替他出口气，毁掉了艾博和夏氏集团合作的计划书。

许泯尘听完便没有笑意地笑了笑，夏沐泽当然知道没那么容易打动他，于是很快接着说："当时董事会有人在，这件事我不能因为私下苏小姐和我的妹妹关系不错就作罢，因为那涉及非常大的一笔钱。"他惭愧地笑笑，"虽然夏氏集团的效益还不能够超得过艾博，但……几千万的合同，还是拿得下的。"

这话说完，夏沐泽什么意思昭然若揭了。

许泯尘放下水杯，玩味地注视着他："我明白你的意思了。"他稍稍挑眉，整个人的气质都变了，他刚开始走进包厢的时候很低调，锋芒不露的，但这会儿只是挑了挑眉，周围的气氛瞬间就不一样了，看来他不是不能表现得和失败之前一样高不可攀，只看他想不想。

"你的意思是，这几千万的账要算在苏清玉身上。"

许泯尘下了结论，直戳夏沐泽的心窝子，他可不是那个意思么，不这么做，怎么利用苏清玉来打击许泯尘，让他和安红那边关系更加混乱，让苏清玉本身情绪更差劲，再不费一兵一卒地把合同拿回来呢？

夏沐泽早就想好了，他怎么可能为了算计一个人就把几千万的合同丢掉？于然虽然甩脸子走人了，但他会让别人来劝服对方，乖乖回来把合同签下来，这样不但能保住入账的钱，还可以给许泯尘还有苏清玉捣乱，破坏他们的感情，一石N鸟，何乐不为？

但是，口头上他是绝对不会承认的。

"许先生这么说就太冤枉我了。"夏沐泽诚恳又为难道，"我怎么会这么做呢，如果当时只有我在场那还好办些，大不了就再找机会和艾博的于总吃个饭，虽然不一定能打动对方，因为许先生肯定也了解于总的脾气，但总还是有点机会的。不过……"他叹了口气说，"当时我公司的陈董事也在，他已经咬定了是苏小姐做的，苏小姐拿不出证明自己清白的证据，又恰好和你有这层关系，所以……"他抬手按了按额角，显得很苦恼，"如果艾博那边不改变主意，苏小姐肯定要吃官司了，几千万的关系，难以想象她要如何承担。"

看上去夏沐泽是在担忧，但他心底里其实根本没有，因为他把自己摆在了制高点的位置上，这些麻烦在他看来都是九牛一毛，只要他一句话就能够解除危机，他完全是在演戏。

同样地，他这么做，在对许泯尘的感官来说，已经等同于看不起后者了。

是的，许泯尘现在今时不同往日了，夏沐泽会看不起他理所应当，可这不代表，他会甘心被他玩弄。

"我大概能猜到你这个计划的目的了。"许泯尘站了起来，居高临下地俯视着夏沐泽道，"夏沐泽，如果你真喜欢苏清玉，不要用这种方式，这只会让她离你越来越远。"

语毕，许泯尘转身准备离开，在他出去之前，夏沐泽回过神来，站起来说："许先生的话我听不太懂，但我也不需要你的解释，我只问你一句，你就要看着苏小姐吃上官司，也不愿意去找你的好兄弟和前女友说说情，让他们重新和夏氏集团签订合同？"

许泯尘脚步一顿，但没有回头，也没有开口，他迟疑了几秒钟便继续离开，门关上，很轻，礼貌而绅士，值得赞赏。

看上去，夏沐泽似乎被拒绝了，他应该不高兴的，但他笑了，因为他知道，许泯尘一定会按照他想的那么做，即便他知道这一切可能都只是他的计划而已。

不为什么，只因为，他相信他回去见到苏清玉，就会改变主意。

这会儿，苏清玉已经做好了饭，坐在桌子前等许泯尘回来一起吃饭。

白天上班时发生的事让她至今仍然忧心忡忡，眉头紧蹙，差不多一直保持着脑子发蒙的状态，连许泯尘开门进来都没察觉到，直到他坐在她面前，敲了一下桌子。

"吓我一跳。"苏清玉直接站了起来，眼神有些慌乱，"你什么时候回来的，我都没听见。"

许泯尘没有很快说话，他专注地看了她一会儿，开口道："你脸色不好，有什么事？"

苏清玉噎住，半晌才笑着说："没事啊，我就是在想明天早上要吃什么，我买了蘑菇，吃点菌类对身体好。"她抬脚朝厨房走，虽然在佯装轻松，可眉宇间还是有可以看到的勉强，"我去盛饭，你回来得正好，还没凉。"

话音落下，她人已经进了厨房，还关上了厨房的门，靠在门上深呼吸缓和自己的情绪，不想让这些负面的事影响到许泯尘。

单单是这份心，坐在外面椅子上的许泯尘就已经无法辜负。

他看着桌上的菜，全都用盖子盖着，这是怕他回来之后凉掉，她今天在公司遭遇了那样的事，回来却对可能会帮到她的人只字不提，为的是什么，他也能想到。

微微蹙眉，被爱人和兄弟算计背叛的时候许泯尘没有叹气，落魄被人随意践踏的时候他也没叹气，面对着尽管语气和善神情却免不得高高在上的夏沐泽他也没叹气，如今回到家里，看见若无其事的苏清玉，他却叹了口气。

他自己听见的时候，都有些失神。

也许，这是他可以用来回报她给予他那份沉重感情的时刻。

当天晚上，苏清玉洗完澡躺到床上之后，就被许泯尘拉到了怀里，她僵了一下，仰头看着他，他沉沉的视线落下来，接下来要做什么，不言而喻。

其实自打从杭州回来之后，他们就一直没有过太亲密的肢体接触，虽然还是睡在一起，有时候会抱着彼此，但没有更进一步了。

而在去杭州之前，他们因为那些繁杂事，也没心情做什么，想想也算是有不少时间了。

苏清玉忽然变得有点脸红，莫名其妙的，明明不是第一次和他做了。

看着他越来越近的英俊脸庞，她脑子里跟开了弹幕一样，不断地闪过"这样的男人居然是我的""怎么能这么帅""这大长腿太美了什么人受得了"之类的话，心里头又慌又麻，恨不得跳上来蹿出房顶，但她知道不能，她可不想错过接下来的事。

说起来，现在和他亲密，感觉也和以前完全不一样了，他似乎也有了转变。

以前他们频率很稳定地做，看上去没什么问题，但每次做，许泯尘都好像只是在发泄，又或者只是在完成任务一样，他们仿佛老夫老妻一般，规规矩矩，缺少激情。

现在和那时候一点都不一样了。

他的肌肤贴着她的，即便已经入秋，此刻他们彼此的身体却都十分火热，苏清玉几乎忘记了呼吸，差一点窒息在他身下，而她的身体也非常给面子，很快就软得一塌糊涂，任由他如何折腾，都只能给出刺激的反应，尽可能地招架着。

有一个成语叫，水、乳、交、融……他们现在的状态，大概就是这样的吧。

苏清玉这次可以清清楚楚感受到，他在这场亲密无间里，也是投入，并且有享受到的。

第二天是周末。

不用去公司面对那些烦心事，苏清玉的情绪好了一些。

早上她睡了个懒觉，昨晚折腾得很晚，身体又累，精神好不容易松懈下来，这一觉醒来就已经是第二天十点多了。

在被子里伸了懒腰，手臂搭在身边，凉的，没人，许泯尘应该已经起来一段时间了。

苏清玉揉了揉眼睛，慢慢坐起来靠在床头，扫了一眼桌子上的时钟，噌的一下子下了床。

"居然都十点了。"她念叨了一句就开门去洗漱，当时脑子还不是很清醒，等洗漱完了彻底醒了，出门就发现许泯尘不在家。

这两天他好像总是不怎么在家，是出去有什么工作吗？

这样想着，苏清玉来到了客厅的桌子边，在上面看见了他留下的字条。

便利贴是她买的，用来提醒他什么时间该做什么，因为他老是忘记。

不过也不能说是忘记，只能说是那时候他根本没把那些事放在心上，对于不在意的事，没有记忆力也是正常的，而关于他的专业，他又好像有过目不忘的本事。

字条上写着他出门办点事，已经吃过药，这是怕她担心，虽然只是短短的字条，苏清玉还是看得忍不住笑了，摸摸自己的脑袋，挺惭愧的，怎么越来越朝花痴的方向发展呢？呃，好像一开始她就是花痴了，即便自己不愿意承认，在别人眼里也肯定是那样。

放下手里的字条，苏清玉坐下来想了想，下午还得去夏家给夏妍做家教，不行的话，她想推掉这份工作，和夏沐泽彻底断绝任何联系，前提是，公司那件事得到圆满解决。

目前，她还想不出什么理由来解释自己的清白，想到陈董事咄咄逼人的态度和可能会惹上的几千万的官司，苏清玉就头疼得不行。

如果不是这件事，说不定她现在已经潇潇洒洒地辞职，顺便辞掉家教工作了。许泯尘现在也会做点事，赚来的钱已经足够支撑家里的吃穿用度，再加上她赚的，他们可以过得很好。

这件事突然发生，直接打乱了苏清玉的一切规划，她到底该怎么办。

在苏清玉苦恼这些事的时候，许泯尘已经站在了艾博集团大厦的门口，来来往往的人看见他，很多都驻足围观，表情各异，他却好像什么都瞧不见一样，目不斜视地走进去，和他们一起等电梯。

在他出现的一瞬间，总裁办公室的电话就响了起来，保安把这个消息上报给了秘书，秘书直接打到总裁办公室，安红接起电话，听见秘书快速说："安总，下面的人说许总……不，是许先生，许先生来了。"

安红惊诧道："什么？许先生？你是说许泯尘？"

秘书赶忙道："对，已经上了电梯，可能一会儿就要到您这一层了，你要见吗？"

安红毫不犹豫道："当然要见！你……"

她的话还没说完，就被人扯过电话直接挂断了，于然站在办公桌另一边蹙眉道："你说什么？许泯尘来了？"

安红斜睨着他说："怎么了，做了对不起兄弟的事，现在他突然回来了，你心虚了？"

于然别开头沉默了几秒才说："没有的事，只是好奇他忽然上门做什么。"

安红照着镜子整理了一下自己的容貌说："见到不就清楚了。"

于然有些着急地说："我不见他，要见你自己见。"

安红不屑地笑了笑："说到底还是心虚啊，你勾引我的时候可不是这副面孔，窜着我背地里算计他的时候，也不是这样的面孔呢。"

于然冷着脸说："道不同不相为谋，如果我不先出手，那么我就会成为最大的输家，既然非要有一个失败，我还是选择让别人失败。"

安红挑眉道："你这个态度我还是蛮欣赏的，你既然都做了还怕什么？你要是不敢见他，我自己见好了，你现在可以走了。"

于然盯着她看了半晌，见她毫不避讳她的欣喜，他紧握着拳，心思百转千回，但最后还是在快要来不及的时候匆匆走掉了。

许泯尘到达他记忆里无比熟悉的那个楼层的时候，电梯门一开就瞧见了安红。

她还是老样子，他们是同岁，但她看上去依旧很年轻，十分漂亮，惊艳，与记忆中的完全重合，一直都是那样，倒是没什么新意了。

"你会来，我真的很惊讶。"她伸出手想拉住许泯尘的手腕，就像他们过去许多次牵手那样，但毫无疑问地失败了。

在她即将触碰到他的时候，他绕开了她，走出了电梯。

安红看着空荡荡的手，不可否认那一刻她有点受伤，但多年来的女强人形象让她习惯了不在人前暴露自己的脆弱，即便那个人是许泯尘。

"好，不牵手也可以。"她转过身跟在他身边，"你想通了吗？只要你想通了，随时都可以回来，董事会那边我会和于然一起解决掉。"

她笑着道，"看看这里，几个月没来的，会有点陌生吗？肯定不会吧，这是你一手设计的办公环境，当时我们俩熬了好几个晚上，虽然做出来和图纸上的不太一样，但还算能看。"

秘书齐齐整整地站在办公室门口毕恭毕敬地看着原来的董事长和副总一起走过来，都不知道该怎么称呼许泯尘，好在安红也没为难她们，不等她们开口就直接吩咐道："去准备咖啡，许总的习惯没忘吧。"

秘书立刻应是，心里想着，看来虽然明面上许总似乎是落魄了，不再属于公司，但只要他愿意，还是随时可以回来的啊。

许泯尘瞥了一眼那些女秘书，有两个面生，应该是后招的，不用想也知道于然肯定不能全心全意不顾忌地用着他过去的心腹，换掉一些人在所难免。

"你不用那么麻烦。"走进办公室，许泯尘看着这个他曾经工作过很多年，熟悉得闭上眼都知道每一份文件放在哪里的地方，面无表情道，"我今天来只是要和你说件事。"

安红关上门，好奇地看着他："哦？你只是来跟我说一件事吗？我还以为，除非你是想回到艾博，否则绝对不会再踏进这里了呢。我记得，你走的时候跟我说，你这辈子要跟我说的所有话都在那天说完了。"

她强撑着，没有露出任何伤心的神情，但握着门扶手的手还是紧了紧。

有的女人就是这样，嘴上再硬，不肯承认或许当初的选择是她错，但夜深人静独处的时候，她心里最清楚，最后的胜利到底属于谁。

他的原则和她的执拗战胜了他们的感情，就是如此。

安红、于然和许泯尘这三个人，当年会闹到那个地步，其实在一开始就有征兆。

但是，最后安红还是选择了支持于然。不为什么，只是因为她觉得，许泯尘的原则性太强，如果不改变一下的话很可能走到瓶颈，局限于当时的发展，她当时觉得，让许泯尘认清现实，他肯服软了再回来，什么事都没了，现在看来，似乎不是这样。

三个多月了，快四个月，他一点音讯都没有，谁也联系不上，她去他家，还被老人赶出来了，好像这次，真的是她太自以为是了。

"说说吧。"安红勉强平静道，"你要跟我说什么事。"她走到沙发边，伸手比着对面道，"坐吧。"

许泯尘也没推辞，在她对面的沙发上落座，身上穿的是苏清玉买给他的衣服，她一直拮据着自己，为的只是给他一如既往的体面生活，西装的系列可能不是最好的，但也是他过去常穿的牌子，此时此刻也不至于失礼。

安红盯着他看了好一会儿才说："你身上的衣服我没见过，新买的？"略顿，自问自答道，"我知道的，那个小丫头给你买的。"

说完话，她等待许泯尘的回答，可他只是安静地坐在那，眼神毫无感情地回望着她，两人四目相对，片刻后她败下阵来，稍显狼狈道："你为什么不解释？"

许泯尘的语气听不出半丝起伏，从见面到现在也没有对她笑过一次，只是过去了不到四个月，他竟然变成了这个样子，与过去他们之间甜蜜的氛围，简直是翻天覆地的变化。

"你说的是事实，为什么要解释。"他不咸不淡地讲话，手上习惯性地想要点根烟，但行动到一半想起苏清玉的嘱托和自己的身体，还是放弃了。

安红多么了解他，当然知道他的想法，下意识要去给他拿雪茄，许泯尘眼都不抬地拒绝了。

"不用了，谢谢，戒了。"

三段话，每一段都客客气气，冷冷淡淡，安红再强硬，也难免不露出愤恨的神情。

"你今天来就是给我添堵的是吧？"她拧眉道。

"没有，我跟你直说。"他清清冷冷道，"你和于然昨天去夏氏集团了吧，和那边有个合作项目对吗？"

安红皱起眉："你怎么知道？"问完了立刻就明白了，恍然道，"哦，对了，那个小丫头在那上班，说起来，你应该不知道吧，她本事可大着呢，把夏氏集团年纪轻轻的董事长给迷得神魂颠倒，都跑到一个办公室工作去了，上班时间周围也没什么人，做了点什么大家也不知道。"

这话似乎是说得有点过了，因为在安红话音落下的时候，她看见许泯尘眼神冷了许多，一开始他不是那样的，那时候他只是没有情绪，并不至于太冷漠。

"我说错了吗？"安红强撑着道。

许泯尘抿唇说道："我对背后说人没有兴趣，我来是告诉你，我需要你和夏沐泽签订本来要签的合同。"

安红睁大眼睛道："这和你关系应该不大吧？你已经不在艾博了，夏氏集团也和你没关系，你掺和这件事做什么？那个夏沐泽明显是狗眼看人低，耍着我和于然玩，我们那么忙，叫我们去浪费半天时间，连个计划书做得都不完全……"说到这里她忽然愣了一下，然后眯起眼睛道，"难不成，这件事和那个小丫头有关系？"

许泯尘直接站了起来："你不需要知道那么多。你不觉得对我有亏欠吗，如果你有类似的想法，把那个合同该怎么签还怎么签，这就是我要跟你说的事，再见。"

他说完话头也不回地抬脚就走，安红站在原地喊了他好几声他都没回应，甚至她最后都说了"你再不站住的话我不可能去签订那份合同"这些话，他依然没有停留。

也许，这已经是他可以做出的，最大的让步和改变了。

安红颓丧地倒在沙发上，按着突突直跳的额角沉默着。许泯尘离开没多久，于然就开门进来了，安红还以为他又回来了，惊喜地看向门口，瞧见是于然，立刻失望了。

"怎么，看见不是许泯尘那么失望？"于然冷着面孔关上门道，

"他和你说了些什么，怎么走得这么快？"

安红闭上眼睛说："他让我们和夏氏集团签订合作协议。"

于然皱起眉："这关他什么事？难不成夏沐泽和他有什么关系？"

安红疲惫道："你问我我问谁？你去调查一下，到底怎么回事再做打算。"

于然迟疑了一下说："你该不会真的打算照办吧。"

安红睁开眼睛望着他说："做过那些事，你心里不是也常常有愧疚的想法吗？这不是一个弥补他的好机会吗？他走的时候跟我说，如果我觉得对他有所亏欠，那就答应他的要求。"

于然缄默不语，转身去打电话，几分钟后他回来了，表情古怪极了。

"问清楚是怎么回事了？"安红没什么精神道。

于然坐到她对面，半晌才说："问是问清楚了，但你确定要听？"

安红皱着眉道："还能有什么更糟糕的消息吗？反正我已经猜到了一点，你直说吧。"

于然点头道："我直接问的夏沐泽，他倒是没什么隐瞒，说得也比较清楚，他手下有个管理网站的员工姓苏，是个年轻姑娘，现在跟许泯尘在一起，那天的意外似乎是这个姑娘在计划书上做了手脚，想替许泯尘报复我们，所以才造成了后来半天拿不出完整计划书的乌龙。"他轻嗤一声，"许泯尘会来，估计是为了那个姑娘，我们要是不和夏氏集团合作，他们公司肯定会追究那个苏小姐的责任，几千万的合同，一个二十出头的小姑娘怎么负担得起？估计都快吓死了。"

安红的表情随着于然的话说得越多变得越冷，她慢慢仰起头闭上了眼，不发一言。

于然追问道："你怎么打算？要按照许泯尘说的做吗？其实这也没什么，和夏氏合作本来也是说好的，只是上次他们做得实在没什么信用才闹僵，如果照他说的做就能把之前的事一笔勾销，倒也算是个划算的买卖。"

他这么说，安红还是不开口，于然皱眉道："你倒是说句话啊！"

安红这才不得不开口回答，语气非常不好，睁开眼睛瞪着他说："你也说了是个划算的买卖，还来问我做什么？出去，我要一个人待会儿。"

于然睨着她，先是面无表情，随后忽然笑了，显然是弄清楚她情绪不高兴的原因，乐呵呵地出去了，她和许泯尘关系越差，对他越有好处。

下午的时候，苏清玉才等到许泯尘回家，听见闷响她就从床上跳了下去，飞快地跑到门口，看见是他后笑着说："你怎么才回来啊，我等你半天了，吃中饭了吗？我去给你做。"

许泯尘拉住她的胳膊低头蹙眉道："鞋呢？"

苏清玉低头一看，这才发现自己出来得太急了，把穿鞋这件事给忘了，正光着脚踩在地上。

"我不冷。"她掩饰性地后退几步想回去穿鞋，但一眨眼就被许泯尘给抱了起来，她惊呼一声说，"我最近胖了可多，你快把我放下，太沉了。"

许泯尘完全无视她的话，直接把她抱到了床上，然后蹲在床边，捡来拖鞋，穿到她的脚上。

他再抬起头时，看见她眼眶红红的，似乎是怕被他发现，在他抬起头的一瞬间转开了脸，咳了一声说："吃饭了吗？还没回答我呢。"

"没有。"他如实回答，坐到她身边，看了一眼挂钟说，"你今天不是有家教要做。"

苏清玉站起来说："我请假了，我不想再做这份家教了，未来可能……把工作也换掉，但现在估计还走不了。"她没说清楚原因，含含糊糊道，"我去给你做饭，吃蘑菇吧。"

许泯尘当然清楚她放弃那份工作的原因，而不去做家教，大概也是不希望见到夏沐泽。

他什么都没说，装作什么都不清楚，朝她点了一下头，她就高高兴兴地去做饭了。

离开艾博集团之后，其实时间不算晚，要回去的话完全赶得上吃午饭，但许泯尘没有回去。

他找了个不起眼的小酒馆，要了几瓶啤酒，拎着去了江边，找了个没人的角落坐下，看着江面发呆。而他身边的啤酒，本来是要喝的，可刚刚拿起来耳边就响起了苏清玉念念叨叨的嘱托，于是犹豫再三，还是没有喝下去。

其实他自己也知道，这几个月他的身体被糟蹋得不太好。

即便他去艾博的时候面对安红的状态无懈可击，可他心里很清楚，现在常常会咳嗽，每次咳嗽，肺部都火辣辣地疼。一旦吃了什么稍微生冷辣的东西，胃也会发胀难受。

身体健康可能是他现在唯一可以控制的事情，也是最重大的事情，这东西一旦毁掉了，即便你有再多的梦想也不可能再实现，更不要提什么一雪前耻了。

他在江边坐了很久，幸好秋日的日头不算晒。这期间他其实也没想那么多，就是发了会儿呆，把心里对艾博的怀念消化干净了，才拎着酒瓶离开。

他是怀念艾博的，那毕竟是他一手创办的企业，是孩子一样的存在，可他一点都不怀念现在操纵着艾博的人。

回去的路上遇到乞丐，将酒全都给了对方，乞丐千恩万谢，看着对方脸上的笑容，许泯尘觉得，几个月前醉生梦死的自己太懦弱了，世界上有很多人比你过得更不好，但他们也没有因此而要死要活。

如今再看在厨房里给他做饭的苏清玉，如果这几个月没有她，可能他现在已经躺在医院里奄奄一息了。

老话常说，命运为你关上了一扇门，就会为你打开一扇窗，这话连幼儿园的孩子都能说上几句，他过去是不信的，但是现在，他有点相信了。

♡ ✳ 🎁

第十一章　夏沐泽的秘密

　　整个双休日，苏清玉表现出来的情绪在许泯尘这里看来，是和之前没有两样的。

　　但恐怕只有她自己清楚，她这两天其实过得浑浑噩噩，不知躲过了这两天之后，回到夏氏集团又要如何面对那些麻烦。她年纪太轻了，面对可能涉及的几千万的大官司，说不慌张是假的，可她没想过要找许泯尘帮忙。

　　她一直在想，既然是误会，肯定就有解开的可能，只是她还没有想到哪里可以证明她的清白罢了。明天上班，兵来将挡，水来土掩，大不了就报警，警察总会还她清白的。

　　相较于她此刻大不了一了百了的心思，这次事件的始作俑者夏沐泽就要安然很多了。

　　周末的深夜，临近午夜十二点，夏妍已经睡着了，空荡荡的大宅里一盏灯都没开，夏沐泽坐在一楼会客区的沙发上，黑色的身影像幽灵一样，如果有人这个时候推门进来，肯定会被他吓一跳。

　　等十二点的大钟敲响的时候，夏沐泽忽然站了起来，他拿着手机，开了照明，高挑的影子倒映在墙面上，在这个时间这个光线里，还挺吓人的。

　　不过，这里除了他也没别人，吓也不会吓到谁。

夏沐泽穿着件白衬衫，黑色长裤，上衣松散地扎进裤子里，他用手机做灯，朝一楼角落里一扇很不起眼的门走过去，皮鞋踩在地板上发出清脆的响声，节奏很稳定，直到他停下脚步，从口袋里取出一个钥匙，将那扇门打开，握着手机走了进去。

　　这是一扇通往地下室的门，走进去之后有向下的楼梯，在下楼梯这一块儿是没有灯的开关的，夏沐泽用手机照着前面的路，一步步走下去，直到来到平地上，才十分熟稔地走到一面墙旁边，按下了一个开关，然后整个地下室顿时灯火通明起来。

　　有钱人家的豪宅就是不一样，一个地下室都比苏清玉现在住的房子两个都要大，装修得也相当奢华，并且极为有情调，如果再加上这里面摆放着的那些东西一起来看，那简直，就是一个爆炸性的大新闻。

　　这间装修极为精美的地下室里，摆放着各种各样难以言说的用具，一般人走进来大概会以为自己穿越到了小说《五十度灰》里面。夏沐泽来到一张床前面，坐下来，上面放着一个人偶娃娃，做得非常逼真，但脸蛋真的不算漂亮，眉梢眼角看着都有点熟悉，仔细瞧瞧，就会发现，竟然和苏清玉长得十分相似。

　　夏沐泽抬起手，轻轻拉起躺着的人偶娃娃，修长的手指抚过娃娃的脸，本来没有表情的脸上渐渐浮现出一点点的笑容，然后笑容无限扩大，直到形成一个肆无忌惮的大笑，看上去有些神经质，而他手下抚过人偶娃娃脸庞的手也加大了力度，娃娃的脸几乎被攥得有些扭曲。

　　就在这个时候，夏沐泽忽然放开娃娃站了起来，从旁边的架子上拿出一条鞭子，使劲往娃娃身上抽，因为地下室采用了非常隔音的设计，关上门之后，在二楼睡觉的夏妍不会发现任何端倪。

　　也许在青少年时期经历过父母被害去世，能够在年纪轻轻的时候带着自己的妹妹从惨烈的财产争夺战成为胜利者，一直平稳地走到今天，在心里面，的确需要一个发泄内心诉求的地方，这个地方不需要让别人知道，一旦被暴露出来，很可能就会引起大恐慌了。

　　次日一早。

苏清玉起床的时候许泯尘还在睡，他平躺在那里，刘海有些长了，细碎柔软地遮住了他的眼睛，他睡着的时候看着特别安稳无害，好像她要对他做什么都可以似的。

苏清玉趴在他身边琢磨了一下，伸手捋了捋他的刘海，仰头看表觉得时间还早，便起身去抽屉里取出了剪刀，重新回到床上，半趴着给他剪刘海。

其实苏清玉以前是不会这种事的，小时候给娃娃乱剪头发那件事不算。

剪刘海这个技能，还是在许泯尘多次表示不喜欢去理发店，然后任由头发疯长的时候才学会的，前几次技术都不怎么好，剪出来的刘海有点可笑，所幸那时候许泯尘也不怎么出门，所以剪坏了也没什么。

后来，时间久了，苏清玉的技术就越来越好了，各种姿势各种情况下都可以剪，眼看着都能独当一面去开个小理发店了，专门给小区里不怎么喜欢出门的人剪头发。

她微微低下头，温柔清甜的呼吸弥漫在许泯尘鼻息间，其实这个时候他已经醒了，但猜到他现在睁开眼估计会把她吓一跳，然后剪刀可能就会戳进他的眼睛里，许泯尘明智地决定不睁开眼。

所以苏清玉根本不知道他醒着，轻手轻脚地剪着，小心地用光滑的布垫在他的脸上，免得掉下来的碎头发会搅乱他的睡眠，毕竟那感觉还挺痒挺不舒服的。

她这样周到，动作这样小心，竟然让本来已经醒来的许泯尘过了一会儿又睡着了，昏昏沉沉的，也不清楚她是什么时候结束，什么时候离开的。

等许泯尘再次醒过来的时候，刺眼的阳光已经透过窗帘的缝隙投射在了卧室大部分的位置上，这是他在摘掉眼罩之后才发现的，大约是担心会影响他睡眠，苏清玉离开的时候给他戴上了眼罩。许泯尘沉默地看着手里的眼罩，又抬手揉了揉松软的头发，明显感觉短了不少，他什么都没做，只是在躺着睡觉，但她已经在不知不觉间将一切都做好了。

可能要做一个比较夸张的比方，但事实也差不离。苏清玉对待许泯尘，就像对待自己的孩子一样无微不至，他几乎不需要浪费任何精力去关心那些小事，她总会处理得很好，他可以拿出全身心的精力放在工作这件事上。

他们都必须承认的一个事实是，在苏清玉和许泯尘这一段关系当中，前者付出了太多，而后者，他本身已经没有什么东西可以付出了。

不，也许还有。

许泯尘从床上起身，洗漱过后，也不拉开窗帘，拿起笔记本打开，再次回到床上，支起简易的床桌，在电脑启动之后，他浏览了几个网页，然后摸出手机开始挨个拨电话。

以他的技术，想要拉点建立网站的业务，相当简单，但这要是被苏清玉看见，又该咬着下唇觉得他受了委屈，觉得这是大材小用，太暴殄天物了。

但是许泯尘其实一点都不在意，都是做自己喜欢的事，大又或是小，只要赚来的钱清白干净，那就都没有关系。而他要接一些制作网站的工作，免不得要和需要制作网站的单位负责人见面，听取对方的意见，虽然在电话里他也可以理解对方的意图，但从签订制作合同，到交付网站，都还是见面来解决比较好。

这一见面，小公司也就罢了，认不出他，有点稍微大的公司，就可能认出他，但这已经没所谓了，混到今天这个地步，他已经不会在意别人的眼光了。

苏清玉这会儿已经到公司上班了，对家里许泯尘在做什么根本不清楚，她需要面临的情况肯定是比目前的他要严峻的，因为那可是几千万的大买卖。

只是，出乎她意料的是，她第二天到公司之后，没有任何人来找她的麻烦，她还在夏沐泽的办公室里工作，坐在椅子上如坐针毡，一直在等谁来审判她，可是没有，什么都没有。

直到十一点的时候，夏沐泽才打开办公室的门走了进来，他提着公文包，面带斯文儒雅的笑容，戴了一副方方正正的无框眼镜，看上去智慧又无害。

"夏总。"苏清玉赶紧站了起来和他打招呼，态度恭敬，这就无可避免地产生了一种拒他于千里之外的疏离感。

夏沐泽不着痕迹地关上门，微笑着说："别客气，坐下吧，忙你的。"

苏清玉严肃地说："夏总，周末休息了两天，我想您对之前那件事应该也有了想法了，我同样也做了考虑，我觉得……"

她的话还没说完，夏沐泽便头也不抬道："哦，那件事啊，你不用在意，已经解决了。"

苏清玉愣住了，惊讶地看着他道："您什么意思？"

"字面意思，事情解决了，你没事了，还像之前那样工作就可以了。"夏沐泽已经走到了办公桌后面，他脱掉西装外套搭在椅背上，随意地坐到了椅子上，双眸含笑地望着她。

苏清玉有点反应不过来，好一会儿才找到了自己的声音，皱着眉头说："……是怎么解决的？"

夏沐泽抬手轻抚过下巴，迟疑了几秒才说："你是清白的，当然就可以解决了，你不要想太多，继续做你的事就好，我会帮你把一切都弄好的。"

他这样说话，免不得有点避重就轻的感觉，并没有丝毫透露这件事是许泯尘摆平的结果，字里行间还有点想把功劳加在他自己身上的味道，苏清玉并不知道许泯尘做了什么，更不知道夏沐泽去找过他，所以在听见这句话的时候，下意识就当成了这是夏沐泽的努力。

她难免有些感激地看着他说："夏总，真的很感谢你，虽然这件事的确和我无关，但我还是得跟您说一声，谢谢，还有，对不起。"

夏沐泽像被定住了一样，嘴角的笑意慢慢敛起，视线凝在她身上，怎么都移不开。

过了好一会儿，苏清玉有点不自在了，开始闪躲着身体，他才倏地发现自己竟然如此失态，立刻站起来说："不好意思，你别误会，我刚才突然想到了妍妍的事所以有点走神，并没有……"他一笑，也没挑明是什么事，换了个话题说，"妍妍最近身体不太好，一直没去上课，现在一个人在家，怪孤单的。"说着话，他叹了口气，仿佛很苦恼。

苏清玉微微蹙眉，没有言语，似乎并没有被他的话打动，夏沐泽嘴角一挑，不着痕迹地叹了口气，仿若自语道："是我这个做哥哥的不称职，我们已经没有爸妈了，我又不能好好地照顾她，都是我的错。"

说句实在话，在苏清玉这边，目前夏沐泽算是个大好人了，本来她已经做好了一了百了的准备，那几千万的事到了她身上她也没打算躲着，反正身正不怕影子斜，最坏的结果就是说不清楚的话去坐牢，但是夏沐泽解决了，几千万的生意，他也不知道是怎么处理的，她对他的帮助，是非常感激的。再加上他对妹妹生病事的自责，这样一个好兄长、好上司的形象树立起来，很难不让人对他留下好印象。

夏沐泽要的就是这个目的，他倒不强求她这么快就回到他家里去看夏妍，但还是要稍微有点成效的，比如……

"清玉，我这几天可能会在家里陪妍妍，不会到公司来，网站的事情你也了解得差不多了，就回到你原来的办公室工作吧，我不在的这段时间，你多操点心，回来我们再讨论公事。"

他一本正经地说话，仿佛真的只是个和蔼可亲的老板，苏清玉看着，有他帮忙的事情在前，根本说不出拒绝的话，纠结僵硬了一会儿，只能干巴巴地说了一句："好，夏总你放心。"

夏沐泽这才再次露出了笑容，眉梢眼角都是喜色，似乎真的很开心。

苏清玉见他这样，心里又开始不安起来，敷衍地笑了一下，低头看着电脑屏幕，落了座，关闭了已经打开准备继续投简历的照片网站。

夜里七点钟，苏清玉回到家里，打开门的时候，发现屋子里一切都没动过。

她换了鞋，把包放到鞋柜上，走到卧室门口望进去，许泯尘就靠在床头，笔记本在膝盖上，人已经睡着了，窗帘还拉着，和她走的时候一样。

大胆地猜测一下，他可能从醒过来到现在都没有吃饭，这会儿估计是困了，才刚睡一下不久。

苏清玉心里有点不舒服，但也不忍心打扰他休息，她轻手轻脚地走出来，把房门关上，在客厅的椅子上坐了一会儿，就去厨房做饭了。

因为担心响动太大吵到他，苏清玉做什么都小心翼翼，尽量不发出太大的声音，隔着两扇门，许泯尘也的确没被打搅到，直到她做好了晚饭，走进屋子来轻轻地摸他的脸，他才仓促地醒过来。

"你回来了。"

他开口说话，嗓音低沉略带沙哑，有着刚醒过来的别样性感。

昏暗的光线下，苏清玉凝视着他宝石一样的眸子，温柔地笑着说："忙了很久？我猜你又忘记吃饭了，对吗？"

许泯尘并没有否认，相反，他非常坦诚。

"念书时经常这样，没有关系。"

他想说服她，但根本说服不了。

"你忘记上次去医院大夫怎么说的了？你现在的身体怎么和念书的时候比？还是要注意一点，我做了饭，起来吃一点，明天再也不许这样了，否则我就把笔记本带走。"

苏清玉虎着脸吓唬他，但许泯尘很清楚，她是绝对不会那么做的。

他半靠在床头，黑色的发，黑色的眼，修长而美丽。他细腻地望着她的时候，她的心尖上就跟有只蚂蚁在爬一样，痒得不行，很想把蚂蚁赶走，但等蚂蚁真走了，又空落落的。

患得患失，强烈的占有欲，这是爱情的一部分，让人欢喜让人愁，苏清玉短促地笑了一下，屏住呼吸后撤身子，转过去背对着他说："快起来吧，吃完饭洗个澡再睡。"

语毕，她快步出了房间，整个人的状态跟逃跑差不多。

许泯尘看着她很快消失的背影，想起她方才看着他的视线，那种具有侵略性的眼神他在安红眼睛里见过，并且一直存在，但在苏清玉眼睛里，他还是第一次见到。

安静了几秒，许泯尘起身离开了卧室，去简单洗了手，坐到椅子上等着晚饭端上来。

苏清玉靠在厨房的墙壁上，听着外面的响动，就知道他出来了。

她此刻心乱如麻。

那种强烈的，想要他全身心都属于自己的想法，真的把她吓到了。

从一开始只想着可以和他在一起，哪怕只有几天就满足的小小希望，到现在这样想要拥有一切的奢望，这种落差，连苏清玉自己都有点无法接受。

抬手抚着心口，不断在心里告诉自己冷静点冷静点，不能这样不能这样，可好像还是无法平复情绪。

在外面久久没有等到苏清玉，许泯尘不得不起身去厨房查看。

他站在门口，侧目往里看，苏清玉就在很近的地方，她靠着墙壁，眼睛毫无焦距地看着前面，手按在胸口上轻轻抚着，像在安慰自己一样。

他本来想开口唤她，但看见这一幕却放弃了。

他只是看着她，不说话，也不走开，渐渐地，她似乎有所察觉，有点茫然地转头看了过来，两人四目相对，她心头一跳，刚才的努力全都白费了。

或许是这局面有点太紧张，气氛暧昧又凝重，为了缓和一下，许泯尘薄唇轻抿道："今天工作顺利吗？"

苏清玉愣了愣，顺着他的话题回答说："顺利的，顺利得我有点意外……不过，我可能暂时没办法换工作了。真是的，本来想着不在那里了，但现在似乎没理由离开了。"

许泯尘不着痕迹地眨了一下眼，并没说什么，夏沐泽就是抓住了他不会解释这一点，所以才敢那么大胆地误导苏清玉，如果真有真相揭穿那一天，他又可以说他根本不是那个意思，是苏清玉误会了而已。

他的如意算盘打得很响，但其实不管是苏清玉还是许泯尘，对他都没有太多惦念和关注。

"吃饭吧。"苏清玉笑了笑，端着菜碟往外走，许泯尘跟着她走出来，两人把碗筷摆好，一起坐下，四目相对，由她开口说，"今天晚上多吃点，白天都没吃什么，就算你着急着要赶进度，也要注意身体。"

许泯尘捏着筷子，十分平静地看着碗里的米饭，仿佛非常随意地说："我本来想，我们或许可以一起做点什么，你恰好和我学的是一样的专业。不过，不能辞职就不辞职，我一个人也可以。"

苏清玉本来已经要吃饭了，听见这话瞬间整个人都不好了。她半点吃饭的心思都没了，扔了筷子和碗，瞪大眼睛看着他。

"你说——你想和我一起做点什么？"她显得非常激动，"……我没理解错吧？你的意思是跟我说，想和我一起做一个工作室之类的东西，我们一起赚钱吗？"

许泯尘还是在继续吃饭，好像她做的饭真的超级好吃一样，仿佛他们谈论的不是一起创业东山再起，而只是明天天气怎么样，要不要带伞之类家常的话题。

对于苏清玉的问题，他也仅仅是边吃边说："对，但你暂时没办法辞职，就等以后再说。"

苏清玉立刻站起来道："我可以辞职，我明天就辞职，那些都不算什么，你才是最重要的。"她笑得像朵花一样盛放了，开心得差点在原地转圈，努力克制了一下才又坐下来，结果当天晚上吃了三碗饭，感觉胃都要撑炸了。

许泯尘坐在对面看着她这副开心得不能自己的样子，忽然发现对她来说，他可能真的非常重要，比她目前所拥有的一切都重要。

如果有一天他离开她了，或者他们分开了，她或许会活不下去。

像菟丝花一样的女孩。

只能依附着他生长，一离开他就会死。

或许，这就是他要的安全感。

艾博集团。

安红走进总裁办公室，刚一进去，还没摘墨镜，于然就意味深长地走到了她面前。

安红看了他一眼，摘掉墨镜道："怎么了，一副不阴不阳的样子。"

于然早就习惯了她的毒舌，对此并不在意，只是笑着说："我知道了一件事，你想知道吗？"

安红面无表情道："大晚上的你不回家，让我来这里就是想跟我说你知道了一件事？"

于然心情好像不错，一点都不介意安红的直接，绕到办公室会客区坐下，拎起茶壶给她倒了水，靠到椅背上说："是啊，就是要跟你说一件事，关于许泯尘的，我以为你会非常想要第一时间就知道这件事的，是我想错了吗？"

他说完话就冲着安红笑，安红在他提到许泯尘的名字的第一时间就紧盯着他，等听完他话里的讽刺意味时也不介意，直截了当道："说吧，什么事，他怎么了？"

于然注视了她好一会儿，才脸色不太好看道："我看你是不是忘了，你现在明面上可是我的女朋友，要是别人看见你还念着旧人，我这头上可就绿了。"

安红眯眼冷笑道："于然，那只是权宜之计，你以为我很想和你假装在一起吗？请你记住，一旦风头过去，我肯定会对外界宣布我们和平分手的。"

于然忙道："你别生气啊，我就是随便说说，你现在宣布可不行，事情才过去几个月，怎么也得等来年再说，这么快会让大众再想起艾博的事。"

安红绷着脸不说话，于然只好转开话题道："我要告诉你的是，有人告诉我，许泯尘现在在接一些小公司制作网站的小活儿，大约是没钱了，想赚点钱吧。"他古怪地笑了一下，道，"可真是太大材小用了，曾经的IT大佬，现在沦落到这个地步，真是可叹可悲。"

安红满脸冷漠，看上去和刚才似乎没什么变化，但她紧握着背包带子的手出卖了她。

"就这件事？没事的话我走了。"她说完话，也不等于然回答，直接站起身摔门走人了。

于然看着被摔上的门，刚才的巨响犹在耳畔，回想起几个月前这间办公室里，还是他们三个人坐在一起商量事情，现在那个处处压制着他的人被赶走了，他的女朋友也成了自己明面上的女朋友，但这一切根本没有表面上看上去那么顺利那么好，他还得做一些努力，让那个人完全爬不起来，才能达到他最终的目的。

"别怪我不把你当兄弟啊许泯尘。"于然端起茶杯抿了一口，阴沉地自语道，"实在是你挡了我的路，等安红完全对你死心，你对我彻底不构成威胁的时候，我会放过你的。"

对于安红来说，她是真的不曾把苏清玉放在眼里过，即便她亲眼看见苏清玉现在和许泯尘在一起，很可能还什么都做过了。

她觉得苏清玉不管是长相还是能力甚至是性格方面，都不是许泯尘喜欢的类型，只要她愿意，许泯尘就可以回到自己身边，把苏清玉忘得一干二净。

一个性格懦弱、逆来顺受、长相普通的小员工，怎么可能入得了许泯尘的眼呢。

这样的人，在国外他们一起留学时，在他们回到国内创建艾博时，就有不少曾经流连在他身边，想要飞上枝头变凤凰，最后还不是落得个被辞退的下场。

换言之，苏清玉还不够格让安红感到有危机感。

只是，这会儿夜深人静，她将车子停在苏清玉和许泯尘同居的楼下，看着楼上早就熄了灯的那个房间，她的心就跟被人上了枷锁一样，疼得不行。

安红是思想开放，在国外待久了，觉得她现在和许泯尘的状态，他即便有一两个女人来打发难受的心情她也不会太在意，顶多就是膈应一阵子，但前提是她无比确认他能回到她身边，能不放真心下去。

但是现在，她不得不承认，她没有把握了。

她一直没觉得苏清玉有什么重要，但现在终于把对方放在对手的位置上看了。

点了根烟，打开车窗，安红就在树下这么寂静地抽着烟，想着未来的路该怎么走，毁掉苏清玉和许泯尘的关系似乎是最不能等待的一件事。

突出眼圈，安红忽然想到了苏清玉的家世，这个小姑娘能遇上许泯尘，并且两个人发展到这个地步，必然是和他有什么渊源的，也许就是住得不远的邻居。

安红到底是非常聪明的，三两下就猜到了关键的地方，她将一支烟抽完，便拿出手机给下属发了个短信，发完之后她最后看了一眼楼上他们住的那间屋子的窗户，驱车离开了这里，悄无声息。

次日一早，苏清玉起来之后就去做早饭，今天许泯尘起得也很早，两人一起吃了早饭，她亲自把中午的饭给他准备好之后再三嘱咐过，才依依不舍地离开。

走出门的时候，苏清玉还在想，以后就可以和他一起工作了，她可以给他打下手，她懂一点技术，他技术又那么好，可以由她拉业务，由他们俩一起做，然后等攒够了钱，再按照他的想法，建立一个可以比拟艾博的网站，夺回本来就属于他的一切。

这个想法是很美好的，她打算一到公司就辞职，因为想着未来的事情，她连辞职的时候都笑容满面。

人事部的主管非常不理解她是怎么想的，她现在的工作和薪水，放到哪里都是顶级的了，多少人削尖了头想挤进去的差事，她居然要辞掉。

"恕我直言，苏小姐，您来夏氏集团工作这件事，是夏总吩咐下来的，您现在要离开，也不能只是递辞呈给我。"主管严肃地说，"您得直接跟夏总说，等夏总在您的辞呈上签了字，您才可以到我这里来办理离职。"

苏清玉愣了一下，没有很快回答，主管继续说道："而且，您是跟公司签订了劳动合同的，如果您要离职，应该提前一个月通知我们，您这样突然一下子递交辞呈，还要马上离开，这是不合规定的。"说到这，主管显然言尽于此，"所以，苏小姐，一切事情您还是找夏总谈吧，你们还有什么是不好说的呢？"她模棱两可地说着，语调让人很不舒服。

苏清玉也知道再在这里耗着也不会有什么结果，所以干脆地拿了辞呈走人，回到自己的办公室。

她看着电脑屏幕犹豫了一下，便拿起手机拨通了夏沐泽的电话，这个时候，夏沐泽正在家里给夏妍补习功课，听见手机响，本来皱着眉，以为是下属，但拿出手机发现是苏清玉之后，他和缓了表情，低柔地对夏妍说："哥哥去接电话，你先自己看会儿。"

夏妍点点头，目送哥哥离开，等夏沐泽出去之后她便乖巧地自己看书。

而在外面的夏沐泽，则在接起电话的时候一步一步下楼梯，他传送到电话里的声音，难以言喻地和煦。

"清玉？你难得主动打电话给我，有什么事吗？"

夏沐泽那么温柔的语气，倒让苏清玉一时不知道该怎么说自己要辞职的事，她原本还答应了人家会好好干的，人家这才在家待了不到一天她就要变卦，实在有愧于夏沐泽之前的帮助。

沉吟良久，想要和许泯尘一起共事的心情还是超过了羞耻和愧疚心，苏清玉鼓起勇气道："夏总，有件事我想跟您说，我打算辞职了，因为家里忽然有点急事，所以……"

她吞吞吐吐，支支吾吾，夏沐泽在听见她要辞职的一瞬间就捏紧了手机，表情也冷漠下来，如果这会儿有一面镜子，或许连他自己都会被他的表情给吓到。

"家里有事情的话可以先去忙，请假就可以了，为什么要辞职呢？"他开口说话时语气依旧很好，很温和，但表情其实一直很冷酷，"是有什么难处吗？公司有人为难你？还是有人说什么闲话给你造成了困扰？你告诉我，我来替你解决。"

苏清玉闻言连忙道："不是的，夏总你不要误会，没人为难我，也没人乱说什么，只是我真的得辞职了，我有别的事要去做，不能再继续做这份工作了，真的很抱歉。"

她这话说完，夏沐泽很久没有出声，苏清玉忐忑地等着，总觉得好像绕进了什么圈子，有什么不好的事情要发生一样。

许久，电话都开始发热的时候，苏清玉才再次听见夏沐泽的声音。

"这样的话，你拿着辞呈来家里找我吧，有些事还是当面说比较好。"

语毕，夏沐泽也不等她回答，直接挂断了电话，而如果苏清玉真的想尽快离职，似乎只有拿着辞呈过去这一个选择。

看着桌上的辞呈，苏清玉想到要去那栋宅子，心里多少有点抗拒，尽管夏沐泽的行为从头到尾都挑不出错处，从认识他开始到现在对方也一直在帮她，可莫名其妙地，每次看见他，每次去他家，她都会觉得浑身不舒服。

现在不怎么缺钱了，也不用坚持着让人不舒服的工作，苏清玉思索良久，果断拿起辞呈和背包，离开了夏氏集团，前往夏沐泽的家。

而这个时候，夏沐泽正在哄夏妍睡觉。

"妍妍休息一会儿，生病了就多睡觉，不着急学习。"他替夏妍盖好被子，柔声说着话，有这样英俊能干的哥哥，大概是所有女孩子的梦想。

夏妍蒙蒙懂懂道："哥哥会在这里陪我吗？"

夏沐泽温声说："哥哥有点事要处理，一会儿就上来，你好好睡觉，没有哥哥的吩咐不要出门，知道了吗？"

夏妍看着他好一会儿，才轻轻点了一下头。她总是十分乖巧的，因为她一直觉得是因为自己不乖所以爸爸妈妈才走掉的，如果她不听哥哥的话，那哥哥也会走掉的吧，因为这个担忧，夏妍总是对夏沐泽的话言听计从。

安抚了妹妹，见她闭上眼休息了，夏沐泽才起身轻手轻脚地离开了妹妹的卧室。

他在门外迟疑地站了一会儿，抬手从外面反锁了她的房间，随后面无表情地下了楼，拉上一楼大部分的窗帘，坐在沙发上等待着苏清玉的到来。

时至中午，苏清玉在前往夏家的路上给许泯尘发了个短信，嘱咐他记得吃饭，另外报备了自己的行程，免得后面再引起什么不必要的误会。

她当时是没觉得会出什么事儿的，因为夏家她也不是第一次去了，但收到短信的许泯尘却不那么认为。

她在短信里提到了自己是去送辞呈的，许泯尘想起之前每次见到夏沐泽的情形，迅速放下了手头的一切工作，直接拿了钥匙出门。

没有车，想要去哪里都不方便，所幸现在他手里有点钱了，打车还是打得起。

上了车，将夏沐泽的住址报给司机，那个时候许泯尘在想，还好苏清玉以前给夏妍做家教的时候提过对方所住的小区名字，以前有一次下雨他本来还拿了伞想去接她，但最后是夏沐泽把她送了回来。现在想想，野兽在捕获猎物之前，总是会很有耐心地给猎物祥和假象，夏沐泽就是捕获苏清玉的野兽。

另外，只知道小区名字不知道门牌号也不行，许泯尘上车之后就立刻打电话给苏清玉，想告诉她暂时不要进屋，在门口等他一起进去，顺便再问一下是哪一栋别墅，但电话打过去却无人接听。

许泯尘紧蹙眉头，他根本不知道自己现在表现出来得有多担心，就像他根本不知道苏清玉现在在他心里是一个怎么样的重量。

他害怕苏清玉出事，他只知道这个。

其实，苏清玉现在还没什么事，她只是在拿手机时一不小心把手机摔到了地上。

因为已经到达夏家所在的小区了，所以她把辞呈拿出来捏在了手里，只能一只手去拉开背包的链子然后拿出一直在响动的手机，她穿着高跟鞋，由于鞋跟有点高，她本来走路就有点不自然，再这样一着急翻手机，很自然地就在手机拿出来的一瞬间掉在了地上。

不怎么好的手机，就更别指望它有多防摔，手机掉在地上的一瞬间就噼里啪啦全碎了，苏清玉看着地上的手机残骸，感觉自己的心也碎了。

"真是……"她心疼地蹲下来把碎片捡起来，眼瞧着是完全报废了，只得拔出手机卡，把垃圾碎片丢到了路边的垃圾桶。

恰好这时，夏沐泽从屋子里出来，站在门口的台阶上望着已经到达的苏清玉，目睹了她手机坏掉并且丢掉的全过程。

他嘴角露出奇异的笑容，在她看过来的时候又转变成了随和温润的样子。

"你来了，快进来坐，虽然是秋天了，但今天也挺热的。"

他文质彬彬地伸手做出"请"的姿势，苏清玉瞧着他的样子觉得自己今天的请求应该可以成功，还挺高兴地点了一下头，笑吟吟地走上了台阶。

看着她一步步靠近，再越过他走进别墅里，夏沐泽的笑容一点点收了起来，在她进去之后，他便面无表情地跟了进去，砰的一下关上了门。

第十二章　我们并肩

夏沐泽的家苏清玉已经来过很多次了，里面是什么样子，她也比较熟悉。

只不过，今天走进来，似乎和以前来的时候感觉都不一样，是因为心境变了吗？似乎也不是，那到底是因为什么呢？

挺大的屋子，窗帘拉上了三分之二，又没开灯，站在里面，关上门之后，光线就很稀疏，外面又有些阴天，一会儿说不定会下一场雨，这会儿屋里面昏暗压抑，苏清玉心头一跳，下意识后撤了几步，和夏沐泽拉开了距离。

"坐吧，我去给你倒水。"夏沐泽似乎并不介意她的闪躲，特别温和地说了话，便转身去了厨房。

他一走开，那种莫名的压迫感就少了很多，苏清玉回头看了一眼会客区，思索了一下还是走过去坐到了沙发上，紧紧抱着怀里的背包，研究了一下碎掉的手机，便腾出一只手琢磨着一会儿该怎么把辞呈交给他。

夏沐泽去的时间有点长，按理说倒水不过片刻的事，但他至少离开了得有十分钟。

他在出来的时候，苏清玉下意识望向了他的位置，他站在昏暗的阴影里，手里端着欧式的茶壶，像是贵族油画里走出来的王子，真搞不懂为什么这样优秀英俊的人，为什么她每次瞧见，都会莫名地抗拒和不安。

"来，喝点水，也不是第一次来了，那么客气做什么。"

夏沐泽落座在苏清玉对面，姿态优雅地给她倒着茶水，苏清玉本来已经想把辞呈递上去，谁知他恰好把茶杯推过来，扫了一眼她手里的文件说："有什么话等喝点水再说吧，以后不一起共事不还是朋友么，我想你大概连妍妍的家教都不想继续了，我说得对吗？"

苏清玉有点惭愧地低下了头，把辞呈收回了手中。

"清玉，你知道吗，这几天妍妍生病，她总会问我，苏老师为什么不来看她。"夏沐泽的表情看上去有些惆怅，他捏着茶杯，轻轻抿了一口茶，低声沙哑道，"我能怎么回答呢？我只能说你有你的感情生活，有你的事情要忙，妍妍是个懂事的孩子，每次都只是点点头，可下次还是忍不住问。她跟我说，是不是她哪里做错了，惹你不高兴了，所以你才不来了。"

苏清玉这会儿感觉自己已经没脸面对夏妍了。

在给夏妍做家教的这段时间里，夏妍对她真的没话说，尊重她并且还很乖巧，她现在生病了，夏沐泽明明白白地提过了，但她却从来没想过要来看看这个女孩，真的有点过分。

夏沐泽见她表情松动，不着痕迹地继续说道："你也知道，我爸妈去世得早，那时候妍妍才十来岁，这么多年过去，我能走出来，她的性格却一直有点沉默，我很担心她，直到你出现。"他笑了一下说，"你是不是也很惊讶，为什么妍妍会对你另眼相看。"

苏清玉这下抬起了眼，礼貌地笑了笑说："这倒是真的有点不理解，我想夏总肯定给她找过很多很好的家教，我这么普通，妍妍会喜欢我，我也很意外。"

夏沐泽垂眼睨着茶杯，他不看她的时候，她会觉得轻松很多。

"我一开始见到你，就觉得你和其他人不一样。"他慢条斯理地摆弄着茶杯道，"你眼里没有那些人的贪婪和谄媚，让人看着比较舒服。"

苏清玉怔了一下才说："我也是因为缺钱才来做这份工作，和其他人的目的是一样的。"

夏沐泽闻言笑了一下，挑眉看着她说："这就是你和他们不一样的地方，你摆明了是来赚钱的，反倒是比那些标榜着自己多关爱孩子多高尚的虚伪人不一样。"

苏清玉总觉得好像不管自己说什么，都会被夏沐泽觉得是好，这也会让她觉得更愧疚，她今天来是说辞职的事的，不能再这样把话题无限地延伸下去了。

"夏总，我真的很感谢你的赏识，但我想，我们以后还是可以做朋友的。"她意有所指地再次递出辞呈，这次夏沐泽没有再无视。

他非常平静地收回来，也没看，随后放在一边，低声道："我会跟人事部说的，你回去之后就可以收拾东西办理离职了。"

苏清玉的表情一下子明媚起来，她笑得很开心地说："谢谢你了夏总，我保证，以后有时间的话一定会多来看看妍妍，我们还是朋友。"

夏沐泽注视着她脸上的笑，似不经意地说了一句："那么多人想方设法地想待在我身边，就你一个老想着和我保持距离，我有时候实在不是很懂。"

苏清玉闻言蒙了一下，半晌才道："夏总的话是什么意思？"

"字面意思。"夏沐泽露出了以前从未露出过的笑容，轻描淡写道，"不过知道了你的男朋友是谁之后，又觉得也可以理解了。毕竟是许先生那样的人物，有句话说得好，金麟岂是池中物，对吗？许先生现在虽然落魄了，但我也相信，只要他想，他早晚还是可以回到巅峰的。"他脸上的笑容逐渐扩大，耐人寻味道，"这也是一种投资，虽然风险可能有点大，架不住回报也很大，确实是比投资我这边更有吸引力。"

苏清玉本来高兴的表情全都荡然无存，她皱着眉说："夏总说的这些话我有点听不懂，但也没关系，时间差不多了，我的事情也说完了，就不打搅了。"

她站起来准备离开，但下一秒就被夏沐泽拦住了。

他倒是仍然坐在那里，摆出很好相处的样子，仿佛刚才那样笑着的人不是他一样。

"那么急着走做什么？我废了功夫泡的茶，你也尝一口再走。"他温和说道，"刚才说那些话是我不对，我知道你不是那种人，只是开个玩笑而已，如果你介意，以后我不会再提了。"

苏清玉的表情好看了一点，但还是站着说："茶我就不喝了，妍妍应该在休息吧，夏总还是去看着她吧，我该回去了。"

她说完话转身就走，这下夏沐泽站了起来，朗声道："从我们认识到现在，我帮你的事情不少吧，也没亏待过你吧，怎么到了最后，连杯茶都不愿意喝了呢？"

这话说出来，苏清玉还真是不好拒绝。

她回过头，却不看夏沐泽，只是盯着桌子上那杯茶说："我喝了就可以走了是吗？"

夏沐泽一脸笑意道："是啊，喝了就可以走了，尝尝吧，很好喝的，一个做茶叶的朋友特地给我送过来的，特别香。"

的确是很香，站在这里都能闻见茶烟袅袅的香味儿，苏清玉想着只是喝杯茶也没什么，几秒钟的事，于是点了一下头，回到茶几前弯腰端起茶杯，将已经温了的茶一饮而尽，抬起眼看着夏沐泽说："那我先走了。"

夏沐泽这次没有反对，但他脸上的笑容在她眼中渐渐有点模糊不清了。

这个时候苏清玉还不知道发生了什么事，眼前有重影的时候，她似乎听见夏沐泽在说："苏小姐？你怎么了？需要我给你开门吗？外面这会儿还算好打车，我就不多送了。"

听听，多么道貌岸然，多么谨慎守礼，苏清玉应该高兴和轻松的，可理智却在一点点流逝，身子也保持不住站着的姿态，渐渐倒在了沙发上。

"苏小姐？"夏沐泽悦耳的声音似乎就在耳边，他好像很紧张一样，可苏清玉给不出任何回答，她觉得浑身乏力，大脑模糊，然后很快就闭上了眼，昏迷了。

夏沐泽半弯着腰站在她身边，看着她倒在沙发上的样子，身上的套裙歪七扭八，露出漂亮的腿和纤细的腰身，他眼神一暗，上前一点点将她扶起来，正要离开这里，门口的门铃就被人按响了。

夏沐泽眉目一凝，这个时间到他这里来的，肯定不是他熟悉的人，那么，人选里就非常有限。

看看怀里的人，夏沐泽选择了无视门铃，直接抱起苏清玉朝角落里的木门走去，走了还没几步，门铃就越按越快，最后已经开始有人在撞门。

真可笑，那么坚固的门，用的是最好的材质，怎么会那么容易就撞开呢？

夏沐泽毫不在意外面的人，只是，就在他快要抱着苏清玉走到那扇木门的门口时，窗户那边有了响动，本来紧闭的窗户被人用重物敲碎，一个颀长高挑的身影翻窗进来，快速几步来到了他的面前。

是许泯尘。

他呼吸急促，显然刚才非常着急，夏沐泽看了他一眼，他的眼神令人毛骨悚然，但夏沐泽也不是吃素的，瞧见他这样就非常斯文地说："原来是许先生，我还以为是谁呢，您来得正好，我刚才腾不出手去开门，劳驾您把您的女朋友抱好，她好像是贫血了，刚才突然晕倒，我正打算带她去医药室里，叫医生来看看是怎么回事儿呢。"

不等他说完话，许泯尘就上前把苏清玉给拉了过去，紧紧抱在怀里，看得夏沐泽牙根发痒，但面上一点都不显。

"来，把她抱过来吧。"他看似非常担忧地往前面走了一步，掠过那个小门，打开了一扇大门，往里面一看，全都是医药设备，不难看出是个医药室，"因为我妹妹身体不好，所以家里有专门的医药室，大夫来了就会在这里给她看病，许先生请把苏小姐抱进来吧。"

他站在门侧，像个绅士一样优雅体面，但许泯尘一个字都没跟他说，直接抱着苏清玉转身离开，从外面敲不开的门，从里面开就轻而易举，他从来到这到离开用了不过两三分钟。

夏沐泽站在原地，看着大门口没有被关好的门，额头上青筋突突直跳，瞧着是愤怒到极点了，但他还可以非常平和地微笑，轻手轻脚地上去关门，然后打扫掉桌上的茶，将两个杯子洗干净放进消毒柜，又把茶壶里里外外洗了好几遍，再次放进消毒柜，这才擦了擦手，慢条斯理地走上二楼，打开夏妍的房门走进去柔声道："妍妍，起床了，哥哥带你出去散步。"

苏清玉醒过来的时候，周围的光线比较暗，看着似乎是晚上了。

她睁开眼，脑子昏昏沉沉的，像有什么东西压着一样，半晌都没整理好思绪，过了可能得有五六分钟，她才眨了一下眼，想起了到底是怎么回事。

在夏家的时候，她喝了一杯茶，然后就晕了，夏沐泽好像还很着急，那她现在在哪里？

苏清玉吓了一跳，倏地坐起来，先是看自己身上，衣服换了，是她的睡衣，很舒服，但有点奇怪，她不是在夏家吗，怎么会穿着自己的睡衣？

再看看周围，她一下子又放了心。

她回家了，就躺在自己家的床上，窗帘拉着，从纱帘的缝隙看出去，外面已经是晚上了。

苏清玉按了按额角，掀开被子穿上鞋下了床，慢慢走到门口望出去，在厨房门口处看见了许泯尘。

许泯尘正从厨房出来，手里端着粥碗，本来打算放到桌上，瞧见她出现了，便直接端过来了。

"蔬菜粥，进去吃。"

他端着粥越过她走进去，苏清玉在门口站了一会儿，跟着进去了。

"我记得我在夏家的，晕倒了，怎么醒来就在家了？"她有点好奇，迟疑半晌还是问出了口。

许泯尘回眸睨了她一眼，没有回答，只是把碗放到了床桌上，把笔记本拿下去，指着那边道："躺下吃饭，脑子清醒了吗？"

苏清玉下意识照办，坐在床边端着粥碗吃饭，吃了一口觉得特别好吃，又吃了一口，然后才回答问题说："清醒了，我是怎么了？怎么会突然晕倒？"

这次许泯尘说话了，但却是不答反问："你晕倒之前做过什么。"

苏清玉愣了愣，放下筷子说："我没做什么啊，我晕倒之前正准备离开，然后就喝了点茶，别的没有什么了。"她努力回想，觉得脑子有点疼，就伸手揉了几下，闭着眼睛，下一秒就感觉熟悉的手落在自己头上，力道适中，温暖干燥。

"我来，你吃饭。"

许泯尘的声音像最悦耳动听的音符，苏清玉觉得自己真是够花痴的，睁开眼看着他就移不开视线，恨不得把眼睛定在他身上，感觉自己现在可以和他这样在一起，真的太惊人了，换做是过去，她连想都不敢想，梦里梦到都会觉得羞耻。

"你喝的东西可能有问题。"

在苏清玉走神的时候，许泯尘平静地丢出炸弹。

苏清玉顿时惊悚起来，诧异地看着他说："不会吧？"

听见这样的话，正常人都会是这个反应，其实虽然老是觉得夏沐泽对自己有点不太正常的感情，但苏清玉又觉得自己自身条件真的不怎么好，不漂亮，能力也不怎么样，夏沐泽凭什么喜欢她啊？

现在乍一听许泯尘这么说，她当然也是不自觉摆出疑惑和费解的表情，许泯尘看着，眉头渐渐皱了起来，也不给她揉额头了，坐到一边拉过笔记本面不改色道："你不信的话就当我没说。"

看他这样，苏清玉的第一反应居然不是解释和担心，而是在想，他这是……吃醋了吗，还是觉得她的信任对他来说很重要？不管是哪一样，都足够她乐呵好长一段时间了。

她现在倒是不会妄自菲薄地觉得他只是性格如此，因为他现在大多时候都对她比较关心，她觉得他们之间的关系越来越平等了，虽然很害怕自己心里对他那种有点执拗的占有欲，可事情还是在朝好的方向发展的，他在改变，她又不是白痴，自然感觉得到。

"那个。"苏清玉踌躇了好一会儿，才伸手拉住了他的胳膊，这会儿她也不怕耽误他做事了，因为他自从打开了电脑，眼睛虽然是放在上面的，可手却没敲一下键盘。

被苏清玉拉扯，许泯尘的第一反应是抗拒，似乎还有点身体僵硬，但苏清玉根本不在意他微弱的拒绝，歪着头靠近他，观察着他越发有点臭的表情，渐渐地开始笑了。

许泯尘似乎终于无法再继续忍受她那讳莫如深的视线了，冷着脸转过来看着她说："有什么事值得你这么高兴？"

难得啊，他用问话的语气真的说出了什么问题，苏清玉笑呵呵道："没有啊，就是看见你就觉得高兴。"

许泯尘眼尾似乎抽搐了一下，苏清玉不在意，直接扑上去靠在他身上说："你怎么了啊，我又不是不信你，只是觉得有点吓人和后怕，想想也是真的奇怪，不喝茶还好好的，喝了茶就晕倒了，那茶里肯定有点问题。"

听见她这么说，许泯尘的表情似乎好看了一点，但还是差强人意。他低垂着头，和苏清玉记忆里那个灿烂阳光下的许家哥哥明明五官变化不大，却像是另外一个新生的人。他比以前沉默了许多，看着他那双眼睛，过去是温和礼貌，带着让人无可挑剔的疏离的，可是现在，他的眼睛里有种深不见底的情绪，你只能有个大概的感觉，觉得很复杂，更多的，就看不透了。

"你是……在吃醋吗？"

微小的声音从身边传来，带着谨慎小心的试探，听见这声音，许泯尘便不自觉低头注视着女孩那双明亮的眼睛，那里面倒映着他的身影，也许只是他的错觉，他觉得自己甚至可以看清自己脸上麻木、僵硬、冷漠，好像尸体一样伤人的表情。

苏清玉慢慢收回了视线，安静地靠在他身上喝粥，她可能一开始就没想过要得到他的回答。

但是，在她一碗粥快要见底的时候，她听见身后的男人沉默地说了一句话。

"我不知道。"

他不知道。

是真的不知道。

能听得出来，他的语气里带着些凉意和困扰。

苏清玉不想看见他这样，她放下碗回身抱住他轻声说："是我不好，我不应该这么问，你就当我没问过，不要再想那个了，我们现在这样挺好的，即便未来还会有什么变数，现在这样的回忆也足够支撑我走完以后的时间了。"

苏清玉真的是个很好的人，不管做什么事，都希望不要给许泯尘带来压力，他们在一起是她求来的，他如果有一天想要走，她也不会怪他，她大概是这个意思。

苏清玉这样的女孩，应该没有人会觉得她不好，但再好的人，到了爱情面前，也全靠运气。

"你其实不用这样。"许泯尘再次开口，声音已经恢复到了往日平静和缓，不骄不躁的样子，"有时候，我倒希望你可以有点情绪，至少那样会更像是个活生生的人。"

他说完话就站了起来，放下电脑，拿起粥碗，一边朝门口走一边说："以后不要再和夏沐泽来往。我去给你盛粥。"

一句话，说了两件事，苏清玉想起她昏迷的事，如果真是夏沐泽做的，那他可就太可怕了，远离他当然是迫在眉睫的事，但她更好奇的是，她是怎么回到家里的。

许泯尘没解释这件事。

晚上他们洗了澡便上床睡觉，在她想问这件事的时候，身边的男人忽然把她压在身下，手顺着她纤细的腰身来到了她身下，她顿时面红耳赤，气喘吁吁，根本没心思再问那些了。

只不过，她也没疑惑太久，因为第二天就有人替她做了解答。

次日，苏清玉起身去夏氏集团收拾自己的东西，办理离职手续，本以为去早一点就不会遇见夏沐泽，免得两人尴尬，但当她打开自己办公室大门的时候，就发现夏沐泽坐在里面，坐在她以前坐的位置上，双腿交叠，姿态优雅，气质高华，怎么看都不像是那种变态之辈。

在他前面的桌子上，放着一个挺大的收纳盒，里面是她的日常用品，看来已经有人给她收拾好了。

苏清玉犹豫地站在门口，不知道是不是要进去，夏沐泽像是看到了她的为难一样，站起来说："怎么不进来？东西我让人给你收拾好了，你办好手续就可以走了，拿走吧。"

听上去没有什么问题。

苏清玉思索了几秒，冷淡地点头上前，和他保持着安全的距离，抱起盒子转身就要走。

"苏小姐。"

夏沐泽开口叫住了她，但苏清玉这次不想再停下来，昨天的事情犹在脑中，她真的不希望再发生一次，免得让许泯尘担心。

夏沐泽看她停都不停，对他唯恐避之不及，眼底闪过一丝阴冷的痕迹，但很快就被温和所遮挡。

"你不要急着走，我跟你说一下昨天的事，你好像有点误会？"

他这样说着话，人也已经走了上来，抬手按住了门，让她无法打开。

苏清玉望向他，虽然心里很没底，面上却表现得成熟锐利，这倒让夏沐泽心里一跳。

"是误会吗？"苏清玉意有所指道，"要真是误会那可就太好了，你说是不是，夏总？"

夏沐泽抿了抿唇，微笑着说："当然了，许先生没和你解释吗？他当时来找你，你恰好晕倒，我扶着你没办法去开门，妍妍又在休息，听不见门铃声，后来许先生从窗户进来，替我接过了你，我本来要带你去医药室的，你也知道我们家有个医药室不是吗？我已经准备给医生打电话，但许先生把你带走了，看样子你被他照顾得不错，那我就放心了。"他语重心长道，"我觉得你有点贫血啊，年纪轻轻的小姑娘也不要太拼了，身体才是最重要的，要按时体检，知道了吗？我就先走了，不打搅你。"

语毕，夏沐泽点头离开，头也没回过一次，当真是君子端方，挑不出一丝错来。

苏清玉完全蒙了，茫然地看着他背影，心里想着，如果他说的是真的，那就最好了，如果不是……她就觉得，奥斯卡欠他一座小金人。

苏清玉和许泯尘的创业生活正式开始了。

这是苏清玉的想法，许泯尘好像并不那么认为。

不，也不能说是不那么认为，他只是看上去并没有她那么激动。

为了可以在家里工作加生活都方便，苏清玉特地用存款添置了一些基本的办公设施，例如打印机之类的等等，还买了一些耗材。她系着围裙在一边收拾和安装，许泯尘就靠坐在客厅唯一有地方的沙发上，把电脑放在身上，敲一会儿键盘就看看她，总觉得每次看见她忙碌的样子，心情就好了很多。

苏清玉对此毫无所觉，她正在安装打印机，钻到电脑桌下面要把数据线给接到电脑主机上，正接着，她应该是突然想起了什么，激动地说话，可一抬头才想起自己还在电脑底下，结果脑袋扎扎实实地撞了一下。

"哎哟——疼！"

这声痛呼直接让许泯尘扔了电脑，大跨步来到电脑跟前，把她从电脑桌底下拉出来，仔细地看了一下她的头顶，然后在一个位置摸了一下，苏清玉立刻眼泪都出来了。

"疼！"她自己都没发觉她居然在跟许泯尘撒娇，这在以前是根本不可能的事，她除了小心翼翼和逆来顺受可是什么都不敢做。

"小心一点，想到什么了要起来。我去给你拿药。"

许泯尘虽然是在责备她不小心，但不管是微蹙的眉头还是严肃说话的样子，都透着不可忽视的关心，苏清玉最擅长发现他的言不由衷，所以一点都不难过，反而笑呵呵地摸了摸头上的包说："没事，你给我处理一下我就不疼了，我是想到了重要的事才走神撞到的。"

许泯尘从卧室里拿了药箱出来，不苟言笑道："我很想知道这件重要的事是什么。"

苏清玉板板整整地坐到许泯尘面前说："我是想到啊，我们不可能只是给别人制作网站来赚钱的，早晚要做自己的网站，那就肯定需要服务器，我觉得放在别的公司不保险，虽然可能更方便快捷一点，但照着你和……艾博的人的关系，他们添乱的话，随便来个借口搞个网络事故，我们的网站就完蛋了。"

她的担心是很有必要的，前提是许泯尘真的想那么做的话。

看着她那么紧张和认真思考的样子，到了嘴边的话，许泯尘没说出口。

其实他也没想过真的要再做回老本行，去运营一个网站，现在到处都是这样的IT公司，真正做起来的寥寥无几，大多浪花都没一个便倒闭了。

现在不是十年前，那是个黄金年代，只要你懂这个，做出点东西来，就会被人追捧。更何况，现在的他身边也没有那群志同道合的朋友了，只有苏清玉，与过去的条件相差不是一星半点。

然而，看着苏清玉冥思苦想的样子，他应该说的那些话就怎么都说不出来了。

"你说怎么办呢？我们要是自己搭建一个服务器的话，先不说我们这里的条件是肯定不行，备案啊硬件方面，估计就达不到要求。"苏清玉皱着眉道，"哎，想来想去，还是只能从别人那里租，前期只能这样了，我们小心点，先别透露自己是谁，免得被人盯上，你觉得这样怎么样？"

她眼睛亮晶晶地看着他，许泯尘鬼使神差地点了一下头，这个头直接把他自己给点蒙了，倒是苏清玉被他点笑了，像是有什么天大的好事儿一样，脑袋上的包都顾不上了，哼着歌又去组装打印机了。

许泯尘有些失神地看着她，好像不认识了一样，他第一次这么清晰地感觉到自己的心里在发生变化，或许只是他一直不愿意面对，不愿意相信。但有种感情，就是确确实实在他们之间产生了，那不仅仅是负责任，那是心甘情愿。

苏清玉从电脑桌下面出来，就发现许泯尘还保持着她刚才下去时那个姿势在那站着，她有点不解道："怎么了？"

许泯尘没说话，他的视线落在苏清玉身上，苏清玉只觉浑身发热，身上每一寸肌肤都要被灼伤了。

然后，非常突然的，许泯尘上前一步将她挤得靠在了电脑桌上，容不得她多问，他便一声不吭地吻了上来，他用着前所未有的力道，亲吻里的火热也前所未有。

而在这之前不久的时间，在苏清玉家里，苏妈妈接待了一个陌生的客人。

当时苏妈妈正准备出门买菜，因为快中午了，苏爸爸在家里给鸟儿喂食，听见有人敲门，苏妈妈就开了门，本来以为是街坊邻居谁的来串门儿，谁知道门口站着一个穿着红裙子的特别时髦的姑娘。

"唉？……你好，你找谁啊？"苏妈妈迷茫地问。

那姑娘摘掉墨镜，脸庞看着有点熟悉，气场也挺强大的，虽然有些高傲，但还算有礼貌。

"阿姨你好，我姓安，您是苏清玉的母亲吗？"她问这话，言辞客气，态度就不怎么好了。

苏妈妈看这位安小姐言行举止都颇为体面，应该不是什么小人物，再加上关乎自己的女儿，她便暂时放下了菜篮子，准备和这位安小姐认真说几句话。

　　安红看见了苏妈妈放下菜篮子的动作，嘴角微勾，有点不屑的情绪在里面，但在苏妈妈直起身的时候，她脸上的不屑顿时荡然无存。

　　"我是，你找我女儿吗？她现在自己住，不在家，要不我替你给她打个电话？"苏妈妈和善地说。

　　安红一笑道："不必了，我不是来找她的，我就是来找您的。"

　　这下苏妈妈彻底蒙了："我们认识吗？你找我有什么事啊？"

　　安红却不直接说，反而是看了一眼有些陈旧的老宅子里面道："不请我进去吗？在门口和客人说话，是苏家的待客之道？"

　　这会儿苏爸爸也发现了问题，走出来正好听见这句话，顿时皱起眉道："老婆子，请她进来。"

　　苏妈妈抿了抿唇，虽然有点不乐意，但还是侧开身把人请了进来。

　　一进屋，安红就四处打量着屋子里的情形，这样挺不礼貌的，而且看就看吧，表情还让人很不舒服，好像他们家多简陋多穷似的，苏爸爸和苏妈妈可不那么认为，他们虽然没什么钱，但也算是在江城市很早买上房子的那一拨儿，就算家里存款不多，把房子卖了也值几个钱，这姑娘有点太嚣张，说完事儿得赶紧让她走，留她在这里徒惹不痛快。

　　"这位安小姐，你找我到底什么事，麻烦你赶紧说一下，我还要去买菜呢。"苏妈妈催促道。

　　安红转过头睨着她说："苏太太还是先不要去买菜了，我觉得另外一件事应该更迫在眉睫。"

　　苏妈妈蒙了，不解道："什么事？"

　　安红扯扯嘴角，笑得有点伤人自尊："您的女儿在做什么，你们二老都不过问吗？她和谁住在一起，你们都没去看过吗？"

　　一提起这个，苏妈妈顿时有点着急了，她是知道许泯尘和苏清玉的事的，但是后来他们不是分开了吗？许泯尘那孩子虽然现在落魄了，但他也算个言而有信的人，既然答应了应该就不会食言，这个安小姐到底是什么意思？

感觉到苏妈妈眼里透着怀疑，安红直接从背包里拿出一个信封，把里面的照片全都丢到了桌上，冷漠说道："我必须得说明一点，虽然我和泯尘现在在闹别扭，但他一直都是我的男朋友，开始是，现在也是，你们的女儿正在做小三，还和我的男朋友同居这件事，二老是不是得给个说法？"说到这，她换了个语调，客客气气道："其实我不想来打搅你们的，我想直接跟你们的女儿苏清玉来解决这件事，但她似乎不以为耻反以为荣呢。"

苏妈妈和苏爸爸看着照片顿时感觉血压好像升到了二百，尤其是苏妈妈，之前以为许泯尘至少是个言而有信的人，可现在看来他不但人落魄了，性格也堕落了，竟然还在耽误苏清玉，占着她女儿的便宜！

苏爸爸早先听苏妈妈说过一次这件事，那时候他也以为既然许泯尘走了，事情就解决了，没想到他们竟然还在一起，现在还被人家的女朋友找上门来骂，顿时气血上涌。

"这位安小姐，在你说话之前，还是要有证据的，这件事说不准是谁缠着谁，要是你的男朋友缠着我女儿，我请你到时候向我道歉！"苏妈妈克制着怒火道。

安红不屑道："你觉得许泯尘需要缠着你女儿吗？你女儿是什么人，他是什么人？他只要招招手，愿意到他身边的女孩，比你女儿优秀的不要太多。"

苏妈妈差点被气得晕倒，苏爸爸懒得和安红计较，直接道："她在哪里住？我们现在就过去，我倒要看看，事情到底是不是她说的那样！"

安红等的就是他这句话，直接道："我开车来的，带你们一起过去，希望今天这件事可以解决掉，免得以后我们再见面，毕竟我们应该是两看生厌的，二老说对吧？"

苏家二老根本不想搭理她，三人一起上了车，赶在中午之前到了苏清玉租住的出租房，他们去敲门的时候，正巧是苏清玉和许泯尘在接吻的时候，因为苏清玉在安装家里的东西，随时要丢些包装纸盒和垃圾下楼，所以门没锁住，只是关着，苏家二老敲了两下门没人出来他们便尝试着推门进去，一推还真的推开了，等他们走进去，瞧清楚里面是个什么画面的时候，顿时气得脑子发晕。

"苏清玉！你给我站到这边来！！"苏爸爸气愤地说。

苏妈妈捂着心口道："清玉，你怎么能做出这种事来，妈妈那么信任你，你居然骗我？"

苏清玉愣了一下，站在原地没有动，目光从父母身上移到了他们身后那个身材高挑穿着红裙子的女人身上，顿时恍然大悟。

"是她去找你们了？"她说着，看上去很冷静，这倒让安红有点惊讶。

苏爸爸愤怒道："还用人家去找吗？你做了这样不道德的事，以后还要不要进苏家的门？！"

苏清玉皱起眉，走到门口把爸妈拉到自己身边，看了一眼安红才说："爸，妈，你们是不是让这个女人给糊弄了？"她干脆扭头看向许泯尘，许泯尘也看见了安红，他们四目相对，她可以清晰地看见他深邃黑眸里的憎恶与厌烦，真好。

"还用人家糊弄吗？我们眼睛又不瞎，刚才你们在干什么，以为我们看不见？"苏妈妈已经开始哭了，转头去对许泯尘说，"许先生，我以前一直很敬佩你，觉得你是个人才，但你现在这样了，也不能老指着我们家清玉啊，她还年轻，你不能就这么毁了她，让她倒贴你做小三啊！"

"小三？"

苏清玉抓住了重点，表情古怪地看了一眼安红，安红转开眼，拒绝继续跟许泯尘对视，大约也是察觉到了许泯尘感情上的转变，安红本来还胸有成竹，这会儿却下意识朝后退了一步。

要不，还是先走吧？

193

想过很多次让许泯尘再次面对自己爸妈的画面，但苏清玉从来想不到会是这样的。

大家都站在门口，气势剑拔弩张，但她其实一点都不紧张和慌乱。

可能是因为心境变了吧，觉得现在即便闹成这样许泯尘也不会说走就走，再也不回来，她心里觉得他不会就因为这个抛下她了，所以可以冷静地对待这件事。

"都进来吧，在门口聚着没意思。"苏清玉侧开身道，"安小姐也进来吧，听起来这些话应该是你告诉我爸妈的，那你得进来跟我们对质一下。"

这应该是安红头一次正视苏清玉这个人。

很多时候，安红都对她非常不屑，觉得她不管是才华还是相貌上都和自己没得比，只要男人没有瞎，就该知道自己应该选哪一个。

只不过，此时此刻，看着许泯尘专注望着苏清玉的视线，安红倏地发现是她想错了。

她觉得这应该是她这一生最糟糕和最狼狈的时刻，她从来都是骄傲自信的，不屑去做一些女人为了挽留男人而去做的丢面子和掉价的事情，可现在她好像就是正在做这些事。

"安小姐？"苏清玉等爸妈进去了，便提醒安红进去，她看着安红的眼神甚至没有恨意，也没有不喜，就是那种很平静的，看着不是很熟悉的人的眼神。

安红眨了一下眼，理智告诉她要保全自己颜面的最好方式就是现在扭头就走，一切都还来得及，可她的身体比大脑的反应速度要快很多，等她反应过来的时候，人已经走进去了，苏清玉甚至已经关上了门。

本来就是很小的房子，突然挤进来三个人，空间就显得更窄了，最近苏清玉和许泯尘想一起做点什么，所以购置了很多新设备，安红看着，眼波流转，心里已经对他们之间的关系有了新的认识。

她今天留在这里，必败无疑，真是太蠢了，自讨苦吃，安红，你什么时候这么脑残了？

可是没办法，还是不甘心，还是想试试，她一直以为许泯尘那样的性格，即便因为她之前和于然做的事而愤怒生气，却不会真的不再爱她，只要等这阵子风波过去，他肯退一步，支持他们俩的运营方向，那一切都没问题了，一切都恢复如初，她会永远站在他身边。

但不是那样的。

她还站在过去，但过去的人却向前走了。

苏清玉是女孩子，比较敏感，她察觉到安红的情绪渐渐有些激动，她不着痕迹地看了一眼坐在角落处的许泯尘，作为这场闹剧的主角，他看上去十分平静，深邃的眸子望着笔记本电脑的屏幕，周围的一切都无法给他造成任何困扰。

苏清玉转身去了厨房，给满屋子的人都倒了一杯水，因为杯子不够，还给爸妈的水用了小碗，放下的时候说："给客人用杯子，我们一家人用碗吧。"

她说得那么安稳，好像现在真的只是招待客人那么简单的场面，苏妈妈彻底不依了："我说闺女啊，你到底知不知道你在做什么？你怎么能违背道德去做小三呢？我不是早告诉过你，不要和许先生来往吗？！你怎么就是不听呢？！"

苏清玉想解释一下，但许泯尘忽然站了起来，他个子高，一站起来就有点俯瞰众人的味道，给在场所有人都带来了很强的压迫感，苏家二老到了嘴边的话就怎么都说不出去了。

苏清玉惊讶地回望着许泯尘，本以为他是要说什么，但是没有，他没有很快说话，只是转身去了卧室，几秒钟之后又回来了，手里拿着一个信封，递给了苏妈妈。

苏妈妈愣住了，诧异道："给我的？"

许泯尘点了一下头说："这是一笔钱，不多，大约两万多，是我这阵子赚来的。"

苏妈妈彻底蒙了："你、你给我钱做什么？我不要！"她想把信封塞回去，但许泯尘并不伸手去接，她尴尬地僵在原地，瞥了一眼安红，发现她的表情比自己难看多了。

"你收下就是，给你这笔钱只是想说明，我有能力照顾苏清玉。"

许泯尘这句话说得和缓又低沉，悦耳之余让人觉得他还是很讲道理的，至少不像他的表情那么迫人，苏妈妈推拒的动作忽然就停下来了，为难地看了一眼丈夫，丈夫虎着脸道："那你怎么解释这个安小姐？她说我女儿是小三，这可是违背道德的事，我苏家的人是绝对不允许做这种事的！"

苏爸爸的话无疑让一直没有和安红有任何交流甚至眼神接触的许泯尘直面对方，苏清玉下意识拉住了他的手，好像担心只是对视一眼，就会失去他一样。

只不过，尽管她拉着他的手，他还是看向了安红，苏清玉心里一慌，下一秒，自己握着的手就反握住了她的。

莫名地，苏清玉的心就安定了下来。

安红那么聪明的人，当然也看见了许泯尘下意识的反应。

她露出自嘲的表情，拎着背包带子的手紧了紧，深呼吸了一下让自己看上去更平静些，但是很难，她现在很难平静，甚至有些抓狂。

她忍不住咬牙切齿道："你现在是想告诉我什么？你看上了这个一无是处的小丫头？你要为了她放弃我们这么多年的感情？许泯尘，我请你理智一点，看清楚站在你面前的人是谁，你过去不是这样的。"

说完这些话，安红就后悔了，因为她知道自己给了对方羞辱她的机会。

就在刚刚，她已经明白了许泯尘早就走出了过去，可她现在居然还妄图用过去来要挟他，实在是愚蠢的选择，安红直接闭上了眼睛，拒绝再看见许泯尘。

而她的确算是了解许泯尘的，因为他的反应就和她想的差不多。

他的声音一如既往地悦耳，就好像是他们刚认识的时候，她在台下听着他在台上的演讲时一样，那个时候她是可以与他比肩的位置，苏清玉只是一个乳臭未干不知道在哪里藏着掖着的丑小鸭，可是现在，全都不一样了。

"你过去也不是现在这样。"许泯尘安静地看着安红说，"再提过去已经没有意义了，是你先放弃了我们的感情，现在就不要怪我也松手。"说到这，他看向了苏家二老，面色平静，云淡风轻道，"苏先生，苏太太，也许你们不相信，但我和这位，早就分手了。"

苏家二老闻言立刻求证般地望向安红，安红紧握双拳，眼眶发红，盯着许泯尘道："你非要这样给我难堪吗？为了什么？为了那个小丫头？然后就在她面前这样让我下不来台，让我被羞辱，把我们这么多年的感情当作一种可以用来博得她好感的资本？"

这话说得直接尖锐，如果承认了，许泯尘不外乎是个薄情的人，但他偏偏就点了头。

"这些都是你教我的，难道你忘了吗？"

他微笑了一下，但让人感觉不到一点笑意，就在这个时刻，不仅仅是安红，包括苏清玉，都是第一次确定，他是真的和过去告别了。

他是真的不想回去了，不管是以何种方式。

"闹剧该结束了，你也该回去了。于然知道你来这里，还做了这些事的话，肯定会不高兴的。"他绕过屋子里的男男女女，上前打开了房门，站在门口说，"请你离开我的家。"

请你离开我的家。

安红从到这里，直到他说出这句话的前一秒，都在努力支撑着，想要保住自己最后的颜面，可是这一刻，她功亏一篑了。

她无法自控地上前抓住了许泯尘的衣领，就好像她以前最不屑的那些执迷不悟的女人一样，带着哭腔执拗道："你看着我，看着我的眼睛告诉我你不爱我了。"她不服输道，"许泯尘，你还爱我对不对，你只是怨我选择了支持于然而不是你！你难道不知道我对你的感情吗？我和于然都是假的，只要事态稳定下来，我们就会对外宣布分手的！我当初同意和他假装在一起只是为了稳住股东，让他们不要以为你倒下了，艾博内部就要分化，你那么聪明，怎么会猜不到我的用意？！"

安红说了一大长段的话，有解释的，有质问的，也有恳求的，可是眼前这个过去连她磕磕碰碰一下都见不得的男人，却一点都不关心了。

"你走还是我走，选一个。"他垂眼睨着她，眼睛里毫无动容，她的泪水和她的哀求根本没有一点效果，安红这个时候是彻彻底底地心凉了。

她短促地笑了一下，匆忙戴上墨镜，转头环视一周，将苏家二老尤其是苏清玉的脸刻在脑子里，随后仿佛恢复了高傲和无懈可击的样子，讽刺地笑着说："那很好，我倒要看看你们在一起能发挥出多大的力量，我拭目以待，等着你们来打倒艾博的那一天。"

她说完话就走了，留下一屋子苏家的人和许泯尘在一起。

其实，许泯尘从来没有想过要打倒艾博，没有人会想要推翻自己辛苦建立起来的企业，那就像他的孩子，谁会想杀死自己的孩子呢。

安红走了极端，苏清玉想起她离开之前那个笑容，想到的是，也许她和许泯尘之后的工作不会那么顺利了。

苏家二老站在这个不大的空间里，一会儿看看自家女儿，一会儿看看高不可攀现在跌落神坛的许家儿子，颇有些不知所措的尴尬。

须臾，苏清玉转头看向父母说："爸妈，你们中午就别走了，在这里吃，我做饭给你们吃。"

她笑得很开心，似乎并没将今天的闹剧放在心上，也没有把自己心里的担忧半分表现出来。

许泯尘回眸望了她一眼，她在进厨房之前回了一次头，看着她的脸和这会儿她的神情，许泯尘方才还有些复杂和紊乱的心情全都奇妙地平静了下来。

这是非常神奇的力量。

仅仅是看着她的眼睛，仿佛就知道她在说些什么。

他留在外面，苏家二老只会尴尬和不知所措，所以在苏清玉进了厨房之后，许泯尘便也跟了进去。

苏妈妈为难地看向丈夫，苏爸爸虽然有些不满，可看着苏妈妈手里的信封，还是翻了个白眼，忍了下来。他实在是还没想好到底该怎么解决这种复杂的事，他们二老一辈子都没遇见过这个难懂的男女关系，偏生还是发生在自己女儿身上，伤脑筋啊！

　　而在厨房里，苏清玉转头看向了走进来的许泯尘，在他开口之前，她放轻声音说："其实我早就料到会有这么一天，但没想到来得这么早，也没想到到了这一天你会是这样的反应。"她迟疑了几秒，把声音压得更低，像是怕门外的人偷听，"不知道你怎么想，但无论你要做什么，请你记住，我只要可以待在你身边就行了，不管是在什么位置上。"

　　其实有时候，太深刻的爱情会给人带来负担，让人觉得压抑和沉重。

　　苏清玉很担心自己这份感情会给许泯尘带来这种感觉，所以才说出了上面的话，希望他不要有压力。

　　许泯尘听完她的话，看着她专注的眼神，下一秒，两人之间的距离忽然拉近，他把她抱在了怀里。

　　苏妈妈本来想进门说不在这里吃午饭了，刚一走进来还没说话就瞧见这一幕，顿时觉得辣眼睛地退了出去。

　　"看来我真的老了……"苏妈妈扶额。

♡　✳　🎁

第十三章　危机的源头

安红回到家的时候已经是夜里两点了。

她步履蹒跚地上楼，一身的酒气，等在她家门口的于然第一个发现了她。

他震惊地走过去扶住她，有些生气道："你怎么这么晚才回来？还喝了这么多酒？谁让你喝的？"

他的那副架势，好像如果知道是谁敢逼着安红喝那么多酒的话，一定会让对方好看一样。

其实也的确是这样，有今天这样的身份地位，已经没人敢逼着安红做自己不喜欢做的事了，她会喝成这样，只有一个原因，那就是她自己想喝。

于然不想承认这一点，但是看安红满是醉意的自嘲表情，他不得不承认。

"是因为许泯尘？"于然阴阳怪气道，"都到了今天了，他还硬撑着？还在拒绝你？"

安红乍一听这个名字，似乎有点酒醒，勉强站起来靠在门口的墙壁上，脑子混乱地按下密码开门，于然看见了，是许泯尘的生日。

于然悄无声息地握紧了拳头，深吸一口气将安红横抱起来进屋，无视她的剧烈挣扎和反抗，一脚踹上门，走进去找到卧室，把她扔到了床上。

"你做什么!"安红愤怒地瞪着他,"于然,难不成连你也不把我当回事了?!"

于然松了松领带说:"我他妈就是太把你当回事了,让你一备就他妈的这么多年!"

安红眯起眼,因为醉酒,她脸色微红,看起来美丽极了,直看得于然口干舌燥。

"呵呵,有意思,我什么时候把你当备胎了?"安红半坐着调笑道,"那都是你自己愿意的,我早就清清楚楚地告诉过你了,我只喜欢许泯尘,我不喜欢你。"

于然兀自点头道:"对,你是说过,你不喜欢我,是我自己犯贱,一直期待着你能回头看看我,全都怪我自己,这样说你满意了吗?"

安红望着他,总觉得好像看见了今天在苏清玉面前丢脸的自己,她忽然就捂住了脸翻了个身,趴在床上开始抽泣。

起初,她的哭泣是没有声音的,于然从来没见过她哭的样子,所以也不觉得她是在哭,直到他发觉她的身体在抽搐,好像不太正常,上前查看的时候,才惊觉她居然哭了。

这是于然认识安红这么多年以来第一次看见她哭。

他当时就傻了,他以为像安红这样的姑娘是永远不会掉眼泪的,她们强大自信到没有任何人和任何事物可以打败或者伤害到她们。

于然反应过来,匆忙地递上手帕,将她翻过来哄道:"你别哭啊,安红,是我错了,我不该那么说话,你别哭。"

安红被他抱着擦着眼泪,带着鼻音道:"我才不会因为你几句话哭,你不值得我为你哭。"

于然听了有点不高兴:"所以呢?许泯尘就值得你为他哭?!他现在为了别的女人去做那些小技术员才做的东西,你为什么到现在还对他执迷不悟?他到底有什么好?如果他真的爱你,心里真的有你,当初就不会反对我们的运营理念,更不会有现在的下场!"

安红愤怒地推开他,大吼大叫道:"够了!你给我滚出去!不要在我面前诋毁他!除了我没人可以这样说他!"

于然看着安红疯狂的样子愣在那里,好像不认识她了一样。

他心底里慢慢滋生出一股危险的念头,他在想,如果许泯尘再也做不了什么,在任何事情上都没有建树,完全没有东山再起的机会,安红还会这样吗?

这个晚上,他一夜没睡,一直在考虑这个问题。

后来他觉得,不管会不会,他都要试一试,因为摆在他前面的路,只有这一条。

苏清玉并不知道那场闹剧会带来什么后遗症,虽然她隐约觉得事情不会那么简单结束。

她现在有一件更重要的事情要去做。

许泯尘准备带她回家见父母。

许伯伯和许伯母她当然是认识的,他们对她也有印象,小时候她常去他们家里玩,二老挺喜欢她,也是因为这样,她那时候才有机会接触到许泯尘。

现在,她和许泯尘在一起,他居然还愿意带她去见父母,苏清玉觉得自己整个人都紧张了起来。她该穿什么衣服?从小被两位长辈看着长大的,好像穿什么都无所谓,品行和家世对方都很清楚的。那,她到时候要说点什么?似乎也不需要苦恼,许泯尘的父母都是非常本分和蔼好相处的长辈,她只要像以前一样,应该就可以过关。

明明都想到了,也觉得会很顺利,但不知道为什么,真正站在许家门口的时候,苏清玉还是很紧张。

苏妈妈站在对面的花园里朝这边看,女儿去见许泯尘爸妈的事她是知道的,在前一天晚上,苏清玉打电话来请教要带些什么,那个时候她想过要阻拦,可想起家里抽屉里放着的那个信封,以及里面的钱,还有许泯尘过去的成就和从小看到大的人品,又觉得如果许泯尘是认真的,也确定了会好好地重新开始建立自己的事业,让他们在一起也没什么。

所以到了最后，苏妈妈还是中肯地给了建议，没有阻拦。

儿孙自有儿孙福，妄自阻拦，自以为是地给他们安排，倒不如让他们自己选择。苏清玉也已经到了要谈恋爱的年纪，现在她一心拴在许泯尘身上，介绍别人给她认识她也不会认真，反而可能会耽误了她的年纪，现在这样，似乎就是最好的选择了。

苏妈妈叹了口气，转身回了房间，而对面的房门，也在这个时候被敲开，许家二老早就接到了许泯尘的电话，听到久未联系的儿子说要带女朋友回来都惊喜万分，虽然有安红这个坏的在前，他们有点担心儿子再选错人，但听见他愿意走出来重新开始生活，也都很欣慰。

但当他们看见站在他身后的苏清玉的时候，还是难免有些震惊。

怎么说呢，苏清玉在他们心里，一直都是许泯尘的晚辈，就是那种他们和自家儿子一起看着长大的，会找个二十岁出头的年轻小伙子的存在。

但是现在，她站在许泯尘背后，手里提着礼物，脊背挺得笔直，笑容端庄又亲切，无论是哪一条，都在向他们昭示着，这就是儿子电话里说，要带回来给他们看的女朋友。

难怪了，刚搬回来的时候还能总看见对面苏家的小姑娘，后来几个月就一直没瞧见，原来……原来是和自己的儿子在一起。

许爸爸有点茫然地让开了位置，颇为紧绷道："快进来吧，天气越来越冷了，怎么也不多穿点。"

苏清玉一开始还被许伯父和许伯母的表情给吓到了，觉得他们不喜欢自己，但看现在这转变，他们可能不是不喜欢，只是一时之间不太能接受罢了。

没关系，只要他们不讨厌她，她就有信心让他们喜欢自己。

暗自在心里发了个誓，苏清玉笑着走进来，特别乖巧地帮忙关门，然后把礼物交给他们。

"许伯母，这个是给您买的按摩仪，听说您总是腰疼，应该会有点用处的。"把许伯母的礼物交出去，苏清玉又把手里的kindle递给许伯父，"伯父，我记得您比较喜欢看书，这个挺先进的，应该会很适合您。"

许泯尘是知道她有带礼物的，但说实话，他真的没在意过她拿的是什么。

以前带安红回家，安红准备的都是国外带回来的一些看上去很高大上，但老人根本不会用也不懂的东西，但是苏清玉的不一样，她带的东西可能不那么贵重，但都是老人需要的。

不对，他不应该这么想，他不该把两个人来做比较，这对她不公平。

尤其是许伯父，看见礼物之后就笑了，有点不好意思道："我最近正想买一个呢，没想到就有人给送来了，还真是有福气。"

听见他这句话，苏清玉嘴角的笑真实了几分，许伯母赶紧把他们俩迎到客厅，苏清玉跟在许泯尘身边往前走，心里突突直跳，但一直都很高兴，倒是许泯尘，神情渐渐地有些不同寻常的变化。

如果说以前还可以说服自己和苏清玉这份感情只是为了责任，那么从上次她安装打印机时的无心之言就能让他改变想法，以及现在他几乎不舍得拿她来和安红对比来看，她对他的付出，并不是单方面的了。

在这段关系里，他也投入感情了。

经历过一段感情的失败，几个月后再次开始另一段感情，真不知道未来是幸，还是不幸。

如果说一开始许家二老对苏清玉的出现还有所顾忌的话，那吃饭到后期就是宾主尽欢了。

尤其是许伯母，她直接把去倒水的许泯尘拉到了小房间，拍着儿子的手语重心长道："泯尘啊，你这次是认真的吧？清玉是个好姑娘，你可别辜负了人家。她可比你之前那个好多了，又是咱们家知根知底的，你好好对人家，知道了吗？"

其实许伯母不想提起安红的，但这会儿还是顺嘴给说了出来，说完就自知失言，捂住嘴巴为难地看着儿子。

许泯尘的反应倒是让她放心多了，提起安红，他表情一点变化都没有，甚至点头回答了她的话。

"我知道了，你放心，我会好好对她。"他绕过母亲想出去，临开门前回头说，"妈，你要喝热水吗？清玉最近身体不舒服，不能喝凉水和饮料，所以我要倒热水给她。"

许伯母一听，几个月之前自己的儿子还颓废得好像一辈子都站不起来了，几个月之后不但站起来了还谈了恋爱，懂得关心别人了，真是非常吃惊和高兴。

"我不喝，你快去给她倒水吧，吃了这么久，肯定渴了。"许伯母笑着说。

许泯尘闻言点头离开，去给苏清玉倒水，苏清玉这会儿正跟许伯父聊起三国的话题，许伯父是个三国迷，对三国特别有研究，刚好苏清玉之前也看了好几遍三国，两人喜欢的人物恰好也相同，一时之间倒是不像儿媳妇和公公的关系，倒像是一对忘年交。

许泯尘倒水出来的时候，就瞧见这一幕。

苏清玉兴高采烈地和自己的父亲聊着郭嘉，父亲不断点头附和，看上去也激动又高兴，他忽然就想起了自己破产下台的时候，爸妈担心和难过的样子。

那时候的他们好像一夜之间老了十岁，家里的东西全被搬走，催债的一拨一拨来家里找，房子被迫卖掉，他们在邻居和媒体的围观之下回到这个位于郊区的老宅子，从头至尾，他们都不曾有过一句责备，有的只是对他的不放心。

常言道，可怜天下父母心，许泯尘之前觉得，在自己没做父亲之前，是不会理解父母的心情的，但现在，他有点理解了。

其实就算在他成就非凡的时候，父母也不见得有多高兴，高档小区里住的都是有头有脸的人，来回交际之间也和他们的性格不搭，还有些媒体捕风捉影，故意曲解他们的话和生活方式，让他们过得十分束缚和不快乐。

他们只是在他面前装得快乐而已。

现在的他们，看上去才是最快乐的。

许泯尘端着水走回餐桌边，苏清玉正说到兴头上，也没发现他回来了，还给她倒了水，等说得口渴的时候，耳边一个低沉的声音才提醒了她这一切。

"喝点水。"

是许泯尘的声音。

苏清玉倏地转头看去，见他面带微笑半眯着眼盯着她，顿时恨不得找个地缝钻进去。

"谢谢。"她端起水杯仓促地喝了解渴，苏妈妈恰好端了饭后水果出来，她有点尴尬地摸摸脑袋，和二老对视一眼，小女孩似的模样虽然不算漂亮，但是特别讨喜，两位长辈自然非常喜欢，在他们临走时还给他们带了不少东西。

"我看你吃这个吃得很欢，给你带了些回去，这个饭盒是保温的，回去你们热一下还可以吃。"许伯母笑着说。

苏清玉也很高兴，能得到他们的喜欢是她今天来的最大目的，她觉得自己最近真是转运了，事事顺遂，希望将来一段日子许泯尘在工作上也可以如此。

苏清玉可以得到父母的喜欢，其实也在许泯尘的意料之中。他倒是没有多想，只是觉得，她这样的女孩，一旦接触，很难有人会不喜欢。

说到这里，就不得不提一提夏沐泽。

在苏清玉辞职离开后很长一段时间，他都没有再出现，也没有任何消息，苏清玉几乎已经忘记了还认识过这样一个了不得的危险人物，直到他打来一通电话。

他打来电话的时候苏清玉正在打印一份文件，是一间建筑公司聘请许泯尘来给他们制作公司网站的合同，她也没仔细看来电就接了电话，然后一边把文件用订书器订好，一边说道："你好，我是苏清玉。"

几秒钟之后，电话那头传来她特别不想听见的男声。

"是我，我是夏沐泽。"

几乎在夏沐泽做完自我介绍之后苏清玉就想挂断电话，即便她手里没什么证据，也不太好确定夏沐泽就是她想象中那种变态的小人，但她还是想听从许泯尘的话，离这个人远一点，最好一点联系都没有。

夏沐泽显然也猜到了她会是什么反应，在她要挂断之前快速道："妍妍住院了，急性白血病，凶多吉少，她想见你，如果你有时间，我恳请你来一趟。"

苏清玉要挂电话的动作硬生生顿住了，她错愕道："急性白血病？怎么会？妍妍不是一直很健康吗？"

夏沐泽回话很快，语气里带着一种可以感觉得到的焦躁和抑郁，由此可见他的话可能并未作假，毕竟那是他所剩下的唯一亲人，也是他一直以来当作珍宝的妹妹。

"她其实一直都不太舒服，在学校和在家里都是，但是她因为害怕我知道了会担心，所以一直不说。上次她一直连续高烧，我带她去做检查才知道这件事。"他说到这里顿了一下，好像紧绷的情绪松懈了一些，须臾后道，"苏小姐，我知道你可能对我本人有些误会，那应该是致命的，但妍妍对你怎么样，你应该知道吧。她现在马上要接受治疗，我希望你可以来给她一点鼓励。她一直觉得是自己做错了什么，所以你才一走了之，甚至都没有和她道别。"

夏沐泽的话把苏清玉摆在了一个非常无情的位置上，对于一个乖巧敏感的小女孩，她显得一点都不真诚，在需要这份家教工作的时候对人家很好，但在不需要之后，在自己的男朋友开口之后，她就毫不留情地辞职走掉了，连跟夏妍道别都不曾。

想起这些，苏清玉觉得这的确是她做得不好，顿时愧疚得不行，思索再三还是说："在哪家医院，我今天下午就过去。"

夏沐泽说了医院的地址和房间号，随后便以还要照顾夏妍为由挂断电话去忙了，这样一来，他倒是轻松了，但苏清玉却觉得好像有一种责任压着她，让她有点喘不过气来。

这会儿许泯尘不在家，江城本地一间公司要制作网站，本来她准备替他去见对方的，但他们昨晚折腾得有点过分，所以苏清玉今天有些累，于是就换成他本人过去见面讨论了。

看看表，距离他回来，怎么也还得半个多小时，苏清玉坐到一边的椅子，按了按额角，拿出手机，翻看着通讯录，找到之前在蛋糕店工作时同事的电话号码，跟对方订了一个蛋糕。

订完之后又忽然想起夏妍的病，打开搜索引擎确认了一下白血病的孩子能不能吃蛋糕，看到可以的时候才放了心。

做完这一切，她站起来准备去做饭，虽然心事重重，但也不能饿肚子，尤其不能让工作回来的许泯尘饿肚子。

不过，许泯尘今天回来得有点早，她刚要进厨房，家门就被从外面打开，他走进来，穿着简单的黑色西装，没有系领带，白衬衣是今天早上刚换的，纤尘不染，特别衬他的肤色。

其实真的很难得，许泯尘也不防晒，也不怎么保养，但皮肤一直很好，肤色简直可以和身为女人的苏清玉相比，让她自愧弗如。

"这么早就回来了？"她只惊讶了一下就说，"我还没做饭，现在就去，你肯定饿了。"

她正要走进去，许泯尘就拉住了她的胳膊，她不解地看回去，看到他若有所思地观察着她，薄唇开合，低声道："你怎么了？"

苏清玉一愣，不解道："我没事呀？"

"你表情不对，如果你不想跟我说，我就不问。"他简单地表达了自己的想法，便松开她的手，让她自己做选择。

这其实有点为难。

苏清玉抬手按了按额角，过了一会儿还是说："我接到夏沐泽的电话，他说他妹妹得了急性白血病，想让我去看看她。说起来，我也挺自责，我总觉得自己有点渣，之前很需要那份家教工作，就努力讨好夏妍，现在不需要了，想和你一起做点事，就连个道别都没有地离开，我原本以为她心里肯定恨死我了，没想到她还想着要见我。"

她很坦诚地把自己的想法和事情缘由全说出来，这倒是出乎许泯尘的预料。他站在她面前，伸手抚上她的发顶，轻轻摩挲着，她一开始不明其意，后来知道他在安抚她。

……许泯尘他肯定不知道现在流行一种说法叫摸头杀，这种动作尤其是在他衣着整齐表情认真的情况下，真的是荷尔蒙爆棚，苏清玉一下子没心情伤春悲秋了，只恨不得把眼前的男人给压在身下，这样这样，再那样那样。

大约也是感觉到有点不对劲，对危机感很敏锐的许泯尘忽然后撤了一步，掩唇咳了一声说："我和你一起去。"

苏清玉这下愣住了，惊讶道："你和我一起去？"

"我不放心你一个人接触他。"他望着她，深邃的眸子像黑夜里天空上灿烂的星火，"但这次你似乎不去不行，那我就跟你一起去。"他微垂下眼，语调放轻，"我现在的身份，应该足以让你带我一起去吧。"

苏清玉忽然就觉得特别窝心。

她越来越觉得，他们是真正地在恋爱了，再也不是一开始她单方面付出那种卑微的状态了。

他们开始变得平等，他开始主动走进她的世界，这真的非常好。

心里觉得好，她的行为就比较激动，直接扑上去把他压在了墙上。

"足，太足了，你现在的身份，足够我带你去任何地方，做任何事！"

她激动地说完，就低头在他唇上亲了一下，这个时候，许泯尘忽然觉得鼻子发酸。

莫名其妙，敏感躁动，神经病，不像个男人。

在心里这样骂完自己，许泯尘果断揽住她的腰，加深了这个吻。

于是在吃午饭之前，他可能要先吃点别的。

夏家很有钱，夏沐泽是个非常优秀的董事长，并且年轻，爱护妹妹，那么夏妍的病房，想当然地会非常的豪华。苏清玉走进去的时候甚至觉得，这不是病房，就是夏妍在家里的房间，因为布置和装饰几乎都一模一样。

她到的时候，一开始夏妍是睡着的，她脸色苍白，看上去瘦了很多，虚弱地闭着眼睛，夏沐泽坐在床边正在削水果，听见有人推门进来也不抬头，直接说了句："感谢你们能来。"

这句话就很有讲究了。

"你们"，说明他知道来的是两个人，那么他怎么知道来的人是谁呢？

其实这很好理解，病房外面有人守着，要是他不允许进来的人，外面的人也不会放进来，所以有人进来，他自然可以猜到是谁。

把手里的水果放下，夏沐泽站起来转过身，看见和苏清玉一起来的许泯尘，脸上一点意外都没有。

他早就知道许泯尘会和她一起来，事到如今这个地步，尽管他当初解释得很冠冕堂皇，许泯尘也不见得带苏清玉去看了医生，手里不一定有证据，但他是肯定不会让他和苏清玉有单独相处的机会了。

好像走到这里，他要做什么，再想干什么，都不好达到目的。

连苏清玉本人，眼睛里除了一直都有的抗拒和谨慎，也多了一丝小心。

"夏总好。"苏清玉非常官方客气地跟他打招呼，小声说道，"妍妍睡着了？"

夏沐泽面不改色地看着她，保持着视线落在她身上的状态，一只手放在床上轻轻拍了一下，夏妍很快就醒了过来。

她睡得很轻，他们刚才刻意保持着低声说话打搅不到她，但哥哥的轻轻拍打让她醒了过来。

"哥？"夏妍咬唇疑惑地看着兄长，夏沐泽回头望向她，眼神终于有了一些转变，他很温柔地说，"苏老师来看你了。"

夏妍缓缓睁大眼睛，好像非常不相信一样，瞬间看向了旁边，果然看见了苏清玉站在那里，只是身边还有一个陌生人，虽然他很英俊，甚至比得了自己的哥哥，可是她却觉得很碍眼。

"苏老师！"

她虚弱地笑笑，那种硬挺着的高兴让人看得心酸，苏清玉是个女人，肯定会心软又内疚，在她说完话后就自然而然地上去坐到了床边，拉住她的手和她聊天。

夏沐泽把空间让给她们俩，走到许泯尘身边，上下瞥了他一眼，忽然道："出去聊一聊？"

许泯尘看都不看他一眼，也不说话，明显是在无声地拒绝他。

他人虽然来了，可就像不会说话的守护神一样，沉默地待在苏清玉身边寸步不离。

夏沐泽也不生气，只是压低声音若有似无地笑了一下说："我要说的事和苏小姐没关系，和许先生倒是关系密切。我知道一些艾博那边的动作，你不想知道吗？我听说你最近又开始工作了，还赚到了一些钱，许先生一定想东山再起吧？那你不想知道于总和安总那边用来压制你东山再起的方式是什么吗？"

按照许泯尘的性格，他是不会理会这些事情的，即便于然和安红对他的事业多加阻挠也没有关系，那都在他的意料之中，他不觉得有任何惊讶，也不认为一个人真的就可以完全绝了另一个人的后路，既然他当初可以越过千难万阻建立艾博，现在也可以从头再来。

但是，这些话如果苏清玉听见，肯定会非常担心的，留在这里继续这个话题不是个好主意，于是思索几秒钟后，许泯尘转身朝外走了，夏沐泽看了一眼他的背影，轻声对屋子里的两个女孩说："我和许先生出去，你们聊一会儿。"

苏清玉闻言回头看向门口，果然看见许泯尘已经不在屋子里了，她莫名有点心慌，但她的手还被夏妍紧紧握着，再看看她难受又期盼的样子，苏清玉只得顺从了夏沐泽的观点。

夏沐泽见此，露出了今天以来第一个笑容，不着痕迹地转身走了出去，给他们关上门。

屋子里，夏妍有些着迷地看着苏清玉的脸，艰难地笑了一下说："苏老师，化疗会很疼吗？如果我怕疼，可以不做化疗吗？可以让哥哥给医生钱，然后不做那些吗？"

苏清玉听着这些话都心里不舒服，她柔声道："妍妍，治疗是必须接受的，虽然有点疼，但你会好起来的，这些疼都值得。你哥哥那么疼你，但这种时候他也无法替代你，你不能让他为你担心，是不是？"

夏妍蒙蒙懂懂道："那苏老师，你会担心我吗？"

苏清玉一怔，点头道："当然，为什么这么问？"

夏妍笑了一下说："我还以为苏老师有了男朋友，就不在乎其他的一切了呢。"

苏清玉愣住了，半晌没说话，一来是不明白为什么夏妍这么小的孩子会说出这样的话，二来是也不知道该怎么回应她这句话，所以只好保持沉默。

夏妍也不介意，软软糯糯地继续道："苏老师，你知道为什么哥哥之前找了那么多的家教，我都不喜欢，唯独喜欢你吗？"

这同样也是苏清玉过去非常困扰的问题。当时和她一起去应聘家教的人很多，比她学历好、形象好的当然也大有人在，她是怎么都没想到，最后这个名额会落在她的身上。

所以，此时此刻，面对夏妍的问题，苏清玉摇了摇头，有点疑惑道："那，为什么呢？"

夏妍想要努力地坐起来，苏清玉见此立刻上前帮忙，低声说道："妍妍你要找什么？我帮你找。"

夏妍满头是汗，但还是强忍着说道："这个东西，必须我自己拿出来。"

苏清玉不知该如何回应这个坚韧的小女孩，只能站在一边看着她从病床的夹层里偷偷地拿出一张照片，等做完这个动作重新躺下之后，她长长地舒了口气，脸色更白了。

她很不舒服，而且很虚弱，是因为一直不吃饭，再加上生病，抗拒治疗的原因。

夏沐泽安抚了她很久，她都不愿意接受治疗，直到苏清玉到这。

"苏老师，你看这个。"夏妍平复了一点呼吸之后，就把手里的照片面向了苏清玉，苏清玉看见的第一时间就愣住了。

"这个是……"她有点反应不过来，难不成世界上有另外一个自己？如果不是的话，那照片上的人是谁？

夏妍虽然身体很痛苦，但她现在心情很好，有一种说不出来的轻松感，哥哥一直以来不让她说出来的事情，她终于说出来了。这个年纪的小女孩多少都有点叛逆，她也不例外。

"苏老师，这个，是我的全家福。"夏妍短促地喘着气说，"自从我爸爸妈妈去世，哥哥为了不让我难过，就把家里面所有爸爸妈妈的照片和全家福都藏起来了，这是我自己偷偷藏的一张。"她挨个给她解释，"这个，是我妈妈，这个，是我爸爸，这个是我，那个时候我还小，这个是我哥哥，还有这个……"她指着照片上最后一个人，那个人就是令苏清玉震惊错愕的原因。

那个人长得和她几乎一模一样，在夏家一家子的优秀基因下面，那个女孩看上去有些格格不入，但夏沐泽挽着她的胳膊，两人的笑容都非常的幸福。

"这个，是我的嫂子，她从小和我们一起长大，很年轻的时候就和我哥哥订了婚，她对我非常非常好，我很爱她，但是……"夏妍说着话，露出难过的表情，泪水也流了下来，"但是，在我爸爸妈妈出车祸的那天，她也在车上。"

苏清玉顿时明白了夏妍伤心难过的原因，有点艰难道："所以，她也去世了？"

夏妍哭着点了一下头，抽泣着道："哥哥那时候很伤心，一下子就变了样子，他以前不像现在这样的，以前他对人特别好，特别爱笑，不是现在这种笑，是那种发自内心的笑……那种笑容，我已经很久没有见过了。"

在外面的夏沐泽，当然不知道自己的妹妹在里面说什么，他正在和许泯尘交锋。

其实也谈不上交锋，因为不管他说了什么，许泯尘都一点反应也没有，好像他根本不存在一样。

夏沐泽的耐心是很好的，但这会儿也有点不太克制得住，他直视许泯尘，也不再兜圈子，直言道："许先生，可能我刚才的话说不到你心里去，那我也不虚伪地跟你绕了，我直白地跟你说。"

他这话倒是引起了许泯尘一点点的注意力，许泯尘终于转过头看了他一眼，他的气质和夏沐泽有明显的不同，比起后者故作温和好相处的样子，许泯尘的气质稍显冷冽，包括他说话的方式和办事的原则，都有点冷漠和难以高攀的痕迹，如果时间倒退几个月，那时候的许泯尘身上，还要再加上一种蔑视一切的自信。

夏沐泽是见过那时候的许泯尘的，比起当时站在他身边的于然和安红，许泯尘就像个天生的领导者，即便什么也不说，也让人觉得非常值得信服和追随，只是，谁能想到最后，他被自己最信任的两个人给算计和背叛了。

夏沐泽笑了一下，敛起眼中的情绪说："我知道许先生对我有一些看法和敌意，但我这次是真心实意地希望和许先生合作，许先生有能力，而我有财力，我们合作的话，即便艾博那边想做什么，许先生也不需要有任何烦恼，只要专心工作就可以了，这样多好，两全其美。"

许泯尘露出了一个清清冷冷的笑容，他静静地观察了一会儿夏沐泽，直到对方虚伪的笑容快要挂不住的时候，他才轻描淡写地开口道："夏沐泽，你不用想着来我这里掺一脚，比起在明面上的敌人，我更担心隐藏在身边伺机而动的敌人。"

他意有所指的话让夏沐泽脸上的善意顿时消失了，在他要再次开口之前，病房的门被打开了，苏清玉从里面走出来，意味不明地看了一眼夏沐泽，随后对许泯尘道："我们走吧。"

许泯尘立刻站了起来，苏清玉快步走过去，也不和夏沐泽道别，拉着许泯尘快速离开了。

夏沐泽皱皱眉，转身回到病房里，一切都和他出去的时候差不多，那么，苏清玉走之前那个表情是怎么回事？

到底是哪里出了问题？

第十四章　东山再起

见完了夏妍回来，苏清玉好几天都神神叨叨的，许泯尘看在眼里，但他什么都没问。

每个人都应该有自己的隐私，如果她想，他自己会知道，她不想说，他也不会逼着她来说。

因为他很清楚，只要他开口问，她肯定会如实回答。

不过，她很快就没心思为那些事烦恼了，因为她有了更加值得烦恼的事情。

"他们怎么能这样？"苏清玉有点生气地把手里的合同放到桌上，她肩上还背着背包，因为刚从外面回来，风尘仆仆的，脸色超级难看。

随着时间的推移，江城马上就要立冬，天气也开始冷了，苏清玉出门都是穿着风衣和毛衣，为的就是保暖，她其实是个挺怕冷的体质，但是现在她却拿着桌上的一张报纸使劲地扇风，再配合着生气的表情，有一种说不出来的可爱。

"热？"许泯尘从电脑里抬起头看着她，看了几秒钟之后，笑了一下。

苏清玉直接被他那个清清淡淡的笑容给秒杀了，明明也没有太过刻意地要帅什么的，但为什么就仅仅是简单地笑了一下，就觉得特别好看，好像为了这样的笑容付出什么，都是理所应当的呢？

真的是花痴了吧，一开始苏清玉就觉得自己真是花痴啊，为了这个男人，改了高考志愿，努力念书，毕业之后甚至还愿意入不敷出地养着他，还好现在一切都在朝好的方向发展，她没有看错人，他就是值得她那么做的那个人，要不然，她也不知道自己会变成什么样子。

　　大概也会像一开始那样无脑地付出吧，不管他是好的还是坏的，只会自己纠结，却无法真的放手不管。

　　耳边忽然拂过微凉的风，苏清玉转头看去，许泯尘不知何时来到了她身边，正用一家公司拿来给他做参考的广告扇给她扇风，她这会儿哪里还记得生气，简直心软得一塌糊涂。

　　"不热，就是有点不高兴。"她今天是代许泯尘去和一间公司签订网站制作合同，本来满心以为不会有任何问题，谁知道到了那里对方不但要违约，不找他们来制作网站了，态度还非常恶劣，她只不过问了个为什么，就被人喊着叫保安，当作要饭的一样给赶了出来。

　　当然了，具体的她是不会告诉许泯尘的，因为不希望扰乱他的心或者让他担心，在他用疑惑的视线看着她的时候，她吸了口气，只是说："我和他们在制作上起了点不同意见，然后他们就不要签合同了，对不起，我把事情搞砸了。"

　　许泯尘怎么会不知道真正的原因是什么，他今天早上接了三个电话，每当他准备接下一个生意，不出一会儿对方就会来电话以这样那样的理由直接推掉合作，苏清玉直接出去了，遭遇肯定和他差不多，而且面对面，说不定感官更糟。

　　这样突然出现的问题，不难猜出是因为谁，艾博是这个行业里面标杆性的存在，于然现在掌控着艾博，要做什么都很方便，打压他就更自不待言。

　　"这和你没关系。"许泯尘坐到她身边，拉着她也坐下来，看着一屋子的办公设备，缄默片刻道，"应该是他们知道我在做什么，担心我东山再起，所以在打压我们。"

　　苏清玉非常喜欢他最后说的"我们"两个字，听见这样的消息居然也感觉不到紧张，反而很兴奋地问："那我们怎么应对？"

许泯尘瞥了她一眼，没有说话，苏清玉有点尴尬地摸了摸鼻子说："我这不是有点激动嘛，虽然我一直没说过，还不太想承认，但我老是觉得，你该是回到那个位置上去的，即便不是这样，也要让他们吃点苦头吧，你之前受过的苦，总不能白受，你说是不是？"

她仿佛急需认同一样凝视着他，许泯尘和她对视一会儿，抬手按住了她的头。

苏清玉当时就好像被按了暂停键一样，满脑子都是怎么又用摸头杀啊之类的话，随后耳边便传来了他轻描淡写的声音。到了这个时候还能这么平静的，除了他估计也没有别人了。

"其实我现在做这些，只是想赚点钱，没有别的念头。"

他第一句话让苏清玉瞬间失望，但第二句又让她惊喜起来，整个人好像在坐过山车一样，心脏都有点受不了了。

"但他们连这样都害怕，那我倒不如真做点让他们害怕的事。"

他说这话的时候，苏清玉感觉自己好像是第一次接触到那个传说中的许泯尘。

自从她有机会和他在一起以来，他一直都处于一个两耳不闻窗外事甚至是低迷的状态，和她记忆里面，以及新闻和大众眼睛里的那个许泯尘，完全不一样。

现在能看见这样的他，苏清玉莫名有些泪目。

她举着手说："我现在有点想哭，但是你千万不要误会啊，我不是难过，我是太高兴了，喜极而泣你知道吗？"她说完话就开始抹眼泪了，一边抹一边笑，样子着实不算好看，而且瞧着特别傻，但就是让许泯尘觉得，世界上没有再比这幅画面好看的了。

他长臂一揽将她抱进怀里，下巴抵着她的肩膀微闭着眼睛，好像做出上面那个决定的时候，他整个人也轻松了不少一样。

一直以来，他都是放任自流，好像他真的已经被打败了一样，其实，他那时候只是不想赢了。

相较于事业上的失败，对他造成致命打击的其实是最信任的兄弟和爱人的背叛，许泯尘也是个人，是人都接受不了这样的三重打击，所以他十分消沉。

但话又说回来，他是个人没错，但又不是普通的人，所以几个月的时间，足够他重新站起来了。

"那我们要怎么做呢？"离开他的怀抱，苏清玉跃跃欲试道，"我们要不要租一个办公室，然后再招一些人来帮你？"

许泯尘看着她精神抖擞的样子，像个和蔼的长辈一样摸了一下她的脸说："人我来找，办公室你来找，要比这里大，但不需要太大，没必要有门面，在居民楼里就可以。"

这是他真正意义上地给她分配一些共同来进行的重要任务，苏清玉认真得不得了，马上就去做计划还有列出他话里的重点，然后翻看各种信息网站，从上面挑选适合他们的办公地点。

同一时间里，许泯尘在卧室里面打电话，其实时间也没多长，平均一个电话大约也就十几秒钟，等苏清玉拿着一些表格过来的时候，他的电话也打完了。

"你看这几个哪个比较好？"苏清玉严肃地介绍说，"这个地方大，但位置有点偏僻，交通不方便。这个交通方便，可地方也只比我们住的这里大一点点。我看这个最好，地方大，交通又便利，而且你看这些图片，这里除了我们办公的大客厅之外，还可以做饭和住宿，除了贵一点之外，没什么不好的地方了。"

她真的和安红完全不一样。她总会无条件地相信他，并且支持着他，而安红是绝对做不到这样的，她们的成长路线不一样，性格和经历也完全不同，如果此刻站在她位置上的是安红，肯定有她自己的一套方案，不会来询问他哪个比较好，而会直接定下来。

但是，意外地，他比较喜欢的，竟然是苏清玉这种。

这样看来，似乎也可以理解为什么和安红在一起这些年，他从未想过和她结婚了。

当初他只是觉得还不到时候，总觉得他们之间还少了一点什么，现在看来，少的就是一种感觉。人，还是要和适合自己的另一半在一起，回头算算，在和安红那段感情里面，他也不算是无愧于心的，至少他在感情上，给的也有所保留。

"你想什么呢？"苏清玉用笔戳了一下他的额头，很轻的力道，拉回了他的神智，"我们选哪个？你想好了吗？"

许泯尘低头看了一眼纸张上的表格和打印出来的房子照片，直接选了最后一个。

"就这个，去租下来，联系搬家公司，这里不住了。"

苏清玉闻言愣了一下，他的意思是，他们直接在新租的地方生活加工作？这样会不会不太好？

但问题到了嘴边最后还是没问出来，他做的选择怎么会错呢，她只要相信他就够了。

于是，苏清玉美滋滋地去安排了，打电话约房东见面看房子，许泯尘站在门口看着她忙碌的样子，口袋里的手机一直在响，这种执着的打法，即便是个陌生的号码，也能猜到是谁。

他拿出手机，挂断，拉黑，一系列动作行云流水，习以为常。

而另一边，安红看着忙音的电话，再拨过去，那边就暂时无法接通了，很显然，她又被拉黑了。

愤怒不足以形容她此刻的心情。

她直接拿起桌上的杯子扔到了地上，恰好被进来的于然看见。

安红的暴躁早在于然的意料之中。

她去找许泯尘在一起那个小姑娘的父母的事，于然也有所耳闻，他什么也没参与，就处于旁观的状态，为的就是让安红自己看清楚许泯尘对她来说到底和以前是否还一样。

女人总是天真地以为，喜欢自己的人不管自己犯了什么错误，只要低头认错，对方就还会回到自己身边的，更不要说，安红从来不觉得自己做错了，甚至还觉得是许泯尘的问题。

她固执地以为他们这次只是吵架了，殊不知，这次比他们过去每次吵架的结果都要血淋淋。

"你这是做什么？"于然不紧不慢地蹲下来捡地上的碎片，语重心长道，"一会儿不小心扎到自己的脚怎么办？让外面的人看见你这么失态，也会传出不好的传闻。"

安红冷笑道："你觉得我现在还在意那些东西吗？让他们去说好了，我还有什么是他们没说过的，跟着两个男人，谁有钱跟谁，多难听的话我没听过啊？"

于然失笑道："你怎么这么生气，是谁气你了吗？网络上那些话你何必去在意，他们就算说了又怎么样，碍不着我们什么。"

安红漠然道："我不是因为他们说的那些话才生气，我要是为了那些东西生气，早八百年就气死了。"

于然故作不解道："那你是为什么？"

安红眯眼瞧着他："你真的不知道吗？于然，你别以为你背着我做的那点事我不知道，你以为你就真的很聪明吗？我告诉你，你去压制许泯尘现在的工作实在太蠢了，你会后悔的。"

于然愣了一下，颇有些僵硬道："你在说什么，我怎么听不明白？我和许泯尘有什么关系吗？"

安红妩媚地走到他面前，抬起他的下巴意味深长道："拜托，于总，你可别把我和苏清玉那样简单好骗的小姑娘比，你私底下做的那些事我都明白着呢，我这次之所以没管你，是因为我也想那么做。"

于然听她这么说稍稍有点放松，笑着说："你也想这么做，那我们不是想到一起了吗？那你为什么还要生气？"

安红刚刚缓和一点的表情在这一秒瞬间跌入谷底，冰冷说道："你以为我这么做的目的和你一样吗？愚蠢！你跟许泯尘差得真的不是一星半点，我实话告诉你吧于然，你这样逼着他，只会让他直接开始反击艾博，重新他新的事业，要知道，在你出手之前，他可能只是想赚点钱，让他现在那个单纯可爱又善良的小女朋友过上好一点的日子。"

于然瞬间有点慌乱，干巴巴道："你就那么了解他吗？你猜的就真的一点都没错？我不相信。我现在这样打击他，他根本没办法做出什么成绩来，就算他重新开始又怎么了，找个黑客把他的网站搞瘫不就行了？"

安红像看神经病一样看着他："你是不是脑子有问题？你那属于不正当竞争，人家要是去报警，你要被抓起来的！你以为现在是古代吗？于然，这是法治社会，收起你那些迂腐的思想吧！"

于然再也克制不住了，暴躁说道："那怎么办！任由他发展吗！"

安红轻嗤一声："当然不是了。"

于然看着她，眼睛里有些期盼，安红坐到沙发上，叠起双腿点了根烟道："现在就静观其变，看看他到底要做些什么，然后再想办法给他添堵，他以前的失败摆在那里，就算要重新开始也不会那么容易，适当地做点什么，就足以让他们为难和退却了。"

于然闻言，紧绷的表情和缓了不少，温柔说道："安红，还是你最理智了，我承认，这次是我做错了，你别生气了。"

安红缄默不语，只是抽烟，其实于然真的有点自恋，她即便是为此事生气，也不是因为他，而是因为许泯尘。这件事上许泯尘的反应她料到了，自然也很清楚他这么选择的原因。这一切都离不开那个叫苏清玉的女人，只要想想这个，安红就恨不得直接拿把枪去把对方杀了，但是她知道不行。

好吧，不行就不行了，没有关系，既然得不到，那就毁掉好了。

掐断手里的烟，安红起身走到办公桌旁边，在于然的注视下拿起电话对助理说："统计一下，近三天内有几个人来递辞呈，然后把结果告诉我。"

说完，安红就挂了电话，于然不解道："你这是？"

安红睨了他一眼说："你看着吧，这几天从公司离职的人，全都会去找许泯尘。你别以为他背上那样的名头就没有人追随他了，想想这个公司是谁建起来的吧。"

于然顿时僵住。

这个时候，安红只是想看看有几个人走，可真正的那个结果汇报上来的时候，她更生气了。

走掉的人不多，但每一个都是身居高位，掌握着艾博核心技术和数据的人，这些人离开在业界造成了不小轰动，甚至有媒体大刺刺地打出了"艾博集团高层集体离职"的新闻，虽然有点名不副实，但在安红和于然看来，也差不离了。

这天是个星期一，苏清玉和许泯尘花了周末两天时间把东西搬到了新租住的公寓，这里大约有一百四十平，位置很好，环境也不错，干净又明亮，价格当然也不会便宜，当然了，它贵得很有价值。

苏清玉交房租的时候，房东太太要求必须一次性交半年的，否则就不租给他们，哪怕她再怎么哀求对方都不肯少一个月，所以现在苏清玉的荷包又空了。

比起他们之前住的地方，这里着实很大，客厅就足够办公用了，前提是人不多的话，而其他房间可以用来让他们居住。搬进来之后，苏清玉熬了两个晚上把东西都收拾摆放了一下，在老房子里显得很拥挤的设备放在这里反倒还空得不行，看来还得置办一些办公桌椅，当然最重要的还是电脑不够。

星期一一大早，苏清玉就起来上网查哪里有便宜的二手电脑卖，昨晚许泯尘睡得晚，现在还没醒，她也没叫他，等着时间差不多的时候，她就去做早饭，准备做完早饭再叫他，不过，巧合的是，在她饭刚做好的时候，他就穿戴整齐从卧室出来了。

苏清玉刚想和他说点什么，就听见门铃响了，她不解地看向他："我们才刚搬来，怎么就有人来按门铃？难不成是房东或者邻居？"

许泯尘绕过她，但不忘记拉住她的手，两人一起朝门口走，他边走边说："你开门看看不就知道了。"

于是乎，许泯尘站在了原地，苏清玉上去开门，开门时她还有点茫然，等门打开了就彻底蒙了。

"你们……"怎么忽然一下子来了这么多人？还都拿着自己的笔记本电脑，穿得都很……怎么说呢，就跟你到了那种顶级的大公司会见到的大牛一样。

"你好，我们是来找许总的。"领头的是个约莫三十多岁的男性，笑得亲切和蔼，戴着一副眼镜，特别好相处的样子，他和苏清玉握了握手说，"你应该是就是苏小姐吧？你叫我刘眼镜就行了，我是程序员，我进来了。"说完话，他就抱着笔记本进来了。

接下来，陆陆续续来了好几个人，男男女女，加起来有十来个吧，最后进来的瞧着年纪不大的小姑娘爽朗道："许总呢？我让人搬了点办公桌过来，看看放到哪儿比较合适？"

苏清玉完全搞不清楚现在是什么状况，如果说这是许泯尘在招聘网站上招聘来的员工，怎么可能不面试就录用？更不要说他们个个瞧着都不是简单角色了。

恰好在这时候，许泯尘走了过来，指着客厅的位置说："你看着安排就行，就摆在客厅。"

小姑娘清朗一笑，便出去安排这件事了，苏清玉站在门口不解地看着他，许泯尘看了一眼屋子里各自找地方坐下毫不见外的那些人，终于做了解释。

"这是我以前的员工。"

简单一句话，其他的其实不必多说了，但许泯尘又加了一句。

"现在是我的朋友。"

这话说得就有水准了，要不怎么说许泯尘比于然会做人呢？苏清玉这会儿是真的领教到了。

"大、大家好。"她有点紧张地鞠了一躬，像小学生见到学生会里繁华景象的模样，看得在座众人忍俊不禁。

"嫂子见外什么，都是自己人，以后劳烦你照顾我们了啊，工作起来我们这群人可没空管自己。"刘眼镜笑呵呵地说。

其实苏清玉也早就想这些事了，她虽然大小也算是个学霸，但出来之后工作经验少，跟着许泯尘一开始肯定不能全部加入进去，要好好学习一下才行，那么前期她就打打下手，给来上班的员工们做做后勤什么的，现在刘眼镜这样说她也不介意，笑着要应和，但许泯尘在她之前开口了。

"她和你们一起，做一样的事。"

他只是简单地说了一句，大伙儿就知道嫂子也是同行了，在那之前，他们只听说许泯尘现在有了新的女朋友，却不知道她具体是做什么的，这样一想，倒也是好事，同行总比不懂强。

由刘眼镜起头，这下大家纷纷表示苏清玉人不可貌相了，苏清玉有点招架不住地看向许泯尘，带着点求救的眼神，但这次，许泯尘没再帮忙。

时机差不多了，她总该学着面对一些过去没面对过的事，现在这种氛围只是小儿科，一旦他们真的回到过去那种状态下，她现在的性格肯定会吃亏。

被她依赖固然是好的，但即便是现在，他也做不到二十四小时跟她不分开，更不要提将来。那么，为了让她在他不在的时候照顾好自己，现在就得狠下一点心来。

许泯尘朝苏清玉笑了笑，保持着置身事外的态度，苏清玉似有所悟，皱了皱眉之后便转回头，努力去让自己显得平静和得体一些。

转变，总是得有个契机的，也要有些东西逼着自己去努力变好。

这个契机，应该就是现在了。

本来空荡荡的大客厅，在人到齐、桌椅板凳都摆好之后，倒是有那么点办公室的样子了。

苏清玉站在厨房门口处望着客厅里正在开会的几个人，她正准备去给他们倒点水，因为这会儿说的内容实在有点晦涩，她是个新手，工作经验不多，听也听不怎么懂。

其实按理说，无法融入这个"大家庭"，本该有点难过和尴尬的，但是苏清玉没有，她觉得这很好了，许泯尘在这种时候还可以有这么多人的信任与支持，这是多好的事啊，她根本无法让自己不高兴，她甚至觉得，只要他们可以成功，那她就算是一直做着后勤或者保洁的工作都没所谓。

挠了挠头，苏清玉也觉得自己是不是有点太不长进了，明明念书的时候都是老师眼里的好学生、其他学生眼里的学霸，也是街坊四邻眼中的"别人家的孩子"，怎么到了这会儿，偏偏就不自信和堕落了起来。

厨房里传来水开的声音，因为没有买饮水机，要喝水就只能用电热水壶来烧，所以比较麻烦一点。苏清玉听见响声，也不再胡思乱想，转身进了厨房用纸杯给外面的每个人都倒了水，然后一点点端出去。

起先，她只是端给坐在外围的人，许泯尘在里面，正背对着她看刘眼镜电脑屏幕上的东西，设备不全面的结果就是这样，连个简陋的投影仪都没有，一会儿下班之后看来得去买一部。

这样想着，苏清玉又去端水，十来个人的水，来来回回端了三次才轮到最里面许泯尘这边。

当她把水放到他手边的时候，他倏地回过头来，看了她一眼，又看了看他手边的水杯，热气缭绕，看着就烫。再稍微转开视线扫了扫其他人的桌上，都是刚烧开的热水，她端了这么多，稍有一次不留神恐怕就得烫到。

"你坐下。"

他直接打断了会议，拉开身边的椅子让她坐下，其他人只是看着，没说什么，倒是苏清玉有点不自在。

"我坐外面就可以了。"她指了一下最边缘的位置，其实也可以听见内容的，不妨碍什么，但许泯尘不那么想。

"你坐下。"

他又说了一遍，眼中带着坚持，苏清玉很了解他，当他重复一句话第二次的时候，就代表着你最好还是接受，因为即便你再怎么拒绝也无济于事。

于是乎，为了不让会议被打断的时间太长，苏清玉老老实实地坐到了他身边，拿着本子和笔专心致志地记录着会议上的重点。

刘眼镜指着一个网页说："如果还走和艾博当初一样的一路线，先做门户网站起家，然后转社交网站，已经不太符合潮流，现在门户网站太多了，大的小的，扔到海里都看不见个影子就倒闭了，我们必须得想点特色，没有特色的话再没有更完善的设备，只能被打压到底。"

他说的是非常现实的问题，刚才苏清玉也听见了一点，他们提到了一个叫于然的人，他应该就是许泯尘那个好兄弟，安红现在的男朋友，据说于然是个非常谨慎小气的人，一旦知道他们新开了一个什么网站，肯定会跑来挤对和打压，毫无疑问地，他们必须先做好准备。

许泯尘安静地听着，暂时没发表意见，只是摸过鼠标来回看了几个网站，须臾之后，他抬眼看着在场的众人平静说道："原来的路比较长，我们没时间耗着，这次干脆简单一点。"他直接把网页换回艾博的社交网站，面不改色地丢出重磅炸弹，"做一个差不多的网站出来，对外营销就用我的名字。"

此话一出，屋子里顿时哄闹起来，刘眼镜第一个站出来说："许总，这样不好吧？之前的事才刚刚消停一点，您再出面的话还不知道引发什么新闻……"

许泯尘毫不在意道："正因为我还有点热度，他们才会关注一个新冒出来的网站，否则你们要做营销和推广的费用就太高了，你们已经放弃了在艾博的高薪待遇来跟着我，我不能让你们再倒贴钱进来。"

他这么说完，大家的表情都有点复杂，苏清玉安静地观察了一下，鼓起勇气说："我支持他的决定。"

她一开口说话，大家都笑了，他们都下意识地以为，苏清玉支持只是感情上的支持，不管许泯尘做的是什么决定，哪怕是错误的，她也会支持，毕竟连许泯尘自己可能都这么想。

但是，苏清玉这次偏偏还就不是因为这个。

"是这样的，我觉得，我们在用这个噱头来宣传的同时，还要再加一个。"她让自己的面色显得落落大方一些，微笑着拿出手机给大家看屏幕，"这是刚爆出来的各位集体离职的新闻，我相信现在的网民并不都是无脑的，他们也会分析是非对错，如果他们发现你们全都转投到了由泯尘建立的新公司，肯定会想之前那个盖在泯尘脑袋上的做空股市的丑闻有几分是真，有几分是陷害，如果真是泯尘的错误，你们这么多人又不是傻子，怎么会放弃优越的条件不要，跟着他来吃苦呢？"

　　她的话说完，大家都愣了一下，好像没料到一直以来被他们只是当作许总女朋友的小姑娘能说出这一番话来。刘眼镜思索了一下，很快就点了头："我觉得这是个好主意，可以实行，现在许总本身就是一个活宣传，拿加X宝和王X吉做个借鉴，我们也可以反其道而行，偏偏就不躲着艾博，就和他们对着干，说不定可以有意外收获。"

　　苏清玉笑着说："我就是这个意思，我们甚至还可以去酒店租一个会议室，来做一个发布会，或者现在流行的直播，正式宣布创建新公司，这样一来，即便像你们说的那样，艾博那边的于然会来打击报复，他也不敢明着来了，大众都知道我们创建了新公司，他要是再乱插手，一旦被曝光，就更显得他们心虚。"

　　许泯尘自从说完话之后就一直没言语，他只是安静地看着大家，尤其是看着苏清玉。

　　其实在他的记忆里，最开始的苏清玉只是个小菜鸟，很多稍微复杂一点的技术问题她都解决不太好，需要人帮助。但是这会儿他却发现，似乎只要有一个相对来说比较宽松的、可以任由她发表想法的地方，她也并不是那种无知的小女孩。

　　她的很多想法说到了他的心里，更说到了大家的心里，一时之间，大家忙碌起来，都非常有信心。

　　这其中，最繁忙的就要数刘眼镜了，他是主要负责制作网站的，对社交网站的构成和大数据采集有着非常深厚的经验，这次跳槽他还带了两个下属过来，虽然是下属，但在艾博里也是经理级别的人。

除此之外，还有负责拉投资和融资方面的人，他们的主要工作就是打电话和见客户，所以基本不怎么在办公室里忙，大多数只是早上来一趟就出门了，只闻其声不见其人。

　　苏清玉的专业还算对口，在之前的会议上发表的建议也颇为让人欣赏，这会儿就跟着刘眼镜一起制作网站，虽然技术不算太高，但有高技术人才在旁边指导，进步还是很快的。

　　就这样，在这一间加起来一共才一百四十多平米的公寓楼里面，许泯尘开始重新建立起他事业的工作，而就像他说的，他身上现在还有热度，出了他什么新闻自然也会被人抓住放在头条上，宣传部门的人便利用这一点，开始一点点地放出一些艾博前CEO许泯尘创立新公司的消息，瞬间就被顶到了各大论坛和网站的首页去，先不管评论如何，抓眼球的效果已经非常好，以后即便这些人不来注册新网站，至少他们知道网站的名字，这已经是一种胜利。

　　作为非常关注许泯尘和苏清玉动态的夏沐泽，当然也在第一时间里听到了风声，他看着下属搜集来的网络上所有关于许泯尘新公司的资料，里面不乏艾博高层集体离职跳槽的新闻，大概他们还买了水军，网络上开始出现维护派和猜测派，什么现在的艾博已经不是过去的艾博了，全都是广告和乱删博的情况，真正的艾博还是有许泯尘在的艾博，大家非常期待之类。

　　夏沐泽看完，就能猜测到现在于然和安红是一副什么表情，他笑吟吟地对躺在病床上的夏妍说："妍妍，你的苏老师现在自己开公司了，哥哥帮你去投资点钱好不好？"

　　夏妍睁大眼睛看着哥哥道："真的可以吗？可是哥哥，我没有钱。"

　　夏沐泽笑道："傻丫头，你没有钱，但是哥哥有啊，哥哥来替你投资，赚到的钱都记在你的名下，等你长大就给你，好不好？"

　　夏妍闻言笑得很开心道："好，谢谢哥哥。"

　　夏沐泽摸了摸夏妍的头，看着妹妹高兴的样子，时间就仿佛回到了过去一样，但是他很清醒，他知道时间永远无法倒流，也知道死去的人不可能再活过来。

这之后，很快，许泯尘就得到了下属的汇报，有人想要给公司投资。

苏清玉这个时候正好站在他旁边，听见对方这么说特别高兴道："真的？"她满脸惊喜，"我们网站还没推出，就有人要投资了？真是慧眼识……"

她的话还没说完，等看到了投资者的信息时，瞬间就高兴不起来了。

是夏妍的名字。

多熟悉，夏妍，那不就是夏沐泽的妹妹吗，她和许泯尘，可都不想再和这个人扯上什么关系。

下意识地看向许泯尘，他当然也发现了这里面的关键，自从上次在医院看夏妍时与夏沐泽最后一次接触，至今已经有很多天，原以为他早就死心了，没想到还在硬撑。

苏清玉抿抿唇，想说一下这个投资最好还是不要接受，但她还没开口，许泯尘就微笑着斯斯文文道："有人送钱上门，哪有不要的道理，把合同条款写明白就好。"

苏清玉惊讶地看着许泯尘，许泯尘只是握了握她的手，在下属将他的意思传达给投资方没多久，夏沐泽就打来了电话。

看着手机上显示的数字，许泯尘毫不惊讶，他起身朝卧室走，关上了门，苏清玉犹豫半晌，还是放弃了偷听的打算，咬着笔尖纠结了一下，就继续工作了。

第十五章 故地重游

夏沐泽绝对不是个善茬，这件事恐怕没有人不知道。

"当然，我知道，许先生肯定也这么想。"夏沐泽在电话里诚恳地说，"但我这次真的只是代替我妹妹来投资，她听说她很喜欢的苏老师建立了新公司，希望可以略尽绵薄之力，另外，我也觉得这是个好商机，相信只要是商人，都不会拒绝钱的诱惑，我很感谢许先生能理解我。"

许泯尘靠在门上，摆弄着手里的打火机，自从被苏清玉看着戒烟，他已经好久没点过烟了，打火机也成了摆设和玩物，瞧着那娴熟的姿势，便知道在这之前，他肯定是一杆老烟枪。

"夏总这么有诚意来送钱，我当然没有拒绝的道理，只是恐怕我们的合同不会令你满意。"

许泯尘的回答官方又冷淡，夏沐泽看了一眼睡熟的夏妍，起身走到门外关好门才说："没关系，合同由你们的法务来拟定，只要不涉及损坏我的利益，我是不会提出异议的。我这次拿出来的这笔钱，应该还足以在许总这里换到一些知情权和股份吧。"

他说完这句话，许泯尘就笑出了声，在夏沐泽的认知里，对方是个性格冷漠的人，让他给外人一点好脸色看就已经很难了，更不要说是笑一下或者怎么样，所以他这会儿在电话里居然笑出了声，夏沐泽再怎么隐忍也能猜得出来他是什么情绪了。

"原来这就是你的目的。"许泯尘声音低沉悦耳地娓娓道来，"你想在我的公司投资，占有一定股权，除了可以赚钱之外，以后在我的公司也有话语权，可以左右我的决定，甚至堂而皇之名正言顺地和苏清玉进行接触，我说得对吗？"

夏沐泽笑了笑，正要说话，但对方好像不需要他回答，接着说道："你还要知情权，就等于用一笔钱买到了公司未来发展的轨迹和决策，看样子夏总也不像我现在这样缺钱，大概赔掉也不会心疼，说不定夏总还会拿这些东西去卖人情，我没有说错吧。"

夏沐泽这次彻底不说话了，电话那头一直沉默安静着，许泯尘也沉默了一会儿，清清冷冷道："夏沐泽，你把过去的事情隐藏得很好，我让人查了一下，得到的消息也很少，但多少还是有一点的。"他压低声音道，"你父母和你未婚妻的车祸，我很遗憾，我在网络上搜索到一张你未婚妻生前参加活动的照片，我也特别好奇，你说世界上为什么有两个人可以长得那么像呢？"

此话一出，夏沐泽直接挂了电话，电话这头的许泯尘是看不见什么他的反应的，但可以预料到。夏沐泽年纪轻轻撑起家族企业，一直以来都管理得非常好，但年少经历过重大变故，失去父母和心爱的人，还要照顾妹妹所以硬撑的他，多少都会有点心理问题。

在医院的走廊里，处处都是监控，他不可以让自己有什么失态，于是夏沐泽努力克制着回到了病房里，锁上病房的门，走进套间的洗手间，关上门避免打搅到夏妍，等门锁好，他的拳头下一秒就打在了墙上，很重，骨头裂开的声音立马就响了起来，还伴随着鲜艳的血，顺着墙壁一点点滑落下去，如果夏妍看见，肯定会吓得晕过去。

夏沐泽急促地喘息着，努力平复心中翻涌的情绪，等冷静下来之后，便扯下卫生间里的干净毛巾，开始一点点擦拭墙壁上的血迹，直到一点痕迹也看不出来，才整理了一下西装外套和领带，出门左拐离开病房，一边去找大夫包扎手上的伤口，一边拿出手机继续打电话。

这次的电话，是打给安红的。

安红这阵子正在烦恼，因为"艾博高层集体离职"的新闻造成了很严重的不良影响，公司各部门的运作也出现了问题，她和于然也没心思去管别的，全都把注意力放在了维稳上面。

接到夏沐泽的电话在她的预料之外，这种公司的关键时刻，她更想把时间放在正事儿上，之前两家公司的合作也在按部就班进行，夏沐泽这个时候打电话来干什么？难不成也是和别人一样，来捣乱的？

因为这个念头，安红接起电话的时候，带着些不耐烦的情绪，不过很快，她就没有针对夏沐泽的不悦情绪了。

他把许泯尘目前的情况，以及办公地点都告诉了安红，安红听完冷声道："在这个节骨眼上，夏总告诉我这些是做什么？"

夏沐泽沉默了一会儿说："你之前不是老觉得我和苏清玉有什么吗？我现在可以坦白跟你说，我是想要苏清玉，但许泯尘是我的绊脚石，恰好你想要他，我觉得我们可以合作。"

安红眯起眼，嗤笑一声道："我还真是非常惊讶，原来苏清玉那小女孩这么讨人喜欢，先是有许泯尘，现在有你，她到底有什么吸引力让你们不撞南墙不回头？"

夏沐泽似乎笑了一下，又似乎没有："安总，不要问那么多，我知道你很想知道我告诉你的那些事，我现在告诉了你，你可以在今天晚上七点左右过去，那个时间我会想法子把苏清玉约出来，希望你可以抓住机会，毕竟和许先生单独相处的时光，安总这几个月来是第一次得到吧。"

安红听完，好半晌没说话，在夏沐泽想要挂电话的时候，她才皱着眉冷声说："夏沐泽，你可能要失望了，许泯尘已经不爱我了，他现在所做的一切都只是为了那个苏清玉，顺便可能还是想报复我，再没有别的，即便我今天晚上觍着脸去了，你又觉得我能怎么样？"

夏沐泽古怪地笑了起来，听着他耐人寻味的笑，安红忽然有点不安。

"安红，你可真傻，你在事业上那么聪明，怎么在感情方面那么笨呢？你觉得许泯尘为什么想要报复你？当然是因为他恨你，他恨你，就说明他心里还有你，一个人如果真的不爱一个人了，对这个人，就不会再有恨这种与爱相对的情绪了。"夏沐泽轻飘飘地说着蛊惑人心的话，听得安红心乱如麻，他甚至觉得还不够，又威胁了一下说，"机会就这一次，我给你了，安总，看你自己要不要把握了，晚上七点，不要迟到。"

语毕，夏沐泽挂断了电话，刚巧走到包扎伤口的地方，相当温和可亲道："不好意思，刚才手上不小心受了伤，能给我包扎一下吗？"

......

晚上六点多的时候，上班的人走得差不多了，许泯尘去买菜了，苏清玉打算先去把米饭蒸上，没走几步手机响了，是个陌生号码。

她迟疑了一会儿挂断了没有接，但电话连续打了三次，到第四次的时候，她还是接了起来。

靠在厨房门边，苏清玉好奇地"喂"了一声，电话那头很快传来夏妍有点虚弱的声音。

"苏老师，是我，我是夏妍。"

苏清玉闻言立刻松了口气："原来是妍妍啊，我还以为……"说到这她及时刹住了车，类似于"我还以为是你哥哥"之类的话可还是别说了，免得伤了小姑娘的心。

只是，夏妍即便年纪不大，但也是懂事的孩子了，当然也能感觉出苏清玉的潜台词。

"苏老师以为是我哥哥，所以才好几次没有接吗？"夏妍说着，似乎并不介意，很快就道，"苏老师，哥哥不在医院，我一个人好怕，所以借了护士阿姨的手机给你打电话，我没有亲人了，我只认识你，你能来看看我吗？"

苏清玉好像很难拒绝这样的要求，但她还是努力地想要试一试拒绝，但话还没出口，夏妍好像就哭了。

"哥哥为什么走了呢？他去哪里了？他答应过我一直陪在我身边哪儿都不去的，他是不是不要我了？"

听着夏妍小心翼翼抽泣的话语，苏清玉的心就硬不起来了，说实在的，一个无父无母只剩下哥哥这一个亲人的有点怯懦的小女孩，放她一个人做完透析痛苦地躺在病房里，看着夜幕降临，肯定会害怕的。

她会打电话来，在情理之中，但是："妍妍，你给你哥哥打电话吗？"苏清玉疑惑道。

夏妍吸了吸鼻子说："我打了，哥哥的电话打不通，我很担心他，苏老师，如果你有事，可以不用过来，对不起，打搅你了……"

她说完话就挂了电话，苏清玉看着忙音的手机，皱皱眉，拿起厨房桌上的便利贴，写了一行字贴在冰箱上便先出门了。

许泯尘回来的时候就发现她不在家，他立刻放下手里的袋子满屋子找人，然后就看见了在冰箱上面的便利贴。

她去看夏妍了，夏妍一个人在医院很害怕。一个人？许泯尘微微蹙眉，揭下便利贴，总觉得这又是夏沐泽在耍什么花招，于是他决定现在就追上去看看。

只是，当他打开门准备出去的时候，就知道没有必要了。

夏沐泽的目的，他已经清楚了。

安红站在门口，穿着长裤和风衣，精神非常不好的样子，应该是在外面等了很久，终于看见他回来了才进来的吧。

夏沐泽的目的应该就是这个了，他要支开苏清玉，让安红有机会和自己单独相处。

"进去说话吧。"安红疲惫地说了一句，便越过他进去，即便他伸出胳膊阻拦，她还是坚持地用力推开了。

看着她的背影，在选择继续出门和留下彻底解决安红这个问题上，许泯尘陷入了沉思。

苏清玉到医院的时候，夏沐泽的确不在这里。

夏妍一个人躺在病床上，眼睛红肿极了，显然是哭过很长时间。

听见开门声，她似乎吓了一跳，反应过来后望过来，眼睛里带着希冀，可能是想看见哥哥，结果看到是苏清玉，愣了一下后破涕为笑。

"苏老师，我还以为你再也不会来看我了呢。"夏妍抹了抹眼角说。

苏清玉走过去坐下，四周看了看，不大的地方，夏沐泽不可能藏在哪里，夏妍也不会说谎，那他就是真的不在了，他不在，她就可以安心地待着了。

"怎么会那么想？"她坐下来帮夏妍盖了盖被子。

夏妍乖巧地躺好小声说："我上次给你看了嫂子和爸爸妈妈的照片，你一定会觉得我哥哥对你……所以我觉得，苏老师以后就不会再来看我了。我记得苏老师有男朋友，你们很相爱，我希望你们可以永远在一起，但是我也想哥哥可以幸福……"她红着眼圈说，"苏老师，如果未来有一天你和男朋友分开，会考虑我哥哥吗？"

苏清玉愣了一下，看着夏妍的眼睛，真的很难说出一些怪罪的话，但有些东西她也必须知道。

"妍妍。"苏清玉拉着她的手认真道，"就像你说的，我和我的男朋友非常相爱，以后不管我们遇到什么事，我都不会主动要求离开他，除非哪天他不要我了，我们可能才会分开。但即便是那种情况下，我也不会考虑你哥哥的。"她放开夏妍的手，直起身，表情看起来有点无情，"妍妍，虽然我知道这样说你可能会不高兴和难过，但我还是得告诉你，我和你哥哥，是绝对不可能的。我没有兴趣，也不喜欢去当别人的替身，最要紧的是，我不爱你哥哥。现在不爱，以后也不会爱。"

夏妍懵懂地看着苏清玉，久久没有说话，而在一辆车里，夏沐泽听着耳机里传过来的声音，听见苏清玉一句句说给夏妍的话，握着方向盘的手几乎要将方向盘给捏碎。

因为知道夏妍醒过来找不到自己肯定会害怕，正常情况下他是绝对不会离开的。但今天为了给安红制造机会，他刻意离开了，还安排了护士过去引导妍妍给苏清玉打电话。

他在夏妍病床底下安装了窃听器，虽然他今天无法在现场和苏清玉对话，但也想听听她会和自己的妹妹说些什么，但当他真的听见的时候，却恨不得自己什么都没安装过。

苏清玉是真的不可能来到他身边。

夏沐泽慢慢发动车子，在江城的夜幕下缓缓驶向埋葬着父母和未婚妻的墓园。

其实，苏清玉说的话倒不见得让他有多伤心，他心底里的不适应和难受，大多原因都来自于她的模样。她用那样一个和他死去的未婚妻相似的脸说出这样无情的话，会让他觉得遭受到了背叛一样。

夏沐泽深夜来到墓园，守墓人吓了一跳，但也无法阻拦。

他径直走到未婚妻的墓碑前，看着墓碑上的照片，照片上的人笑得那么温柔，他还记得他们在一起时那些美好的画面。

替代品。

是啊，一直以来，他不就是想找个替代品吗。

生活的压力让人无处发泄，长久以来积累在心里的抑郁想法正在一点点吞噬着他的理智，夏沐泽知道自己这样的状态在别人看来就是个变态，可是没有办法，他也控制不住。

其实不用太认真仔细地去想，他就知道自己心里根本不是真的对苏清玉有什么爱意，即便有，也不完全是针对她本人的，她的性格，她的容貌，都会让他无时无刻不产生一种，那个人还活着的感觉。

夏沐泽按了按突突直跳的额角，直接坐到了墓碑旁边，看着墓园里漫山遍野的墓碑，正常人都会感觉到阴森恐怖，但他却觉得好像回到家了一样。

在这里，有父母和妻子在他身边，他没什么可怕的。

另一边。

安红是个不屑于在感情上钩心斗角你来我往的人，她觉得那样很掉价。

上一次将苏清玉的父母找来对质的事，已经是她能够做出的极限了。

这次她来这里，也不全是因为夏沐泽的挑拨，她又不是傻子，夏沐泽在利用她他肯定知道，夏沐泽也没有藏着掖着，只不过她今天来这里，恐怕要让对方失望了。

"我不会耽误你太长时间。"解开风衣纽扣，安红坐到沙发上说，"你也不用急着离开，按我的推算，苏清玉很快就可以回来，夏沐泽不会把她怎么样，毕竟他也很喜欢她不是吗？有谁会舍得伤害自己喜欢的人呢？"

许泯尘看着她，一个字都不说，就那么看着，安红和他对视了一会儿，忽然就笑了。

"我也是那样的，我也不舍得伤害我喜欢的人，但是许泯尘，对不起，我还是伤害了你。"

安红是骄傲的，从认识到最后相爱，许泯尘都很清楚她的性格。

所以她现在说出这样的话，许泯尘才更加感觉到惊讶。

她也看出了他眉眼间的变化，慢慢吐了口气，好让自己显得不那么紧绷，过了一会儿才说："我今天来这里，其实就是想让自己死心，我就想问问你，你现在还恨我吗？你想让我有什么结果呢？让我和于然重复你当时的下场？让我身败名裂，一无所有？那样你会高兴吗？"

有句话夏沐泽说对了，有爱才有恨，如果许泯尘还恨她，那说不定心里还是有她，即便没有她，至少有一种方式可以让他记住她，那也是好的。

"恨或者不恨，对你很重要吗？"

这是许泯尘见到安红之后说的第一句话，安红听完就笑得更高兴了，然后笑着笑着，就掉眼泪了。

"当然重要了。"安红吸了口气说，"能不重要吗？几个月之前我们还那么好，几个月之后，你有了新的爱人，我什么都不是了，你难道不知道我是什么性格吗？我一直都在等你回去，只要你愿意，只要你妥协。"

"你知道我不可能妥协。"

他的声音冰冷里透着机械般的无情，回答得那么快，听得安红心灰意冷。

"是，我知道你不会妥协，但我还是想试一试，所以才和于然铤而走险，你的想法过于正派，但现在做生意老是那一套吃不到好处的，你到底明不明白？如果我一早知道这些东西会害得我失去你，或许我什么都不会做。"说到后面，安红露出了隐藏极深的后悔情绪，她声音里带着哽咽道，"我以为，至少你还是愿意让我弥补你的，但是我全都想错了，我把感情想得太无坚不摧了，但其实它只要一碰就会碎。泯尘，我现在这样一定很狼狈，很难看吧？我这辈子都没有这样过，即便我知道你可能完全不在乎，但我还是想说——"她站起来，靠近许泯尘，在他黑色眸子的注视下再次鼓起勇气道，"我们还能回到以前吗？我会努力改正我的错误，我会弥补你，之前的事是我对不起你，你还愿意给我一次机会吗？"

她的声音里带着恳求，人也几乎是半跪在他面前的，只是，许泯尘的反应让她彻底心凉了。

看见她这么伤心难过，他没有一丁点的心疼也就罢了，他甚至还嘲讽地笑了笑。

"安红。"

他唤她的名字，像个魔咒，让她几乎以为时间倒流回了过去，但是不可能，现实就是现实。

"你总以为什么事情都可以弥补，只要你改过，只要你道歉，什么事都可以挽回，你以为世间万物都没有一丁点的底线。"

安红有些焦虑地看着眼前离她越来越近的那张英俊脸庞，那是她曾经朝夕相处的男人啊，可是他现在两片薄唇上下开合，说的却是要置她于死地的话。

"我得承认，我是恨你，我不小气，但也不大方，你和于然我都恨，但只是很单纯的恨，我和你的感情，我和于然的友情，已经全都没有了。"

许泯尘在几乎和安红的鼻尖对碰的时候倏地后撤身子，站起来走到一边，一直半跪在他身边的安红因此摔倒在地上，只能狼狈地仰头看着他。

"我也没想从你们身上得到什么，就是想看着你们身败名裂，就是想看着你们失去一切，这个世界上就是有这种单纯的恨，希望你不要再作他想，自取其辱。"

他为他今天的话做了结束语，然后便抬起手臂指着门口，绅士彬彬道："慢走，不送。"

安红已经做不出什么表情了，她眼前的许泯尘是那么云淡风轻，说话时一点情绪都不外露，和以前面对她的时候完全不一样。

当一个人不再向你展示他一丝一毫的真实情绪时，也是他真正地对你死心的时候。

安红没有忘记自己今天的来意。

她就是想让自己也彻底死心，不再期盼，现在这样挺好的。

对，挺好的，不必难过，虽然也曾抱有说不定也能挽回一点的侥幸想法，但现在应该放弃了。

安红慢慢站起来，整理了一下自己的形象，淡漠地说："那么，从今天开始我们就是敌人了。"

许泯尘看着她微笑，没说话，但他点了一下头。

安红强撑着笑了一下，抓紧了背包带子说："很好，许泯尘，从今往后，我不会再对你手下留情。"

许泯尘温文尔雅道："真巧，我也是。"

安红只觉一个气血上涌，差一点就忍不住要再次崩溃，但幸好只是差一点。

她踩着高跟鞋一步步离开，当她打开门要走出去的时候，发现苏清玉就站在门口，瞧见她也没有多余的表情。

"慢走，不送。"苏清玉甚至说了和许泯尘一样的话，让安红感觉到了前所未有的屈辱。

"你不要高兴得太早。"安红努力微笑着说，"我会让你们后悔今天的所作所为。"

语毕，她仓促逃离这里，苏清玉看了一眼她的背影，抬脚进屋，锁门，动作一气呵成。

去吧去吧，兵来将挡，水来土掩，问题总会找到办法解决，所以，这样的威胁，Who care？

苏清玉回来的时间凑巧，不难猜出她也可能在外面站了一会儿，听到了一些什么。

许泯尘看了她一眼，坐到沙发上，摸出打火机，手轻抚着身上的口袋，显然是想找到烟，但很可惜，他身上的烟早就全都被苏清玉没收了。

想起这些，许泯尘似乎笑了一下，放下手，看着另一只手里的打火机发呆。

苏清玉慢慢走进来，把钥匙放到桌上，放下手里的袋子，坐到他对面说："想抽烟？其实不用的，你要是觉得有压力，或者感觉不太舒服，到阳台去往远处看看也有效果，还比较健康。"

许泯尘慢慢抬眼看她，他很多时候都是沉默寡言儒雅内敛的，或许是他之前准备出去，身上披着件黑色的风衣，看上去当真是丰神如玉，风度翩翩。

"没有，只是头有些疼。"他简单地解释了一下，视线扫过她全身，仔仔细细，不落下一个角落，应该是在看她这次被夏沐泽给糊弄出去是否受了伤。

其实苏清玉在这里见到安红的时候就感觉今天的一切都有点不寻常，再看现在许泯尘这么认真地观察她，就知道他在顾忌什么，他穿着风衣，大约是本来想去追她，但恰好安红来了，所以就没走成。

"我没事，你不用担心。"苏清玉思索了一下说，"今天晚上的事都太凑巧了，我想也许这是夏沐泽和安红一起安排的，夏沐泽利用夏妍来支走我，从而让安红有机会和你单独相处，他抱着的想法大概是，希望安红可以说服你回到她身边？"

许泯尘意外地看着她，女孩明亮的眼睛里是非常平静的情绪，其实他是真的没想到她会猜到这一切，在他的记忆里，她其实是有点笨的女孩子，特别善良，那种很容易被人利用的善良。

"看来我猜的应该没错了，只不过他们俩恐怕都要失望了。"苏清玉提起身边的袋子说，"我买了羊肉，今晚我们吃火锅吧？有的人和事，如果你已经决定了要告别，就不要让它再给你什么压力，你只要记住，我永远都在你身边，而你会越来越好就够了。"

她说到这站了起来，嘴角带着温柔的笑容，她换了个轻松的语气说："说起来，我也不能老是让夏沐泽给我们的生活添麻烦，我今天看见夏妍的时候就察觉到有些不对劲，后来我也做了一点小的努力，希望可以有效果，让他放弃再为了一个不切实际的傻念头来打搅我们。"

许泯尘大多时间都是沉默的，这会儿好像沉默不下去了，站起来问道："你做了什么？"

他的语气里透着关心和担忧，似乎害怕她招架不住夏沐泽的回应，苏清玉看着看着就忍不住笑了，直接扑到他身上，把他扑到了沙发上，这猛然袭来的动作让许泯尘毫无防备地闷哼了一声，那声音性感得苏清玉恨不得咬断他的脖子，她真是越来越暴力了。

"别担心，我没你想象中那么没用，你说，夏沐泽的死穴是什么？"苏清玉压在他身上笑着问。

许泯尘垂眼睨着她泛红的脸颊，他们现在维持的这个姿势加上她那种明显带着引诱的眼神让他根本无法正常思考。

无法思考，甚至无法言语，苏清玉嘴角笑意加深，自己回答道："是他妹妹。虽然他连自己的妹妹都能利用，但那毕竟是他在世上唯一的亲人，如果由他妹妹来跟他表达一些事，我觉得比任何人去说都要有用。"

许泯尘看着她，喉结微微滑动，似乎"嗯"了一声，又似乎没有。

"你怎么不说话呢？"苏清玉故作不解地轻轻抚摸着他的脸庞，这样好看和优秀的人居然是她的，这种事情随便想一想就连做梦都会笑醒吧。

下意识地低头亲了一下他的鼻尖，明明已经快要立冬了，可苏清玉却觉得屋子里的气温直线飙升，她觉得浑身燥热酥麻，脸上又烫又红，特别地想……脱衣服。

"我们去卧室吧。"她嗓音低沉地说话，手来到许泯尘的耳边，轻轻地拨弄着他的耳垂。

这几个月来的共同生活，虽然不敢说在别的方面百分百了解许泯尘，但他身上哪里比较敏感，碰到哪里比较有感觉，她全都了如指掌。

只是，即便到了这种时刻，许泯尘似乎还有点硬撑的意味。

"不是要吃火锅吗？"他半眯着眼，修长的眸子在灯光之下闪耀着，像洒满了星辰。

"可是我想先吃点别的。"苏清玉说着一些好像应该是男方说的话，也顾不上那么多了，直接从他身上下去，拉起他的胳膊往卧室走，而后面的人，是没有丝毫反抗的。

其实，苏清玉没有说出来的是，即便她知道安红来了，许泯尘没有丝毫动摇，可看着他的前女友出现在属于他们两个人的地方，她还是感觉到有些不爽。瞧见安红的那一秒，苏清玉就想着要狠狠地蹂躏许泯尘，做一些安红现在完全不可能做到的事情，肆意地在他身上这样那样……好像只有这样，才能让她心里蠢蠢欲动的无理的占有欲得到舒缓。

那就这么办吧。

关上卧室门的时候，苏清玉是这样想着的。

他们这边你侬我侬，恨不得把彼此揉进自己的身体里，可夏沐泽那边就非常痛苦了。

他在护士打来电话通知他苏清玉离开了之后，第一时间回到了妹妹的身边。

只是，与想象中似乎有点不一样，本该高兴的夏妍看上去特别地难过，她靠在床头看着急匆匆走进病房里的哥哥，用一种心疼和无奈的眼神。

夏沐泽一下子就停住了脚步，视线下移，落在她捏着照片的手上，照片上的每个人都像一根针一样，狠狠地扎进他的心里，让他几乎维持不住冷静的假面具。

"哥。"夏妍开口说话，虚弱又伤心，"对不起，是我给你太大压力了吧，一直以来，都是我太任性了，我一直觉得自己是可怜的，世界上就只剩下你这么一个亲人，可现在想想，哥也同样只剩下我了啊，可是你却没有人可以倾诉和哭泣，是因为我，哥才变成今天这样吧。"

夏沐泽额头青筋直跳，他勉强自己露出一个无所谓的笑容，走到病床边坐下轻声道："妍妍，你在胡思乱想些什么？是不是苏老师说了什么话让你想歪了？"

他在试探，甚至是有些紧张地观察着夏妍的反应，但看着看着，他就发现自己无法保持理智状态了。

"哥，我把这张照片给苏老师看了。"夏妍把照片送到夏沐泽的面前，她有些哽咽地说道，"哥，我知道你也很痛苦，但是我们痛苦就已经够了，为什么还要再拉一个无关的人进来呢？就算两个人长得再像，她们始终不是一个人，嫂子心里爱你，只爱你一个，可是苏老师，永远不会爱你的，我不想看着你因为这个难过。"

夏妍说完话就开始哭，夏沐泽看着那张照片，耳边听着妹妹的哭声，忽然不知道自己置身何处了，他甚至无法给出任何回应。

夏妍看着哥哥的样子，吸了吸鼻子，拉住他的手说："哥，我们以后不要再和苏老师联系了，好不好？她有她的生活，我们也该开始我们的新生活了，总是活在过去的人，是永远没有办法幸福的。"她坚定地看着夏沐泽说，"哥，我们得往前走了，离开的人已经离开了，就算我们再怎么骗自己，也不能让时间倒流。"

夏沐泽将视线从照片上移动到妹妹身上，他看着夏妍哀求的眼神，忽然发现，他似乎还没有一个十几岁的孩子看得清楚。走到今天这一步，到底是谁给他的压力呢？大多数都来源于他自己罢了。一个不愿意面对现实，接受亲人和爱人离开的人，还得硬挺着处理家族企业的事，解决内忧外患，照顾年幼的妹妹，怎么可能正常得了呢。

　　夏妍说得对，他自己痛苦就够了，何必再拉一个无辜的人一起痛苦，苏清玉的确长得和他的未婚妻很像，可他们到底不是一个人，他不能因为苏清玉不爱他，就想着要惩罚她，很多时候他甚至非常不理智地将那两个完全不一样的人混淆了，从而夹杂了许多不应该对苏清玉有的感情和责任，才导致夏妍今天崩溃地和他说出这些话。

　　夏沐泽慢慢地吐了口气，紧紧攥着那张照片，他忽然嗤笑一声说："你以为我不懂这个道理吗？可是这么久了，谁又顾虑过我的感受呢？走掉的人都走掉了，多轻松，妍妍，你让哥哥怎么办？哥哥总得有点寄托吧，否则哥哥会倒下的，你知道，我不能倒下，一旦我倒下，你就再也没办法过现在这样的生活了。"

　　夏妍有点激动地抓住他的手说："哥，只要我们在一起，不管过什么样的生活，我都觉得是幸福的。哥，你回头吧，不要再执迷不悟了，以后我们是我们，我希望你能真正去重新再爱上一个人，而不是爱着一个嫂子的影子，或者一个虚幻的念想。"

　　夏沐泽有些痛苦地捂住了脸，夏妍直起身扑到哥哥身上，安静的病房里响着她不断的抽泣声，夏沐泽听着听着，感觉本就七零八落的心又碎了一次。

　　许久许久，久到夏妍几乎哭得要累睡着了的时候，她才仿佛幻听一样听见了哥哥的回答。

　　他的声音低沉、沙哑，带着些麻木，轻不可闻地说了一个"好"字。

　　夏妍心里一喜，精神一松，就歪倒在了他身边，夏沐泽惊得立刻站起来叫大夫，深夜的病房里，充斥着他绝望和自嘲的笑容，以及大夫和护士来回变动的身影。

第十六章　在一起

　　次日是休息日，尽管是周末了，但很多人还是照常来上班了，所以抱着"今天是周末可以不用早起"想法睡到十点多的苏清玉起来之后，整个人都变得不太好。

　　她醒的时候，许泯尘是不在卧室的，她只当他醒了在外面做什么，也没在意，所以穿着睡衣就从卧室里出来了，由于昨天晚上床上战况激烈，她的胸口处有很多吻痕，如果照常穿秋装的话是不会被看见的，关键是她没有，她穿的是睡裙，屋子里关着窗户也没有太冷，她随便披了件外套就出来了，胸脯大大方方地暴露在空气里，一出门就接收到了来加班的诸位的注目礼。

　　苏清玉顿时傻了，下意识揉了揉眼睛以为自己出现幻觉了，可揉完了眼睛发现他们人还在，立刻便知道是自己愚蠢地出丑了。

　　"……抱歉，打搅，你们继续。"她尴尬又迅速地说了一句，一溜烟儿地跑回了卧室，靠在门上喘气，哀怨地跺了一下脚，心想着这次完蛋了，好不容易建立起来的还不算那么废柴的形象估计全毁了，这下大家心里边得怎么想她？

　　哎，其实这也是没办法的事，住宿和工作在同一个环境下难免就会有这种尴尬事件产生，但现在的资产又不容许他们租一个独立的大办公室，只能这么凑合了。

身后的门被人从外面敲响，苏清玉立刻倾身离开那扇门，转过身拉紧了外套把门打开，看到外面是许泯尘之后松了一口气小声说："你怎么也不告诉我一声今天有人来加班？"

　　她让开位置让他进来，顺便松开了捏紧领口的手，这下子胸脯上的红印子全都被许泯尘都看了，当真是大饱眼福，一览无余，看了几秒钟之后他就转开了头，说不太清楚是什么表情，但是苏清玉看见之后还挺想逗他的，说起来她最近真的胆子越来越大了，很多以前连想都不敢想的事情现在都敢付诸行动了，这是好现象不是吗？这说明她当初的选择是对的，她这么多年从暗恋到明恋的路走得都是对的。

　　"他们有事要做，你在卧室休息就好。"许泯尘坐到床边看着墙壁上挂着的画，想了想补充了一句说，"如果你觉得尴尬的话。"

　　苏清玉顺势坐到他身边，搭着他的肩膀说："今天是周末，大家还来工作，会不会太辛苦？"

　　许泯尘回头望向她，观察了一下她转着眼珠的表情说："你是不是有什么安排？"

　　苏清玉被说中心事，含含糊糊地转开头说："也不是……就算有也没用了，你肯定要和他们一起工作。"说到这她就低下了头，摆弄着手指一副有点委屈的样子。

　　其实，她的长相真的很普通，虽然不丑，但真的称不上漂亮，按理说许泯尘的阶层，应该是见过许许多多各不相同的美人的，之前的女朋友也是难得一见的美女，相较来说，苏清玉的相貌真的寡淡极了，他不该觉得她的某个表情或者动作十分美丽动人的，但是事情偏偏不是那样。

　　看着她，他就会觉得，她每一个微小的动作都很美，有时候甚至只是不咸不淡地笑了一下，也让他觉得现在不是秋末，万物凋谢的季节，而是春天，万物复苏的时候。

　　"你在看什么呢？"苏清玉歪着头打量许泯尘，他专注地凝视着她，即便他们如今已经如此熟悉，她仍然还是有点不自然。

　　须臾，许泯尘终于开了口，但眼神一点都没有改变："我不用和他们一起工作，他们有没有处理完的事情才来工作，处理完之后就会离开。"

苏清玉一听惊喜道："所以，你有时间跟我一起出去？"

许泯尘露出恍然的神色："原来你安排了外出，你想去哪里？"

苏清玉站起来用胳膊比了一个大圆圈道："我有很多想去的地方，其实泯尘你想想，我们在一起这么长时间，都没有像正常谈恋爱的情侣一样出去玩过，什么游乐场啊，花园啊，海边啊，我都想和你一起去。"

苏清玉说这话时眼睛简直太明亮了，许泯尘几乎有些招架不住，然后就在他几乎完全丢盔弃甲的时候，苏清玉还冲上来挽住他的胳膊加了一道说："我还想和你一起去看电影，今天下午有一场，是我特别期待的爱情片，你陪我去看吧？"

原来是想去看电影。

许泯尘在心里这样想，面上若有所思地凝视了她一会儿，轻声说："好，我陪你去看。"

苏清玉顿时惊喜地欢呼出声来，欢呼完了又担心外面工作的同事听见，立刻捂住嘴巴有点不自然地笑道："真是的，一高兴就有点得意忘形，那你先去忙，我收拾一下房间，我们下午傍晚时分出发，你可千万不要放我鸽子。"

她笃定地说话，好像如果他放她鸽子的话，她就会非常生气一样，但其实她心里并不那样想，即便他最后真的失言了，她也不会真生他的气，当你真的喜欢一个人，就没有办法真的生他的气，因为你会担心你的任性和生气把他推得越来越远，毕竟他是才刚刚选择靠在你的岸边。

幸好，对于这次他们在一起之后第一次一起去做的娱乐活动，许泯尘没有失约，甚至早了一个小时就开始准备，在苏清玉在厨房煮汤喝的时候，就听见卧室里面有点动静，她拿着勺子不解地凑过去一探究竟，便看见许泯尘站在柜子边，脖子上挂着领带还没系，衬衫的纽扣也差几颗没扣上，额头有薄汗，床上摆着满满一床的衣服。

发现了站在门口的苏清玉，许泯尘立刻站直了身子，抬手系领带，好像什么事都没发生过一样，苏清玉有点发蒙，指着床上的衣服说："怎么都翻出来了？"

许泯尘瞥了她一眼，不着痕迹道："找东西。"

苏清玉不知其意，还跑上前去说："你找什么，我来帮你找，你不知道放在哪里的。"

许泯尘停滞了一会儿才说："我已经找到了。"

苏清玉闻言，好像觉得自己失去应用价值了一下，有点失望地"哦"了一声。

"你的汤要溢出来了。"许泯尘适当地说了一句。

苏清玉听了立马惊呼一声转身走了，许泯尘朝前看了看见她一时半会儿不会回来，立刻转身开始收拾床上的衣服。

其实他不算擅长做这些事，以前和安红在一起时她也不做，都是请钟点工来做。不过后来和苏清玉在一起，虽然他也不用做，但整天看她做耳濡目染，轮到自己的时候也不会两眼一抹黑，倒是很快就有模有样地收拾好了。

看着收拾妥当的柜子，许泯尘淡定地关上了门，智商高就是这点好，什么东西即便没接触过，只要看看就能学会。

等苏清玉把汤做好了端出来的时候，许泯尘已经准备好一切只等着出发了，这个时候苏清玉还穿着家居服，这会儿外面工作的人全都下班了，她随意一点也没事。不过，对比起来许泯尘正式的穿衣打扮，苏清玉就觉得自己是不是看错时间了，快迟到了？

有点紧张地扫了一眼挂钟，时间对啊，离电影开场还有一个小时，影院距离这里也很近，他们喝个汤，不空着肚子过去，也不用打车，全走路也不至于晚点。

带着这个疑问，苏清玉端着碗走上去说："先喝点汤，免得看电影中途饿。虽然可乐很好喝，但你的胃不好，还是少喝饮料。"

许泯尘接过苏清玉递来的碗，安静地喝汤，苏清玉静静地注视了他一会儿，忽然说："为什么你穿得这么正式，我们只是去看电影，不是去看音乐会，你可以随意一点的。"

她这话一说完，许泯尘好像是被她突然说话给惊到了，正在喝汤的他瞬间呛到了，不断咳嗽，刚换上的白衬衫差点就被汤给染脏了，幸好苏清玉及时用手帕给他挡住了。

看他这样，渐渐地变得脸红，苏清玉后知后觉地反应过来他今天下午的反常都是为什么，顿时眉开眼笑，忍不住亲了他一下。

许泯尘本来还觉得有些不自在，但感觉到她的吻落在他脸上，好像顿时什么窘迫之类的情绪全都没有了。他侧目望向她，两人对视几秒，不由自主地相视一笑。

这样真好。

苏清玉和许泯尘可以毫无负担地约会、看电影，但安红这边却不得不紧急召开发布会。

随着"艾博高层集体离职投奔原CEO许泯尘"的新闻在网上发酵，网民的重点已经从许泯尘当初离开艾博的原因变成了他可能是被陷害的，而现在操纵艾博的于然和安红也许才是罪魁祸首。

这种疑点一出来，很快就被推上了新闻头条，本来还打算把这件事冷处理的安红不得不决定召开发布会。

于然站在发布会现场的门口，正在接电话，看见安红走过来便挂断电话对她说："你猜猜许泯尘现在在做什么？"

他说话时带着点狰狞的笑，一看就不是要说好话，安红没好气道："他能做什么？请水军让这件事闹得更大，然后看我们怎么收场，现在肯定也正等着在电视机前面看我们的笑话，他还能去做什么？"

于然闻言忽然没形象地大笑起来，看得安红莫名其妙，抬脚想走，但下一秒就被他拉住了。

"安红，我希望你这次是真的确定心意要让他再也站不起来，和那个女人一起下地狱，否则的话，你知道他现在在干什么的话，还不得被

250

气死。"于然不阴不阳地笑道，"你肯定猜不到吧，他和那个女人去看电影了，在你忙着应对那些棘手的事开发布会的时候，他们俩在电影院里吃着爆米花看爱情电影，多浪漫啊，狗仔去拍他们，许泯尘都不躲不闪，紧紧抓着她的手，比你当初跟着他的时候是不是幸福多了？我都不记得你们有看过几次电影，好像大多数时间，你们都在一起研究工作和网站。"

于然的话好像血淋淋的刀剑，深深地插进了安红的心里，直到走到发布会现场，坐在了演讲席的位置上，安红还是有点回不过神来。她僵硬而面无表情地看着前方，看着诸多的摄像机和各大媒体的记者，今天的发布会非常重要，如果她说错哪怕一个短句子，都可能被许泯尘那边的人拿去当把柄过度解读，她一开始是严阵以待做了充足准备的，可这会儿她忽然不知道该说什么了，脑子里一片空白，等时间到了，发布会正式开始的时候，她依然闭口不言。

镁光灯不断地亮起来，于然有点着急地拉了拉她的胳膊，可安红还是什么都不说，就在媒体记者也开始交头接耳互相议论的时候，安红忽然掉了眼泪。

这一幕被现场记者疯狂拍摄，安红的眼睛睁得大大的，一次眼睛都没眨，豆大的眼泪一点点滑落下去，直到再也不见，她吸了口气，强笑着开始说话。

"抱歉，让大家看笑话了，只是想到必须和曾经最爱的人为敌，心里就很不舒服。"

安红向来是以女强人的形象示人，这还是她第一次做出示弱的表现，再加上她长得好，顿时引起了媒体的怜惜，大家本来咄咄逼人的态度也缓和了不少。

"其实在发布会之前，公关部给我准备了很多份稿子。"她拿起桌子上的文件翻了翻，失笑道，"但到了这个时候，我忽然觉得这些都没什么用了。"说完这话，她就直接把桌上的文件全撕了，一边撕一边微垂眼睑说，"直到现在，我心里还是爱着那个男人的，我知道这是公司的新闻发布会，不该涉及我们的私人感情，但我必须告诉大家的是，即便许先生做了错误的选择，发生了那样的事，我也一直在等他回到公司来，只要他肯认错，我和于先生都会愿意再次接纳他。"

其实于然对于安红脱稿自由发言的事情一开始还很担心和不满，但听见她的语气，看见她的表现，他忽然觉得这样真是太好了。

打感情牌，要比官方的解释更能博得人的信赖，毕竟之前处于劣势的是许泯尘，现在大众怀疑他们俩一起陷害他，然后指责处于优势的他们。

安红吸了口气，满含热泪地看着镜头说："我一直想着，即便需要等待几个月，等待他认识到自己的错误再回到艾博，那也总还是可以等到他的。但是没想到，他现在会为了他的新女友而建立新公司，用手段拉回原来的旧下属，和他曾经参与创建的孩子一样的艾博作对。"

此话一出，现场一片混乱，大家都抓住了话里的重点，许泯尘交新的女朋友了！

这会儿，在影院那边偷拍的媒体也已经把最新消息发上了网，有同社的媒体接到短信之后立马改了发言稿，这个许泯尘居然还真的交新女朋友了，那么这是在他离开艾博之前还是之后？如果是之前，那么这个新女友是不是他和安红之间的小三？

无数问题从媒体口中抛出来，于然心里已经乐开了花，面上却保持着悲天悯人的表情，似乎他们才是这场闹剧中最大的受害者，安红好像都没力气回答媒体的问题了，撑着桌子低声抽泣，于然见此立刻站起来扶着她，对媒体说："安总不太舒服，今天的发布会到此结束，还希望各位媒体朋友多多帮忙。"

他现在的位置还这么客气，媒体们自然觉得很有面子，再加上安红这样的女强人哭得这么泣不成声，他们已经开始偏向艾博这边了。

走出发布会现场，安红立刻直起身抹掉了脸上的眼泪，于然看着她笑道："我真是没想到你这么机智，知道我让人去拍许泯尘和那个女人了，就立刻在发布会上用上了，这次我们只要引导媒体觉得是许泯尘出轨在先，就可以在这场舆论战里取得胜利了，一个为了女人而犯错离开艾博，出轨后还为了小三来打击报复原配的男人，怎么会有人支持他和他发布出来的产品呢？"

于然越说越高兴，最后几乎笑出声来，安红斜睨着他说："你的脑子不要那么简单好吗？这只是我们的一家之言，你觉得许泯尘不会拿出证据吗？"

于然一噎，干巴巴道："他能拿出什么证据？现在是我们占优势，我们先说的这件事，后面他就算解释，我们也可以找水军刷上去说是他欲盖弥彰，扰乱视线。"

安红停住脚步看着前方说："他没有出轨，也没对不起我，更没有对不起你，这是事实。至于你问我他能拿出什么证据？我倒是不担心他否认苏清玉是小三，就像你说的，这件事他只能找出双方亲人来作证明，他们不是那个时候好上的，可我们可以说他们是亲人，做证不可取，但如果他拿出是我们陷害他那件事的证据呢？"

于然立刻慌了："不会吧？他会有那件事的证据吗？以他的性格，这么几个月过去他都没反抗的举动，该销毁的证据我们都销毁了，我不相信他会还保留着什么。"

安红闻言啼笑皆非道："于然，你真是差了他不止一星半点，他现在可不是一个人了，就算他没有，他身边那些可都是艾博的高层，你觉得他们现在跟着许泯尘，会对这件事袖手旁观吗？"

于然彻底呆在了原地，脑子里乱哄哄的一片，已经开始想应对办法了。

只是，事情远比他们想象和担心得来得快。

明明许泯尘和苏清玉这会儿正甜甜蜜蜜地在看爱情片，可待在外面各自在家过周末的其他人就已经开始反击艾博的发布会，直接在刚刚注册的新公司微博上丢出了重磅炸弹，一份艾博内部曾经与之前涉嫌操纵股市案被抓的证券公司签订的协议，签字的人不是大家都跑去追责的许泯尘，而是——安红和于然。

这份协议一发出来，刚刚因为发布会上疑似被三而哭泣的安红立马又被推到了风口浪尖上，这份协议简直来得太及时了，想必许泯尘大概是早就让人搞到了，只是等着在关键时刻给于然和安红致命一击，让他们连还手的可能都没有，省去很多不必要的麻烦。

看着手机上刷出来的新微博，以及底下的评论，安红真正地慌了神。

没有哪一刻比现在更让她清楚地意识到，许泯尘是真的不爱她了，并且这次是真的要置她于死地。也许他一开始是给过她和于然机会的，比如他们不闹出这样的事情来，让许泯尘的公司可以安稳地长成，那大家就能相安无事，但既然她不仁了，所以他也不义了吗？

一旦证明了图片中的协议是真实的，那么当初许泯尘是什么下场，未来安红和于然就是什么下场。

于然傻眼了，看着手机回不过神来，于然慌乱地冲进办公室，拿着手机给安红看，大声说道："这份协议怎么会跑到他们手里？！你不是跟我说所有我们签署过的东西全都毁掉了吗？之前在证券公司那边也没查到这份协议，现在怎么会又跑出来？！"

听得出来于然是真的害怕了，否则也不会对他暗恋明恋了那么久的安红用这种语气说话。

安红淡漠地瞥了他一眼，自嘲道："我是销毁了，还是亲自烧掉的，连灰烬都冲进了马桶，几份双方签署的协议都是这样做的，我怎么知道他们从哪里又弄出了一份？"

于然狼狈地靠到沙发上，而另一边，正在看电影的许泯尘感觉到口袋里的手机在响，便拿出来看了一下，来电号码很熟悉，是下面的员工。他不着痕迹地按下接听键，也不说话，只是把手机放在耳边，安静地听了一会儿就取下来放回了口袋里，继续给苏清玉送去爆米花，看着她看电影时笑眯眯吃爆米花的样子，他也露出了宠溺的笑容。

其实，安红的确算是小心了，当初该销毁的东西也都是亲自去销毁的，只是她忘记了在创建公司时谁付出得最多，在员工中声望最高的又是谁，在很多文件的处理上，一旦有经过别人的手，就很容易留下痕迹，要庆幸的是他们当初动作够快，许泯尘还来不及反应，一切就都发生了，然后措手不及，失去一切，跌落神坛，但这不代表，那些证据不会有人留下来。

虽然原件不好保留，但用手机拍摄下来清晰的图片，每一页，甚至每一个字，包括公章和签字都经得起法庭和公证部门的检测，这东西一出来，于然和安红可以说是彻底输了。

安红冷静下来之后，就开始给许泯尘打电话，希望现在示弱还可以有挽回的可能，但电话依旧是接不通，与以前她的电话每次响两次就被接听不同，自从他离开之后，她就再也没有打通过他的电话。

将安红换的新号码再次拉黑之后，许泯尘牵着苏清玉的手走出影院，她正在吃手里的棉花糖，并没发现许泯尘都做了什么，吃着吃着，她忽然站住脚步说："我好像看见有人在拍我们？"

她皱着眉，一副很警惕的样子，许泯尘侧目睨了一眼她看的位置，那边偷拍的人立马躲了起来。

许泯尘不在意地拉着她的手离开，头也不回道："也是时候让所有人知道这件事了。"

苏清玉看着他走在前面一点的背影，再想着他刚才所说的话，嘴角不自觉地勾起来，但好景不长，她走着走着忽然觉得胃部一阵不舒服，不知道是因为棉花糖，还是因为街边忽然飘来的一阵香水儿味，总之，她忽然特别想吐，捂着嘴巴就跑到了一边。

许泯尘快步跟上去，看着她在垃圾桶旁边干呕的样子，忽然睁大了眼睛。

也不知道是怎么回事，在影院门口有点不舒服地吐了一下之后，苏清玉就被许泯尘给带到了医院。

跟在他后面看着他排队，挂号，然后继续跟在他身后去医生科室，苏清玉整个人都是蒙的。

"泯尘，我真没事，就是吐了一下而已，可能是今天喝的汤有点反胃，我回去吃个健胃消食片就可以了，你别担心啊。"苏清玉拉住他的手，不想浪费钱，她是真的觉得自己没事。

许泯尘回过头，神情有些古怪地看了她一会儿，才抿唇说："先别想着乱吃药。"

苏清玉隐约意识到是哪里不对劲，但又不太好主动往那个方面想，只能顺着他的话茬说："你不让我吃药，还带我来医院做什么呀？"

许泯尘收回视线继续往前走，因为担心她不老老实实跟上去，他还伸手抓住了她的手腕，拉着她往前。人潮里面，苏清玉还能看见有几个人拿着什么在拍他们，她有点抗拒地想抽回手，不想被那些人拍到什么能大做文章的画面，但是许泯尘大概是误以为她不想去检查，所以紧紧攥着就是不撒手，女人的力气自然没法和男人比，于是乎，苏清玉就怎么都挣扎不掉了。

"泯尘，你先松开我，我自己跟着你走，那边好像有人在偷拍我们。"

苏清玉只好追上去踮起脚尖在他耳边说话，许泯尘垂眼睨了睨她，她下意识看向一个方向，他顺着望去，果然有几个人警觉地躲在了人群里，医院这人多的地方最适合他们伪装了，不用想都知道是些什么人，各大媒体的狗仔，说不定一会儿从医院出去，他带着新女友去医院做孕检之类的新闻就会报道出去了，不过细想想，也不算太离谱，因为他现在过来的确是来做相关的事情。

"不用理会那些人。"

许泯尘毫不在意地继续拉着她往前走，苏清玉再迟钝这会儿也知道他为什么这么执拗了，她忽然觉得心跳加速，闷着头跟上他，两人一路就走到了妇产科的位置，然后许泯尘就开始找相对应的门诊，苏清玉亦步亦趋地跟着，最后还是忍不住说话了。

"泯尘，你是觉得我怀孕了吗？"苏清玉咬着下唇说。

许泯尘脚步一顿，自从离开影院到现在，他一直表现得仓促而急切，这是他第一次停顿下来。

他回过头来，放下了攥着她手腕的手，看似不经意地说了一句："是，我还以为你得等到做检查的时候才能反应过来。"

苏清玉无奈地笑了一下，看上去有点艰难，她吸了口气说："其实我的内分泌一直不怎么稳定，大姨妈总是来得不准，你真的不用那么紧张，我只是反胃了一次而已，又不是最近经常这样，如果你担心，我们回去的时候买个验孕棒就好了，再说我们不是一直有做措施，不会怀孕的……"

她越说声音越小，许泯尘听到这里才开口跟她说："体外射并不完全保险。"

他脸不红气不喘地说完，苏清玉顿时羞愧得恨不得找个地缝钻进去，她尴尬地看了看周围，还好大家来医院都是看病的，都非常忙碌，没工夫去管没有关系的人，她舒了口气说："可是那也不一定就是怀孕了啊，如果真的怀孕了，你要怎么做？"她拧起眉，手握成拳说，"你现在正是事业上升期，似乎不能这么早就有个孩子吧，我想你肯定是这么想的，但是我……"

她说到最后就说不下去了，眼圈也开始发红，其实她不太认为自己是真的怀孕了，但一想到如果是真的，搞不好许泯尘会想让她打掉孩子，她就觉得心里不踏实，浑身都不舒服，难受极了。

打掉孩子，她是真的舍不得，与其承受那样的结果，倒不如装作并不知道身体怎么样了。

许泯尘一直都安静地听她说话，等她说到这个节骨眼上，他再猜不出来她在担心什么就有点不解风情了。

他似乎笑了一下，这次换他无奈了，他无视不远处窃窃私语的狗仔，就直接当他们不存在，半弯下腰在她耳边说："如果你怀孕了，当然就生下来，我们马上结婚。如果没有怀孕，检查过后我也可以放心。总之，不要胡思乱想，不管是对我还是对你自己，都要有点信心。"

他的话很温和，带着柔软的色彩，苏清玉听完就抬起了头，红着眼圈望着他，然后也顾不上狗仔和来来往往的陌生人，直接揽住他的脖颈紧紧抱住了他。

说句实在话，即便是狗仔，有这么多年的经验，还是第一次拍到这么饱含感情的爆料照片。

不管是从女方感动的眼神还是从男方温柔的动作里，都透露着一种两情相悦的幸福感，而且这次难得的是，他们没有被像赶苍蝇一样赶走，狗仔们感觉心情不错，所以在刊登照片的时候，也就下意识地手下留情，把那张最饱含感情的照片给刊登了出来。

不过，这是后话了，暂且不表。

现在比较关键的是，苏清玉到底有没有怀孕。

胳膊到底是拗不过大腿，她还是在许泯尘的陪同下做了全套的检查，除了验血的检查要三天才出来以外，其他的检查结果都当场出来了。

她并没有怀孕，这是确切的了，至于身体有没有什么问题，还要等验血的结果出来。

大夫是这么说的："小姑娘年纪不大，还很年轻，你们夫妻俩要是现在想要孩子，等三天后结果出来再具体看看。不过听你说，月经不太正常的话，是存在一些问题的，打算要孩子就得好好调理，节食减肥是肯定不能做的，还要注意睡眠，保持心情，总之啊，也是急不来的。"

苏清玉听得哭笑不得，谨慎地跟大夫说："那我三天后来拿了结果再给您看。"

大夫笑着说好，然后苏清玉和许泯尘就打算离开，但大夫似乎又特别迟疑地说了一句："你老公他是不是姓许啊？"

苏清玉愣了一下，转头看看许泯尘，后者正看着女大夫，女大夫笑着解释说："别误会，我就是随便问问，因为觉得这位先生很眼熟。我儿子是学IT的，整天跟我念叨一个叫许泯尘的人，还买了很多他的书，我觉得这位先生有点像，所以就顺嘴问了一句。"

苏清玉恍然，大夫还真没认错人，但看许泯尘的反应，他是不打算承认的。

不过，他也没有否认就是了，只是朝大夫点了一下头，便牵着苏清玉的手离开了。

两人走出医院的时候，狗仔已经离开了，他们打了辆车，苏清玉悄悄瞄了一眼坐在身边的许泯尘，他表情不怎么好看，她转了转眼珠，小声问道："你看起来，似乎不太高兴？"

许泯尘嘴角微勾望向了她，虽然他勾着嘴角，但感觉不到什么高兴的成分，倒是觉得他的确是挺不高兴的，可能还有点失望。

"那么明显吗？"他问着，笑容里又多了一点无奈和惭愧的成分。

苏清玉看了他一会儿，悄悄靠近他说："其实你想要个孩子的，我说得对吗？"

她这话一说完，许泯尘半晌没有回答，出租车不停地在往前开，街道两边的景色一点点倒退，夜晚已经来临，入了冬的天气开始变得寒冷，下面的行人都穿起了厚厚的大衣，一切都变得凝重和萧肃，就在这样的时候，许泯尘开口说话了。

"我可能一开始自己都没意识到，我是想要一个孩子的。只是在听见医生说你并没有怀孕的时候，一下子好像什么东西没了一样。"说到这里，他似乎有些不自然地笑了笑，试探性地问，"这样的想法是不是有些矫情？和女孩子一样，患得患失的。"

苏清玉闻言笑了，是很温柔的笑，她把头靠在他肩膀上，握着他的手说："怎么会呢？你能这样想我还挺高兴的，其实我也很想要一个孩子。如果这也是你希望的，那么，我会好好调养身体，早点生一个属于我们俩的孩子。"

许泯尘抓住了话里的重点，握着她手的力道紧了紧，压低声音道："那么在这之前，我可能要先跟你结婚了，你，愿意吗？"

其实苏清玉想象过很多种浪漫的求婚，以前只是暗恋着那个遥不可及的许泯尘的时候，她在梦里梦到过一个模糊的人在有蓝天有大海的地方跟她求婚，那个时候她就幻想也许那就是许泯尘，也许在将来，真的可以有那么一天。

只是，那时候的她有了这个想法之后立刻便羞耻地开始嘲笑自己，为什么要那么异想天开，做那种不要脸的假设，你明明没有那个资本。

很难想象，未来的一天真的有机会听见他向她求婚，其实上一次他带她去见父母，她已经十分高兴了，这种高兴劲还没过呢，他又跟她求婚，苏清玉哪里还顾及得了现在是在出租车上，当即便激动地点了头。

"我当然愿意了！"她兴奋地抱住身边的男人，哪管司机是用什么表情看她，她红着眼圈上去就开始亲许泯尘的脸，还意犹未尽道，"真高兴啊，想了一辈子，终于能嫁给你了！"

司机师傅透过后视镜看着这颇廉耻的一幕，本来该因此感觉到世风日下的，但是却不知道怎么的，情不自禁地跟着嘴角上扬了，真是太有魔性了，司机师傅反应过来，赶紧甩了甩下巴。

夜里。

酒吧。

安红坐在她的常用包间里喝酒，与其说是坐着，倒不如说是趴着了。

她喝了太多的酒，脑子已经不清晰了，什么都记不清楚，只记得她和许泯尘的相识相恋，再到最后的决裂。

手机在不断响着，但是她不想接听，这世界上的一切纷扰她现在都不想再管了，她想自己一个人待会儿，谁也不见，谁的声音也不听，不管是好的还是坏的，这会儿都远离她吧。

把酒倒进杯子里喝似乎有点太慢了，不够爽快，安红干脆直接对瓶吹，她喝了大半瓶的红酒，满肚子里的凉意，似乎也是这股子凉意让她感觉身体都超负荷了，浑身发毛，脊背发冷。

喝着喝着酒，忽然就觉得自己不应该在这里啊，为什么她要在这里？她应该回家了，一个人喝多了酒待在这里，多危险啊。

于是安红颤颤巍巍地爬了起来，浑身酒气地离开了包间。酒吧的人也没敢上去问什么，只是打电话给于然说了一下这件事。

于然这会儿正忙于处理内忧外患，根本无暇顾及安红，即便他想去把她接回来，也被眼前的事给阻碍了，根本来不及。

就这样，安红站在街边开始挥手拦车，这个时间，穿成这样的漂亮女人拦车，司机大概都会停一下，甚至还可能会有点什么坏心思，只是安红到底是安红，即便喝醉了也是个尖锐强势的女人，一辆出租车停在她身边，司机打开副驾驶的窗户对着她吹口哨，她直接眯起眼用英文爆了一句粗口，然后对着司机竖中指，直接上了另一辆停在这里的出租车，惹来那司机一句咒骂。

"小姐，你要去哪里？"这辆车上是个女司机，大约也是担心安红被人占便宜，所以才赶紧停在了这里，把她给载上了。

"我要回家。"安红粗鲁地报了一个地址，然后就从钱包里掏出好几张红色的钞票扔到车前面，"给你，送我回家。"

她说完话就靠在车椅背上人事不省，女司机捡起钞票，透过后视镜看了她一眼，无奈地摇了摇头，心说这姑娘肯定是失恋了，不然怎么至于这样？

不过说起来，这姑娘莫名有点眼熟，也不知道是谁，在哪里见过。

带着这种疑惑，女司机开车离开了酒吧门口，照着安红说的地址一路行驶，约莫过了半个小时，在夜里十一点多的时候，到达了目的地。

这会儿天色已晚，这边的小区又属于老宅子，住的属于老人偏多，睡得也比较早，家家户户都已经黑了灯，除了小区里的路灯之外，可以照明的就只剩下出租车的车灯了。

"小姐？"女司机在驾驶座上尝试着叫一下安红，可是没叫醒，于是只好下车去后座上拍了拍她，这次倒是叫醒了，但对方还是醉酒状态，什么都不知道，一脸的惺忪和迷茫。

女司机是个好心的，看见她这样就望向她口中地址所说的那户人家，扶着她下车，朝那边的大门走去，然后按响了门铃。

这家人应该是睡觉了，按了门铃半天也没人开门，于是女司机只好继续按，还好，过了两三分钟，门终于被打开了，里面是个上了年纪的女士，正拉着外套疑惑道："这么晚了，你找谁啊？"

女司机立刻把身边的安红推给对方说："这位阿姨，这是您女儿吧？我给您送回来了，我还要赶工，先走了。"

门里的女士被迫扶住了一身酒气的女人，听着女司机的话就觉得云里雾里，等看清楚了醉酒人的长相，顿时愤怒起来，大声道："这不是我女儿，神经病啊，把她送到我们家来做什么？！"

已经走出一段路的女司机听见这话愣住了，站在远处说："是她告诉我的这个地址啊，肯定没错的，她说这里是她的家。"

安红的父母如今都在国外，在国内除了她买的那套房子之外，没有可以称之为家的地方。

如果是换做以前，在她和许泯尘还很好的时候，她现在所在的这个地方的确可以称之为家。

是的，安红报的地址是许泯尘的家，开门的正是许妈妈，她比任何人都清楚儿子会变成现在这样都是谁的功劳，怎么可能收留醉酒的安红？

许妈妈直接把安红推了出去，也不管安红是不是会撞到哪里，直接关上了门。

在关上门之前，许妈妈冷漠说道："我不认识她，这里也不是她的家，不要再来骚扰我们！"

女司机站在原地无语地看着这一幕，眼见着安红摔倒在地上还在痴痴地笑，也不愿意再给自己惹麻烦，帮人帮到这种地步也够了，她回去也不用觉得内疚。

于是，女司机开车走了，寂静的深夜，安红就这样面朝天躺在许家老宅的门口，看着天上的月亮，时间似乎又倒流回了她第一次来这里的时候。

那时候她好像是见过一个小女孩，好像还在念书，就住在许泯尘家对面，长得普普通通，丢在人堆里肯定是找不到，属于到哪里都不出彩的那种，那个时候的安红怎么会知道，就是这样一个不起眼的小女孩，竟然可以夺走属于她的一切呢？

其实，如果苏清玉真的没有出现过，单就是许泯尘一个人，安红还说不定真的可以说服他回到她的身边，因为如果没有苏清玉，许泯尘不可能振作起来，即便是抱着一了百了互相折磨的想法，许泯尘也说不定会和安红重新在一起。

但这个世界上哪有那么多如果？

安红闭上眼睛，脸上带着笑，自嘲又悲哀，但眼角却在流泪。

许妈妈进了屋，透过窗户朝外看，发现安红就倒在那里一动不动，担心惹上什么官司，在屋子里紧张地走来走去，搞得许爸爸都不得不起来一探究竟。

从老伴口中得知了事情原委，许爸爸立刻说："有这种事？你怎么不早说？就算讨厌她，也不能让她就这样啊，这样多危险，出了事还不是我们承担责任？"许爸爸皱眉道，"马上给泯尘打电话，让他回来处理。"

许妈妈不赞同道："这会儿泯尘肯定睡觉了，应该还和清玉在一起，被清玉知道这件事万一不高兴怎么办？"

许爸爸思索了半晌还是说："那就让他们一起回来，他们总该做个了断，这样来来回回折腾要到什么时候才算了结？现在就打电话。"

许妈妈虽然不愿意，但她也知道丈夫说得是对的，迟疑再三，她还是给儿子拨了电话。

这会儿，许泯尘的确已经睡了，还是刚和苏清玉做完才睡的，两人既然决定结婚要孩子，那就不用做什么措施了，所以可以说这次的互动是非常尽兴和爽快的。

夜晚里突兀的电话铃声吵醒了两个人，苏清玉揉着眼睛开了床头灯，轻声说："怎么了？"

许泯尘握着手机，上面显示着"母亲"的字样，但他口中说出来的话却和安红有关。

"我妈打电话来说，安红喝了很多酒，现在躺在我家门口。"

苏清玉顿时什么睡意都没了，有点惊讶道："不会吧？她那样的人，我总觉得谁会那么失态，她都不会的。"

上一次在这里看见安红有些崩溃的样子之后，苏清玉就已经觉得颠覆三观了。还记得第一次见安红，是她在蛋糕店做兼职的时候，那个时候她对安红是充满了羡慕和向往，很希望自己也能变成那样成熟强大的女性，但性格方面就还是算了，因为她还真的看不起安红可以为了利益和事业出卖一切，包括她的感情。

实在不能想象，在外界眼中是那样无懈可击的一个女人，居然会做出这样的事情，岂止是苏清玉，连许泯尘都有一瞬间的不可思议。

为了不耽误父母太多睡眠时间，苏清玉和许泯尘连夜赶回了家，等到了老宅门口的时候，果然看见房门外躺着一个人，她穿着单薄的衣衫在入冬的深夜里瑟瑟发抖，身体已经冻僵冻硬，但嘴角却一直挂着笑容。

她闭着眼睛，不知道是否感受到了有人靠近，身上的酒气隔着很远就能闻到。

"看来她真的喝了很多酒。"苏清玉抿了抿唇，这种环境下似乎除了说这个之外，也没什么别的可说的了。

许泯尘没有回答，先她一步走了过去，半蹲在安红身边，目不转睛地望着她。

苏清玉停留在原地，忽然不想过去了。

其实，在她心目中一直有个埋葬很深的担忧和顾忌，虽然上一次在出租房那里她看见了许泯尘对安红的态度，但那个时候安红还是有点端着的，她不确定一旦安红什么都不要了，一切都放弃了，跑过来哀求和认错，许泯尘又会作何反应。

如今，看着路灯下他半蹲在她身边的样子，感受着他看着安红的眼神，苏清玉在想，许泯尘，你会怎么做呢？你会妥协吗？会后悔吗？你会把她怎么样呢？

他接下来的做法，将对苏清玉产生很大的影响。

是彻底地放开一切枷锁，全身心地再没有任何顾虑，还是陷入一个患得患失的糟糕境地，全看许泯尘如何反应了。

当她看见他抬起手慢慢朝安红探去的时候，苏清玉的心，悬到了嗓子眼。

在许泯尘的手要落下的时候，和苏清玉一样，就连醉酒的安红好像也有心电感应一样，几乎就要睁开眼睛。但那时候也不知道哪根神经在告诉她，不能睁开眼，否则就会失去这次机会了，所以她闭着眼睛，没有睁开，脑子那一瞬间的清明像回光返照一样，好像下一秒就会归于混沌。

很快，手就落下来了，只是，许泯尘不是要温柔地轻抚过安红的脸颊，甚至也不是想把她扶起来，在他的手触碰到她的脸的时候，苏清玉的心落了下来，安红的心彻底碎了。

或许这样的时刻不应该感觉到痛快和幸灾乐祸，那很不仁道，但苏清玉还是失笑了。

许泯尘的手啪嗒两下打在安红的两边脸颊上，同时语气非常讽刺地说："醒着的吧？别装了，起来自己离开这，再闹的话我就报警了。"

要说上次在许泯尘那里还没有完全死心，这次抱着她都这样了他应该至少还有点怜惜的话，现在安红也知道她又给了别人羞辱她的机会。

只是没有办法啊，明天天一亮，说不定公安就会介入调查艾博的事，她和于然都没有好果子吃，事到如今，他就在她身边，她真的没办法控制住自己，让自己不做一些自取其辱的事。

安红慢慢睁开眼，有些艰难地半坐起来，看着蹲在自己身边这个熟悉又陌生的男人，再看看远处嘴角挂着似有若无笑意的年轻女孩，这一刻她成了最大的输家，看来她真的错了，她忘记了人都是有底线的，无论在经营理念上有什么不同，也不能使用极端的手法去陷害别人，否则，到了最后吃亏的只能是自己。

"许泯尘。"安红沙哑地开口，漂亮的脸好像一下子苍老了十几岁，她颓丧地看着他说，"这个地方，是我回国之后，你带我来的第一个地方，你肯定已经忘记了吧。那时候你说，你的家就是我的家，以后这里就是我在国内的家，受伤了，难过了，都可以回到这里。你的父母就是我的父母，他们会永远像爱你一样爱我，这些话我全都记得清清楚楚，难道你都忘了吗？"她强行拉住他的胳膊，在他冷肃的面容下祈求道，"泯尘，是我错了，我也不想那么做的，我是受了于然的蛊惑，你帮帮我，救救我好不好？即便你不愿意再要我了，你也不要让我就这么毁了好不好？我真的不是故意的，我当时想了很久都没有下决定，我也不愿意那样做的，我……"

　　她说着说着就泣不成声，只是她的眼泪已经不能再打动许泯尘一丝一毫。

　　"安红，这是第二次了，事不过三。"许泯尘无情地扯开她拉着他的手，站起来居高临下地看着她说，"再有下一次，我不会就这么简单地让你离开。谁也不能永远活在过去，人要往前看，你自己做的错事，就要自己受到惩罚。我想你以后也不会有机会再这么自由地来打搅我的生活，那么今天晚上，就算我们做最后的道别。后会无期。"

　　他说完话就朝站在不远处的苏清玉招手，苏清玉颠颠地跑过去，他一把握住她的手，拿了钥匙开门，进去之后便快速关上了门，也不管门口的人会怎么样，似乎毫不在意在深夜她一个孤零零的女孩子会出什么事。

　　安红愣愣地站在那，看着那扇紧闭的门，也不知道是不是因为酒劲上来了，她忽然什么都不想顾着了，直接扑到门上开始使劲敲门，一边敲门一边哭喊着说："许泯尘，你开门啊，你开门跟我说话，你别走，我爱你啊，你忘了我们在一起的时候了吗？"她努力地敲门，叫喊，街坊邻居开始有人开灯来查看是怎么回事，可屋子里的人却半点要开门的意思都没有。

　　"泯尘……"安红哭着趴在门上，头晕脑涨地，感觉自己就快要死了一样。

于然就是这个时候开车赶到这里的。

他忙完了公司的事情，结果很不理想，对他们很不利，可能很快警方就会来重新调查之前的事，他在这个节骨眼上已经没什么可畏惧的了，事情再坏也不能坏到哪里去了，他也有点破罐子破摔的味道。

他赶到了酒吧，酒吧的人说安红打车走了，他开车去她买的房子那看，人不在家，又去了几个她可能去的地方，都没人。酒吧的人说她喝多了酒，于然稍微想了一下，便将车子开到了许泯尘父母家的地方，车子一停下，果然发现她在这里。

这么多年了，安红一直是于然心目中的女神，此时此刻也是一样。他万万没想到，他心目中可以献出一切的女神，现在正如此低声下气地求着另外一个男人看她，而那个男人居然真的不为所动。

于然有些麻木地站在车边，听了几句就听不下去，快步上前要把安红拉走，安红也不管三七二十一，反正都已经这样了，她就想让自己彻底地懦弱一回，就是不走。

"我不走！你放开我，我要留在这里，我要看看他到底是不是真的一点都不在意我了！我不相信！我怎么能相信？原本那么相爱的人，只不过几个月的时间，就全都不爱了，不要了，怎么能这样？怎么可以这样？人都会犯错，你犯错我可以给你机会改正，为什么我犯错就不可以！！"安红声嘶力竭地喊道，"许泯尘你给我开门！苏清玉你以为你就能和他天长地久吧？你看看我的下场吧，早晚有一天你也会这样，他不会要你的！不会娶你的！你们没未来的！"

她一字字一声声都听在于然的心里和门内人的心里，于然这会儿再也忍受不了她的哭闹，从口袋里取出手机塞给她说："你够了安红！给你自己留点脸面吧！你看看这新闻！"

安红愣住了，茫然地接过于然的手机，然后就看见了上面狗仔发的新闻，在她最难过最难受的时候，许泯尘在和苏清玉看电影，在她在酒吧买醉的时候，许泯尘带着苏清玉去了医院妇产科，新闻的标题加红加粗地写着，苏清玉疑似怀孕了，两人在医院拥抱的照片简直像一把刀直接割破了她的喉咙，安红再也说不出任何话了。

见她如此，于然走到许家门口说："许泯尘，我知道你在里面，我只有几句跟你说，这几句话可能迟到了一点，但我还是要说。当初安红不想那么对你的，是我一直在劝说她，也是你一直不肯接纳我们的想法，一直在跟我们冷战，是你的不闻不问造成了那个最坏的下场，你也不是完全没错。你记住，这次是我们输了，也许我们会去坐牢，也许会身败名裂，但都没有关系，这是报应。我只希望你这次重新开始能够搞清楚一点，如果你想让别人认同你了解你，就学着简单一点，把你的想法说出来，否则就不要怪别人走上极端。许泯尘——对不起！还有，我们两清，艾博还你，我和安红不要了。"

说完话，于然就回头揽住安红离开，走了没几步，身后的门打开了，许泯尘站在那里说："我这里不是垃圾站，艾博已经不是以前的艾博，我不要，你们可以随意，毁掉或者留给股东，怎么都行，今天算是我跟你们做的最后了断，今后不管彼此是死是活，是荣耀还是跌入深渊，我们都不再有任何瓜葛，也不要再有任何联络。"

于然没料到许泯尘会出来见他，听完了他的话，他回头看了一眼站在门口的人，还是他记忆中的样子，只是他们的感情再也不像从前那样了。

抿了抿唇，于然生硬说道："好，就照你说的做。"语毕，他转身离开，安红已经没有了意识，任由于然摆布。

当车子缓缓驶出小区，站在家门口再也看不见车影的时候，许泯尘关上门回到了房间里。

苏清玉从许家二老的房间里出来，轻手轻脚地关上门，走到他面前说："爸妈睡着了，你这边处理好了吗？"

许泯尘看着她，她站在他眼前，站在他的家里，活生生的，那么真实，想起他刚才说过的话做过的事，在她靠近的时候，他忍不住问道："你会不会做得太绝，太无情了？"

苏清玉怔了一下，没有很快说话，许泯尘接着道："或者你会不会觉得，我至少应该说一句'我原谅你们了'，这样让他们去接受惩罚的时候，稍微不那么有负罪感？"

他的话让苏清玉猜不透他到底是希望她反驳还是认同。

苏清玉沉默了一会儿，拉起他的手朝角落里的房间走，那是许泯尘念书时住的房间，自从出国留学之后，这里就一直闲置着，这次许家二老搬回这里住，也把这间屋子收拾得很干净。

进了屋子，苏清玉关好门，就拉着许泯尘坐到了窗前的桌子前面。桌子面对着窗户，他们坐在椅子上正好可以看见窗外夜里零星的灯光，一切都那么安宁。

"你肯定不记得了吧，我很小的时候，你帮我补课，就是在这里，我坐在你身边看你解题，明明是老师怎么说我都听不明白的难题，可是你三言两语我就懂了。"苏清玉望着窗外回忆道，"那个时候我就在想，许哥哥真是太聪明了，他要是可以一直这样帮我补课就好了。那个时候我年纪小，不知道这种期许是什么感情，总是想要关注你，每天放学回来第一件事就是拿三好学生奖状换来的望远镜看你的一举一动，后来好不容易考上了你的大学，却得知你们要搬走了，你有了女朋友……"她转过来看着许泯尘，用很温柔的视线，"再后来，就是那天我们遇见了，我知道了你的事，那时候我所想的，要比你做的无情一百倍。"

许泯尘安静地看着她，像是沉迷于她的回忆一样，久久没有言语，眼神都带着着迷。

苏清玉加大了握着他手的力量说："所以我觉得你做得很对，你已经很仁慈了，如果换作我，我可能还会感觉到'啊真是天道好轮回'之类的，反正不管怎么样，我们的未来都和他们没关系了，以后我们再过的，就是我们自己的人生。"

许泯尘闻言微微颔首，低垂下眼眸，睫毛像蝴蝶的翅膀，一扇一扇。

“你说得对。”他呢喃出声，“过我们自己的人生。”

今天，算是对过去彻底地告别了。

从今往后，桥归桥路归路，你是你我是我。

他的人生重新开始，一切都是崭新的，这样很好。他从巅峰沉落湖底，努力浮出水面，游到了对岸，然后在对岸找回了他的梦想和希望。

他会再靠自己回到湖的顶端，但却再也不是回到原来的那个地方了。

这一次他回去，是为了给自己的父母，和一直全心为他的女人一个安稳的未来。

第十七章　渐入佳境

只是隔了一天的次日清晨，却好像是重生一样，再次看见阳光灿烂的样子，都觉得和以前看见的不一样了。

苏清玉和许泯尘在许家住了一夜，第二天早上起来就和许家二老暂别，去了住在对面的苏家。毕竟是昨天晚上就来了，两家只隔了一条街，要是不来打个招呼，回头苏爸爸苏妈妈要不高兴了。

他们到的时候，恰好是该吃早饭的时间，苏清玉本想着在家吃个早饭，进了屋却发现爸妈没在厨房也不在餐厅，全都聚在客厅盯着电视看，还一脸诧异的样子，连苏清玉开门进来都没发现。

有些不解地凑过去坐下一起看，苏清玉看了几眼就知道爸妈为什么那么惊讶了，她尴尬地咳了一声，拍了拍母亲的肩膀，这一下可把苏妈妈吓坏了，直接从沙发上跳了起来，顺带着把苏爸爸也吓得够呛，两人年纪大了，一时有点头晕眼花。

"没事吧？"苏清玉无奈地上去拍了拍母亲的后背。

苏妈妈定睛一看，疑惑道："你们什么时候来的？怎么一点声音都没有？吓死人了。"

苏清玉皱皱鼻子说："我有声音啊，开门那么大的声音，喊你们都没听见，你们这么专注地看电视，我也不好打搅。"

苏妈妈一听电视就来气了："你还说呢，快跟我说说是怎么回事，怎么就怀孕去做产检了？你这肚子是有点凸出来了，可难道不是因为胖吗？"

苏清玉本来还存着淡定的心思想解释一下的，听见母亲的说词立刻指着自己瞪大眼睛说："我这算胖吗？我这个身高这个体重算胖吗？"

苏妈妈睨着她严肃道："别人我不知道，你这样的就算胖。"

苏清玉顿时哀号一声，许泯尘站在她身边看着她可爱的模样微笑了一下，那种不自觉带出来的笑容让人能深刻感觉到他对苏清玉的爱意，苏爸爸站在一边观察很久了，瞧见这一幕心里也踏实了不少。

"说起来，到底是怎么回事？"苏爸爸站出来道，"虽然说你们年纪都适合结婚了，但也不要婚前搞出孩子来嘛，虽然说奉子成婚的事情现在很常见，但终归是不怎么好听。"

许泯尘拉住苏清玉的手慢慢说道："苏叔叔，清玉没怀孕，那天只是……我想多了。"他说完这句话，看见苏爸爸苏妈妈的表情顿时变得有点微妙，庆幸里带着点失望，看得出来他们其实也是希望赶紧有一个孙子的。

于是乎，许泯尘挑准时机话锋一转道："不过，为了给以后有了孩子可以顺利生下来做准备，我们决定结婚了。"

现在是十一月，已经进入冬季，如果他们打算结婚，那就得是春节前后了，苏妈妈听到这个消息的时候想到的第一件事就是这个，冬天结婚有点冷，很多事情都不方便啊。

想着想着，苏妈妈忽然意识到，更重要的问题并不是这个。

她有点为难地看了一眼丈夫，随后叹了口气对许泯尘说："其实我倒不是反对你们结婚，只是你们现在都还在创业，收入不稳定，要结婚的话，婚房也没有，结了婚还要挤在一起工作生活，我……"她心里那道坎过不去。

虽然说苏清玉长得不算漂亮，但至少身材和学历是没有问题的，他们本来想给她找一个安安分分的公务员或者国企职工，虽然收入不算高，但至少是个铁饭碗，而且现在这样的男孩子家里一般都给准备了婚房，苏清玉只要嫁过去就有现成的房子住，也没有什么债务和风险，只要她和丈夫老老实实地上班、赚钱，以后养孩子，养自己，都不会有太大压力，最不济还有他们贴补呢。

可是啊，谁知道他们的闺女那么有主意，找了这么一个曾经让他们仰视，觉得不是他们这个阶层，现在又落魄了，做的全是风险工作的人……这要是真的现在就结婚了，万一许泯尘这次创业又赔钱了怎么办？

他们多少听对面的许家二老说过一些关于许泯尘的事，虽然他们没直接问苏清玉，但为人父母的，在知道女儿决心要和对方在一起，许泯尘还拿了一笔钱来表示自己有能力照顾好她的时候，自然要和对方的父母坐下来谈谈。

其实，也不是怀疑许泯尘的能力，只是觉得不安心，不确定因素太多，主要还是不希望女儿吃苦。

苏清玉当然也知道父母的顾忌，她伸手握住母亲的手低声说道："妈，和他在一起，就算没有房子，没有车，至少我过得开心，如果换了另一个人，即便他有房有车，但我过得不幸福那也没用啊，您说是不是？"

苏妈妈看着女儿恳求的样子，忍不住又叹了口气，不舍地摸了摸女儿的头，望向许泯尘说："我这个闺女啊，养这么大还真没操过什么心。她从小就非常有主见，懂得自己好好念书，又有远见地选了现在比较热门的专业读大学，现在也算是学以致用，她如果一定要嫁给你，我也不会反对到底，我只是希望，许先生你不要辜负她，不管你以后是不是东山再起，都不要忘记了她对你的付出。"

苏爸爸安抚地拍了一下苏妈妈的肩膀道："你这是做什么，孩子们要结婚，这终归是件好事，没什么值得难过伤心的，我相信泯尘能照顾好咱闺女，那不是还有许家老两口作担保吗？"

苏爸爸刚说完话，门口的门就被人打开了，许家二老走进来笑着说："老苏说得对啊，还有我们在呢，你就别担心了，婚房的事，我们老两口给解决，看看清玉喜欢哪里的房子，我们来买。"

苏妈妈一怔，看向苏清玉，苏清玉望向许泯尘，许泯尘又看向父母，迟疑几秒，道："你们有钱？"

许妈妈说："这个你不要担心，老房子卖掉，我们老两口还有点积蓄，也足够你们在市中心买一套房子了，不过不要买太大了，可能会有点不够。"她最后是用开玩笑的语气说的，可听到许泯尘耳朵里却很心酸。

实际上不只是他，苏清玉和苏家人也觉得心酸，他们毕竟这么多年的邻居，俗话说远亲不如近邻，这低头不见抬头见的，没必要把对方逼得那么紧。

"许伯母，房子的事就先不考虑了，我打算和泯尘先领个证，等他现在的公司稳定了，开始上升的时候，我们再办婚礼和买房子。"苏清玉抓住机会说出了自己的想法，然后握紧母亲的手说，"妈，你要相信我的眼光，我一向没做过错的决定不是吗？"

苏妈妈有点为难，但看女儿这么坚持，也只好点了一下头，轻声说："那就按照你说的办吧，结婚证是肯定要先领了的，不然我和你爸爸也不放心你们一直这样住在一起。"

说起这个敏感话题苏清玉就咳了一声转开了头，有点脸红地不去看大家。到这里，许泯尘的话一直都不多，从头至尾说的加起来也就几个字，其实他不是没话说，不是不想说，更不是不想给自己的父母和苏清玉的父母一个保证，让他们放心。

只是，进来之前，苏清玉就说过，一旦有什么问题都让她来解决，否则就干脆不要进去不要说要结婚的事。她难得那么坚持一件事，他终究是没办法不答应的。

不过，不说也好，承诺说得再好，誓言发得再漂亮，做不到也只是空话而已。有些事情不需要说，只需要去做就可以了，相信用不了多久的时间，苏家长辈就不会后悔把养育了二十几年的宝贝女儿交到了他手上。

两家长辈和当事人一起在苏家吃了早饭，苏妈妈伤心完了就很高兴地准备了丰盛的早餐，苏清玉好久没在家吃饭了，吃到久违的妈妈的味道真是恨不得就待在这里不走了，幸福满足得不要不要的。

　　自己感觉好吃还不够，她还非常需要许泯尘的认同，于是戳了一下他的胳膊说："怎么样？很好吃吧？我妈的手艺好吧？真希望以后每天都可以吃到。"

　　许泯尘不着痕迹地看着她向往的眼神，放下筷子道："是很好吃，和你做的味道差不多。"

　　苏清玉睁大眼睛道："差不多吗？怎么会呢？我觉得差好多啊，我还不到火候。"

　　这会儿，苏妈妈正在厨房，许伯母也跟着帮忙，两家的父亲正在讨论政治局势，并没关注到孩子在聊什么。

　　"你想以后每天都吃到阿姨做的饭吗？"

　　许泯尘似不经意地问了一句话，苏清玉自然狂点头，但她也知道不切实际。

　　"梦想是好的，梦想之所以叫梦想就是因为不好实现啊。"苏清玉怏怏道，"我们回去之后，来这边也不方便，以后还是逢年过节回来吃饭好了。"

　　许泯尘点了一下头，面上似乎是赞同她的说法，但其实他心里已经有了一个计划。

　　只是，这个计划现在不是告诉她的时候，当那一天到来再告诉她也不迟。只要想到那时候她开心的表情，他就觉得现在的一切努力都是值得的。

　　以前，他做互联网是为了理想和改变国内的经济状况，现在他重新开始做互联网，是为了自己的家人和妻子，这其实性质差不多，因为对现在的他来说，家人和妻子就是理想，甚至高于理想的存在。

　　两人吃过早餐便离开这里回到出租房，今天照例有人来加班，刘眼镜就在这里。

看到他们回来，他兴奋地把笔记本电脑转过来说："你们可回来了，快看看这是什么。"

苏清玉睨了睨许泯尘，两人一起走到电脑面前看着上面的网页，看完内容之后不禁感慨了一下上面的人反应真快，这才公布图片证据一天，调查组就已经进驻艾博集团，现在安红和于然已经都被拘留了，想来得到他们的因果报应，也只是时间问题。

"解恨吧？"刘眼镜笑眯眯道，"还有呢，今天下午艾博的几个股东想和许总见一面，你要见吗？"

许泯尘想起他倒台的时候那些全都站在于然和安红背后的股东，不难猜到他们此举是为了什么。如今于然和安红已经是弃子，要想让艾博死而复生，就只能让他重新回到那里，再次掌控艾博来运作，除了他，换谁上去都没效果。

而去，或者不去，这是一个问题。

当初离开艾博的时候，许泯尘是警察直接带走的，艾博的那些人站在旁边，除了和他一起创业起来的那些下属之外，每个人脸上都是嘲弄和讽刺的表情，他现在依旧记忆犹新。

苏清玉虽然没经历过那样的场面，但是也不难猜到，落井下石的事常有，雪中送炭的却很少，如今许泯尘如果真的要和艾博那些股东见面，她是肯定要跟着去的，不为什么，就是想让那些人清楚，即便在最糟糕的时候，他身边也有人关心他。

不过等许泯尘考虑了一个晚上，第二天终于做了决定，打算赴约的时候，她才发现其实根本不用她跟着，许泯尘准备出发的时候，像车子之类的东西，在这边跟着他一起做事的下属们早就准备好了，他们本人也都换上了比平时更正式的衣服，那一瞬间苏清玉才猛然发现其实在她身边就是那样的卧虎藏龙，之前他们可能是为了配合环境，都没有刻意地保持外部形象，但当他们真的认真对待的时候，那气场，可真不是盖的。

许泯尘从卧室走出来，修长的身躯包裹在昂贵的手工西装里，这是件老衣服了，是他还在艾博做CEO的时候的衣服，自从离开艾博，那些衣服他就没怎么碰过，一直由苏清玉给打理干净挂在衣柜的深处，他今天重新穿在身上，苏清玉仿佛觉得时光倒流了，她眼前这一切全都是画报和采访照片，许泯尘依旧是那个天之骄子，即便他的身形清减了不少，但那种浑然天成与生俱来的贵气与魄力是怎么都不会改变的。

　　黑色的西装，领口顶端工整地系着领结，许泯尘伸出手臂看了看腕表，露出衬衫袖口精致的黑钻袖扣，苏清玉低头看看自己这一身衣服，还有这简单的妆容，忽然觉得她还是不要去好了，她现在这副样子站在许泯尘身边简直就像是两个世界的人，看不出任何般配的地方，去了也只是被人家议论和笑话吧。

　　"时间差不多了，走吧。"

　　就在她胡思乱想的时候，许泯尘已经下了决断，放下手牵住她的，迈开长腿就走，苏清玉被拉得有点被动，又不好当着他下属的面说一些"我还是不去了比较好"之类的话，下属们走在他们后面，她只能跟着许泯尘，等距离稍微拉开一点的时候，她才努力踮起脚尖凑到他耳边说话。

　　"泯尘，我也没收拾自己，要不还是别去了吧？"苏清玉尽量说得不那么直白，也是想给自己留点面子，毕竟这种自卑的想法可不是什么值得提倡的东西。

　　许泯尘好像没听见一样，脚步一点都不见停，等电梯门打开，他便拉着她进电梯，按了按钮对外面的下属说："你们等下一部。"

　　下属们也没打算进去掺和，摆明了许总有话要和媳妇儿单独说，他们进去岂不是讨人厌吗？现在站在电梯门口的一众人士，都无比庆幸自己在接到前总裁的电话后就选择到他这里工作，要不然现在估计还在艾博担心那朝夕不保的饭碗。

　　说到底，于然和安红的胜利只是因为投机取巧，一旦他们的阴谋诡计公布于世，他们就没办法继续在那个位置上名不副实地待下去。

适合艾博的，还是艾博最初的缔造者，许泯尘在上一场战役中丢掉了艾博的所有股份还有CEO的位置，现在不过过了几个月的时间，他又已经随时可以回到艾博了，不得不说，那些看上去强大的反对力量真的脆弱到不堪一击。许泯尘会花费这么几个月的时间才走到今天，其实大部分只是因为他之前没想着再回去了，也不愿意去做什么努力，否则只会更快。

电梯门关上，里面就他们俩，看着数字一点点往下走，苏清玉心里越来越纠结。

就在这个时候，一直握着她手不肯松开的许泯尘目视前方道："你不需要紧张，你是什么样就是什么样，要站在我身边的人是你，而不是一个美丽的空架子。"

他一说话，苏清玉就有点发蒙，不知道是因为在电梯里面，还是因为看见他变回了原来那种她无论如何都高攀不到的样子，总之她现在非常有压力，幸好他的话让她舒服了不少。

楼层不高，电梯也很快就到楼下了，许泯尘拉着苏清玉走进去，因为最近艾博的事情闹得很大，很多媒体关注着他们，所以当他们从公寓楼里出去的时候就看见大批媒体正围在一辆黑色轿车那里等着他们。

苏清玉顿时停住了脚步，有些无措地看向许泯尘，而许泯尘似乎对这种场面早已习以为常，甚至这些媒体恐怕大部分都和当初他被警方从艾博带走的时候是同一批，他自始至终没有停下脚步，面上也没有丝毫表情，苏清玉因此也只是暂停了两三秒就又跟上了，他拉着她穿越围上来的媒体，拉开车后座的门把她塞进去，苏清玉刚坐好，门就被关上了，然后外面的嘈杂顿时被隔绝开来，驾驶座上的司机出去帮许泯尘赶走媒体，但后者似乎并不需要。

他没急着上车，只是整理了一下西装外套，系上第一颗纽扣，视线一个个扫过记者们的脸，耳边充斥着尖锐无理的问题，最后给了一个统一的回答。

"大家不觉得现在的画面很熟悉吗？"

他一开口说话，周围顿时安静了不少，似乎担心太吵闹会录不到他的声音。

然后他们就听见他带着点笑意在说："几个月前我从艾博离开的时候，各位似乎也都在场。"

他这么一说，记者们开始有点尴尬了，你看看我我看看你，虽然不甚自在，却也不愿意错过大新闻，所以都还是撑着在那里打算问点问题。

只是，当事人的话显然言尽于此，直接绕到车子另一边上了车，速度之快，等他们反应过来的时候那辆车子已经扬长而去了，迎接他们的是陆陆续续下楼的目前跟着许泯尘的人，这些人可都是老油条了，瞧见记者们便相视一笑，上去应付了。

直到车子离开了一会儿，苏清玉还有些莫名的感觉，倒不是害怕之类的负面情绪，而是一种难以言喻的兴奋，和对未知未来和境地的那种跃跃欲试的挑战。

许泯尘余光瞥见她的模样，紧绷的表情略略有了放松，他也不在意前面有司机在，抬手轻抚过她柔软的头顶，她其实真的没怎么打扮，披散着头发，穿着稍微正式的衣服，连妆容也很淡，如果真的放在会场上，估计会淹没在人群里，但是没关系，不管有多少人在，他一眼就可以找到她。

"你现在这样子才是对的。"

许泯尘低沉地说话，声音就在她耳边，苏清玉听得浑身酥麻，但是因为他顺势揽住了她的肩膀，她根本无法退缩。

"在我心里，你从来不是个遇见困难就妥协的人，你会做好你的角色的，相信我。"

他的话语像催眠，苏清玉听完就觉得自己是真的可以，瞬间浑身充满了力量，一脸信心爆棚摩拳擦掌的模样，丝毫不见今天下楼时的慌乱紧张和小自卑，许泯尘看了一会儿，和颜悦色道："心情很好？感觉如何？"

苏清玉望向他一本正经道："感觉现在我可以打十个！"

许泯尘嘴角的笑意加深，手指却来到她额头敲了一下，苏清玉满眼都是他修长白皙的手指的影子，不解地问："干嘛敲我？"

许泯尘转开头，嘴角微勾睨着外面的街景，他们之前租的地方其实很靠近CBD了，交通方便，现在走的这条路他也很熟悉，从回国建立艾博总部开始，这条路他每天都要走好几遍，现在只不过几个月没走，竟然觉得有点陌生了。

"又不是去打架，你的形容不合适。"他看着外面轻声与苏清玉交谈，在车子进入隧道的时候发现车窗上倒映出了苏清玉靠近他脸庞的身影。

她自以为隐秘地一点点靠近，带着点小得意地悄悄把嘴角印在他脸颊上，然后笑眯眯道："那我现在亲你，你觉得合不合适？"

许泯尘失笑无言，转回头握住了她的手，正在驾驶座开车的司机一脸麻木地开车，心想你们当着我的面这样秀恩爱，你们真的觉得合适吗？一脚踢飞眼前的狗粮！

跟艾博董事会成员见面，安排在艾博集团的会议室。

当苏清玉和许泯尘的车子停在大厦楼下的时候，围绕在这里的已经不仅仅是媒体了，还有一大部分人是艾博的员工。他们似乎在搞罢工，举着大字牌守在那里，发现是许泯尘的车子到了之后，立刻开始使劲挥舞着手里的大字牌和红色条幅。

董事会的人前五分钟才得到他们快到的消息，后来便马上派人下来驱散门口围着的人，苏清玉在车上坐着看外面，就看见保安陆续出来把人拉到一边，清理出了一条路。

"你看他们拿的牌子。"

苏清玉轻声开口，身边的男人便顺着她的视线望向了被保安拉到角落里的人，面孔都不怎么熟悉，即便作为曾经的CEO，也没办法把艾博那么多的员工全都记住。不过，他们的脸孔虽然陌生，手里拿着的东西上的印字却并不令人意外。

墙倒众人推，他当初离开艾博时情形有多糟糕，现在的情况对他来说就有多么好。

很多人，都不认识，拿的牌子上却写着"欢迎许总回归"之类的话，说起来还挺可笑的。

许泯尘倏地拉开了车门，先一步下了车，目不斜视地走到车子另一边给苏清玉拉开了车门，等苏清玉下了车，也不管保安挡记者挡得有多辛苦，直接带着苏清玉进了艾博大厦。

他一进去，门口的人便一拥而上，但还是有点迟了，因为在他们走进去的下一秒大门就被锁死了。

今天艾博除了网站运营保障部的人还在工作，其他部门都处于停业状态。

苏清玉跟在许泯尘身后走进来，这算是她第一次进入艾博大厦内部。

她以前在CBD工作，有很多次经过这个地方，都抱以很复杂的情绪，既恨且爱，恨是因为这地方抛弃了许泯尘，还害得他堕落，爱则是因为，这始终是许泯尘创建的地方。

看着大厦内部奢华高端的样子，苏清玉一路都保持着异于常人的冷静，甚至在他们乘坐电梯到达会议室那一层，看见几个股东站在电梯门口迎接他们的时候，她也没有露出类似于怯场和无措的模样，这倒让股东里面等着看她笑话，打算拿她来做切入口好让许泯尘心甘情愿毫无条件地回到艾博的人有点迟疑。

在他们走出电梯的同时，另一部电梯也到了，这次出来的人就很熟悉了，是之前和苏清玉他们朝夕相处的同事，本来对面的人比自己这边人多，苏清玉面上虽然一点都不显，但心里还是不太踏实的。这下他们都到了，她就彻底放开了，而那些人，更像是回到家一样，熟悉、自然，无所谓。

是的，他们是真的无所谓，因为他们做了正确的选择，曾经站在了错误那一边的人现在才是最该紧张和发愁的。

"许总，这边请。"

一个约莫四十多岁西装革履的男人来引着许泯尘走，他看上去有点面熟，苏清玉想了想就记起来了，以前在财经新闻上见过这位，似乎是某实业集团的老板，这会儿他站在几个股东前作为代表来迎接许泯尘，大约是因为他在艾博的投资要比后面的人多吧。

苏清玉以前只是知道艾博的构成非常庞大，高层也很复杂，股东更是各行各业的都有，但这次来到艾博内部，她才清楚地意识到，整个艾博不管是资金链还是企业链，到底有多庞大。

许泯尘并不说话，只是安静地跟着他们一起走，而作为他现在的另一半，苏清玉自然是跟在他身边的。

她可以清晰地感觉到来自四面八方的视线，善意的，恶意的，毫无意义的，各种各样，但好像只要有许泯尘站在她身边，她就真的感觉不到任何的不安一样。

她非常平静地在许泯尘身后跟着他一起走进了会议室，一路上那些观察她的人在会议室大门关闭上的那一刻就开始窃窃私语，似乎不太理解为什么传闻中出身于市井的名不见经传的年轻女孩，看上去却一点都不像是传闻里说的那么没用。面对如今这样的大场面，怕是只有安红那样身经百战的女人才不会有怯场和紧张，但这个女孩那么年轻，居然也没有。

虽然很不愿意承认，但似乎这个甚至不如艾博里一个简单的前台漂亮的女孩，还真不是毫无可取之处的。

会议室很大，很宽敞明亮，但里面坐的人很多，边缘上也站了很多人，不知道都是来做什么的，所以显得有些拥挤。

许泯尘站定脚步四周一扫，转身便要走，一直引着他们过来的男人立刻道："那些人马上出去，许总快坐下吧。"

他说完话就朝那站在边沿偷偷拿着摄像机的人使眼色，他们虽然不乐意，但还是都走了。

于是陆陆续续的，屋子里只剩下几个股东，大部分位置都空了出来，苏清玉找了个位置和其他人一起坐下来，至于许泯尘，这会儿他自然不能和她坐在一起，他得坐到那个属于他的位置上去。

看着会议室的主位，这张椅子换过三个人坐，安红、于然，还有许泯尘。

当许泯尘再次坐下去的时候，那种感觉，溢于言表。

不单单是他本人，便是在场的其他所有人，包括那些股东在内，在这一刻也都发现，最适合那个位置的人，始终都是他。

"自己的公司，还要让孙总来带着我走到这里，真是惭愧。"

这是许泯尘坐定后说的第一句话。

苏清玉跟着他来到这里，包括从昨晚他开始考虑的时候，都不太确定他到底会不会真的答应回到艾博。

但是现在，她确定了，其他人心里也有底了。

他是愿意回来的，股东们心里都松了口气，但是他们很快就高兴不起来了。

许泯尘从下属那里拿过一份文件，显然是早就有所准备，也许是在夜晚的时候一个短信让对方准备好的，也许是其他时候，总而言之，是苏清玉不知道的时候。

莫名地，苏清玉觉得心头一跳，慢慢低下了头。

也不是说要他什么都告诉自己，对这个其实没有太深刻的要求，只是当真的经历到，有些关于他的事情她也是参与不了的时候，心里还是有点奇怪的不舒服。

这种情绪是不好的，苏清玉很清楚，关于事业上的事，她不能过多去干预许泯尘，就算对方愿意让她参与，她也不一定可以做好，所以人家直接安排的事情，她只要接受就好了。

对了，就是这样，所以赶紧收起那些负面情绪吧，安静地看着他就好了啊。

想是这样想，但是……心情还是矫情得一点点低落下去。

苏清玉带着得体的笑容看着许泯尘，他侃侃而谈，一点点提出他对于重新回到艾博的要求，其中不乏对下属的大清洗，以及股权归属问题，还要在董事会里的绝对权，一条条听下去，本来还面带庆幸的董事会成员全都黑了脸，尤其是那个为首的孙总。

"我以为许总今天过来是本着拯救艾博的念头来和大家商谈的。"孙总皱眉说道。

许泯尘平时不是个爱笑的人，但今天他的笑容有点多，看得人总觉得十分危险。

"我当然是这样的，否则我也不会坐在这里，孙总觉得呢？"他端起水杯抿了一口，斯斯文文道，"毕竟几个月之前，在座的各位就是在这个地方对我表达你们的不满和控诉，当时各位的表情和用词，我仍然记忆犹新，犹如昨天。"

如果说一开始还不确定，那现在股东们可以确定了，许泯尘即便是愿意接手艾博来缓解危机，但他也是抱着一些复仇情绪回来的。

他不会让当初羞辱他的人就那么简简单单高枕无忧，如果他们想减少更大的损失，就得先在他这里有一点中等的损失。

孙总望向其他股东，大家都沉默了，安静地低着头，看着眼前的文件，一式几份，每人都有，许泯尘来之前，是做了充足的准备的。

时间一点点流逝，挂在墙上的钟表滴嗒滴嗒，苏清玉坐在那里，视线渐渐没有了焦距，思绪飘到了很远的地方，直到许泯尘站起来走到她身边，半弯着腰握住她的手开始了闲适地聊天。

股东不发表意见，他当然也不会坐在那里干等着，那么不如做点有意义的事情。

"从刚才开始你的表情就不好看，怎么了？"许泯尘询问着，却也不需要答案，他多聪明，从他拿出那份文件的时候她就开始神色恍惚，原因是为什么显而易见，于是他不等她回答便紧接着道，"时间紧迫，没来得及告诉你，不要往心里去。"

其实事情就是这么简单。

很多时候，在感情里面，女人总是容易想多。

就只是一夜之间的事，她在睡觉，他不吵醒她是情理之中的事，再说她今天会跟着来肯定也会知道这个，所以其实真的不用太在意的，苏清玉也知道自己犯傻了，十分丢脸，听完他的解释之后就恨不得羞愧地低下头，但她知道这个场合上不可以，所以她不但没低头，反而还挺胸抬头，摆出平静高傲的样子。

然而，面上虽然是这样，但她与许泯尘的低声耳语却是："你会不会觉得在意这些的我有点过分和自私，还有点傻？"

看着她那好像什么都不在意的表情，再加上这略带愧疚的语气和话里的意思，这种反差形成的萌感，真是让人恨不得现在不是什么见鬼的会议室，周围也没有这些见鬼的人，只有他们两个。

许泯尘轻微地笑了一下，拿出放在苏清玉手边的笔，在她面前的文件封面上写了几个字，随后便直起身回到了位置上。

就在他回到位置的一瞬间，股东之首的孙总就望向他说："你确定我们签署了这份文件之后，你可以让艾博目前的状况起死回生？"

许泯尘靠到椅背上，抬手轻抚过嘴角，眉峰轻挑，漫不经心道："你当初决定投资的时候我和你谈过，你想想我那时候跟你说过什么。"

孙总一愣，没料到他忽然提起那个时候。

"合作这么多年，我的能力，各位应该非常清楚。"他放缓了语气，抬手轻轻触摸桌子的边沿，带着点自嘲道，"这个公司，哪怕是这张桌子，在一开始设计时我都有参与。我对它的感情，比你们任何人都深。如果不是因为这个，我今天也不会来。"

话说到这里其实已经可以不用再多说了。

孙总第一个在文件上签了名，其他人看他这样，也开始陆陆续续签字。

而苏清玉的视线，也落在文件上，只是她看得不是内容，而是许泯尘刚才写在封面上的字。

利落清朗的字体，笔画清晰，带着风骨，这样的字似乎适合写下所有庄重与严肃的词句，但却实在不适合写这样甜腻的话。

看着白纸的边沿，跟在油墨协议字旁边的字体，苏清玉慌张地把文件扣了过去，然后小心翼翼地在其他人没注意的情况下把那写字的一角撕了下来，攥在手里，把手抄进了口袋。

在她的掌心里，小纸团上有漂亮的字写着：真想在这儿亲你。

第十八章　终章

　　股东会议的结果显而易见。

　　从苏清玉和许泯尘离开艾博时的状态，被遏制在远处围观的媒体们就能猜出个七七八八了。

　　大概他们自己还不觉得，他们身上，尤其是许泯尘身上那股子"老子天下第一"的气场，简直让本来还一直在往前挤的记者都下意识地停住了脚步，眼巴巴地看着他离开，就是不敢再往前追，等到人家的车子都跑远了，他们才反应过来，这是丢了大新闻的好机会。

　　今天真是衰透了，但是也没关系，丢了一方当事人，还有另一方可以采访。

　　于是乎，他们的目标又换成了艾博的股东们。

　　坐在车子上，苏清玉回头望着涌进艾博大厦的媒体，微蹙眉头道："做记者可真辛苦，这么冷的天，要在外面等着都不算什么了，但等了很长时间也不见得有收获，白忙活。"

　　许泯尘似乎并不在意她说的那些话，反而是在公文包里面找什么东西，苏清玉收回视线就见到他忙忙碌碌的，不由问道："找什么呢？是忘记带了吗？"

　　好像是不想让她看见，在察觉到她打算和他一起找的时候，许泯尘忽然把公文包放到了一边，微勾嘴角，笑得若无其事："没什么，就是看看东西是不是带齐了。"

苏清玉有点不解地皱眉道："什么东西呀？我们不回家吗？还要去哪里？"

许泯尘只回答了一个问题："先不回家，早上没来得及吃饭，现在饿不饿？要不要停车下来给你买点东西吃？"

苏清玉摇头说："不用了，我总感觉后面还是有车子跟着我们，可能是我太敏感了吧，我们还是一直朝前走。"

前面司机听见她的话就笑着说："苏小姐，不是你敏感，后面的车的确在跟着我们，不过上面坐的是咱们自己人，你不用担心，媒体这会儿估计都在围攻艾博那些人呢。"

听上去司机也不是个简单人物，对里面这些弯弯道道还比较了解，苏清玉顿时露出了钦佩的眼神，司机不好意思地透过后视镜笑了笑，咳了一声说："其实我老早就是许总的司机，后来家里儿子孝顺，想让我回家养老，就辞职了，前阵子接到刘先生的电话，就回来给许总帮忙。"

苏清玉听完司机的解释就恍然大悟了，侧头看着许泯尘说："你的人品可真好，我敢打赌要是那个谁和那个谁有这样的事，肯定不会有这么多人支持他们。"

她虽然没有指名道姓，但话里的意思很明显是说那些人了，许泯尘听着，嘴角的笑意温和又浅淡，他放轻语调说："我这个人，做得也有不好的地方。"

苏清玉没料到他会是这样的回答，颇有些意外道："你还有做得不好的地方吗？我不信。"

许泯尘看着她，看着那双坚持又坚定的眼睛，到了嘴边的话还是咽回了肚子里，也许不说出来要比说出来好。有很多时候他其实都很想问她，你现在幸福吗，觉得过得好吗，但是想想自己以前是怎么对她的，他就无地自容。刚在一起的时候，抱着的想法只是过一天算一天，谁能料到最后会发展到今天这样，如果人可以先知，就不会做错事了。

许泯尘最后只是垂眼抿唇低沉地笑了笑，苏清玉就没心思再去追问那些有的没的了。这样一个大美人坐在你身边，你要是心里还能想着别的，那也是值得人敬佩的。

苏清玉现在脑子里满满都是许泯尘，很想将他之前写在纸上要跟她说的话说给他听，或者做一些简单的修改，比如说……真想在这儿跟你这样那样。

实在是太不少女了，一点都不矜持，这话也只敢在心里想想，说是绝对说不出口的。

苏清玉仓促地垂下头，感觉脸颊发烫，下一秒，耳边吹过温热的呼吸，带着点疑惑的男性嗓音悦耳说道："你刚才说什么？"

苏清玉一怔，愣愣地转头看向他，两人的距离太近，她这一转头，嘴唇几乎就碰到了他的嘴唇，司机师傅羞耻地告诉自己不要过多关注后面，要是有个帘子把后面隔断就好了。

"你刚才说，真想在这儿跟我怎么样？"

这低沉好奇的询问，简直像是催命符一样，让苏清玉几乎有些窒息。

真是太不小心了，居然把心里话给说出来了，要是别的话还好，这种话说出来，要怎么解释才行？

"没什么，你听错了，我没说话啊。"苏清玉只好拿出了装傻的架势，眨巴着大大的眼睛不解地凝视着身边的人，稍微往后撤一点，尴尬地笑了一下，就转头看向车窗外。

这一看不得了，发现这路不是回家的，于是她又想起了自己之前的问题，转回头来问："我们这是要去哪？"

许泯尘这会儿是在笑的，可是这笑和很多时候的都不一样，和很少时候……在一些夜晚里，她偶然见到的笑容差不多。小小的，慢慢地扩大在他俊美的脸上，苏清玉渐渐地又忘记了自己的问题，开始脸红心跳，假装正经。

"我和你想的一样。"

他答非所问，苏清玉刚刚伴装起来的小模样顿时就保持不住了，忍俊不禁地戳了一下他的胳膊，小心翼翼地偷看前面，见司机似乎专注地在看路没发现他们羞耻的对话，稍稍放了一些心。

然后，她就忘记了继续问他们这是要去哪里，直到他们到达目的地。

黑色的轿车开进了行人数量不算多的政府区域，最后停在了民政局门口，今天是工作日，但民政局门口人不多的样子，车子也不多。

"到了，可以下车了。"司机把车子停稳，就笑着对身后的两人说话，这话直接把苏清玉给听傻了。

"到了？"看着窗外民政局的牌子，以及旁边那个"婚姻登记处"五个字的小牌子，再加上旁边的"婚检中心"，这一行行一列列，说句不好听的，苏清玉直接蒙了。

"对啊，许总今天早上说的，从艾博离开之后就到民政局来，苏小姐不知道吗？不会的吧，你们不是要结婚吗今天？"司机不解地看着她，好像并没有在说假话。

苏清玉迅速望向许泯尘，后者已经提着公文包拉开车门下了车，随后便习以为常地绕过来给她拉开，微微弯着腰对坐在车子里的人说："他说得没错，我跟叔叔阿姨要了户口本，你应该带着身份证吧，我记得你总是会带在钱包里的。我们要先去拍照，复印证件，然后去婚检，最后才可以拿到证件。"

他说的每一个字她都认识，都懂得是什么意思，但连在一起，苏清玉好像就有点不明白了。

尽管脑子还没想清楚，但身体已经先一步做出了选择，她很快下了车，司机自觉地去停车，路边只剩下他们两个，他拉起她的手就朝婚姻登记处的位置走，苏清玉跟在后面，在快要到的时候她有点紧张地说："你怎么也不提前跟我说一声，忽然到这里来，我一点准备都没有。"

许泯尘脚步不停，头也不回道："我以为上次在你家里的时候，你就已经做好了这个准备。"

苏清玉抿唇，没有说话，事实上，上次在他们家里，他跟她爸妈提到要先结婚的时候，她就心头一跳，暗自开始期待这件事，现在想想，

290

原来他那时候并不是说说而已，而是真的在挑选时机和日子。

"现在，我重新做回了艾博的CEO，以后不用靠你养我了，我可以养活你和我们的父母，我觉得这个时候，我可以娶你了。"

说这句话的时候，他们已经到了婚姻登记处门口，有一对小情侣刚办完结婚证走出来，你侬我侬的，瞧见他们，恰好听见许泯尘的话，小情侣递过来善意和祝福的眼神，苏清玉一笑，朝他们点点头，然后就握住了许泯尘的手。

"所以你这是想给我一个惊喜？"她睁大眼睛，笑眯眯道，"好吧，我承认的确挺惊喜的，但是下一次还是先告诉我吧，让我也有所准备，你看我今天穿得多不喜庆，一会拍的照片是要放在结婚证上看一辈子的，我想让它完美一点。"

何止是她，即便是许泯尘，也希望他们的结婚照可以完美一点，否则他也不会早上起来就开始认认真真地洗漱穿衣。苏清玉可能误解他是为了今天的股东大会，但其实根本不是。

"在我眼里，你任何时候都很美。"许泯尘抬手轻抚过她的头发，冬日的冷风抚过他们身上，但是谁也感觉不到一丁点冷意，他笑了笑说，"你还是不要太美了，不然要有人来跟我争你了。"

苏清玉扑哧一声笑了："你说得太夸张了，我长得什么样子我会不知道吗？肯定不会有人来跟你争的。"

许泯尘意味不明地看了一眼她身后，轻轻说了句"那可不一定"就拉着她进去了。

苏清玉并不知道，就在刚刚，她身后不远处的台阶上站着一个人，那个人带着夏妍，应该是来政府街办什么事儿的吧，大约是恰好遇见了他们，也可能……是刻意地等在这里的。

夏妍瞧见苏清玉被许泯尘拉着进了婚姻登记处，仰头问哥哥："哥，苏老师要和那位先生结婚了吗？"

夏沐泽抬手轻抚着妹妹的头发，望着远处，目光平静道："应该是吧。"

夏妍忽然有点失落，虽然早就想到会是这样，但心里还是有点不舒服。

　　夏沐泽低头看了她一眼，轻声细语道："这是早晚的事情，我们应该祝福苏老师，不是吗？好了，该去处理你的事了，我们走。"他牵起夏妍的手，去教育局那边办理夏妍上学的一些手续，夏妍依依不舍地回头看着婚姻登记处的方向，但他却一次都没有回过头。

　　在夏沐泽的词典里，没有什么东西是注定得不到的，只有他不想得到的，苏清玉就属于其中之一。也许他过去曾经对她产生过一些过度的执念，但他自己也知道那不理智。

　　而现在，他已经不再需要那些虚假的、自以为可以安抚自己的人或是事了。

　　从此以后，就当是从来没有认识过她。

　　拍照、婚检、登记，一步步走下来，苏清玉的思想都是有点混乱的。

　　大概是心理作用，走在婚检中心的走廊里，看着其他来婚检的情侣，苏清玉老觉得别人在看她，但其实大家都很忙碌，根本没有，这根本就是她自己给自己的脸红紧张找的借口。

　　到达最后一步办理结婚证的时候，苏清玉和许泯尘并肩站在台前等着，据说拿到证件之后可以到隔壁房间拍一张合影，她刚才路过那间房的时候看见了，里面的装饰都很喜庆，带着国有特色的婚庆氛围，不过好像和许泯尘身上的气场很不符合，想想一会儿要和他在那里拍照，她就觉得有点好笑，嘴角不自觉扬起，竟然也不那么紧张了。

　　因为今天来办理登记的人不多，所以他们拿到证件的速度也很快，没多久就拿到了小红本本。

　　看着这传说中被称之为结婚证的东西，苏清玉只觉得心窝子上被丘比特插了一箭，恨不得现在就抱着许泯尘转个圈，以此来表达自己心中的无限喜悦，但是周围那么多人，她也不好意思那么豪放，只能咳了一声装模作样地跟着许泯尘往外走。

只是，淡定的许先生似乎没发现隔壁那个可以拍照的房间，而工作人员这会儿恰好接起了电话，没能来提醒他们，于是她就注视着许先生一直往前走，自己跟也不是，不跟也不是。

怎么说呢，虽然说那种场景下拍张照片意义也不大，可是她还是想拍的。别人结婚时有什么步骤，她也想有。

于是乎，一路上都保持着娇羞小娘子模样的苏清玉这会儿突然彪悍了，上去拉住许泯尘的手腕说："我们还漏了一项。"

许泯尘没经验，这是第一次结婚，他也不希望自己在办理结婚登记上有多少经验，所以他不知道也没看见还有那么一个拍照的房间。

苏清玉乍一拉住他说还漏了一项，他还以为是证件上少了什么程序，立刻紧蹙眉头要原路返回，谁知道却被她拉进了隔壁一个房间，等看清楚里面是什么情形，瞬间就明白苏清玉所说的漏掉的一项是什么了。

原来还可以拍照。

许泯尘露出了新鲜的眼神。

苏清玉看见，本来还觉得不好意思，这下全都放松下来了。

干嘛老是那么紧张和小心呢，他们现在都结婚了，是夫妻了，有什么是不可以做的呢？他们是平等的，她是爱他的，他也是爱她的，这样不就好了吗？

"等那一对儿下来，我们也去拍一张。"苏清玉凑到许泯尘耳边小声说。

许泯尘微微颔首，他们这一对很快就吸引了周围很多人的注意，包括工作人员的。

其实，来江城市婚姻登记处结婚和照相的名人很多，这边也有工作人员和媒体那边有联系，一般来注册结婚都是喜事儿，名人也不介意照片传出去，所以有的工作人员会抓住人的这个心理，把照片偷偷地传播出去。

要说以前，可能苏清玉和许泯尘这一对儿还不是那么熟悉，大家说不定认不出来，毕竟他们不是娱乐圈的人，但最近艾博的风波闹得太大，在各大网站和电视机上全是他们的新闻，只要是那位传闻中被冤枉了的许先生出现的镜头，全都有苏清玉陪伴在身边，现在看他们来办理结婚登记，这照片照完的时候，不免也就转手被交给了媒体。

然后，苏妈妈和苏爸爸正在家里看电视，苏爸爸扬着头戴着老花镜在看手机，这是苏清玉新给他买的智能手机，据说看新闻听戏都很方便，他正在学习看新闻，刷新了几下，就看见屏幕上好像出现了熟悉的人。

"唉？老伴你快来看看，这不是清玉和泯尘吗？"苏爸爸招招手说。

苏妈妈正在擦桌子，闻言立刻赶了过来，拿着手机拉远一点配合她的老花眼，看了好半晌才说："他们今天去登记结婚了？这是在婚姻登记处拍的照片啊。"

苏爸爸一听顿时有点心虚地说："哦，结婚了啊，那是好事儿啊，刚才电视上不是还在演嘛，泯尘现在又是那个什么艾博集团的CEO了，以后他就和以前一样了，咱们闺女找了个那叫什么来着？对，找了个高富帅，你应该高兴才对。"

苏妈妈哼了一声，揪住苏爸爸的耳朵说："是你把户口本给那小子的吧？快说！"

苏爸爸哎哟哎哟喊疼，只好承认是自己干的，而另一边，许家二老正在接电话，接连不断的恭喜电话打过来，起先只是恭喜他们的儿子沉冤得雪，那些人以前在他们家倒下的时候没冒出来，现在全都跟雨后春笋一样，到底是个什么人品，大家也全都清楚了，以后自然也不会来往办事。

只是，后来这电话打的，就有点奇怪了。

有的电话，甚至来电话的人是重复的，只是祝福的不是同一件事。

"什么？恭喜我儿子结婚？"许爸爸愣了一下，顿时脑子一亮就明白了，肯定是儿子和清玉那边领证被媒体拍到了，做了这么多年CEO的父亲，要是这点觉悟都没有，那就太惭愧了。

于是乎，老爷子很和善地感谢对方的祝福，又开始不断地接起了道

294

贺电话。

苏清玉和许泯尘并不知道家里现在是什么情况，但许泯尘多少可以猜到一点，并且不介意这些，因为这毕竟是件好事。

拿着快照从婚姻登记处出来，司机已经把车子开过来了，服务是真的得体周到，难怪当初可以做许泯尘的司机。

苏清玉爱不释手地捏着照片一直在看，有点兴奋地说："你看我这张照的是不是比我本人好看？我都不知道我看起来这么精神焕发啊，早上起来的时候还觉得气色不好，特地涂了最提气色的口红，还真是有用。"

许泯尘宠溺地看着她，不管她说什么，他都会非常温柔地附和，苏清玉兴奋过后就只剩下使命感了，总觉得之前一辈子的目标实现了，一下子变成现在这样这么好的状态，居然真的不但睡了、包养了最爱的男神，甚至还和男神结婚了，成为他正式的太太，简直不要太美好。

她和许泯尘交握着双手，只觉得手心不断出汗，心里有个火苗一直在窜，于是在上车之前她就停下脚步，转过身踮起脚尖把许泯尘的脑袋转过来，盯着他的眼睛无比认真道："以前我可能说过这句话，但是今天不一样了，所以我还是想再说一次——许泯尘，我喜欢你，我爱你，从小时候我就爱你，现在我终于嫁给你了，谢谢你娶我。"

她说完就热泪盈眶，许泯尘直视着她激动感慨的模样，慢慢低下头吻上了她的唇，周围的一切行人和场景都无法影响到他，直到她的眼泪掉在他的脸颊上，他才后撤身子，抬手抹掉她脸颊上的泪水，轻声说了句："傻丫头，我也爱你。"

苏清玉闻言，这心里头就更脆弱了，眼泪流得更凶了，不由朝他投去了怪罪的眼神。许泯尘收到那个可爱的小眼神，爱不释手地把她抱了起来，在原地转了好几圈都不愿意停下来。

路上的行人们瞧见这一幕，有的认出了他们是谁，似乎方才才在网站上看到过他们的照片，忍不住和身边的朋友感慨了一句："我还是头一次看见名人谈恋爱，这么梦幻得好像偶像剧一样。"

说话人的朋友顺着道："我也这么觉得，你看我这模样，和那个女孩长得差不多吧，我会不会也有这样的机会嫁给男神啊？"

说话人瞥了她一眼，戳了一下她说："得了吧你，别胡思乱想了，这样的事情几百年也就那么一次，这一次被那姑娘赶上了，下一次得看你投胎成什么啦。"

两人笑骂着离去，苏清玉和许泯尘也上了车子，江城市公安局看守所里，安红和于然也从律师那里得到了许泯尘回到艾博出任CEO，和苏清玉正式结婚的消息。

安红麻木地看着前方，脑海中不断回想着她和他在一起时那些幸福美好的画面，只不过是几个月的时间而已，竟然觉得好像过去了很多年，沧桑得她都有些记忆模糊了。

"安小姐，恕我直言，目前警方掌握的证据很直接，我们已经没有必要再进行无罪辩护了，我只能尽可能地让你和于总少判几年。如果是一开始，像许总那样的情况，只是拘役和没收财产，但你们的行为已经涉及诬陷他人，这就很麻烦了。"

律师在说什么，安红根本听不进去，自己会有什么结果，她已经非常清楚了。

抬头望着天花板，泪水无声地落下来，安红心里想，这辈子，她算是毁了，但是毁掉她的不是别人，正是她自己。

算了，算了，事到如今，谁和谁，也都已经没必要再互相记恨了……

现在这一切，不就都是惩罚吗？

很多人都在想，许泯尘回到艾博之后要做的第一件事是什么？

清除异己？肃清董事会？开发布会重振艾博的气势？这都是一个谜。

外界都在猜测他会在企业上有什么动静，但关注了好几天，最大的动静居然只是辞退了一部分人，重新聘请和调动了一些高层的岗位，然后就没有了。

就这样就没有了？辞退人可以算是清除异己了，以前安红和于然的人肯定不能留下，那做完了这件事总该有接着来的步骤吧？

但是就是没有了。

那些被许泯尘调动上来的人，开始重新部署艾博各子公司的工作进程，至于他本人去做了什么，要做什么，媒体们深扒了很久都没扒出来，等好不容易有点消息了，顿时又黑人问号脸了。

许泯尘一个做IT互联网的，居然跑去做房地产了？多奇怪啊，以前他没出事的时候就不见他涉及房地产行业，而且有的报道上还有他的专访，他曾经亲口说过对房地产行业没有兴趣的，怎么回来之后忽然就去搞地产了？

苏清玉是看报纸才知道的，报纸上写据说许泯尘有新的计划，要开始涉足房地产，她一边剥鸡蛋一边云里雾里地说："怎么搞的，这上面写的是真的吗？你要做房地产了？我觉得那东西不太稳定，而且太操心了，容易跟行贿受贿沾上边，还是不要做了吧？"

许泯尘扫了一眼那张报纸，面不改色地一边吃鸡蛋一边说："我没有要做房地产。"

苏清玉松了口气笑着说："我就知道这些媒体是乱说，你怎么会傻乎乎地在这个节骨眼上跑去做房地产呢？你的首要想法肯定是把艾博恢复到过去的状态。"

许泯尘一副云淡风轻的样子说："但我的确买了一块地。"

苏清玉手里的鸡蛋壳直接掉在了桌子上，她立刻放下鸡蛋收拾桌面上的鸡蛋壳，微蹙眉头道："买地做什么？"

说起来，虽然，许泯尘现在回到艾博了，但他们还在之前租住的房子里，只是那些员工搬回了艾博工作罢了。一来呢，是因为毕竟交了房租，不住就白搭了，二来是，他们还没有购置新房的打算。许泯尘不提这个，苏清玉也不着急要房子，总觉得现在还是事业优先，难道还要担心许泯尘买不起房吗？

因为有这个想法，所以现在乍一听见许泯尘买了一块地，苏清玉才有点惊讶和不理解。

许泯尘倒是特别淡定，安安静静地吃完了鸡蛋，喝完了粥，放下碗筷，拿起干净的手帕擦了擦手，漫不经心道："总不能让你一直住出租房。"

苏清玉闻言，抬手挠了挠脸颊说："可你说的是买了一块地，不是一套房子啊？"

许泯尘眨了一下眼，竟然有点狡黠，他不着痕迹地笑了一下，站起来提着公文包说："我要先去上班了，至于那块地的事，你很快就会知道了。"

苏清玉看着他的背影，无奈地笑了一下，总归不管他做什么，她都不会担心他吃亏，他是谁啊，他可是许泯尘啊，谁能让他吃亏呢？除非他自己愿意。

"那你先去，我今天不去了，要回家一趟。"苏清玉随口说了一句话，倒是把要走的许泯尘给叫了回来。

他原路返回，侧头睨着她说："我以为你今天要去买东西，怎么原来是要回家？"

苏清玉点头说："对啊，我都好久没回去了，回去看看爸妈，然后顺便再看看许伯父和许伯母。"

她说完这话，许泯尘就皱起眉头，表情不甚愉悦了，苏清玉一乐，抬手揽住他的颈项，凑到他耳边笑眯眯道："好了好了，是我说错了，是去看我们的爸妈，没有什么伯父伯母的。"

其实，这么多天了，苏清玉一直觉得家里人还不知道他们结婚，因为她从许泯尘那里得知是父亲背着母亲把户口本给他的，而他本人如果要用自己的户口本，肯定也不会被父母追问要做什么，毕竟他年纪那么大了，又不是小孩子，要用就用，何必多问，自然是有事儿要办。

秉持着这个想法，苏清玉觉得自己有必要先回去给两家爸妈打个预防针，免得他们知道了过于惊讶，毕竟年纪都不小了。

许泯尘何尝不知道她的用心，但是现在不太适合让她回去，于是他琢磨了一下说："我忽然想到工作上有点事要你做，你今天先别过去了，改天再说，和我一起去上班。"

苏清玉愣住了，指着自己道："我？我能做什么啊？还不就是那些小事儿？艾博那么多精英，应该不差我一个吧。"

许泯尘不由分说道："他们那里不差你，但我这里差。"

语毕，他便直接拉着苏清玉的胳膊要走，苏清玉看了一眼身后的桌子阻拦道："哎呀等一会儿啊，我先把桌子收拾了，不然回来要有味道了！"

许泯尘毫不在意道："我让人找个钟点工来收拾。"

苏清玉皱皱鼻子："这么简单的事情不用找钟点工，晚上回来我再弄吧。"她有点不死心地看着他关上门，走出几步等电梯的时候才忽然发现自己穿的是拖鞋。

"我……得回去换鞋。"她哭笑不得地拿出钥匙，指着自己的脚说，"你看，我还穿着拖鞋呢。"

许泯尘低头一看，恰好电梯来了，他也不知道自己是出于什么心理，直接把苏清玉给横抱了起来，也不顾电梯里面有监控摄像头，直接抱着她进去了，按了一层的按钮说："没事，路上给你买。"

苏清玉顿时整个人都蒙了，等上了车，车子停在鞋店门口，他拉着她直接进去开始选高跟鞋，苏清玉才渐渐地发现这有点奇怪，不合常理。

"你说，你是不是有什么阴谋？"苏清玉坐在椅子上，许泯尘蹲在那里给她一只一只地换鞋子，拿了一大堆在那里准备试穿，听见她询问，他头也不抬道："你觉得我像是那样的人吗？"

苏清玉下意识道："不是。"回答完了又察觉到不对劲，皱着眉说，"就算不是什么阴谋，也肯定是什么不能让我知道的事情，快点老实交代。"

许泯尘缄默片刻，抬头看着她说："这双喜欢吗？"

苏清玉一下子被转移了话题，对着镜子照了照说："还行，但是我不喜欢这个颜色，还有别的颜色吗？"

旁边的专柜小姐眼睛早就冒红光了，这么帅的男人啊，偏生还那么体贴，蹲在那里一点都不顾及自己形象地给女朋友换鞋子，这种男朋友要去哪里找？

乍一听苏清玉说话，专柜小姐扼腕地看了一眼她的长相，觉得自己其实也可以梦想一下有这样中看又中用的男朋友，于是高高兴兴地去给她拿别的颜色了。

苏清玉站起来踩着鞋子走了走，感觉很舒服，随口问道："我刚才进来也没看，这是什么牌子？"

她转头开始在店里寻找品牌LOGO，就在她快要找到的时候专柜小姐就回来了，笑着回答说："这位小姐，是香奈儿。"

苏清玉听完，突然觉得自己的脚特别尊贵，摸了摸脸望向许泯尘，他笔直地站在旁边，单手抄兜微笑地望着她，看见他这样，苏清玉忽然就不想矫情，高高兴兴地踩着鞋子回来坐下，一只脚穿一个颜色，站起来对着镜子问许泯尘："哪个颜色比较好看？"

许泯尘正要回答，口袋里的手机响了起来，他把手机拿出来，也不接，直接挂断，然后认认真真地看了一下两个颜色说："白色上班穿，红色参加酒会穿，两个都要。"说到这就转头看向专柜小姐，"就这两双，麻烦包起来。"

专柜小姐本来还以为他们要挑选一会儿，没想到进来到现在不过还没有十分钟居然就买了两双，这下子她又再次扼腕了，长得帅还对你好的本来也已经难找了，如果这个男人还非常有钱，那就简直天上有地下无了，心塞。

苏清玉坐到椅子上把鞋子脱下来，本来还说自己只要一双就可以了，但是许泯尘说完话就拿起手机去一边回电话了，电话接通后对那头的人说："抱歉，刚才在陪太太买鞋子，你现在可以说了。"

听见那句"陪太太买鞋子"，苏清玉感觉自己浑身的汗毛都要竖起来了，不是害怕，也不是觉得肉麻，而是有点喜不自胜，激动的……

换上白色的高跟鞋，刷了许泯尘的卡，走出专柜，上了车子，全程苏清玉都在自己偷着乐，因为许泯尘还在打电话。

　　这个时候，她觉得自己非常幸福，再也不会有比这个更幸福的事情了，但没多久，当她知道那一天许泯尘为什么百般阻挠自己回家的真正原因之后，彻底震惊了。

　　那是自今日推后半个月的时间。

　　这一天恰好是元旦，苏清玉和许泯尘准备一起回家过节，因为两家离得近，所以可以很方便地聚到一家来过，不会存在什么今年过节在男方家里还是女方家里的烦恼。

　　只是，当车子驶入自己非常熟悉的那个小区后，苏清玉忽然觉得有点陌生。

　　这里好像在拆迁改造一样，很多屋子里已经没人在住了，全都搬走了，尤其是靠近他们家的地方，那块地方的情况最严重，只剩下他们两家的房子还完好无损。

　　苏清玉瞧见，一下子就着急了，指着车窗外面说："这是怎么回事啊？我怎么都不知道家里要拆迁了？是哪个公司开发的？给了什么条件？"她十分心疼地扒着车窗说，"不行，给多少钱也不能卖掉房子，这里有我跟你的回忆啊。"

　　许泯尘本来一直好整以暇地观察着她的反应，听见她最后一句话的时候，心立时软得一塌糊涂。

　　他倾身过来，指着前面说："把这里全部重建，爸妈全搬到我们那栋公寓楼住，等这边建起来再搬回来，这样好吗？"

　　这是在征求她的意见？苏清玉转了转脑子，马上就明白了。

　　"……你买的那块地，就是这块地？"

　　许泯尘这次没否认，非常坦然地点头。

　　"你上次不打算让我回来，就是想在今天让我看到一点改变？"她继续问道。

　　许泯尘继续点头。

苏清玉看着外面的场景，再看看许泯尘，许泯尘柔声道："我们以后的婚房，就盖在父母家旁边，这样你就再也不用担心离父母远的问题了。"

如果说苏清玉刚才还可以克制自己的情绪，现在就是彻底防线崩溃了。

她直接扑上去把许泯尘压倒在车座上，红嘴唇不断地在他脸颊上留下唇印，高兴得手舞足蹈，许泯尘个子高，这样的姿势让他觉得十分憋屈，但是只要她高兴，她喜欢，一切都是可以的。

最痛苦的，莫过于司机师傅，看着明明已经到达的目的地，却最终还是没躲开这秀恩爱的一幕，忍不住在心里产生了"还是换工作吧"这样的想法，每天都有贵族狗粮吃，其实真的并不幸福啊！

元旦佳节，进入小区之前，街道上到处张灯结彩，进入小区之后由于住户大多都搬走了，所以过年的气氛并不浓郁，倒是在苏家和许家门口还不错，挂着灯笼和对联。

看着对联上的笔迹，应该是许伯伯亲自写的，许泯尘的父亲年轻时就喜欢写毛笔字，写得也很好，在苏清玉小的时候就常常跑去看他写字，不过那时候多少还存了点想碰碰运气看是否能遇见许泯尘，现在回忆一下，后者如今就坐在她身边，她想什么时候见就什么时候见，真是一件幸福的事啊。

下了车，苏清玉站在一边，许泯尘透过驾驶座的窗户对司机说："今天我们会留在这，你先回去吧。"

司机笑了一下说："好嘞。"说完话就关上车窗、倒车、逃似的跑掉了，他是真的不准备再吃狗粮了，老婆去得早，单身好多年，实在不容易啊，泪目。

至于苏清玉，这会儿正高高兴兴地拉着许泯尘的手朝家门的方向走，因为苏家和许家虽然是门对门，但户型不一样，苏家这边客厅大一点，所以元旦过节就在苏家过。

苏清玉有钥匙，不过也没用上，因为门是虚掩着的，虽然外面挺冷的，但是家里很暖和，小区之前本来已经开始供暖了，但因为前段时间许泯尘买下这块地之后要重建，大部分人都搬走了，所以供暖也停止了下来，屋子里这会儿开的是空调，不透透气全闷着的话虽然暖和但是会不健康。

听见门口的动静，苏妈妈拿着铲子就从厨房出来了，看见是俩孩子回来了，笑眯眯道："回家就回家，还拿什么东西啊？又不是外人！"

苏清玉的确带了点东西，她本来也不打算带的，不过许泯尘坚持，所以在来的时候买了。

"过年嘛。"苏清玉笑了一下，靠着许泯尘说，"泯尘说一定要买，所以就买了，你们在包饺子吗？"

她说完这话，许伯母也从厨房出来了，手上还拿着饺子皮："对啊，我记得你小时候特别爱吃我包的饺子，正好泯尘也爱吃，咱们今天多吃点。"

苏清玉咳了一声摸了摸鼻子，其实，她是爱吃许伯母包的饺子没错，但当年许家一包饺子她就仗着自己是小孩子去蹭饭，主要原因还是为了一睹美男子的风采啊。

苏清玉心虚地瞥了一眼身边的许泯尘，后者正好整以暇地看着她，似乎看穿了她的伪装，她脸红了一下，对许伯母说："我来帮您吧。"

说着话，就要跟过去帮忙。

苏妈妈不赞同道："我和你婆婆一起忙活就行了，你带着泯尘去二楼歇一会儿，待会儿就能吃饭了。"

这句"婆婆"可把许伯母给逗笑了，两个长辈笑眯眯地说着话，看上去特别和谐，苏清玉一下子插不了嘴，待在这里又觉得挺害羞的，真是不明白为什么都和他结婚了，还会因为这样那样的小事儿觉得脸红心跳，苏清玉踌躇了一下，干脆直接上了二楼。

"哎呀，看这丫头，泯尘你也上去吧，我和你妈去做饭了。"苏妈妈瞧见苏清玉一脸羞耻地跑了，一时眉开眼笑，如果说以前她还很不希望许泯尘和自己的女儿在一起，现在就是真正的满足和放心了。倒不是因为许泯尘回到了原来的位置上，而是因为她看得出来他是真心要和自己的女儿过一辈子，不是一时堕落所以拿自己的闺女当消遣。

可怜天下父母心，又有哪一个父母会真的不顾儿女的想法，让他们离开自己心爱的人呢？只不过是担心她以后过得不好罢了，幸好许泯尘没让她失望。

苏家的二楼，许泯尘还是第一次来，其实苏家虽然不算太有钱，也算是小康之家了，至少这栋房子地理位置即便偏远了一点，可到底是在寸土寸金的江城，当年苏爸爸花了不少钱买下来，现在也升值了好几倍，这固定资产以后肯定是苏清玉的，算上去她也是个小富婆了。

苏清玉走得着急，他倒是不着急，且走且看着，在二楼不大的空间里，看见了不少有意思的东西，比如说一些小孩子用的玩具，木马之类的，角落里还放着一个锁着的小箱子，人的本性都比较容易好奇，越是锁着不外露的东西，越容易吸引人的注意，许泯尘也不例外。

他走到角落处蹲下，似有若无地摆弄着箱子的小锁，这种锁一看就是姑娘家小时候爱玩的那种埋宝藏游戏用的，箱子里放一些儿时的回忆，然后埋在大树底下，长大之后挖出来看看，回忆一下童年，看看自己那时候的愿望实现了没有，挺有意义的一件事。

苏清玉在房间等了半天也不见许泯尘进来，不得不透出半个脑袋朝外面四处打量，然后就看见许泯尘蹲在自己的秘密宝箱那里不知道在做什么。

她瞬间忘记了自己的所有尴尬，赶紧跑了出去追到了他身边，蹲下来急急忙忙地说：“这箱子怎么被拿出来了？我一直放在房间里的啊。”

许泯尘淡定地半蹲着，看见她愁眉苦脸护着宝物的样子，不着痕迹道：“过了元旦，爸妈会搬去我们那里暂住，直到房子盖起来。也许是要搬家，所以才帮你收拾了一些‘没用’的东西。”

苏清玉似乎很不喜欢许泯尘称呼她的宝箱为“没用”的东西，所以黑着脸抱起了宝箱，瞟了他一眼说："你跟我进来，我给你看看里面是什么，你一定很想知道吧？所以才跟我说这是'没用'的东西，因为你知道我肯定会忍不住给你看的，只有给你看了才能证明这很'有用'。"

看着小丫头分析得头头是道，许泯尘也不反驳，站起来双手抄兜跟在她身后，等她走进房间，他也跟着进去，然后把门关上，迟疑几秒，还是上了锁。

屋子里窗户很大，十分明亮，窗帘也没拉上，阳光照得许泯尘有些睁不开眼。

他好像一个冷血动物，不怎么能见阳光，但苏清玉不同，她是那种必须在阳光下生长的花，就像现在，她站在阳光下灿烂的模样真是美得让他连呼吸都忘记了。

她的五官明明那么普通，为什么那么多好看的人做了刻意的打扮他都不觉得美，但她只是素面朝天地做着一件普普通通的事，他就觉得心好像被抓着，一点点揉捏了呢。

或许，这就是爱与不爱的差别吧。

古人说情人眼里出西施，这句话想来是很有道理的。

苏清玉折腾了好一会儿，才把箱子打开了，应该是锁的钥匙生锈了，毕竟过了那么多年，要打开的确得费点功夫。不过最好的是结果，打开了就行。

"你过来。"打开箱子后，苏清玉就朝许泯尘招了招手，他站得那么远，好像她身上有什么刺会扎着他一样，她还挺不满的。

"你站那么远做什么？"苏清玉问了一句，也不需要回答，径自说，"不是想知道这里面都是什么吗？我一样一样给你看。"看着箱子里的东西，她露出怀念的笑容，先拿出一个许愿瓶说，"这里面有365颗星星，全都是我亲手折的，每一个星星上面都写了一句祝福的话，这个是……"她犹豫了一下，还是坦然道，"是给你的，不过后来一直没机会，也不知道你会不会觉得这是个好东西。"

许泯尘接过那个玻璃瓶，想要打开来看看瓶子里的星星，但苏清玉拦住他说："那么多，你要看好久都看不完，还是留着以后慢慢看吧，一会儿该吃饭了，我们先看别的。"

　　她说得很有道理，许泯尘点了一下头说："好，那以后我会每天拆一个，然后换我折一个给你，放到另一个瓶子里，等到一年后的那一天送给你。"

　　苏清玉本来正准备把手里的信封交给他，听完这句话之后就有点眼眶发红，皱着眉头说："干什么突然来甜言蜜语袭击，不要动不动说这样的话，很不习惯。"

　　许泯尘没有反驳，而是精神集中地看着她手里的大信封，里面挺厚的，应该不是信件，于是他问："这是什么？"

　　苏清玉看了一眼这个信封，思索了半晌才把它拆开，将里面的几个练习册还有本子、数学书之类的东西拿了出来。

　　许泯尘的记忆力一向很好，但这些东西他却都不记得了，事实上，从他和苏清玉在一起开始，他就在努力回想他们过往到底有过什么接触，让这个女孩就那么把他死心塌地地记在了心上。

　　可是没有，他什么都想不起来，只是模糊记得似乎见过对面家里的小妹妹，其他的就再没有了。

　　苏清玉一直没怪过他，即便此刻也是这样，她笑着说："这个啊，你肯定不知道了，那个时候我对你来说，只是个没什么关系的傻乎乎的小妹妹，我找你来学习，你能教我，我那时候高兴得好几天都没睡着觉。"她有点腼腆地笑了笑，"这个上面有你的笔迹，就是你教我数学题的时候验算的过程，我一直都留着，想你的时候就拿出来看看。虽然我也可以在网络上搜索到很多你的消息，但那都是很遥远的，和所有人看到的都一样，只有这个是特别属于我一个人的。"

　　她像抓住了什么小秘密一样，特别得意地挑了挑眉，笑得很开心，但许泯尘看着，就觉得心酸极了。

　　他下意识握住了她的手，两人缓缓十指交握，片刻之后，她听见他悦耳低沉的声音喃喃道："如果我知道我们以后会在一起，我一定会把我们从认识到现在的一切全都记住。"

苏清玉闻言愣了一下，知道他可能有点内疚，大概是想不起来那些她记得但他不记得的回忆，于是缓和了语调温柔道："没事儿呀，没有人是先知的，那个时候我也没想到会真的有和你在一起的那一天，所以才留着这些当念想，我要是早知道啊，肯定就不白费这个心思了，反正你早晚都是我的，不是吗？"

她古灵精怪的样子安抚了许泯尘心里那些不自然的情绪，看气氛好了一点，她又拿出了一个东西，是她的大学录取通知书，这个许泯尘就熟悉了，因为他也收到过。

"原来你读的和我是一个大学。"他有点意外地说，后来又觉得没什么意外的，她现在还年轻，还有很多机会，即便如今还没什么出挑的表现，以后也会有的。

苏清玉看出了他的想法，不得不感慨一句："你还真是个典型的理科男，看见这个毕业证书的第一想法居然是我既然是你的学妹，怎么现在好像挺笨的样子？"苏清玉忍俊不禁道，"然后又放心了对吧，觉得既然学历好，以后肯定还是可以有发展的，不用急在一时。"

被说中心事，许泯尘也没见什么尴尬的神色，只是垂眼抿唇微笑，那一丝柔和的色彩，自他重新回到艾博之后就没有人再见过了，他变得比以前更严肃和难以接近，只有在她面前的时候，他才稍微有一点原来的、真实的样子。

"我拿到这个录取通知书的时候，是我最伤心的一天。"

苏清玉再次开口说话时，是一种惆怅的语气，许泯尘抬眼望向她，见到她眼里有怀念和伤感，更多的则是庆幸。

"我读过你的小学、中学、高中还有大学，虽然没能和你同年同级，但一直觉得可以走过你走过的路也是一种安慰了，当然还是真的很容易满足的。"她弯着嘴角道，"那时候我收到这个录取通知书，本来很高兴地想和你分享，虽然你可能并不在意，我想着就以一个小辈、一个邻居妹妹的身份来求你表扬几句，也恰好那天你真的回来了，只是……"她望向他，眨巴了一下眼睛，眼泪就掉了下来，"只是那一天，你带了安红回来，你们家门口，贴上了此房出租的消息。"

室内一下子安静下来，好像当时的场景又重现了，许泯尘记得那一天，只是他如何都不知道，他后半生最爱的人，会在那一天被他伤害。

"我……"

他想说什么，但苏清玉直接上前抱住了他，把他压倒在床上，窄窄的单人床支撑不了两个人突如其来的重量，发出咚咚的响声，正在楼下做饭的长辈疑惑地想着这是怎么了，而楼上的人却还不知道危险即将临近。

"没关系了，都没关系了，反正我现在苦尽甘来，你是我的，谁也抢不走了！"

苏清玉很高兴很激动地说了上面的宣言，随后便好像霸王硬上弓一样佯装强吻许泯尘，很快这个吻就加深了，两人本来已经准备去吃饭，可这一次的擦枪走火却让人把持不住……

咚咚咚，敲门声响起，苏妈妈站在门外，拿着擀面杖说："小兔崽子们，赶紧给我出来吃饭，有什么想干的回你们家再干，否则别怪我的擀面杖无情！"

苏清玉心头一跳，差点从许泯尘身上摔下去，由于是单人床，这一摔下去可就是摔到地板上了，幸好许泯尘眼疾手快把她拉住了，苏清玉抬眸凝视着他的黑眸，两人四目相对，眼睛里倒映着彼此的身影，须臾之后，先是她忍不住笑出了声，然后便是许泯尘。

他笑着笑着，心里在想，这就是快乐的感觉吧，竟然觉得像头一次感受到一样。

元旦是重大的节日，这样节日的饭菜，肯定非常丰盛。

除了许伯母的饺子之外，还有很多苏清玉爱吃的菜，这肯定是苏妈妈做的，而其他的菜，作为许泯尘的妻子，苏清玉当然也知道那都是他爱吃的，不用怀疑，这肯定是许伯母的杰作。

餐桌虽然不大，但足够他们两家人用了，桌面上摆满了饭菜，电视上播放着晚会的重播，一家人端起酒杯碰了一下，一切都是那么平静温馨。

苏清玉喝了一口酒，觉得味道还不错，想再喝一口的时候，许泯尘拉住了她的手，等她看过来，就微蹙眉头道："慢点喝，不要贪杯。"

苏清玉摸摸鼻子，放下酒杯，换成喝水，这下许泯尘满意了，不阻拦了，两家的长辈瞧见他们相处的样子，均是满意和高兴的。

一顿饭吃得高兴又满足，吃完之后苏清玉就想出去散散步，许泯尘作为丈夫，肯定是要陪着出去的。

这会儿外面是晌午，阳光不错，也不怎么冷，苏清玉不想围围巾，但许泯尘强行给她系上了，又给她穿上了一件厚厚的羊绒大衣，她整个人都被包得像一只可爱的熊一样。

苏清玉有点不情愿道："这样穿难看死了，你看看镜子里，我本来就胖了好多，还穿这么多，和你走出去更不般配了。"她拒绝道，"我不要穿这么多，外面也没那么冷。"

只是，理想很丰满，现实么……许泯尘是肯定不会同意的。

"穿着出去，或者脱下来留在家里，你选一个。"他不苟言笑地说话时，苏清玉真的没办法反对的，于是就在他的安排下，她裹得严严实实好像一只小猪一样出门了。

在他们住的小区北面尽头，有一所初中，是江城市这个区域内最好的初中了，许泯尘和苏清玉都在那里念的书，现在正处于放假期间，走到初中门口的时候，里面看不见一个人影。

"你初中毕业的时候，我还在上小学呢，那个时候我妈一直跟我念叨你考得成绩有多好，去了市里的第一中学，虽然远了点，但是架不住是中考状元，满小区的人都在说这件事。"靠在操场旁边的栏杆上，苏清玉挑眉笑道，"那个时候你就是我妈嘴里'别人家的孩子'，我当时就在想，也要像你一样优秀，其实我那会儿成绩挺一般的，上了初中才开始努力。"她咳了一声说，"是你让我变得更好，有现在这样的成就，所以谢谢你啦。"她做了一个好兄弟的手势，手落在他身上的一瞬间就被他握住了，整个人拉到怀里。

"怎么了？"苏清玉好奇地询问，这会儿周围没人，抱着她也没啥意见，反而很高兴，挺暖和的，连吹过来的寒风似乎都温柔了不少。

"没什么，就是忽然想抱抱你。"许泯尘的下巴抵着她的发顶，一手环着她的腰，另一手从口袋取出手机，找出相机打开，举得高高对着两个人。

"要拍照吗？"苏清玉有点紧张道，"现在不行啊，我没化妆，穿得衣服也很难看，又鼓鼓囊囊的，要拍合照也等我换个衣服化个妆再说。"

她不断地给自己申请好点的条件，只是拍照人不为所动，就仗着他个子高胳膊长，她不能阻止他"作恶"，连拍了好几张俩人的合照，把她跳起来抢手机那一幕都拍到了，苏清玉看着手机上的照片欲哭无泪，自己真是被拍得又丑又胖，比起身边皮肤又好五官又英俊的男人来看，简直是天壤之别，像是保姆一样的人物。

瞬间心情就不好了，苏清玉干脆不说话了，赌着气走开好几步，趴在栏杆上看着操场里面。因为现在是冬季，操场上都只剩下枯木树杈，苏清玉想起自己升入初中时看见过学校的奖杯陈列室里有过许泯尘得到的奖杯，那时候她就跟个小粉丝一样，带着自己不为人知的小秘密偷偷地摩挲着奖杯旁边的照片，身边的同学有的会早恋或者暗恋，唯独她跟谁也没有过暧昧关系，那个时候老师还把她当楷模，说她是大家的榜样，但其实……只是她喜欢的人不在初中罢了，真是惭愧不已。

许泯尘收起手机，看着苏清玉委委屈屈地靠在一边不说话也不走动，就知道她心里不舒服了。

其实他知道，她心里一直有个结，觉得自己跟他不般配，无论是从长相还是从经历和能力上。

很长时间了，他一直没主动提起过这件事，是觉得她早晚有一天会想明白的，两个人相不相配，并不是从外在条件或者经济条件上来对比的，而是从心智和感情上。

只是，如今算来，他还是不忍心看她自己在那个怪圈子里乱转，得想个法子把她拯救出来。

许泯尘是个直接的人，尤其是在感情上，是就是，不是就不是，从不拖泥带水，与处理和安红的错误感情是一样的态度。

他走到苏清玉身边，指着校园操场里一棵光秃秃的小树苗说："看到那棵树了吗？"

苏清玉有心要使性子不理他，可到了关口上还是下意识脱口道："看见了，怎么了？"

说完她就恨不得把自己掐死，她真是没办法和他生气啊，只要他一开口说话她就没办法不理会，真的太蠢了，蠢死了，就不能强硬一点，真的发一次脾气吗？

苦恼了半晌，得出结论，不能TAT！

"比起它旁边的大树，来年即便它长出叶子，恐怕也不会太好看。"

许泯尘温和地说话，话里似乎并没有什么深意，但苏清玉却觉得，自己似乎听出了点什么。

"但是时间一直在往前，即便它现在只是个干枯丑陋的小树苗，也有长成参天大树的一天。本身已经长成的大树，要再高一点会长得很慢，所以只要小树苗安安全全地生长，就有追得上的那天，到那时候，大家也不会觉得它丑陋了，会觉得他们很相配，很佩服那棵小树苗。"

话说到这个地步，苏清玉要是不知道他的用意在何处，那就太傻了。

她回过头，有点茫然地看了许泯尘好一会儿，才抬手拉住他的手说："我会有那么一天吗？"

许泯尘低下头睨着她说："你现在已经接近那一天了，如果没有你，就没有现在的我，所有人都要感激你。"

是啊，的确很多人感激着苏清玉，像许泯尘的父母，艾博那些许泯尘的心腹，大家都在感激着苏清玉，觉得她是个非常不错的女孩，在能力上也不错，毕竟学历摆在那，只是年龄和工作经验少，等她再深入几年，只会比安红好，不会比对方差。

苏清玉慢慢低下了头，摆弄着自己的手指说："可能是我自卑惯了吧，从小时候到现在，这么多年了，几乎用了自己整个青春的时间在暗恋你，然后觉得自己配不上你，所以即便到了现在，也还是偶尔忍不住自怨自艾。"她哭丧着脸抬起头，"怎么办啊，我可能一时半会改不掉这个臭毛病，其实你说得对，那有什么呢？长相不是最重要的，我是不好看，但是我也没有很难看啊，我老是这样躲躲闪闪的，你早晚会烦的。"

显然，苏清玉也知道自己的问题症结在哪里，只是改变不是一朝一夕的，还是需要时间，更不要说，那种仰望的态度已经持续了那么多年。

许泯尘不再谈论这个话题，而是拉起她的手说："我忽然觉得，你手上好像缺了点什么。"

苏清玉愣住了，有点跟不上他的节奏，不解道："缺什么啊？哦，你是说我的手链吗？今天没带出来，大冬天的，戴上去也看不出来，所以就不戴了。"

她说得特别爽朗，大大方方，但他说的似乎并不是这个。

他皱着眉，好像很困惑似的，握着她的左手看了好久，摇头说："不是手链，不是缺那个。"

苏清玉这下莫名有点慌了："那是缺什么？是我手哪里不正常吗？"她紧张兮兮地把手抬起来仔细看，说句实在话，她虽然五官上不怎么出挑，但手却非常好看，纤细修长，还很白，骨节分明的，去做手模都可以了。

四周抚摸寻找了一圈，苏清玉都没发觉自己的手到底哪里不对劲，于是只好向身边的人求助："到底是缺什么？你别吓唬我。"她望着许泯尘，满眼的信任。

许泯尘和她对视几秒，像是突然想起来了似的，恍然大悟道："我知道缺什么了。"

苏清玉着急地问："缺什么啊？"她恨不得贴到他身上去，穿着靴子的脚已经快踩到他的鞋子了。

许泯尘低头看了一眼，苏清玉顺着看去，赶紧后退，担忧地说了一句："疼吗？"

"不疼。"

声音来自于她的头顶，他似乎从口袋里取出了什么，在她头顶上继续道："你没踩到我，不用担心。你的手我知道缺什么了，你先闭上眼睛。"

苏清玉本来正要抬头，听见这句话半信半疑地说："闭上眼睛做什么？"

"闭上就是了。"他不解释，只是让她照做。

饶是苏清玉迟钝至此，似乎也察觉到了什么不寻常的意味，她感觉自己心跳忽然加速，周围弥漫起了热腾腾的粉红色气息，想了几秒钟就闭上眼睛抬起了头。

"我闭上眼睛了。"她说。

一片黑暗中，站在她对面的男人安安稳稳地"嗯"了一声，然后道："把手抬起来。"

苏清玉闻言，心都快跳出嗓子眼了，她缓缓抬起手，慢慢停留在半空，保持着一个他可以轻易握住的高度。

许泯尘凝视着闭着眼睛的她，真想拿手机把这一幕拍下来，但如果她知道，搞不好又要不高兴，所以还是作罢了。

"到底要做什么呀？"她有点急切地问出了口，好像热锅上的蚂蚁，踮着脚用鼻子在前面蹭来蹭去，好像要测算一下他们的距离，或者他是不是偷偷跑掉了。

许泯尘打开手里的盒子，把里面的东西取出来，然后一手拉住她的手，另一手给她把从盒子里取出来的东西戴在了左手的无名指上。

如果说一开始还不确定，不晓得他要做什么，现在苏清玉是彻彻底底明白了。

"现在可以睁开眼了。"

他平静的声音响起，下一秒，苏清玉的眼睛唰地一下子睁开，第一时间先看了看许泯尘的脸和表情，然后才视线下移落在自己的手指上，看着停留在左手无名指上的戒指，她觉得自己好像要上天了，整个人都处于一种一点就炸的状态中。

而许泯尘，似乎还看不出来她的情绪，用幽雅低回的声音在她耳边低声说道："虽然我们已经结婚，但一直欠你一个戒指，其实应该在更好的地方交给你，不过我觉得，可能你并不在意地点和场合。"

是啊，不在意，只要是你送的，只要是你送的戒指，就算是在卫生间也是好的。

苏清玉猛然醒悟过来，发觉到自己的想法是多蠢，许泯尘就算再不拘小节，也不可能在卫生间给她戴戒指的。

抬起头，她觉得自己应该是哭了的，否则脸颊上不会这么湿润，眼睛也不会这么难以睁开。

啊，太阳真灿烂啊，照得人身上暖洋洋的，心里舒服极了。

"谢谢，我很喜欢。"她吸了口气才说话，说完又揉了揉脑袋说，"不过，你给了我戒指，我好像还欠你一个。"她眨巴着眼睛说，"你的戒指太贵重了，我可能买不了那么好的给你。"

对于这句话，许泯尘有些神秘地说："买不了没关系，你愿意给我戴上吗？"

苏清玉愣住了，看着他说："你……"

她的话还没说完，许泯尘便又从口袋里取出一个戒指盒，打开之后放在她面前说："买了一对，这个就该交给你了。"他换了个表情，看上去正式又认真，"那么，再问一次，你愿意给我戴上吗？"

午饭过后，开始有人陆陆续续出来散步，虽然这边大多数人搬走了，但还是有少部分人没来得及的，他们远远就看见了操场外面一对男女，男的似乎说了什么话，手里拿着戒指盒，一看就是在求婚了，不过怎么是女孩喜不自禁地拿了戒指给男的戴上了？是不是角色反了？

等离得近了再仔细看看，哦，原来女孩是戴着戒指的，看来是女孩在给男的戴戒指，看她笑得那么甜蜜，抱着对方那么紧，肯定是特别幸福吧，幸福是一种会感染的东西，连带着路上经过的人，看见他们这样，都情不自禁地微笑了起来。

苏清玉察觉到有人经过，有点害羞地把脑袋埋在了许泯尘的颈间，后者转头望了一眼路过的人，朝对方点了一下头算是打招呼，对方瞧见刚才被戴上戒指的男生长相，忽然觉得好像很熟悉，似乎在哪里见过，等离开了一大段路的时候才醒悟过来，这不是这块地的开发商吗？

等他再回头去那块寻找两个人的时候，已经再也瞧不见了。

他们去哪里了？

其实他们哪里都没去，只是往回走了而已。

外面终究还是有点冷的，而且太阳渐渐地藏在了云层后面，莫名地，天空上开始往下飘落雪花，很小很美，一点点慢慢地落在两人身上，苏清玉一边走一边接住，看着雪花在自己掌心融化，扭头对许泯尘说："这是我们第一次一起看到下雪，上一个下雪的时候你还离我那么远，像挂在天上的月亮一样。"她说完就笑了。

许泯尘望了望她，抬眼看着天上簌簌落下的雪花，轻声说道："以后每一个下雪的日子，月亮都会挂在你身边。"

苏清玉闻言，反应了一会儿才意识到他的意思，脸红红地"嗯"了一声，紧紧抓住了他的手。

是啊，以后每一个下雪的日子，月亮都会在她身边了，再也不会离开了，这样真好。

真希望所有人都能够像她一样，即便今年下雪的日子没有得到所爱之人的人，等到明年下雪的时候，也能找到他们所爱的人。

这样，就可以让每个人心目中皎洁无瑕的月亮，都永远陪在他们的身边了。

=The end=